LA VILLE DES VOLEURS

DU MÊME AUTEUR

24 heures avant la nuit, Belfond, 2002, 10-18, 2003.
Le Compteur à zéro, Rivages, 2006.

David BENIOFF

LA VILLE
DES VOLEURS

Traduit de l'anglais (États-Unis)
par Pierre Ménard

Flammarion

Titre original : *City of Thieves*
Éditeur original : Viking, Penguin Group, 2008
© David Benioff, 2008
Pour la traduction française :
© Flammarion, 2010
ISBN : 978-2-0812-1706-5

Pour Amanda & Frankie

Et si la Ville tombe et qu'un seul en réchappe
il portera la Ville en lui sur les chemins de l'exil
il sera devenu la Ville

Zbigniew HERBERT

Schenk crut enfin avoir compris et se mit à rire
bruyamment. Puis il redevint sérieux et demanda :
— Tu crois que ces Russes sont homosexuels ?
— Tu le sauras à la fin de la guerre, répondis-je.

Curzio MALAPARTE

Mon grand-père, l'as du couteau, a tué deux Allemands avant d'avoir dix-huit ans. Je ne me souviens pas qu'on m'ait jamais raconté cette histoire : c'est une anecdote que j'ai l'impression d'avoir toujours connue, comme le fait que les Yankees portent des maillots à rayures lorsqu'ils jouent à domicile et gris lorsqu'ils se déplacent à l'extérieur. Je ne le savais pourtant pas de naissance et il a bien fallu que quelqu'un me l'apprenne – mais qui ? Pas mon père, en tout cas, qui n'a jamais partagé ses secrets. Ni ma mère, qui a toujours évité d'aborder les sujets désagréables – tout ce qui touche aux blessures, à la maladie ou aux malformations. Ni ma grand-mère, qui connaissait toutes les légendes de son pays d'origine – particulièrement macabres, pour la plupart : des histoires d'enfants dévorés par les loups ou décapités par des sorcières – mais qui n'a jamais fait la moindre allusion à la guerre devant moi. Et encore moins mon grand-père lui-même, le gardien souriant de mes plus anciens souvenirs, l'homme aux yeux d'un noir d'ébène et d'un calme olympien, qui me tenait la main pour traverser les avenues ou restait assis sur un banc du parc, à lire son journal en russe tandis que je pourchassais les pigeons et harcelais les fourmis avec des brindilles.

J'ai grandi à deux pâtés de maisons de chez mes grands-parents et je les voyais quasiment tous les jours. Ils avaient monté une petite compagnie d'assurances dans leur appartement de Bay Ridge, le long de la voie ferrée, et avaient essentiellement pour clients d'autres immigrants russes. Ma grand-mère était toujours pendue au téléphone et personne ne pouvait lui résister. Elle charmait ou terrorisait ses interlocuteurs, selon le cas, mais parvenait toujours à ses fins, quelle que soit la méthode employée – c'est-à-dire à placer ce qu'elle avait à vendre. Mon grand-père s'occupait du bureau et de la paperasse. Quand j'étais petit, assis sur ses genoux, je regardais souvent le moignon lisse et rond de son index gauche, dont les deux premières phalanges avaient été si proprement tranchées qu'on aurait pu croire qu'il s'agissait d'une infirmité de naissance. Si c'était l'été et que les Yankees jouaient, le match était retransmis à la radio (mon père attendit son soixante-dixième anniversaire pour lui offrir un téléviseur). Mon grand-père n'avait pas perdu son accent, il n'avait jamais voté lors d'une élection ni écouté la moindre musique américaine, mais il était devenu un fervent supporter des Yankees.

À la fin des années 1990, une grosse compagnie d'assurances voulut racheter l'entreprise de mes grands-parents et leur fit une proposition. Tout le monde s'accordait à reconnaître qu'il s'agissait d'une offre équitable, aussi ma grand-mère leur demanda-t-elle de doubler cette somme… Les négociations furent probablement rudes, mais j'aurais dû avertir la compagnie qu'elle perdait son temps à vouloir marchander avec ma grand-mère. Elle finit par obtenir ce qu'elle voulait et c'est ainsi que mes grands-parents, respectant la tradition, ont vendu leur appartement et sont allés s'installer en Floride.

Ils ont acheté une maison sur la Gulf Coast, un petit bijou à toit plat construit en 1949 par un architecte qui serait devenu célèbre s'il n'était pas mort la même année. Sa silhouette majestueuse coulée dans le béton et l'acier se dresse sur un piton isolé qui surplombe le golfe : ce n'est pas exactement le genre de demeure qu'on imagine pour un couple de retraités, mais ils ne se sont pas installés dans le Sud pour dépérir lentement, accablés par le soleil. Mon grand-père passe une bonne partie de ses journées devant son ordinateur, à jouer aux échecs en ligne avec ses anciens amis. Quant à ma grand-mère, lasse d'être inactive quelques semaines à peine après leur déménagement, elle a déniché un nouveau poste dans une université qui donne des cours de rattrapage, à Sarasota : elle enseigne la littérature russe à des étudiants bronzés qui (à en juger par la seule apparition que j'ai faite dans sa classe) semblent effrayés par son impiété, son humour sarcastique et sa maîtrise des vers de Pouchkine, à la virgule près.

Tous les soirs, mes grands-parents prennent leur repas sur la terrasse de leur maison, au-dessus des eaux sombres qui s'étendent jusqu'au Mexique. Ils dorment les fenêtres ouvertes, laissant les papillons s'ébattre contre les mailles des écrans. Contrairement aux autres retraités que j'ai pu croiser en Floride, l'insécurité ne les préoccupe guère : leur porte d'entrée reste généralement ouverte et ils n'ont pas de système d'alarme. Ils ne bouclent pas leurs ceintures de sécurité lorsqu'ils sont en voiture et ne mettent jamais de crème solaire, même sous un soleil de plomb. Ils ont décidé que rien ne pouvait les inquiéter ni mettre leurs jours en danger, à l'exception de Dieu lui-même – même s'ils ne croient pas en lui.

Je vis à Los Angeles et j'écris des scénarios pour des films dont les super-héros sont une bande de mutants. Il y a deux ans, un magazine de cinéma m'a proposé d'écrire un essai autobiographique : arrivé à la moitié, je me suis dit que j'avais mené une existence dénuée de tout intérêt. Non que je m'en plaigne, d'ailleurs. Même si ma vie se résume à une succession d'étapes qui n'ont rien de palpitant – le collège, le lycée, les petits boulots, la fac, les petits boulots, à nouveau la fac, les super-héros mutants... – elle a eu ses bons moments. Mais en bataillant pour venir à bout de cet essai, je me suis dit que je n'avais pas très envie de raconter ma vie, même en quelques feuillets. Ce dont j'avais envie de parler, c'était de Leningrad.

Mes grands-parents étaient venus m'attendre à l'aéroport de Sarasota. Je me penchai pour les embrasser et ils me sourirent en retour, toujours un peu amusés par la taille de leur petit-fils américain (avec mon mètre quatre-vingt-cinq, je suis un géant à côté d'eux). En cours de route, nous fîmes halte pour acheter un *pompano* au marché aux poissons local. Mon grand-père le fit griller, en se contentant d'y ajouter du beurre, du sel et du citron frais. Comme tout ce qu'il prépare, cela paraissait incroyablement facile à faire et lui avait à peine pris dix minutes, mais je n'avais rien mangé d'aussi bon à LA de toute l'année. Ma grand-mère ne fait pas la cuisine. Elle est célèbre pour ça dans notre famille et refuse de s'occuper de tout ce qui nécessite plus de préparation qu'un bol de céréales.

Après le dîner, ma grand-mère alluma une cigarette et mon grand-père nous servit trois verres de la vodka au cassis qu'il fabrique lui-même. Nous écoutions chanter le chœur des cigales et des grillons en regardant l'eau noire du golfe et en chassant de temps à autre un moustique de la main.

— J'ai amené un magnétophone, dis-je. Je me suis dit que nous pourrions peut-être parler de la guerre.

Je vis ma grand-mère ouvrir de grands yeux, tout en expédiant dans l'herbe la cendre de sa cigarette.

— Qu'y a-t-il ? lui demandai-je.

— Tu as quarante ans, me dit-elle. Et c'est maintenant que tu t'inquiètes de ça ?

— J'ai trente-quatre ans, répondis-je en regardant mon grand-père, qui m'adressa un sourire. Où est le problème ? Vous étiez du côté des Allemands ? Vous ne voulez pas qu'on révèle votre passé pronazi ?

— Non, dit-il sans cesser de sourire. Nous n'étions pas pronazis.

— Tu croyais vraiment que j'avais quarante ans ? demandai-je à ma grand-mère.

— Trente-quatre ans, quarante ans... (Elle émit son *pschhh* habituel, accompagné d'un geste agacé de la main.) Quelle importance ? Tu ferais mieux de trouver une fille qui accepte de t'épouser.

— Tu parles comme n'importe quelle grand-mère de Floride.

— Ha, ha..., lança-t-elle.

Mais je vis que le coup avait porté.

— Je veux savoir comment c'était, repris-je. Qu'y a-t-il de si terrible à ça ?

Elle opina à l'intention de mon grand-père, tout en pointant vers moi l'extrémité rougeoyante de sa cigarette.

— Il veut savoir comment c'était...

— Ma chérie..., dit mon grand-père.

Il n'ajouta rien d'autre, mais ma grand-mère acquiesça et écrasa sa cigarette sur le plateau en verre de la table.

— Tu as raison, me dit-elle. Si tu veux écrire sur la guerre, il faut bien que tu le saches.

Elle se leva, m'embrassa sur le front, embrassa mon grand-père sur la bouche et emporta les assiettes à l'intérieur de la maison. Pendant quelques minutes, nous restâmes assis en silence, à écouter les vagues qui se brisaient un peu plus bas sur le rivage. Mon grand-père nous resservit de la vodka, constatant avec satisfaction que j'avais vidé mon verre.

— Tu as une petite amie ? me demanda-t-il.

— Mmm... Oui.

— Cette actrice que tu m'as présentée ?

— Oui.

— Elle me plaît.

— Je sais.

— Elle pourrait être russe, dit-il. Elle a les yeux qu'il faut... Si tu veux parler de Leningrad, parlons donc de Leningrad.

— Je ne veux pas parler de Leningrad. Je veux t'écouter m'en parler.

— D'accord, je t'en parlerai. On attend demain matin ?

Il tint parole. Tout le long de la semaine suivante, nous allâmes nous installer sur la terrasse en ciment et j'enregistrai son récit. Nous y consacrions plusieurs heures chaque matin et nous y remettions l'après-midi, après la pause du déjeuner. Mon grand-père, qui avait horreur de parler en public et prononçait rarement plus de deux phrases d'affilée, remplit des kilomètres de bandes magnétiques, cassette après cassette. Il y avait largement trop de matière pour un seul livre : la vérité est parfois plus étrange que la fiction, mais elle demande un meilleur éditeur. Pour la première fois de ma vie, j'entendis mon grand-père jurer et parler ouvertement de sexe. Il évoqua aussi son enfance, le début de la guerre, sa venue en Amérique. Mais l'essentiel de son récit concernait la première semaine de cette année 1942, au cours de laquelle il avait fait la connaissance de ma grand-mère, rencontré celui qui devint son meilleur ami et tué deux soldats allemands.

Lorsqu'il eut terminé son histoire, je le harcelai de questions pour lui faire préciser certains détails concernant des noms, des lieux, les conditions climatiques de telle ou telle journée. Il se laissa faire un moment mais finit par se pencher vers moi et appuya sur la touche d'arrêt du magnétophone.

— Cela remonte trop loin dans le temps, dit-il. Je ne me souviens plus des vêtements que je portais, ni si le soleil s'était montré ce jour-là.

— Je veux juste éviter de commettre une erreur.

— Tu ne cours aucun danger.

— Mais c'est ton histoire, je ne veux pas raconter de conneries.

— David...

— Il y a deux ou trois choses qui ne tiennent pas debout...

— David, répéta mon grand-père. Tu es écrivain. Débrouille-toi.

1.

Jamais tu n'as eu faim à ce point – et jamais tu n'as eu aussi froid. Une fois endormis, quand nous parvenions à dormir, nous rêvions aux festins que nous faisions dans l'insouciance, sept mois plus tôt – à toutes ces tartines de pain beurré, ces saucisses, ces galettes de pommes de terre que nous engloutissions sans même prendre le temps de les savourer, en laissant traîner des bouts de gras et des tonnes de miettes dans nos assiettes. En juin 1941, avant l'arrivée des Allemands, nous pensions que nous étions pauvres. Mais lorsque l'hiver arriva, ce mois de juin prit un air de paradis, par comparaison.

La nuit, le vent soufflait si fort et avec une telle insistance qu'on demeurait presque ahuri lorsqu'il s'arrêtait. À l'angle de la rue, les charnières des volets du café ravagé par le feu cessaient de grincer pendant quelques funestes secondes, comme si un prédateur rôdait dans les parages et que les petits animaux s'étaient raidis, paralysés par la peur. Les volets eux-mêmes avaient été arrachés en novembre, pour être livrés aux flammes. Il n'y avait plus un seul morceau de bois qui traînait, dans tout Leningrad. Les panneaux des enseignes, les lattes des bancs dans les parcs, les planchers des immeubles détruits par les bombes – tout avait disparu pour finir au fond d'un poêle ou d'une cheminée. On ne voyait plus un seul pigeon non plus : ils avaient tous été capturés et jetés dans des marmites où bouillonnait la glace fondue de la Neva. Nul ne voyait d'inconvénient à trucider ces volatiles : c'étaient les chiens et les chats qui posaient problème. En octobre, la rumeur courait dans le quartier que quelqu'un avait fait rôtir le chien de la famille pour le servir au repas du soir. Nous riions et hochions la tête, sans y croire vraiment, mais en nous demandant quand même quel goût pouvait avoir la chair du chien, une fois suffisamment salée. Nous avions d'énormes réserves de sel : même quand tout le reste nous a fait défaut, nous n'en avons jamais manqué. En janvier la rumeur était devenue une réalité. En dehors de ceux qui avaient *vraiment* des relations, personne n'était plus en mesure de nourrir des animaux domestiques : c'étaient donc eux qui nous nourrissaient.

Deux théories circulaient, concernant les avantages respectifs des gros et des maigres. Certains prétendaient que ceux qui étaient gros avant la guerre avaient plus de chance de survivre : même privé de nourriture pendant une semaine, jamais un obèse ne se transforme en squelette. D'autres disaient au contraire que les maigres étaient habitués à manger peu et résisteraient mieux aux contrecoups de la famine. Je me rangeais dans cette dernière catégorie, par pur opportunisme : j'étais une petite pointure de naissance. Avec mon gros nez, mes cheveux noirs et ma peau criblée d'acné, il faut bien avouer que je ne ressemblais que d'assez loin au portrait du prince charmant dont rêvent les jeunes filles. Mais la guerre devait accroître mon pouvoir de séduction. À mesure que les cartes de rationnement perdaient de leur valeur, les charmes de ceux qui avaient une carrure d'athlète avant l'invasion en étaient réduits d'autant. Je n'avais quant à moi pas le moindre muscle à perdre. À l'image des musaraignes condamnées à ramper dans les ordures tandis que les dinosaures dressaient alentour leurs gigantesques silhouettes, j'avais été conçu pour la privation.

La veille du nouvel an, j'étais assis sur le toit du Kirov, l'immeuble dans lequel je vivais depuis l'âge de cinq ans (et qui ne portait d'ailleurs pas le moindre nom jusqu'en 1934, année où Kirov fut tué et où l'on baptisa ainsi la moitié des bâtiments de la ville). Comme tous les soirs, je regardais les gros dirigeables gris envahir le ciel sous le couvercle des nuages, dans l'attente des bombardiers. À cette époque de l'année, le soleil ne brillait guère plus de six heures par jour, balayant l'horizon comme un spectre. Chaque nuit, après avoir enfilé le plus grand nombre de chemises, de pulls et de manteaux possible, nous nous relayions toutes les trois heures sur le toit, par groupes de quatre, armés de seaux remplis de sable, de pelles et de lourdes pinces en fer, afin de surveiller le ciel. Nous étions les combattants du feu. Ayant compris que l'attaque de la ville leur coûterait trop cher, les Allemands avaient décidé de l'encercler et d'affamer la population, tout en l'accablant sous un déluge de bombes.

Avant le début de la guerre, onze cents personnes vivaient à l'intérieur du Kirov. Lorsqu'arriva le nouvel an, leur nombre devait avoisiner les quatre cents. La plupart des enfants en bas âge avaient été évacués avant que les Allemands n'aient achevé le blocus de la ville, courant septembre. Ma mère et ma petite sœur Taisya étaient allées se réfugier à Vyazma, auprès de mon oncle. La veille de leur départ, je m'étais disputé avec ma mère pour la première fois de ma vie – ou plus exactement, c'était la première fois que j'avais osé lui répondre. Elle voulait que je les accompagne, évidemment, afin d'échapper aux envahisseurs et de trouver refuge à la campagne, hors de portée des bombardiers. Mais je ne voulais pas quitter Piter. J'étais un homme à présent et j'allais défendre ma ville, tel un Nevski du XXe siècle. Peut-être mon attitude n'était-elle pas aussi ridicule qu'il y paraît. J'avais d'ailleurs un argument de poids : si tous les habitants valides prenaient la fuite, Leningrad allait tomber aux mains des fascistes. Et sans Leningrad, la ville des ouvriers qui produisaient les tanks et les fusils de l'Armée rouge, quelle chance avait la Russie ?

Ma mère estimait que c'était un raisonnement stupide. J'avais à peine dix-sept ans. Je n'étais pas soudeur dans les aciéries d'État et je ne pouvais pas m'engager dans l'armée avant quasiment un an. La défense de Leningrad ne me concernait en rien. Je ne représentais qu'une bouche de plus à nourrir. Mais j'ignorai ces insultes.

— Je suis un combattant du feu, rétorquai-je.

C'était l'exacte vérité. La municipalité avait ordonné la création de dix mille unités de ce genre et je commandais avec fierté la brigade du cinquième étage du Kirov.

Ma mère n'avait pas quarante ans, et pourtant ses cheveux étaient déjà gris. Elle s'assit en face de moi, de l'autre côté de la table, et serra l'une de mes mains entre les siennes. C'était une très petite femme, elle mesurait à peine un mètre cinquante, et j'avais toujours eu peur d'elle, depuis ma naissance.

— Tu es un imbécile, me dit-elle.

Cela sonne peut-être comme une insulte, mais ma mère m'avait toujours appelé ainsi : j'étais « son petit imbécile ». Et j'avais fini par considérer cela comme un surnom affectueux.

— La ville existait avant ta naissance et sera encore là après ta mort, ajouta-t-elle. Nous avons besoin de toi, Taisya et moi.

Elle avait raison. Un fils (et un frère) plus attentionné les aurait évidemment suivies. Taisya m'adorait, elle se jetait sur moi quand je rentrais à la maison après les cours, me lisait les petits poèmes naïfs qu'on lui faisait écrire à l'école à la gloire des martyrs de la révolution et dessinait mon portrait de profil, reconnaissable à son gros nez, dans les pages de ses cahiers. La plupart du temps, j'avais envie de l'étrangler. Je n'avais pas l'intention d'errer à travers la campagne en traînant ma mère et ma petite sœur derrière moi. J'avais dix-sept ans et j'étais animé par une foi indéfectible, concernant l'héroïque destin qui m'attendait. La déclaration de Molotov à la radio, le premier jour de la guerre (NOTRE CAUSE EST JUSTE ! L'ENNEMI SERA VAINCU ! NOUS TRIOMPHERONS !) avait été imprimée sur des milliers d'affiches, placardées sur les murs de la ville. Je croyais en notre cause. Je n'allais pas fuir devant l'ennemi. Je voulais assister à notre victoire.

Ma mère et Taisya partirent le lendemain matin. Elles firent une partie du trajet en autocar, une autre à bord de camions militaires et le reste à pied, arpentant les routes de campagne pendant des kilomètres, avec leurs bottes aux semelles déchirées. Il leur fallut trois semaines pour atteindre leur but, mais elles finirent par arriver et se retrouvèrent enfin en sécurité. Ma mère m'écrivit une lettre décrivant son voyage, s'étendant longuement sur la fatigue et la peur qui avaient marqué cette équipée. Peut-être espérait-elle que je me sentirais coupable de les avoir abandonnées de la sorte. Ce fut le cas – mais je savais qu'il valait mieux qu'elles soient parties. La grande bataille approchait et elles n'avaient rien à faire sur le front. Le 7 octobre, les Allemands s'emparèrent de Vyazma et ses lettres cessèrent d'arriver.

J'aimerais pouvoir dire que leur départ m'affecta. Je me sentais parfois un peu délaissé, certains soirs, et la cuisine de ma mère me manquait, néanmoins je rêvais de vivre seul depuis ma plus tendre enfance. Les contes que je préférais mettaient en scène des orphelins débrouillards, qui se frayaient leur chemin à travers les forêts obscures et surmontaient tous les dangers, résolvant les problèmes qui se présentaient à eux, déjouant les pièges de leurs ennemis et dénichant la fortune au terme de leurs errances. Je n'irai pas jusqu'à dire que j'étais heureux – nous avions tous trop faim pour l'être – mais j'avais la certitude de me trouver à l'endroit où tout était en train de se jouer. Si Leningrad tombait, la Russie tomberait ; et si la Russie tombait, le fascisme étendrait définitivement son emprise sur le monde. Nous étions tous imprégnés de cette conviction. Je le suis encore.

J'étais donc trop jeune pour rejoindre les rangs de l'armée, mais suffisamment âgé pour creuser des fossés antichars et surveiller le ciel la nuit, posté sur les toits. Les autres membres de mon équipe étaient mes amis du cinquième : Vera Osipovna, qui se débrouillait déjà très bien au violoncelle, et les jumeaux Antokolski, deux rouquins dont le seul talent notoire était de péter à l'unisson. Dans les premiers jours de la guerre, nous fumions des cigarettes sur le toit en jouant aux soldats – forts, courageux, le menton fièrement dressé – et en scrutant le ciel pour détecter la présence de l'ennemi. À la fin du mois de décembre, il n'y avait plus une seule cigarette à Leningrad, du moins à base de tabac. Quelques âmes en détresse broyaient des feuilles mortes, les roulaient dans du papier et prétendaient que cela se laissait fumer, à condition de bien choisir les feuilles. Mais au Kirov, étant donné qu'il ne restait plus un seul arbre debout à l'horizon, la question ne se posait même pas. Nous passions notre temps libre à chasser les rats : si ceux-ci avaient pensé que leurs plus lointaines prières avaient été exaucées, en constatant la brusque disparition des chats dans les rues de la ville, ils n'avaient sans doute pas tardé à déchanter en découvrant qu'il n'y avait strictement plus rien à manger au milieu des ordures.

Après plusieurs mois de bombardements aériens, nous étions capables d'identifier les différents types d'avions allemands rien qu'au bruit de leurs moteurs. Cette nuit-là, il s'agissait des Junker 88 qui nous rendaient visite depuis plusieurs semaines et avaient remplacé les Heinkel et les Dornier que nos combattants abattaient désormais sans trop de peine. En dépit de l'aspect dévasté qu'offrait la ville en plein jour, il émanait une étrange beauté de cette atmosphère de siège, une fois la nuit tombée. Depuis le toit du Kirov, lorsque la lune se montrait, on découvrait l'ensemble de Leningrad : la pointe effilée de la tour de l'Amirauté (qui avait été badigeonnée de peinture grise, pour offrir une cible moins facile aux bombardiers) ; la forteresse Pierre et Paul (dont les flèches étaient enveloppées dans des filets de camouflage) ; les dômes de Saint Isaac et l'église du Sang Versé. On distinguait les équipes d'artilleurs devant leurs batteries antiaériennes, installées sur les toits des immeubles voisins. La flotte de la Baltique avait jeté l'ancre le long de la Neva : ses bâtiments gris oscillaient sur le fleuve, telles des sentinelles géantes, et leurs canons pilonnaient les positions de l'artillerie nazie.

Le plus beau, c'étaient les combats aériens. Les Ju88 et les Sukhoi dessinaient de grands cercles au-dessus de la ville, invisibles d'en bas jusqu'à ce qu'ils soient pris dans le puissant faisceau des projecteurs. D'énormes étoiles rouges avaient été peintes sous les ailes des Sukhoi, afin que nos batteries évitent de les prendre pour cible. Toutes les deux ou trois nuits, nous assistions à leur combat sous les feux des projecteurs, allumés comme au théâtre : les lents et puissants bombardiers allemands viraient au maximum pour permettre à leurs tireurs de mitrailler la ligne indistincte des combattants russes. Lorsqu'un Junker était abattu, sa carcasse en flammes tombait du ciel comme un ange déchu et une immense clameur montait du haut des toits, à travers la ville entière. Tous les artilleurs et les combattants du feu brandissaient le poing pour saluer le pilote du Sukhoi victorieux.

Nous disposions d'un petit poste de radio, sur le toit. Le soir du nouvel an, nous avons écouté les cloches de Spasski jouer *L'Internationale* à Moscou. Vera avait réussi à dénicher un oignon quelque part. Elle le coupa en quatre, sur une assiette badigeonnée d'huile de tournesol. Une fois l'oignon englouti, nous sauçâmes l'huile qui restait avec le pain de rationnement, dont le goût n'avait pas grand-chose à voir avec celui du vrai pain. Pour tout dire, il n'avait même pas un goût de nourriture... Depuis que les bombardements allemands avaient détruit les réserves céréalières de Badayev, les boulangers de Leningrad faisaient preuve d'imagination. Tout ce qu'ils pouvaient ajouter à leur recette sans empoisonner les gens y passait. La ville entière mourait de faim, personne n'avait assez à manger, et pourtant tout le monde maudissait ce pain au goût de sciure et que le froid durcissait comme de la pierre. Les gens se cassaient les dents en essayant de le mâcher. Même aujourd'hui, alors que j'ai fini par oublier le visage de ceux que j'ai aimés, je me souviens encore de son goût.

Un bout d'oignon et une miche de pain de cent vingt-cinq grammes coupée en quatre, voilà qui constituait presque un festin... Allongés sur le dos, enveloppés dans nos couvertures, nous regardions les dirigeables antiaériens qui oscillaient au bout de leurs câbles, balancés par le vent, tout en écoutant le cliquetis régulier du métronome. Lorsqu'il n'y avait plus de musique à passer ni de nouvelles à diffuser, la station de radio émettait le bruit d'un métronome : ce tic-tac répété à l'infini nous permettait de savoir que Piter n'était pas tombée et que les fascistes étaient toujours contenus à l'extérieur. Ce métronome radiophonique incarnait un peu le battement cardiaque de la ville et les Allemands ne parvinrent jamais à l'interrompre.

Ce fut Vera qui aperçut la première l'homme qui tombait du ciel. Elle poussa un cri en montrant quelque chose et nous nous redressâmes pour voir ce qu'elle désignait. Le faisceau d'un projecteur avait capturé la silhouette d'un parachutiste qui descendait lentement vers la ville, sa corolle de soie déployée comme le bulbe blanc d'une tulipe au-dessus de sa tête.

— Un Fritz, commenta Oleg Antokolski.

Il avait raison : nous avions tous reconnu l'uniforme gris de la Luftwaffe. Mais d'où surgissait-il ? Il n'y avait pas eu un seul bruit de combat, aucun tir de batterie antiaérienne n'avait retenti. Et cela faisait plus d'une heure qu'aucun bombardier ennemi n'était passé au-dessus de nos têtes.

— Peut-être l'assaut vient-il de commencer, dit Vera.

Depuis des semaines, des rumeurs circulaient selon lesquelles les Allemands préparaient une attaque massive de troupes parachutées, une offensive finale destinée à arracher l'insultante épine qu'était pour eux Leningrad sur le flanc arrière de leur armée, dont la progression se poursuivait à l'est. Nous nous attendions donc à voir surgir d'un instant à l'autre les milliers de nazis qu'on venait de lâcher sur la ville et dont les parachutes blancs allaient envahir le ciel comme une bourrasque de neige. Mais des dizaines de projecteurs balayaient les ténèbres sans révéler la moindre présence ennemie. Il n'y avait personne en dehors de ce type – et à en juger par l'inertie de son corps, pris dans le harnais du parachute, il était déjà mort.

Nous le regardâmes dériver, figé dans le faisceau du projecteur, et poursuivre sa descente. Il fut bientôt assez bas pour que nous puissions remarquer qu'il avait perdu l'une de ses bottes.

— Il arrive par ici, dis-je.

Le vent poussait le corps du côté de la rue Voinova. Les deux jumeaux se dévisagèrent.

— Il doit avoir un Luger, dit Oleg.

— Les soldats de la Luftwaffe n'ont pas de Luger, dit Grisha. (Il était né cinq minutes avant son frère et c'était lui l'autorité en matière d'armement nazi.) Ils ont des Walther PPK.

Vera me regarda en souriant.

— Et du chocolat allemand, dit-elle.

Nous nous précipitâmes vers la porte qui donnait sur l'escalier de service, que nous dévalâmes quatre à quatre, abandonnant sur place notre matériel de combattants du feu. C'était évidemment de la folie. Il aurait suffi que l'un d'entre nous glisse sur l'une des marches en ciment pour se rompre le cou, privé des muscles et de la graisse susceptibles d'amortir sa chute. Et la moindre fracture, dans ces circonstances, équivalait à une mort certaine. Mais aucun de nous ne s'en souciait. Nous étions jeunes et le cadavre d'un Allemand s'apprêtait à atterrir rue Voinova, les poches remplies de cadeaux en provenance du *Vaterland*.

Nous traversâmes la cour à toute allure et escaladâmes le portail, évidemment fermé à clef. Tous les lampadaires étaient éteints. La ville était plongée dans les ténèbres – en partie pour entraver le travail des bombardiers, et surtout parce que l'essentiel de l'électricité était affectée aux usines d'armement – mais la lune brillait et on y voyait suffisamment. La rue Voinova s'étendait, large et déserte, six heures après le début du couvre-feu. Aucun véhicule n'était en vue. Seuls les militaires et les représentants du gouvernement pouvaient se procurer de l'essence et toutes les voitures des civils avaient été réquisitionnées dès le premier mois de la guerre. Des plaques de carton recouvraient les vitrines, selon les consignes de la radio qui prétendaient que cela leur permettait de résister au fracas des bombardements. Peut-être était-ce exact, mais j'avais tout de même aperçu de nombreuses devantures à travers Leningrad qui avaient perdu leurs vitres et n'étaient plus protégées que par des cartons en charpie, secoués par le vent.

Une fois dans la rue, nous scrutâmes le ciel sans apercevoir notre homme.

— Où est-il passé ?

— Peut-être a-t-il atterri sur un toit ?

Les projecteurs balayaient le ciel ; toutefois ils étaient tous installés au sommet des immeubles et aucun d'eux ne projetait son faisceau assez bas pour éclairer la rue Voinova. Vera tira soudain le col de mon manteau, un uniforme de la marine que j'avais hérité de mon père et qui était trop grand pour moi, mais qui me tenait plus chaud que n'importe lequel de mes vêtements.

Je me retournai et aperçus notre Allemand qui arrivait en glissant le long de la rue : son unique botte noire effleurait les pavés gelés et la grande corolle blanche de son parachute, encore gonflée par le vent, l'entraînait vers le portail du Kirov. Son menton pendait contre sa poitrine, ses cheveux noirs étaient hérissés de cristaux de glace et son visage était livide à la lueur du clair de lune. Nous nous figeâmes et le regardâmes arriver, toujours entraîné par sa voile. Nous avions vu cet hiver-là des choses que nul ne devrait jamais voir et nous pensions que rien ne serait plus susceptible de nous étonner ; nous nous trompions. Et si l'Allemand avait brandi son Walther pour nous tirer dessus, aucun d'entre nous n'aurait été en mesure de lui échapper. Mais l'homme était bel et bien mort et le vent finit par retomber : le parachute se dégonfla et l'Allemand s'effondra sur le trottoir avant d'être encore entraîné sur quelques mètres, son visage raclant le sol en une ultime humiliation.

Nous fîmes cercle autour du pilote. C'était un individu de grande taille, bien bâti, et même si nous l'avions vu marcher en civil dans une rue de Piter, nous aurions immédiatement su qu'il s'agissait d'un espion ennemi :

il avait la corpulence d'un homme qui mange de la viande tous les jours.

Grisha s'agenouilla et sortit de son étui le pistolet que l'Allemand portait à la ceinture.

— Je vous l'avais bien dit, s'exclama-t-il. Un Walther PPK.

Nous retournâmes l'Allemand sur le dos. Son visage livide était couvert d'éraflures, là où la peau avait heurté l'asphalte, mais ces marques étaient aussi incolores que les parties qui n'avaient pas été touchées. Les cadavres n'ont pas de bleus. Je n'aurais pas su dire s'il était mort en éprouvant un sentiment de frayeur, de méfiance ou d'apaisement : ses traits ne trahissaient pas l'ombre d'une émotion ni d'un sentiment quelconque. C'était le cadavre de quelqu'un qui semblait être né ainsi – à l'état de cadavre.

Oleg entreprit de lui ôter ses gants de cuir noir, tandis que Vera se chargeait de l'écharpe et des lunettes de protection. Je découvris un fourreau, fixé à la cheville du pilote, et en sortis un superbe couteau à la garde en argent ; la lame, longue d'une quinzaine de centimètres, portait une inscription que je ne parvins pas à déchiffrer à la lueur du clair de lune. Je rengainai l'arme dans son étui et la fixai à ma propre cheville, avec le sentiment – pour la première fois depuis des mois – que mon destin de guerrier était enfin en train de se réaliser.

Oleg dénicha le portefeuille du mort et sourit en comptant la liasse de deutsche Mark. Vera empocha un chronomètre au cadran deux fois plus gros que celui d'un bracelet-montre et que l'Allemand portait fixé à la manche de son blouson d'aviateur. Grisha découvrit une paire de lunettes, repliée avec soin dans un étui en cuir, deux chargeurs de rechange pour le Walther et une flasque de forme élancée. Il dévissa le bouchon, renifla le goulot et me la passa.

— Tu crois que c'est du cognac ?

J'en lampai une gorgée et acquiesçai :

— Oui, c'est du cognac.

— Depuis quand connais-tu le cognac ? me demanda Vera.

— Il m'est arrivé d'en goûter…

— Quand ?

— Fais-moi voir, dit Oleg.

La flasque fit le tour de notre groupe. Accroupis sur nos talons autour du pilote tombé du ciel, nous dégustâmes l'alcool qui pouvait aussi bien être du cognac que du brandy ou de l'armagnac : aucun d'entre nous n'aurait été en mesure de faire la différence. Mais peu importait, au fond, du moment que la boisson nous réchauffait le ventre.

Vera dévisageait l'Allemand. Il n'y avait pas une once de peur ni de pitié dans son regard, seulement de la curiosité, accompagnée d'un certain mépris : l'envahisseur était venu larguer ses bombes sur notre ville et c'était lui qui était tombé… Nous ne l'avions pas abattu, mais nous n'en éprouvions pas moins un sentiment de victoire. Aucun autre habitant du Kirov ne s'était trouvé en présence d'un cadavre ennemi. Tout l'immeuble allait parler de nous, demain matin.

— De quoi est-il mort, à votre avis ? demanda-t-elle.

Le corps ne portait aucune trace de violence apparente, ni le moindre impact de balle ; ses cheveux et le cuir de son blouson n'avaient pas été brûlés. Sa peau était d'une pâleur mortelle, selon les critères des vivants, mais en dehors de ça…

— Il est mort gelé, répondis-je.

J'avais prononcé la sentence avec autorité parce que je savais qu'elle correspondait à la vérité, je n'avais pourtant aucun moyen de le prouver. Le pilote avait fait une chute de plus de trois mille mètres au-dessus de Leningrad, en pleine nuit. La température au sol était déjà beaucoup trop basse pour la tenue qu'il portait –

mais là-haut, dans les nuages, après avoir abandonné la chaleur de son cockpit, il n'avait pas la moindre chance.

Grisha brandit la flasque.

— À la santé du froid ! lança-t-il.

La flasque, qui s'était remise à circuler, n'arriva pas jusqu'à moi. Nous aurions dû entendre le moteur du véhicule, deux pâtés de maisons plus loin : après la tombée du couvre-feu, la ville était tellement silencieuse qu'on se serait cru sur la lune. Mais nous étions trop occupés à savourer l'alcool de l'Allemand et à porter nos toasts. Ce fut seulement à l'instant où le GAZ bifurqua dans la rue Voinova, où ses larges pneus crissèrent sur l'asphalte et ses phares se braquèrent vers nous, que nous prîmes conscience du danger. La peine encourue pour violation du couvre-feu, pour abandon de poste et de matériel, ou tout simplement pour pillage, était l'exécution sommaire. Les tribunaux ne fonctionnaient plus, les officiers de police avaient été expédiés au front, les prisons se vidaient à vive allure. Pourquoi se serait-on donné la peine de nourrir un ennemi de l'État ? Celui qui enfreignait la loi et se faisait attraper était exécuté sur-le-champ. On n'avait pas de temps à perdre en subtilités juridiques.

Nous nous hâtâmes donc de prendre la fuite. Nous connaissions le Kirov mieux que quiconque : une fois franchi le portail de la cour et à l'abri dans les ténèbres glacées de l'immeuble, personne ne pourrait nous mettre la main dessus, même en fouillant les lieux pendant trois mois. Les soldats nous criaient d'arrêter, mais nous n'en tînmes aucun compte : leurs voix ne nous faisaient pas peur, seules leurs balles auraient pu nous faire hésiter, toutefois aucun d'eux n'avait encore appuyé sur la détente. Grisha atteignit le portail le premier (il était le seul parmi nous à avoir vaguement une carrure d'athlète) : il agrippa les barres de fer et se hissa au sommet. Oleg le suivait de près et j'étais juste derrière lui. Nos organismes étaient affaiblis, nos muscles avaient fondu par manque de protéines, mais la peur nous aida à escalader la grille aussi rapidement qu'à l'accoutumée.

Pratiquement arrivé au sommet, je jetai un coup d'œil en arrière et m'aperçus que Vera avait glissé sur une plaque de verglas. Elle me regardait, les yeux dilatés par la peur, à quatre pattes sur le trottoir, tandis que le GAZ freinait à côté du cadavre de l'Allemand et que quatre soldats émergeaient du véhicule. Ils n'étaient qu'à une dizaine de mètres, leurs fusils à la main, mais j'avais encore le temps de basculer de l'autre côté du portail et de disparaître à l'intérieur du Kirov.

J'aimerais pouvoir dire que l'idée d'abandonner Vera ne m'effleura même pas, que mon amie était en danger et que je n'hésitai pas un seul instant à me porter à son secours. La vérité, pourtant, c'est que je l'ai détestée, à cet instant précis : pourquoi s'était-elle montrée aussi maladroite, au plus mauvais moment, pourquoi me lançait-elle ce regard paniqué, pourquoi m'avait-elle choisi pour être son sauveur – alors qu'à ce jour, Grisha était le seul à l'avoir embrassée ? Je savais que je n'allais pas pouvoir vivre avec le souvenir de ces yeux implorants – et elle le savait, elle aussi. Je la maudissais donc, tout en lâchant la grille. Une fois retombé dans la rue, je l'aidai à se relever puis à se hisser sur le portail. J'étais affaibli, mais Vera ne devait pas peser plus de quarante kilos. Je la soulevai jusqu'au sommet de la grille, tandis que les soldats poussaient des cris, que leurs bottes martelaient le sol et que les culasses de leurs fusils claquaient.

Vera franchit le sommet et je me hissai derrière elle, sans me soucier des soldats. Si je m'étais arrêté, ils m'auraient encerclé et forcé à m'agenouiller, en me disant que j'étais un ennemi du peuple, avant de me tirer une balle dans la nuque. J'étais une cible facile à présent, mais peut-être avaient-ils bu, peut-être s'agissait-il de gosses de Leningrad, tout comme moi, qui n'avaient jamais tiré un seul coup de feu de leur vie. Et peut-être feraient-ils exprès de me manquer, parce qu'ils savaient que j'étais un patriote, que je participais à la défense de la ville et que j'étais sorti du Kirov uniquement parce qu'un Allemand était tombé dans ma rue, après une chute de plusieurs milliers de mètres : et quel petit Russe de dix-sept ans n'aurait pas mis le nez dehors pour aller contempler le cadavre d'un fasciste ?

Mon menton atteignait le sommet du portail lorsque je sentis deux mains gantées se refermer autour de mes chevilles. Des mains fermes, puissantes, celles d'un soldat qui avait droit à deux repas par jour. J'aperçus Vera qui s'engouffrait à l'intérieur du Kirov, sans jeter un seul regard derrière elle. J'essayai de m'agripper aux barreaux, mais les soldats n'eurent guère de peine à me ramener au sol. Ils me jetèrent sur le trottoir et firent cercle autour de moi, le museau de leurs Tokarev pointé sur mes pommettes. Aucun ne paraissait avoir plus de dix-neuf ans et l'idée de faire gicler ma cervelle en travers de la rue ne semblait pas les effrayer.

— On dirait qu'il va faire dans sa culotte.

— Tu étais en train de faire la fête, mon gars ? Vous aviez déniché du schnaps ?

— Bonne recrue pour le colonel... Il fera le voyage avec le Fritz.

Deux d'entre eux se penchèrent, me saisirent sous les aisselles et me remirent sur pied, avant de me conduire jusqu'au GAZ, dont le moteur tournait toujours, et de m'asseoir sur la banquette arrière. Les deux autres soldats avaient soulevé le corps de l'Allemand par ses extrémités et l'installèrent à mes côtés.

— Tiens-lui bien chaud ! lança l'un d'eux.

Ils éclatèrent de rire, comme si c'était la plaisanterie la plus drôle de tous les temps. Puis ils montèrent à l'avant du véhicule, dont les portes claquèrent.

Je me dis que j'étais encore en vie parce qu'ils comptaient m'exécuter en public, à titre d'exemple, pour décourager d'autres pillards. Quelques minutes plus tôt, je m'étais senti beaucoup plus fort que le défunt pilote. Maintenant que nous roulions le long de la rue plongée dans les ténèbres, en évitant les cratères laissés par les bombes et les éclats de moellons, on aurait dit que l'Allemand me souriait d'un air maussade : ses lèvres blêmes barraient son visage gelé comme une horrible cicatrice. On nous conduisait au même endroit.

2.

Quand on a grandi à Piter, on a appris à craindre la prison des Croix, ce sinistre bloc de brique rouge qui se dresse au bord de la Neva et où les condamnés sont entassés dans des conditions inhumaines. En temps de paix, six mille prisonniers étaient enfermés dans sa lugubre enceinte, mais il n'en restait sans doute guère plus d'un millier en ce début du mois de janvier. Des centaines de détenus condamnés pour des délits mineurs avaient été libérés pour rejoindre certaines unités de l'Armée rouge, avant d'être broyés dans l'étau du Blitz-krieg allemand. Des centaines d'autres étaient morts de faim dans leurs cellules. Chaque jour, les gardes éva-cuaient leurs cadavres, qui n'avaient plus que la peau sur les os, et les empilaient sur des traîneaux.

Quand j'étais enfant, c'était le silence de cette prison qui m'effrayait plus que tout. On s'attendait en la lon-geant à percevoir les cris des prisonniers ou les clameurs d'une rixe, mais aucun bruit n'émanait de ses murailles épaisses, comme si les hommes qui y étaient enfermés – et dont la plupart attendaient leur procès ou leur départ imminent pour le goulag, quand ce n'était pas une simple balle dans la nuque – s'étaient volontairement tranché la langue pour protester contre le sort qui leur était réservé. L'endroit était en quelque sorte une forte-resse inversée – l'ennemi étant confiné à l'intérieur – et tous les gamins de Leningrad connaissaient le célèbre adage : « Continue comme ça et tu finiras à la prison des Croix. »

J'avais entrevu ma cellule durant une fraction de seconde, lorsque les gardes m'avaient poussé à l'intérieur. Le faisceau de leurs lampes avait balayé les murs de pierre rudimentaires : la cellule mesurait deux mètres sur quatre et abritait quatre couchettes en bois, toutes inoccupées. Ce dernier point m'avait relativement soulagé, car je ne tenais pas à partager l'obscurité des lieux avec des inconnus aux phalanges tatouées. Mais au bout d'un certain temps – des minutes ? des heures ? – le silence finit par devenir oppressant, comme s'il s'était insinué dans mes poumons et m'avait peu à peu suffoqué.

En général, la solitude et l'obscurité ne m'effrayaient pas. À Piter, ces derniers temps, l'électricité était devenue aussi rare que le lard, et l'appartement que j'occupais au Kirov était vide, depuis le départ de ma mère et de Taisya. Les nuits interminables s'écoulaient dans le calme et les ténèbres, à ceci près qu'il y avait toujours du bruit quelque part : des tirs de mortier du côté des lignes allemandes, un camion de l'armée qui remontait l'avenue, la vieille femme du dessus qui se mourait et gémissait dans son lit… Des bruits peu agréables, j'en conviens, mais qui avaient au moins le mérite de me rappeler que je n'étais pas seul au monde. Jamais encore je n'avais pénétré dans un endroit aussi silencieux que cette cellule de la prison des Croix. Je n'entendais absolument rien – et je n'y voyais pas davantage. On m'avait enfermé dans l'antichambre de la mort.

Je croyais dur comme fer que j'étais un farouche défenseur de la ville, avant mon arrestation. Mais à la vérité, je n'étais pas plus courageux en ce mois de janvier que je ne l'étais en juin. Contrairement à la croyance populaire, l'expérience de la terreur ne nous rend pas plus braves. Même s'il est sans doute plus facile de dissimuler sa peur quand elle est constamment présente en nous.

Je tentais de penser à un air que j'aurais pu fredonner, à des vers que j'aurais pu réciter – les mots ne venaient pas : ils restaient collés dans un coin de mon cerveau comme du sel qui a pris l'eau au fond d'une salière. J'étais allongé sur l'une des couchettes du haut, dans l'espoir que le peu de chaleur qui régnait dans la prison monterait jusqu'à moi. La matinée qui s'annonçait ne me promettait rien de bon, tout au plus une balle dans la nuque, et j'attendais pourtant avec impatience les premières lueurs du jour. Lorsqu'on m'avait poussé dans la cellule, il m'avait semblé entrevoir juste sous le plafond le rectangle étroit d'une fenêtre munie de barreaux, mais je n'en étais plus très sûr à présent. J'essayais de compter jusqu'à mille pour faire passer le temps, seulement je finissais toujours par perdre le fil, arrivé autour de quatre cents, distrait par de petits grattements que je croyais émis par des rats mais qui étaient ceux de mes propres ongles raclant la toile en charpie du matelas.

La nuit n'allait jamais prendre fin. Les Allemands avaient réussi à éteindre ce satané soleil, ils en étaient bien capables : leurs savants, qui étaient les meilleurs du monde, avaient dû trouver la solution. Ils avaient découvert le moyen d'arrêter le temps. J'étais aveugle et sourd. Seuls la soif et le froid venaient me rappeler que j'étais encore en vie. On finit par se sentir si seul dans ces cas-là qu'on se met à guetter la venue des sentinelles, ne serait-ce que pour entendre le bruit de leurs pas et sentir leur haleine imprégnée de vodka.

Tant de grandes figures dans l'histoire de la Russie ont enduré d'interminables séjours en prison... J'ai compris cette nuit-là que jamais je ne leur arriverais à la cheville. Il suffisait que je passe quelques heures seul dans une cellule, sans subir d'autre torture que celle du silence et du froid, pour être déjà à moitié anéanti. Les âmes ardentes de tous ceux qui survivaient hiver après hiver dans l'enfer de la Sibérie devaient posséder quelque chose qui m'était inconnu – une foi implacable dans une destinée grandiose, qu'il s'agisse du royaume de Dieu, de la justice ou du lointain espoir de la vengeance. À moins qu'à force de les battre et de briser leur volonté on ait fini par les réduire à l'état de simples animaux, obéissant aux ordres de leur maître, mangeant les restes qu'il daignait leur jeter, dormant quand il l'ordonnait et ne rêvant plus de rien, sinon que cette épreuve prenne fin.

Je finis par entendre du bruit – un bruit de pas. Plusieurs lourdes paires de bottes martelaient le couloir. Une clef tourna dans la serrure. Je me redressai vivement sur ma couchette et mon crâne heurta le plafond, suffisamment fort pour que je m'entaille la langue.

Deux gardes firent leur apparition. L'un d'eux brandissait une lampe à huile (jamais une lumière ne m'avait paru aussi belle, cela valait largement le lever du soleil...). Ils escortaient un nouveau prisonnier, un jeune soldat en uniforme qui considérait la cellule avec le regard de quelqu'un qui s'apprête à louer un appartement. Il était grand et se tenait très droit, dominant largement les deux gardes ; et ceux-ci avaient beau arborer un pistolet à la ceinture, alors que le soldat était désarmé, c'était lui qui semblait prêt à les commander. Il tenait à la main une paire de gants en cuir et une toque en fourrure d'astrakan.

Il leva les yeux vers moi à l'instant même où les gardes s'en allaient, refermant la porte de la cellule et la verrouillant de l'extérieur, en emportant leur lampe avec eux. Son visage fut la dernière chose que j'aperçus avant que les ténèbres ne retombent dans la pièce, aussi se fixa-t-il précisément dans mon esprit, avec ses hautes pommettes de Cosaque, le pli amusé de ses lèvres, ses cheveux d'un blond de paille et ses yeux suffisamment bleus pour séduire n'importe quelle Aryenne.

J'étais assis sur ma couchette et lui debout sur le sol en pierre. Attendu le profond silence qui régnait, je savais que nous n'avions ni l'un ni l'autre changé de position : nous nous dévisagions toujours dans les ténèbres.

— Tu es juif ? me demanda-t-il enfin.

— Quoi ?

— Je te demande si tu es juif. Tu m'en as tout l'air.

— Et toi, tu as tout l'air d'un nazi.

— Je sais. *Ich spreche ein bisschen Deutsch*, pour ne rien arranger. Je voulais m'engager comme espion, seulement personne ne m'a écouté. Alors, tu es juif ?

— Qu'est-ce que ça peut te faire ?

— Tu n'as pas à en avoir honte. Je n'ai rien contre les juifs. Emanuel Lasker est mon joueur d'échecs préféré – enfin, juste après Capablanca… Capablanca, c'est Mozart, le génie à l'état pur… On ne peut pas aimer les échecs et ne pas l'adorer. Mais personne ne sait mieux que Lasker terminer une partie. Tu as de quoi manger ?

— Non.

— Donne-moi ta main.

Cela ressemblait à un piège, une de ces farces que les enfants inventent pour jouer un tour aux nigauds. Il allait me flanquer une claque dans la main ou me laisser poireauter jusqu'à ce que je comprenne que je m'étais fait avoir. Toutefois une offre de nourriture, aussi improbable soit-elle, cela ne se refusait pas : aussi tendis-je la main dans l'obscurité. Quelques secondes plus tard, je sentis sur ma paume le contact froid d'une matière un peu grasse. J'ignore comment il avait fait pour dénicher ma main, mais il y était arrivé.

— C'est de la saucisse, précisa-t-il. (Et il ajouta, après une courte pause.) Ne t'inquiète pas, ce n'est pas du porc.

— Je mange du porc, dis-je.

Je reniflai la saucisse, puis en goûtai un morceau. Cela ressemblait à peu près autant à de la viande que le pain de rationnement à du vrai pain, mais il y avait de la graisse à l'intérieur – et la graisse, c'était la vie. Je mangeai la tranche par tout petits bouts, aussi lentement que possible, afin de la faire durer plus longtemps.

— Tu fais un de ces bruits en mastiquant…, me reprocha-t-il dans le noir. (J'entendis craquer les ressorts, tandis qu'il s'asseyait sur l'une des couchettes du bas.) Et tu es censé me dire merci.

— Merci, dis-je.

— De rien. Comment t'appelles-tu ?

— Lev.

— Lev comment ?

— Qu'est-ce que ça peut te faire ?

— Simple affaire de politesse, répondit-il. Par exemple, lorsque je me présente, je dis : Bonsoir, mon nom est Nikolai Alexandrovich Vlasov et mes amis m'appellent Kolya.

— Tu veux juste savoir si j'ai un nom juif.

— Est-ce le cas ?

— Oui.

— Ah… (Il émit un soupir satisfait, heureux de voir ses intuitions confirmées.) Merci. Je ne vois pas pourquoi tu as si peur de le dire aux gens.

Je ne répondis pas. S'il ne le voyait pas, je n'allais pas lui faire un dessin.

— Et pourquoi es-tu ici ? reprit-il.

— Ils m'ont attrapé en train de détrousser le cadavre d'un Allemand dans la rue Voinova.

Cette nouvelle l'alarma visiblement.

— Les Allemands ont déjà atteint la rue Voinova ? L'assaut a donc commencé ?

— Pas du tout. Il s'agissait d'un pilote qui s'était éjecté de son bombardier.

— C'est la défense antiaérienne qui a eu raison de lui ?

— Non, c'est le froid... Et toi, pourquoi es-tu ici ?

— Il s'agit d'un simple malentendu. Ils me prennent pour un déserteur.

— Pourquoi ne t'ont-ils pas exécuté ?

— Et toi ? Pourquoi ne t'ont-ils pas exécuté ?

— Je l'ignore, reconnus-je. Ils ont dit que je ferais une bonne recrue pour le colonel.

— Je ne suis pas un déserteur, je suis étudiant. Je devais soutenir ma thèse.

— Ta thèse ?

C'était sans aucun doute la plus mauvaise excuse de toute l'histoire de la désertion.

— Une lecture du *Chien dans la cour* d'Oushakov, dans l'optique de la sociologie contemporaine.

Il attendit que je fasse un commentaire, mais je n'avais rien à ajouter.

— Tu connais le livre ? reprit-il.

— Non, dis-je. Pas plus que cet Oushakov.

— L'enseignement a vraiment atteint un niveau déplorable... Vous auriez dû en apprendre des passages par cœur.

Il s'exprimait comme un vieux professeur parlant de sa marotte, alors qu'il ne devait pas avoir plus de vingt ans, d'après ce que j'avais pu entrevoir.

— *« Dans l'abattoir où nous nous sommes embrassés pour la première fois, l'atmosphère était encore imprégnée du sang des moutons »*, déclama-t-il. C'est la première phrase du livre. Certains critiques estiment qu'il s'agit du plus grand roman russe. Et tu n'en as jamais entendu parler...

Il poussa un soupir excédé. Quelques instants plus tard, je perçus un étrange bruit de frottement, comme si un rat était en train de se faire les dents sur la toile du matelas.

— Qu'est-ce que c'est ? demandai-je.

— Mmm ?

— Tu n'entends pas ce bruit ?

— Je note quelque chose dans mon journal.

J'avais les yeux grands ouverts et je n'y voyais pas davantage que s'ils avaient été fermés – et ce type écrivait dans son journal… Je me rendais compte à présent que le bruit correspondait à celui d'un crayon courant sur le papier. Au bout de quelques minutes, je l'entendis refermer son carnet et le glisser dans sa poche.

— J'arrive à écrire dans le noir, dit-il en ponctuant sa phrase d'une légère éructation. Cela fait partie de mes talents.

— Tu prends des notes sur *Le Chien dans la cour* ?

— Exactement. Qu'y a-t-il d'étrange à cela ? Chapitre six : Radchenko passe un mois à la prison des Croix parce que l'homme qui était jadis son meilleur ami… Enfin, je ne vais pas te raconter toute l'histoire. Mais je dois dire que c'est sans doute le destin qui m'a conduit jusqu'ici. J'ai visité tous les autres endroits où s'est rendu Radchenko : théâtres, restaurants, cimetières – ceux en tout cas qui existent encore aujourd'hui – mais c'est la première fois que je pénètre ici. Un critique pourrait soutenir qu'on ne peut pas comprendre le personnage de Radchenko sans avoir passé une nuit à la prison des Croix.

— Tu es un sacré veinard…

— Mmm…

— Tu crois qu'ils vont nous exécuter à l'aube ?

— J'en doute. Ils ne nous ont pas épargnés cette nuit pour nous abattre le lendemain.

Il s'exprimait sur un ton désinvolte, comme si nous étions en train d'évoquer un quelconque événement sportif et que l'issue de cette affaire n'avait aucun caractère dramatique, quoi qu'il advienne.

— Cela fait huit jours que je n'ai pas chié, poursuivit-il. Je ne dis pas : chié de manière satisfaisante – il y a des mois que cela n'est pas arrivé – mais chié, tout court.

Nous restâmes un moment silencieux, à méditer cette déclaration.

— À ton avis, reprit-il, combien de temps un homme peut-il survivre sans chier ?

La question n'était pas dénuée d'intérêt et j'aurais moi-même été curieux d'en connaître la réponse. Mais je l'ignorais et ne pouvais donc la lui fournir. Je l'entendis s'allonger et bâiller d'un air satisfait, aussi serein et détendu que si son matelas en crin souillé de pisse avait été un douillet lit de plumes. Le silence s'installa et je crus que mon compagnon de cellule s'était endormi.

— Ces murs doivent avoir plus d'un mètre d'épaisseur, déclara-t-il soudain. Il n'y a sans doute pas un endroit plus sûr dans tout Piter pour passer la nuit.

Puis il sombra dans le sommeil, ses mots cédant la place à de puissants ronflements, avec une telle rapidité que je crus tout d'abord qu'ils étaient feints.

J'ai toujours envié les gens qui s'endorment en un clin d'œil. Leur cerveau doit être d'une propreté exemplaire, le plancher de leur boîte crânienne balayé dans ses moindres recoins et tous leurs petits monstres sagement enfermés dans une corbeille de linge sale, au pied de leur lit. Je suis né insomniaque et je le resterai jusqu'à ma mort, après avoir passé je ne sais combien de milliers d'heures à attendre de sombrer dans l'inconscience en souhaitant qu'un coup de marteau vienne s'abattre sur mon crâne – sans causer de dégâts irrémédiables, bien sûr, mais avec juste assez de force pour m'expédier dans les limbes, jusqu'au lendemain. Mais cette nuit-là, cela ne risquait pas d'arriver. Je fixai les ténèbres, les yeux grands ouverts, jusqu'à ce que l'obscurité vire lentement au gris et que le plafond commence à prendre forme, tandis que les premières lueurs venues de l'est s'insinuaient à travers les barreaux de l'étroite fenêtre – qui existait donc bien, au bout du compte. Ce fut seulement à cet instant que je me rendis compte que le couteau de l'Allemand était toujours fixé à mon mollet.

3.

Une heure après le lever du jour, deux nouveaux gardes ouvrirent la porte de la cellule, nous tirèrent de nos couchettes et fixèrent des menottes à nos poignets. Ils ne répondirent pas à nos questions mais semblèrent amusés lorsque Kolya leur demanda s'ils pouvaient lui apporter une tasse de thé et une omelette. Les plaisanteries ne devaient pas être monnaie courante à la prison des Croix, car la saillie de mon compagnon n'avait rien de bien drôle : mais les gardes avaient encore le sourire aux lèvres en nous poussant dans le couloir. J'entendis s'élever quelque part un gémissement rauque et prolongé, semblable à la corne d'un navire qui aurait résonné dans le lointain.

J'ignorais si l'on nous conduisait au poteau d'exécution ou si l'on comptait seulement nous interroger. Je n'avais pas fermé l'œil de la nuit. En dehors de la rasade dérobée à la flasque de l'Allemand, je n'avais pas bu une goutte depuis que j'avais quitté le toit du Kirov. Une bosse grosse comme le poing d'un enfant me déformait le front, depuis que j'avais heurté le plafond. C'était vraiment une matinée pourrie – l'une des pires de mon existence – mais j'avais envie de vivre. Et je savais que je n'allais pas pouvoir affronter la mort avec stoïcisme, si jamais l'heure avait sonné. J'allais me mettre à genoux devant le bourreau ou le peloton d'exécution et supplier qu'on m'épargne, invoquant ma jeunesse, les innombrables heures que j'avais passées sur le toit à guetter les bombardiers ennemis, les barricades que j'avais aidé à construire, les fossés que j'avais creusés. Chacun y avait participé, nous servions tous la même cause, mais j'étais l'un des plus fidèles enfants de Piter et je ne méritais pas de mourir. Quel crime avais-je commis? Boire le cognac d'un soldat ennemi? Trépassé, de surcroît? Et c'était pour cela qu'on voulait mettre un terme à mon existence? On voulait me passer la corde au cou – mon pauvre cou décharné – pour la seule raison que j'avais volé un couteau? Ne faites pas cela, camarades... Je ne pense pas qu'il y ait de la grandeur en moi, mais je vaux tout de même mieux que cela.

Les gardes nous firent descendre un escalier de pierre dont les marches avaient été usées par des centaines de milliers de bottes. Un vieil homme dont le cou disparaissait sous une épaisse écharpe grise était assis à l'une des extrémités de la grille en fer forgé qui bloquait le passage, au pied de l'escalier. Il nous adressa un sourire chassieux, avant d'ouvrir la grille. Quelques instants plus tard, nous franchîmes une lourde porte en bois et nous retrouvâmes à l'air libre, sous le soleil du matin, émergeant sains et saufs de la prison des Croix.

Peu impressionné par notre apparent sursis, Kolya se pencha et ramassa entre ses mains menottées une poignée de neige, qu'il entreprit de lécher. La hardiesse de son geste me rendit un peu jaloux : j'aurais apprécié moi aussi le contact de cette eau gelée sur mon palais. Mais je voulais éviter de faire quoi que ce soit qui puisse indisposer les gardes. Notre sortie de prison avait toutes les apparences d'une erreur et je m'attendais à ce qu'on nous y ramène derechef, si je commettais le moindre faux pas.

Les gardes nous escortèrent jusqu'à un GAZ qui attendait un peu plus loin et dont l'énorme moteur vrombissait, exhalant de ses circuits fatigués des jets de vapeur noirâtre. Deux soldats assis sur la banquette avant nous dévisageaient, sans manifester la moindre curiosité. Leurs casquettes bordées de fourrure leur couvraient le front et leur arrivaient au ras des yeux.

Kolya prit place sur le siège arrière, sans attendre qu'on lui en ait donné l'ordre.

— À l'opéra, messieurs ! lança-t-il.

Les gardes, dont les années passées aux Croix n'avaient pas accru l'intelligence, rirent à nouveau de bon cœur à la saillie de Kolya. Mais les soldats restèrent de marbre. L'un d'eux se retourna et considéra Kolya.

— Un mot de plus et je te pète le bras. Si ça ne tenait qu'à moi, ta tête aurait déjà volé en éclats. Saleté de déserteur... Et toi, dépêche-toi de monter.

Cette dernière remarque s'adressait à moi. Kolya s'apprêtait à réagir et je sentais que les choses allaient mal tourner. Le soldat n'avait pas l'air de plaisanter et Kolya, de toute évidence, était incapable de prendre la moindre menace au sérieux.

— Je ne suis pas un déserteur, dit-il.

De ses mains menottées, il parvint à relever la manche gauche de son manteau, celle de son pull-over militaire puis des deux chemises qu'il portait en dessous, avant de tendre son bras vers le soldat assis à l'avant.

— Cassez-moi le bras si ça vous chante, dit-il. Mais je ne suis pas un déserteur.

Pendant plusieurs longues secondes, plus personne ne parla. Kolya regardait le soldat, qui soutenait son regard. Nous observions la scène en silence, les autres et moi, impressionnés par l'affrontement de ces deux volontés et curieux de savoir qui allait l'emporter. Finalement, le soldat admit sa défaite : il délaissa Kolya et se tourna vers moi.

— Monte donc, petit con !

Les gardes étaient toujours hilares. Décidément, c'était leur matinée de détente : ils n'avaient personne à torturer, pas de mâchoires à briser ni d'ongles à arracher à un prisonnier récalcitrant, qui pousserait des hurlements. Aussi rigolaient-ils en regardant le petit con se glisser sur le siège arrière, à côté de Kolya.

Le soldat conduisait très vite, sans se soucier le moins du monde des plaques de verglas qui constellaient la route. Nous longions à toute allure les berges de la Neva. J'avais relevé mon col de manière à protéger mon visage du vent qui passait sous la bâche du véhicule. Kolya ne semblait pas incommodé par le froid. Il regardait la flèche de l'église Saint-Jean-Baptiste, de l'autre côté du fleuve, et ne disait rien.

Nous bifurquâmes pour traverser le pont Kamenno-ostrovski : ses vieilles arches d'acier étaient blanchies par le gel et des stalactites de glace pendaient à ses lampadaires. Sur l'île Kammeny, après avoir ralenti un instant pour contourner un cratère de bombe qui avait éventré la route, le véhicule s'engagea dans une longue allée bordée de souches de limettiers et s'immobilisa devant une splendide et vaste demeure en bois, précédée d'un portique aux colonnades blanches. Kolya contempla la maison.

— Nous sommes dans l'ancienne propriété des Dolgoroukov, dit-il tandis que nous émergions du véhicule militaire. Je suppose qu'aucun d'entre vous n'en a entendu parler.

— Une bande d'aristos à qui on a coupé la tête, répondit l'un des soldats en montrant la porte du bout de son fusil, pour nous intimer d'avancer.

— Certains d'entre eux ont fini ainsi, reconnut Kolya. Mais d'autres auparavant avaient partagé le lit des empereurs.

À la lumière du jour, on aurait dit que Kolya sortait de l'une de ces affiches de propagande placardées sur les murs de la ville : son visage taillé à la serpe avait quelque chose d'héroïque avec son menton volontaire, son nez bien droit et ses cheveux blonds qui lui retombaient en travers du front. Il avait plutôt fière allure, pour un déserteur.

Les soldats nous escortèrent sur le porche, où des sacs de sable avaient été empilés sur plus d'un mètre, pour former un nid de mitrailleuse. Deux militaires étaient assis près de leur engin et se passaient une cigarette. Kolya huma les volutes de fumée et regarda d'un air envieux le mégot qu'ils avaient roulé.

— Du vrai tabac, commenta-t-il avant que nos guides armés n'ouvrent les battants de la porte et nous poussent à l'intérieur.

Je n'avais jamais mis les pieds jusqu'à ce jour dans un hôtel particulier, tout juste en avais-je lu la description dans certains romans : les couples qui dansaient sur les parquets cirés, les domestiques servant le potage dans des soupières en argent, le patriarche austère dans son bureau aux murs tapissés de livres intimant à sa fille éplorée de cesser tout commerce avec un jeune homme de basse extraction… Mais si la vieille demeure des Dolgoroukov avait conservé toute sa splendeur, vue de l'extérieur, la révolution avait eu raison d'elle à l'intérieur. Le sol en marbre était constellé d'empreintes de bottes et n'avait pas été lavé depuis des mois. Le papier peint noirci par la fumée se décollait par endroits. Aucun des meubles d'origine n'avait survécu, pas plus que les tableaux et les vases de Chine qui avaient dû orner les murs et les étagères en teck.

Des dizaines d'officiers allaient et venaient, courant d'une pièce à l'autre et le long d'un double escalier dont tous les balustres manquaient : sans doute avaient-ils été arrachés quelques mois plus tôt, pour alimenter la cheminée. Leurs uniformes n'étaient pas ceux de l'Armée rouge. Kolya remarqua mon regard.

— Nous sommes au siège du NKVD, dit-il. Peut-être nous prennent-ils pour des espions.

Je n'avais pas besoin de Kolya pour savoir que ces hommes appartenaient au NKVD. Depuis ma plus tendre enfance, je connaissais leurs uniformes, ainsi que leurs casquettes à visière bleue et les étuis de leurs Tokarev. J'avais appris à redouter la vue de leurs Packard – surnommées les Corbeaux noirs – négligemment garées devant le portail du Kirov et prêtes à embarquer un infortuné citoyen. Le NKVD avait arrêté au moins une quinzaine de personnes dans l'immeuble, depuis que j'y habitais. Certains étaient revenus au bout de quelques semaines, le crâne rasé, le visage pâle et éteint. Ils évitaient mon regard lorsque je les croisais dans l'escalier, regagnant leur appartement. Ces êtres brisés qui avaient réintégré leur foyer avaient parfaitement conscience de la chance qui était la leur – d'autant plus précieuse qu'elle était rare – mais comment se seraient-ils réjouis d'avoir survécu ? Ils savaient ce qui était arrivé à mon père et n'osaient pas me regarder en face.

Les soldats continuèrent de nous faire avancer jusqu'à ce que nous débouchions dans une pièce ensoleillée, au fond du bâtiment, dont les portes-fenêtres offraient une vue imprenable sur la Neva et les sinistres immeubles du quartier de Vyborg, sur la rive opposée du fleuve. Un homme d'un certain âge était assis devant un bureau en bois rudimentaire, dressé au milieu de la pièce. Le combiné d'un téléphone était coincé entre son épaule et son menton, ce qui lui permettait de prendre des notes sur un bloc de papier, tout en écoutant son interlocuteur.

Il nous jeta un bref coup d'œil, tandis que nous attendions au seuil de la pièce. On aurait dit un ancien boxeur, avec son cou épais et son nez cassé, légèrement épaté. Ses yeux étaient soulignés par des cernes aussi profonds que les rides qui sillonnaient son front. Ses cheveux gris étaient coupés très court, presque à ras. Il devait avoir une cinquantaine d'années, mais il donnait

49

l'impression de pouvoir nous mettre K.O. à tour de rôle, sans froisser un seul pli de son uniforme. Trois étoiles métalliques brillaient sur le col de sa veste : j'ignorais à quel grade elles correspondaient, mais aucun autre soldat n'en arborait une seule, dans le reste de la maison.

Il repoussa son bloc de papier sur le bureau et je m'aperçus alors qu'il n'était pas en train de prendre des notes, comme je l'avais cru : il avait dessiné toute une série de X, jusqu'à ce que la feuille en soit entièrement remplie. Dieu sait pourquoi, mais cela m'effraya davantage que la vue de son uniforme ou de son visage bosselé. Un homme qui dessine des chiens ou des nichons a forcément quelque chose d'humain. Mais quelqu'un qui se contente de dessiner des X…

Il nous dévisageait, Kolya et moi, et je savais qu'il était en train de nous juger et de nous condamner à mort pour nos crimes, tout en écoutant la voix qui lui parvenait à travers les fils du télégraphe.

— Très bien, dit-il enfin. Mais je veux que tout soit terminé à midi. Sans exception.

Il reposa le combiné et nous regarda en souriant. Ce sourire était aussi incongru sur un tel visage que son modeste bureau en bois au milieu de cette pièce somptueuse, dans la propriété familiale d'une vieille famille de l'aristocratie russe. Le colonel (car je me disais qu'il devait s'agir du colonel auquel les soldats avaient fait allusion la nuit dernière) avait un beau sourire, des dents étonnamment blanches, et l'expression de son visage passait en une fraction de seconde de la sourde menace à la plus exquise politesse.

— Le voleur et le déserteur ! s'exclama-t-il. Entrez, approchez donc ! Vous pouvez leur ôter ces menottes, je ne pense pas que ces jeunes gens nous poserons le moindre problème.

Il fit un geste à l'intention des soldats, qui sortirent leurs clefs avec réticence et nous libérèrent les poignets.

— Je ne suis pas un déserteur, protesta Kolya.

— Vraiment ? Vous pouvez sortir, lança le colonel aux soldats.

Ceux-ci obéirent et nous laissèrent seuls avec lui. Le colonel se leva et s'avança vers nous. L'étui de son pistolet se balançait à sa hanche. Kolya se tenait très droit, prêt à subir l'inspection de l'officier, et je l'imitai, ne sachant pas trop quelle attitude adopter. Le colonel se rapprocha au point que son visage bosselé frôla presque celui de Kolya.

— Tu n'es pas un déserteur ? Pourtant, ton unité a signalé ta disparition et tu as été arrêté à quarante kilomètres de l'endroit où tu étais censé te trouver.

— Il y a une explication très simple à tout cela…

— Et toi, l'interrompit le colonel en se tournant vers moi. Un parachutiste allemand tombe sur ton immeuble et tu n'alertes pas les autorités, préférant te remplir les poches aux dépens de la cité. As-tu également une explication très simple à me fournir ?

J'avais besoin de boire. Ma bouche était sèche, écailleuse comme la peau d'un lézard et je commençais à voir scintiller des petites taches lumineuses au bord de mon champ de vision.

— Eh bien ? reprit le colonel.

— Je suis désolé, dis-je.

— Désolé ? (Il me considéra pendant quelques instants, avant d'éclater de rire.) Dans ce cas, tout va bien. N'en parlons plus. Du moment que tu es désolé, c'est l'essentiel. Écoute-moi, mon garçon : sais-tu combien d'individus j'ai exécutés dans ma vie ? Je ne parle pas de tous ceux dont j'ai ordonné l'exécution, mais de ceux que j'ai personnellement abattus, à l'aide de ce Tokarev ? (Il tapota l'étui de son pistolet.) En as-tu la moindre idée ? Non ? Tant mieux, parce que je l'ignore moi-même : j'ai fini par perdre le fil, tant leur nombre est élevé. Et crois-moi, je suis du genre à tenir mes comptes. Je sais parfaitement combien de femmes j'ai baisées, par exemple, et cela représente du monde, je te prie de le croire ! Tu es plutôt beau gosse, ajouta-t-il en se tournant vers Kolya, mais je ne pense pas que tu parviennes un jour à me battre sur ce terrain-là – à supposer même que tu deviennes centenaire, ce qui me paraît d'ailleurs fort douteux.

Je jetai un coup d'œil à Kolya, craignant qu'il ne lance l'une de ces stupides reparties dont il avait le secret et qui signerait notre arrêt de mort. Mais il se tint coi, pour une fois.

— C'est à son instituteur qu'on dit « désolé », après avoir cassé sa craie au tableau, poursuivit le colonel. Mais l'excuse ne vaut pas pour les voleurs et les déserteurs.

— Nous pensions qu'il aurait peut-être de la nourriture sur lui, dis-je.

Le colonel me dévisagea un long moment.

— Était-ce le cas ? finit-il par dire.

— Il n'avait qu'un flacon de cognac, ou de brandy… Ou peut-être de schnaps.

— Nous exécutons chaque jour une dizaine d'individus qui fabriquent de fausses cartes de rationnement. Et tu sais ce qu'ils nous disent tous, avant que nous ne leur logions une balle dans la tête ? Qu'ils avaient faim. Bien sûr qu'ils avaient faim ! Tout le monde a faim. Cela ne nous empêche pas d'éliminer les voleurs.

— Je ne volais pas la Russie…

— Tu as volé ce qui appartenait à l'État. As-tu dérobé autre chose sur son cadavre ?

J'hésitai aussi longtemps que cela me paraissait possible.

— Un couteau, avouai-je enfin.

— Ah… Enfin un voleur honnête !

Je m'agenouillai, libérai l'arme fixée contre ma cheville et la tendis au colonel. Celui-ci considéra le fourreau en cuir de l'Allemand.

— Tu avais cette arme sur toi toute la nuit ? dit-il. Personne ne t'a fouillé ? (Il poussa un bref juron entre ses dents, visiblement dégoûté par une telle incompétence.) Pas étonnant que nous perdions la guerre...

Il sortit l'arme de son étui et déchiffra la devise inscrite sur la lame.

— *Sang et honneur...* Que Dieu encule tous ces fils de pute ! Tu sais t'en servir ?

— De quoi ?

— Du couteau. Il vaut toujours mieux porter des coups de bas en haut, plutôt que l'inverse, dit-il en fendant l'air avec la lame d'acier. Le coup est plus difficile à bloquer. Vise la gorge. Si ça ne marche pas, vise le ventre ou les yeux. La cuisse n'est pas mal non plus, il y a de grosses veines dans ce secteur. (Tous ces conseils étaient accompagnés d'une vigoureuse démonstration.) Et ne t'arrête jamais, ajouta-t-il en s'approchant d'un pas dansant, brandissant toujours la lame étincelante. Agite constamment ton arme, ne laisse pas souffler ton adversaire, oblige-le à rester sur la défensive.

Il remit le couteau dans son étui et me le tendit.

— Garde-le, me dit-il. Tu vas en avoir besoin.

Je regardai Kolya, qui haussa les épaules. Tout cela était décidément trop étrange à comprendre : inutile, dans ce cas, de se creuser les méninges pour essayer de démêler la situation dans laquelle nous nous trouvions. Je m'agenouillai donc et fixai à nouveau le couteau au-dessus de ma cheville.

Le colonel s'était entre-temps dirigé vers les portes-fenêtres, d'où il regardait le vent qui soulevait la neige de la veille et la balayait sur la Neva gelée.

— Tu es le fils du poète, me dit-il.

— Oui.

J'avais acquiescé, droit comme un i et le regard fixé sur la nuque du colonel. Personne en dehors de ma famille n'avait évoqué mon père devant moi, au cours de ces quatre dernières années. Littéralement : pas un mot, pas une seule fois.

— Il écrivait bien, reprit le colonel. Ce qui lui est arrivé est… malencontreux.

Que pouvais-je répondre à ça ? Je baissai les yeux et regardai mes bottes, sachant que Kolya devait me dévisager en se demandant de quel infortuné poète j'étais le descendant.

— Aucun de vous deux n'a mangé aujourd'hui, dit le colonel. (Ce n'était pas une question.) Que diriez-vous d'une tasse de thé avec des toasts ? Nous pouvons peut-être même dénicher de la soupe de poisson quelque part. Borya !

Un aide de camp pénétra dans la pièce, un crayon calé derrière l'oreille.

— Ramène de quoi manger à ces garçons.

Borya acquiesça et disparut aussi vite qu'il était apparu.

De la *soupe de poisson…* Je n'en avais pas mangé depuis l'été. L'idée d'une pareille nourriture avait quelque chose d'incongru, d'aussi exotique que l'image d'une fille à moitié nue sur une plage du Pacifique.

— Venez par ici, dit le colonel.

Il ouvrit l'une des portes-fenêtres et sortit dans le froid. Kolya et moi le suivîmes le long d'une allée de gravier qui traversait un jardin couvert de givre et descendait jusqu'aux berges du fleuve.

Une jeune fille vêtue d'un manteau de renard patinait sur la Neva. Tous les hivers, des centaines de jeunes filles patinaient de la sorte le dimanche après-midi sur le fleuve gelé, mais ce n'était pas un hiver ordinaire. Depuis plusieurs semaines, la glace était suffisamment épaisse : mais qui aurait eu la force d'aller y dessiner des cercles ? Immobiles sur la berge boueuse et gelée, nous la regardions, Kolya et moi, comme si nous avions vu un singe faire de la bicyclette en pleine rue. Elle était incroyablement belle, avec ses cheveux noirs séparés par une raie médiane et coiffés en chignon et ses bonnes joues pleines de santé, empourprées par le vent. Je mis quelques instants à comprendre pourquoi elle me semblait aussi étrange – mais la réponse me frappa soudain, avec toute la force de l'évidence : même à une telle distance, on voyait que cette jeune fille était bien nourrie. Son visage n'avait rien d'émacié et elle avait la grâce naturelle d'une athlète. Elle virevoltait avec autant de vitesse que de précision, sans jamais être essoufflée. Elle devait avoir des cuisses superbes – longues, musclées et d'une blancheur de lait. Pour la première fois depuis des semaines, je sentis ma queue durcir entre mes jambes.

— Elle va se marier la semaine prochaine, dit le colonel. Avec un gros balourd, je dois l'avouer, mais ce n'est pas bien grave. C'est un fidèle du Parti, il pourra s'occuper d'elle.

— C'est votre fille ? demanda Kolya.

Le colonel se fendit d'un large sourire et sa rangée de dents blanches éclaira son visage bosselé.

— Tu trouves probablement qu'elle ne me ressemble pas ? Elle a eu de la chance, en effet. Elle a hérité du visage de sa mère et du caractère de son père. Et elle peut partir à la conquête du monde avec ça.

Je m'aperçus seulement à cet instant que les dents du colonel étaient fausses : un dentier occupait toute la rangée supérieure. Et je compris aussitôt, assuré d'avoir raison, que cet homme avait été torturé. Il avait dû tomber lors d'une purge quelconque, accusé d'être un sympathisant trotskiste, ou fasciste, ou à la solde des Russes blancs. On lui avait arraché les dents, on l'avait roué de coups jusqu'à ce que ses yeux éclatent et qu'il pisse le sang – et puis un ordre était venu d'en haut, d'un obscur bureau moscovite : ce type est réhabilité, fichez-lui la paix, il est à nouveau l'un des nôtres.

Je me représentais d'autant mieux la scène que je l'avais souvent imaginée, en me demandant à quoi avaient pu ressembler les derniers jours de mon père. Il avait eu le malheur d'être à la fois juif et poète, et de jouir d'une petite notoriété. Il avait été proche de Maïakovski et de Mandelstam, mais à couteaux tirés avec Obranovich et sa bande, les chantres de la poésie révolutionnaire qu'il considérait comme les porte-voix de la bureaucratie. Ceux-ci traitaient mon père d'agitateur et de parasite, parce qu'il avait écrit sur les bas-fonds de Leningrad – qui étaient censés ne pas exister. Pire encore, il avait eu l'audace d'intituler son livre *Piter*, le surnom de la ville dont tous ses habitants continuaient de se servir mais qui était banni des textes soviétiques, parce que le patronyme de « Saint-Pétersbourg » était lié à l'arrogance d'un tsar, d'un tyran qui avait baptisé la cité du nom de son saint patron.

Par un après-midi d'été, en 1937, on était venu chercher mon père dans les bureaux de la revue littéraire où il travaillait. Il ne devait jamais revenir. L'appel du bureau moscovite n'avait pas retenti pour lui, il n'avait pas bénéficié de la moindre réhabilitation. Un officier du contre-espionnage pouvait s'avérer utile à l'avenir, aux yeux de l'État, mais un poète décadent... Peut-être était-il mort à la prison des Croix, ou en Sibérie, ou quelque part entre les deux, nous ne l'avons jamais su. S'il avait été enterré, il n'avait pas eu droit à une plaque commémorative. S'il avait été incinéré, aucune urne n'avait recueilli ses cendres.

Pendant longtemps, j'en ai voulu à mon père d'avoir écrit des pages aussi dangereuses. Il me paraissait stupide d'attacher plus d'importance à un livre qu'au fait de rester présent à mes côtés, et de me donner une petite claque sur la nuque lorsque je me grattais le nez. Mais par la suite, j'ai compris qu'il n'avait pas voulu insulter le Parti – pas consciemment en tout cas, comme Mandelstam avait pu le faire (écrivant avec une bravoure insensée que les doigts de Staline étaient des vers bouffis et qu'il avait les bacchantes d'un cafard). Mon père ne savait pas que *Piter* était un livre dangereux avant que les comptes rendus officiels ne le proclament. Il pensait écrire un livre destiné à cinq cents personnes, et peut-être avait-il raison : mais parmi ces cinq cents personnes, l'une au moins l'avait dénoncé et cela avait suffi.

Le colonel avait survécu, quant à lui, et en le regardant je me demandais si, après avoir frôlé d'aussi près la gueule du requin et être parvenu tant bien que mal à regagner le rivage, il trouvait étrange d'être maintenant en mesure de décider à qui il allait accorder sa clémence. Pour l'instant, la question ne semblait pas le troubler : il regardait sa fille patiner et applaudissait en la voyant virevolter.

— Le mariage aura donc lieu vendredi, dit-il. Et même au milieu de tout ça … (Il fit un geste qui englobait Leningrad, la famine, la guerre…), elle veut avoir droit à un vrai mariage, respectant la tradition. Elle a raison, la vie doit continuer. Nous combattons les barbares mais nous devons rester humains, rester *russes*. Il y aura donc des danses, de la musique… et un gâteau.

Il nous dévisagea à tour de rôle, comme si ce mot de *gâteau* contenait une information décisive et qu'il voulait être sûr que nous l'avions bien comprise.

— C'est la tradition, comme dit ma femme : un mariage sans gâteau porterait évidemment malheur. Je me suis battu toute ma vie contre ces superstitions paysannes dont les prêtres se sont servis pour maintenir le peuple dans la peur et l'ignorance, mais voilà… Ma femme veut un gâteau. Très bien, très bien, faisons donc ce gâteau. Cela fait plusieurs mois qu'elle met de côté le sucre, le miel, la farine et le reste…

Je me représentais les paquets de sucre, les pots de miel, la farine qui devait être de la vraie farine (et non de la sciure récupérée sur des barges à moteur). La moitié du Kirov aurait probablement survécu deux semaines, rien qu'avec sa pâte.

— Elle a donc tout ce qu'il lui faut, poursuivit le colonel. Tout, à l'exception des œufs.

Nous eûmes de nouveau droit à un regard appuyé.

— Les œufs sont difficiles à trouver, ajouta le colonel.

Durant quelques instants, nous demeurâmes tous les trois silencieux, en contemplant les volutes gracieuses qu'effectuait la fille du colonel.

— Les marins doivent en avoir, finit par dire Kolya.

— Non, ils n'en ont pas.

— Ils ont du bœuf en conserve. J'ai échangé un jeu de cartes contre une boîte de bœuf en conserve avec un marin qui…

— Ils n'ont pas d'œufs.

Ne me prends pas pour plus idiot que je ne le suis, mais il me fallut un bon moment pour comprendre où le colonel voulait en venir – et plus de temps encore pour avoir le courage de lui poser la question :

— Vous voulez que nous vous trouvions des œufs ?

— Une douzaine, répondit-il. Dix suffiraient largement, mais j'imagine que l'un d'eux peut se briser en cours de route ou ne pas être assez frais.

Il s'aperçut de notre stupéfaction et se fendit à nouveau d'un sourire radieux, en nous saisissant par l'épaule avec une telle force que je bombai un peu plus le torse.

— Mes hommes prétendent qu'il n'y a pas un seul œuf à Leningrad, mais je suis convaincu qu'on peut trouver de tout dans cette ville, y compris dans le contexte actuel. Tout ce dont j'ai besoin, ce sont des deux larrons susceptibles de mettre la main dessus.

— Nous ne sommes pas des larrons, rétorqua Kolya d'un air outragé, en fixant le colonel dans les yeux.

Je l'aurais giflé. Selon toute vraisemblance, nos cadavres auraient déjà dû être empilés sur un traîneau avec ceux des autres condamnés de la journée. On nous avait accordé un sursis : la vie sauve en échange d'une mission à remplir. Une mission un peu étrange, certes, mais relativement simple. Et Kolya était sur le point de tout gâcher. Tout ce qu'il allait obtenir, c'était une balle dans la tête – ce qui était déjà terrible : mais je risquais de subir le même sort, ce qui était bien pire.

— Vous n'êtes pas des voleurs ? ironisa le colonel. Toi, tu as déserté ton unité – non, inutile de protester... Et dès cet instant-là, tu as perdu tous tes droits en tant que soldat de l'Armée rouge – dont celui de porter non seulement ton fusil, mais ce manteau et ces bottes. Tu es donc un voleur. Et toi, Gros Nez, dit-il en se tournant vers moi, tu as détroussé un cadavre. Un cadavre allemand, je te l'accorde, ce qui fait que je ne prends pas cela comme une offense personnelle, mais ton geste n'en est pas moins criminel. Ne jouons donc pas sur les mots. Vous êtes tous les deux des voleurs. De mauvais voleurs, c'est entendu – je dirais même : des voleurs incompétents, mais vous avez de la chance. Nous n'avons pas de bons voleurs sous la main, ils ne se sont pas laissé prendre.

Il fit demi-tour et s'engagea en direction de la propriété. Nous restâmes quelques instants, Kolya et moi, à regarder la fille du colonel dont le manteau de renard étincelait au soleil. Elle devait nous avoir aperçus, à présent, mais elle nous ignorait superbement et ne jeta pas un coup d'œil dans notre direction. Nous n'étions que deux laquais de son père et ne présentions donc aucun intérêt. Nous la contemplâmes aussi longtemps que la décence nous le permettait, essayant de graver son image dans notre esprit en vue de futures masturbations, jusqu'à ce que le colonel finisse par nous lancer un ordre bref. Nous nous hâtâmes de le rejoindre.

— Vous avez vos cartes de rationnement ? nous demanda-t-il. (Il marchait à grands pas, sa pause était terminée, une longue journée de labeur l'attendait.) Donnez-les-moi.

Je conservais la mienne épinglée dans la poche intérieure de mon manteau et je vis Kolya retirer la sienne de sa chaussette. Nous les tendîmes au colonel, qui s'en empara.

— Ramenez-moi ces œufs avant jeudi, au lever du soleil, et je vous les rendrai. Sinon, ma foi, il faudra vous contenter de manger de la neige pendant le mois de janvier. Et vous devrez également vous passer de cartes en février. À supposer bien sûr que mes hommes ne vous aient pas retrouvés et descendus entre-temps. Et ils excellent dans ce genre de mission.

— Mais ils sont incapables de trouver des œufs, ajouta Kolya.

Le colonel se fendit d'un sourire.

— Tu me plais, mon garçon. Tu ne vas pas faire de vieux os sur terre, mais tu me plais.

Nous regagnâmes l'intérieur de la pièce. Le colonel se rassit à son bureau et regarda le téléphone noir. Il haussa les sourcils, se souvenant de quelque chose, ouvrit le tiroir du bureau et en sortit une lettre pliée en quatre. Il la tendit à Kolya.

— Ce document vous dispense du couvre-feu. Si on vous cherche des histoires, il vous suffira de le montrer et on vous laissera passer. Et tenez : prenez également ceci…

Il sortit de son portefeuille quatre billets de cent roubles et les donna à Kolya, qui regarda l'argent et la lettre avant de les fourrer dans la poche de son manteau.

— En juin dernier, dit le colonel, j'aurais pu m'acheter un millier d'œufs avec une somme pareille.

— Et vous le pourrez de nouveau en juin prochain, dit Kolya. Les Fritz ne passeront pas l'hiver.

— Avec des soldats comme vous, dit le colonel, c'est en deutsche Mark que nous paierons bientôt nos œufs.

Kolya ouvrit la bouche et voulut se défendre, mais le colonel hocha la tête.

— Vous comprenez que je vous fais une fleur? Ramenez-moi une douzaine d'œufs d'ici jeudi et je vous laisse la vie sauve. Concevez-vous bien la rareté d'un tel présent?

— Quel jour sommes-nous?

— Nous sommes samedi. Tu as déserté ton unité vendredi. Quand le soleil se lèvera demain, ce sera dimanche. Tu arriveras à te repérer avec ça? Toi aussi? Parfait.

Borya réapparut avec une assiette bleue où trônaient quatre toasts, sur lesquels on avait étalé quelque chose de gras, du lard peut-être : cela brillait, c'était nourrissant et absolument délicieux. Un autre aide de camp pénétra dans la pièce, portant deux tasses de thé fumant. Je m'attendais à en voir surgir un troisième, chargé de la soupe de poisson, mais il ne se montra pas.

— Dépêchez-vous de manger, les gars, lança le colonel. Un long chemin vous attend.

4.

— Gros Nez, ce surnom me plaît... Qui était ton père, Gros Nez ?

— Son nom ne te dirait rien.

— S'il a publié des poèmes, je le connais sûrement.

— Laisse tomber.

— Tu n'es pas à prendre avec des pincettes, à ce que je vois.

Nous étions en train de retraverser le pont Kamenno-ostrovski, à pied cette fois-ci. Kolya s'arrêta à mi-parcours, posa ses mains gantées sur la balustrade et regarda le fleuve, en direction de la propriété des Dolgo-roukov. La fille du colonel ne patinait plus sur la glace, mais il contempla le décor un moment, dans l'espoir de la voir resurgir.

— Elle m'a souri, dit-il.

— Ne dis pas n'importe quoi. Comment aurait-elle pu te sourire ? Elle ne nous a même pas regardés.

— Peut-être es-tu jaloux, mon ami, mais elle m'a bel et bien adressé un sourire. Il me semble l'avoir déjà croisée à l'université, où je ne suis pas sans jouir d'une certaine réputation.

— En tant que déserteur ?

Kolya fit volte-face, devant la balustrade, et me dévisagea.

— Si tu me traites encore une fois de déserteur, dit-il, je fais voler tes dents en éclats.

— Je ne te conseille pas d'essayer. Ou tu te retrouveras avec mon couteau entre les yeux.

Kolya considéra mes paroles et se retourna à nouveau face au fleuve.

— Je t'aurai mis K.O. avant que tu aies pu sortir ton arme, dit-il. Je peux me montrer très rapide, quand le besoin se fait sentir.

Je songeai un instant à dégainer mon couteau sur-le-champ, rien que pour lui montrer qu'il avait tort, mais il ne semblait plus fâché et il valait mieux se remettre en route.

Nous franchîmes le pont. Une fois sur la terre ferme, nous nous engageâmes dans Pesochnaya, en direction du sud, longeant le fleuve à notre droite et, sur notre gauche, les rails rouillés de la voie ferrée qui menait en Finlande. Aucun train ne roulait depuis le mois de septembre, autrement dit après que les Allemands avaient encerclé la ville et coupé toutes les voies d'accès – aussi bien vers la Finlande que vers Moscou, Vitebsk, Varsovie ou la mer Baltique. Le seul lien que conservait Leningrad avec le reste de la Russie était la voie des airs, mais peu d'avions parvenaient à franchir les lignes de la Luftwaffe.

— Évidemment, dit Kolya, nous pourrions prendre la poudre d'escampette. Mais sans cartes de rationnement, ce serait un peu risqué. (Il réfléchit un instant à cette éventualité.) Ce ne sont pas les types du NKVD qui me tracassent. Dans les rangs de l'armée, on raconte volontiers que la police ne trouverait pas une chatte dans un bordel. Mais s'en sortir sans cartes de rationnement... ce n'est pas évident.

— Il faut donc que nous dénichions ces œufs, dis-je.

Nous nous retrouvions à l'air libre, en train de marcher au soleil, grâce à la décision du colonel. Si le prix à payer pour ce sursis était une douzaine d'œufs, il ne nous restait plus qu'à les trouver. Il ne servait à rien de tergiverser.

— La meilleure solution serait en effet de mettre la main dessus, je te l'accorde, dit Kolya. Mais cela ne m'empêche pas d'envisager d'autres hypothèses. Peut-être n'y a-t-il plus un seul œuf en ville : que se passera-t-il, dans ce cas ? Tu as encore de la famille à Piter ?

— Non.

— Moi non plus. C'est déjà ça. Nous n'aurons que notre peau à sauver, sans craindre d'éventuelles représailles.

Des panneaux étaient placardés sur les murs des entrepôts éventrés par les bombes : VOUS ÊTES-VOUS ENRÔLÉS PARMI LES VOLONTAIRES DU PEUPLE ? Il n'y avait pas d'immeubles résidentiels, dans cette partie de la ville, et la rue était déserte. Personne en dehors de nous ne marchait sous le ciel gris et blanc. Nous aurions aussi bien pu être les seuls survivants de la guerre, les deux derniers défenseurs de la ville, prêts à repousser les fascistes – moi avec mon couteau volé et Kolya à la seule force de ses poings.

— Le mieux serait encore de nous rendre aux Halles, dit Kolya. J'y suis passé il y a quelques mois. On y trouvait encore du beurre et du fromage, et même un peu de caviar.

— Comment se fait-il, dans ce cas, que les hommes du colonel n'aient pas réussi à se procurer des œufs ?

— Parce que c'est du marché noir. La moitié des produits sont volés. Il y a des gens qui revendent leurs cartes de rationnement, sans parler de bien d'autres combines. Ils ne vont pas faire des affaires avec des soldats en uniforme. Et encore moins avec des membres du NKVD.

L'argument se tenait. Kolya se mit à siffloter un air de son invention et nous poursuivîmes notre chemin vers le sud, en direction des Halles. La situation s'améliorait.

Notre exécution n'était plus imminente, j'avais l'estomac plus rempli qu'il ne l'avait été depuis des semaines et le thé noir que nous avions bu m'avait donné un coup de fouet supplémentaire. J'avais retrouvé assez de force pour que mes jambes m'emmènent où je le souhaitais. Quelqu'un, quelque part, possédait la douzaine d'œufs que nous cherchions et nous finirions bien par lui mettre la main dessus. D'ici là, je pouvais me permettre de rêvasser et d'imaginer la fille du colonel en train de patiner, nue sur la Neva, laissant les rayons du soleil caresser ses fesses d'albâtre.

Kolya me donna une claque dans le dos et me sourit d'un air entendu, comme s'il avait lu à travers la paroi transparente de mes pensées.

— Superbe fille, pas vrai ? Ça te dirait de tirer un coup avec elle ?

Je ne répondis pas, mais Kolya avait apparemment une longue pratique des conversations solitaires.

— Le secret, pour faire craquer les femmes, c'est une indifférence calculée.

— Qu'est-ce que tu racontes ?

— Je cite Oushakov. C'est une phrase du *Chien dans la cour*. Ah, c'est vrai que tu ne l'as pas lu... (Kolya poussa un soupir, accablé par mon ignorance.) Ton père appartenait à la confrérie des lettrés et il a fait de toi un inculte. C'est triste.

— Pourrais-tu laisser mon père en dehors de cette affaire ?

— Radchenko, le protagoniste, est un grand séducteur. Les gens viennent de tous les coins de Moscou pour recueillir ses conseils en matière de conquêtes féminines. Il ne quitte jamais son lit et reste allongé à boire du thé...

— Comme Oblomov.

— Il n'a rien à voir avec Oblomov ! Pourquoi tout le monde se croit-il obligé de comparer automatiquement à Oblomov le moindre personnage de roman ?

— Parce que ta description lui correspond parfaitement.

Kolya s'arrêta et baissa les yeux vers moi. Il me dépassait d'une bonne tête et avait des épaules deux fois plus larges que les miennes. Il se pencha vers moi, en m'adressant un regard menaçant.

— N'importe quel crétin d'universitaire sait que Goncharov n'arrivait pas à la cheville d'Oushakov, littérairement parlant. Oblomov n'existe même pas. Son histoire est une simple leçon de morale à l'usage de la bourgeoisie, une bluette qu'on fait lire aux enfants pour leur démontrer les dangers de la paresse. Radchenko, c'est autre chose... L'un des plus grands héros de notre littérature – avec Raskolnikov, Bezoukhov et... je ne sais pas, peut-être Chichikov.

— Tu me couvres de postillons...

— Eh bien, tu l'as mérité.

Je me remis en marche, en direction du sud, et Kolya ne tarda pas à m'emboîter le pas, malgré son irritation. Incontestablement, le sort nous avait réunis : nos deux destins étaient liés, au moins jusqu'à jeudi.

Sur l'autre rive de la Neva prise dans la glace et couverte de neige, l'ange était toujours assis au sommet de la flèche dorée qui surplombe la cathédrale Pierre et Paul. On prétendait pourtant que la Wehrmacht avait promis la Croix de fer à l'artilleur qui parviendrait à l'abattre. Kolya désigna du menton la direction de Petrograd.

— J'étais basé à la forteresse lorsque le zoo a été bombardé, dit-il.

— J'ai entendu dire que les babouins s'étaient répandus dans les rues et qu'un tigre de Sibérie...

— Ce sont des fariboles, me coupa-t-il. Aucun animal ne s'est échappé.

— Il est possible que quelques-uns y soient arrivés. Comment peux-tu être aussi catégorique ?

— Aucun animal ne s'est échappé, répéta-t-il. Si tu veux te raconter des histoires qui t'aideront à t'endormir le soir, c'est ton affaire. Mais c'est un mensonge pur et simple. (Il s'interrompit pour cracher par terre.) Les Fritz ont réduit les bâtiments en cendres. Betty, la femelle éléphant... Je l'adorais et ne manquais jamais d'aller la voir, quand j'étais enfant. Je la regardais se laver, pomper de l'eau avec sa trompe avant de s'arroser... Elle était d'une grâce... Qui aurait cru qu'elle succomberait ainsi ? Elle était tellement imposante : et pourtant elle y est passée, elle aussi.

— Elle est morte ?

— Qu'est-ce que je viens de te dire ? Ils sont tous morts. Mais pour Betty, cela a pris des heures. Elle poussait des gémissements, la pauvre... J'étais de garde ce jour-là, mais j'aurais donné n'importe quoi pour pouvoir lui donner le coup de grâce et mettre fin à ses souffrances. Je ne te souhaite pas d'assister un jour à l'agonie d'un éléphant.

Il fallait marcher un bon moment, au moins six kilomètres, pour rejoindre les Halles : traverser le pont de Liteiny et les Jardins d'été – où les ormes et les chênes avaient été abattus à la hache – et longer l'église du Sang-Versé, avec sa façade aux carreaux vernissés et ses clochers effilés surmontés de dômes ventrus, édifiée à l'endroit même où Hryniewiecki s'était donné la mort, après avoir tué l'empereur. Plus nous progressions vers le sud, plus les rues se peuplaient. Emmitouflés dans plusieurs couches de vêtements, les passants marchaient courbés en avant pour résister au vent, le visage blême et les traits tirés par la malnutrition. Sur la perspective Nevski, les magasins étaient fermés depuis des mois.

Nous aperçûmes deux femmes d'une soixantaine d'années qui marchaient, serrées l'une contre l'autre : leurs épaules se touchaient et elles gardaient les yeux rivés au sol, pour éviter la plaque de verglas qui aurait provoqué leur chute. Un homme qui arborait fièrement une moustache en forme de guidon transportait un seau blanc rempli de clous noirs. Un gamin qui ne devait pas avoir plus de douze ans tirait derrière lui, au bout d'une corde, un traîneau sur lequel reposait le corps d'un petit enfant enveloppé dans des couvertures et dont les pieds dépassaient, raclant la neige damée. Des barrages étaient disposés en travers de la rue, à intervalles réguliers, des rangées de croix en béton armé destinées à entraver la progression des chars ennemis. Un panneau fixé au mur annonçait : ATTENTION ! CE CÔTÉ DE LA RUE EST LE PLUS EXPOSÉ EN CAS DE BOMBARDEMENT.

Avant la guerre, la perspective Nevski était le cœur de la ville. Elle avait été construite pour rivaliser avec les grandes avenues de Londres et de Paris. Le long des trottoirs, des kiosques vendaient des chocolats et des branches de cerisier en fleur. Chez Eliseyev, derrière le comptoir, des vieillards en tablier débitaient des tranches de saumon fumé. Le clocher de l'hôtel de ville dominait tout ce brouhaha, rappelant aux passants qu'ils étaient en retard et que le travail les attendait. Des Packard noires passaient à vive allure, transportant à grands coups de klaxon des membres du Parti d'un rendez-vous à l'autre. Même lorsqu'on n'avait pas un sou à dépenser – et aucun endroit important où aller – c'était toujours un plaisir de se promener sur la Nevski. En juin, le soleil ne se couchait pas avant minuit et personne ne voulait perdre une seule miette de lumière. On pouvait admirer les plus jolies filles de Piter, qui regardaient les vitrines illuminées des magasins de mode, étudiant la coupe des nouveaux modèles afin de pouvoir reproduire ces robes chez elles, au cas où elles parviendraient à récupérer le tissu nécessaire. Et même si l'on n'adressait pas la parole à ces filles et qu'on se contentait de les regarder de loin...

— Tu es puceau, pas vrai ?

Kolya avait interrompu le fil de mes pensées avec un tel à-propos que je restai un instant pantois.

— Moi ? répondis-je bêtement. De quoi parles-tu donc ?

— Du fait que tu n'as jamais couché avec une fille.

On a parfois l'intuition qu'il est préférable de ne pas mentir, dans certaines circonstances : la partie est perdue avant même d'avoir commencé.

— Qu'est-ce que ça peut te faire ? répliquai-je.

— Écoute, Lev, ne pourrions-nous pas essayer d'être amis ? Qu'en dis-tu ? Nous allons devoir rester ensemble jusqu'à ce que nous ayons déniché ces satanés œufs et nous avons tout intérêt à nous entendre, tu ne crois pas ? Tu me parais être un garçon tout à fait digne d'attention, un peu soupe au lait et tourmenté intérieurement, comme tout bon juif qui se respecte, mais tu m'es sympathique. Et si tu te détendais un peu, au lieu de t'opposer sans cesse à moi, je pourrais probablement t'enseigner deux ou trois choses.

— À propos des filles ?

— À propos des filles, oui. Et de la littérature. Et des échecs.

— Quel âge as-tu ? Dix-neuf ans ? Pourquoi t'adresses-tu toujours à moi comme si tu étais expert en tout ?

— J'ai vingt ans et je ne suis pas expert en tout. Seulement en filles, en littérature et en échecs.

— Rien que ça ?

— Mmm. Et en danse. Je suis un excellent danseur.

— Qu'est-ce que tu parierais, si nous jouions aux échecs ?

Kolya me regarda et sourit. Il exhala un soupir : la vapeur de son souffle s'éleva au-dessus de sa tête.

— Ton couteau allemand, répondit-il.

— Et moi, qu'est-ce que je gagnerais ?

— Rien du tout. Tu ne gagneras pas.

— Supposons que ce soit le cas.

— Il me reste peut-être une centaine de grammes de cette saucisse...

— Cent grammes de saucisse contre un couteau allemand ? Je ne marche pas.

— Je possède quelques photos...

— Quel genre de photos ?

— Des photos de filles. Des Françaises. Cela te permettrait de parfaire ton éducation.

Ces photos me semblaient constituer un enjeu intéressant. J'étais assuré de ne pas perdre le couteau. Un certain nombre de gens à Piter étaient capables de me battre aux échecs, mais je les connaissais tous personnellement. Mon père avait remporté le championnat de Leningrad quand il était encore à l'université. Il m'emmenait souvent le jeudi et le dimanche au club d'échecs du Spartak, installé dans le palais des Conquérants. Quand j'avais six ans, l'entraîneur du club avait décrété que j'avais du talent. Plusieurs années durant, j'avais figuré dans le petit groupe des jeunes joueurs les mieux classés, remportant des médailles lors des divers tournois organisés par l'Oblast de Leningrad. Mon père en était très fier, même s'il était trop bohème pour reconnaître qu'il se souciait de ce genre de compétitions et ne me laissait pas exposer mes trophées dans notre appartement.

À l'âge de quatorze ans, j'avais quitté le club. J'avais compris que j'étais un bon joueur, mais que je ne ferais jamais partie des meilleurs. Certains de mes amis du Spartak, que je battais régulièrement quand nous étions plus jeunes, m'avaient désormais largement dépassé, accédant à un niveau que je savais ne jamais pouvoir atteindre – quel que soit le nombre de parties que je disputerais, de traités que je lirais, de stratégies de fins de partie que j'élaborerais le soir, couché dans mon lit. J'étais comme un pianiste bien entraîné, qui sait exactement sur quelles touches il doit poser les doigts, mais qui ne parviendra jamais à s'approprier la musique qu'il interprète. Un grand joueur d'échecs comprend le jeu d'une manière qu'il serait incapable de formuler : il analyse la situation des pièces et sait comment renforcer sa position avant même de pouvoir expliquer la raison de son déplacement. Je ne possédais pas un tel instinct. Mon père avait été déçu lorsque j'avais quitté le club, mais je n'en avais tiré aucune tristesse. Jouer aux échecs était devenu au contraire beaucoup plus amusant, une fois que je n'avais plus eu à me soucier du rang que j'occupais dans le classement des compétitions locales.

Kolya s'arrêta devant le café Kvissisana et jeta un coup d'œil à travers la vitre, à moitié recouverte par des bandes de tissu. Le restaurant à l'intérieur était vide : toutes les tables avaient été enlevées, il n'y avait plus rien en dehors du linoléum qui recouvrait le sol et du tableau noir placardé au mur, où figurait encore à la craie la liste des plats du jour du mois d'août.

— J'ai invité un jour une fille ici, dit-il. On y mange les meilleures côtelettes d'agneau de la ville.

— Tu l'as ensuite ramenée chez elle et vous avez fait l'amour.

J'avais prononcé ces mots sur un ton volontairement sarcastique, mais je songeai aussitôt que les choses avaient dû se passer ainsi.

— Non, dit Kolya en regardant son reflet dans la vitre et en repoussant une mèche rebelle sous sa toque de fourrure. Nous avions fait l'amour avant de venir manger. Après le dîner, nous sommes allés boire un verre à l'Europa. Cette fille était folle de moi, mais je préférais largement sa copine.

— Dans ce cas, pourquoi n'as-tu pas invité la copine à dîner ?

Kolya m'adressa un sourire entendu – celui que le supérieur réserve à son subordonné.

— C'est cela, l'indifférence calculée. Il faut vraiment que je fasse ton éducation.

Nous continuâmes de descendre la Nevski. Il était une heure de l'après-midi mais le soleil d'hiver avait entamé sa descente vers l'ouest et nos ombres s'étiraient déjà devant nous.

— Allons-y doucement, reprit-il, et procédons par ordre. Y a-t-il une fille en particulier qui t'attire ?

— Pas spécialement.

— Qui te parle de spécialités ? Tu es vierge, tout ce dont tu as besoin c'est de la chaleur d'une paire de cuisses et d'un cœur qui bat. Inutile de songer à Tamara Karsavina.

— Il y a une nommée Vera, qui habite dans mon immeuble. Mais elle en préfère un autre.

— Bon. Premier point important : oublions cet autre. Occupons-nous de Vera. Que lui trouves-tu de particulier ? Qu'est-ce qui t'attire chez elle ?

— Je ne sais pas. Elle habite dans mon immeuble.

— Il s'agit là d'une donnée objective. Autre chose ?

— Elle joue du violoncelle.

— Bel instrument. Quelle est la couleur de ses yeux ?

— Je ne sais pas.

— Tu ne l'aimes pas. Si tu ne connais pas la couleur de ses yeux, c'est qu'elle ne t'attire pas.

— Si, elle m'attire. Mais de toute façon, elle ne s'intéresse qu'à Grisha Antokolski. Alors, à quoi bon ?

— Très bien, dit Kolya qui faisait preuve d'une patience inattendue dans ce rôle fastidieux. Tu crois être attiré par elle parce qu'elle n'est pas attirée par toi. C'est parfaitement compréhensible, mais je t'assure que tu ne l'aimes pas. Oublions donc Vera.

Oublier Vera ne paraissait pas si difficile que ça. J'avais passé les trois dernières années à essayer de me l'imaginer entièrement nue, mais c'était simplement parce qu'elle habitait deux étages en dessous et que j'avais entrevu ses seins, un jour où les bretelles de son maillot avaient glissé, à la piscine de la maison des jeunes du quartier. Si Vera n'avait pas paniqué et fait cette chute malencontreuse devant le portail du Kirov, je ne me serais pas retrouvé en train d'errer dans les rues de Piter aux côtés d'un déserteur lunatique, à la recherche d'une douzaine d'œufs. Elle n'avait pas jeté un seul regard en arrière, lorsque les soldats m'avaient arrêté. Et elle était probablement déjà en train de se bécoter avec Grisha dans l'un des couloirs obscurs du Kirov lorsque les portes de la prison des Croix s'étaient refermées sur moi.

— La fille du colonel était jolie, dis-je. Elle me plaît assez.

Kolya me dévisagea, l'air amusé.

— Oui, dit-il, la fille du colonel est jolie. J'apprécie ton optimisme. Mais elle n'est pas pour toi.

— Elle n'est pas davantage pour toi.

— Il n'est pas impossible que tu te trompes sur ce dernier point. Si tu avais vu le regard qu'elle m'a lancé…

Nous dépassâmes une bande de gamins munis d'escabeaux et de seaux remplis de lait de chaux, dont ils badigeonnaient avec application les plaques des rues et les numéros des immeubles. Kolya s'arrêta et les regarda.

— Hé ! cria-t-il au plus proche d'entre eux.

Celui-ci portait une telle couche de vêtements qu'on aurait pu le prendre pour un obèse sans son visage aux traits émaciés où ses yeux noirs brillaient, soulignés par des cernes profonds. On ne voyait plus beaucoup d'enfants aussi jeunes en ville : la plupart avaient été évacués en septembre. Ceux qui restaient étaient généralement très pauvres – des orphelins de guerre, pour la plupart, qui n'avaient pas de famille chez qui se réfugier, dans l'est de la province.

— Qu'est-ce que vous fabriquez ? s'exclama Kolya. (Il se tourna vers moi, indigné par ce manque de respect.) Ces petits effrontés sont en train de souiller la perspective Nevski... Hé, toi !

— Suce ma queue et fais un vœu, lui rétorqua le gamin aux yeux noirs, tout en étalant une couche de blanc sur une plaque qui correspondait à la boutique d'un horloger.

Kolya lui-même sembla dérouté par cette repartie. Il se dirigea vers le gamin, le saisit par les épaules et l'obligea à faire volte-face.

— Tu parles à un soldat de l'Armée rouge, petit...

— Kolya..., commençai-je.

— Tu trouves que l'heure est à la plaisanterie ? Où vous croyez-vous donc, toi et ta bande de gitans ?

— Vous feriez mieux de me lâcher, dit le gamin.

— Tu me menaces à présent ? Cela fait quatre mois que je me bats contre les Allemands et tu te crois suffisamment fort pour me menacer ?

— Kolya, répétai-je en haussant le ton. Ils obéissent aux ordres. Si les Fritz pénètrent dans la ville, ils seront incapables de retrouver leur chemin.

Le regard de Kolya se posa tour à tour sur le gamin aux yeux noirs et sur les plaques passées au lait de chaux, avant de revenir à moi.

— Comment sais-tu ça ? me demanda-t-il.

— Parce qu'on m'a demandé de faire la même chose, pas plus tard qu'avant-hier.

Kolya relâcha les épaules du gamin, qui le regarda encore quelques instants avant de se remettre au travail.

— Pas bête ! s'exclama Kolya tandis que nous reprenions la direction des Halles.

5.

Quand on avait quelque chose à acheter, à vendre ou à troquer, on se rendait aux Halles. Avant la guerre, les échoppes installées le long des trottoirs étaient considérées comme la perspective Nevski du pauvre. Lorsque le blocus avait commencé, que les boutiques de luxe avaient fermé les unes après les autres, que les restaurants s'étaient vidés et que les bouchers avaient épuisé leurs réserves de viande, les Halles s'étaient mises à prospérer. Des femmes de généraux venaient échanger leurs colliers d'ambre contre des sacs de farine. Des membres du Parti marchandaient avec des paysans qui avaient fui les campagnes, pour obtenir le plus de pommes de terre possible en échange d'un service en argent massif. Si les négociations s'éternisaient, les paysans les interrompaient d'un geste et plantaient là les citadins. « Vous n'avez qu'à manger votre argenterie », leur lançaient-ils en haussant les épaules. Et ils finissaient le plus souvent par obtenir le prix qu'ils exigeaient.

Nous allions d'étal en étal, observant du coin de l'œil les piles de bottes en cuir : certaines portaient encore les traces ensanglantées des combats qu'avaient livrés leurs derniers propriétaires. Les fusils et les pistolets Tokarev étaient vendus à bas prix, on pouvait aisément s'en procurer contre quelques roubles ou deux cents grammes de pain. Les Luger et les grenades étaient plus chers, mais il suffisait pour en trouver de s'adresser à la bonne personne. Une échoppe vendait même de la boue à cent roubles le verre – la « boue de Badayev » comme l'appelait le vendeur, raclée sur le sol de l'entrepôt de nourriture détruit par les bombardements et agrémentée de sucre fondu.

Kolya s'arrêta devant un étal tenu par un individu aussi voûté que squelettique. Un bandeau lui recouvrait l'œil et une pipe éteinte était coincée entre ses lèvres. Il vendait des bouteilles sans étiquette, remplies d'une boisson incolore.

— Qu'est-ce que c'est ? lui demanda Kolya.

— De la vodka.

— De la vodka ? Faite avec quoi ?

— Avec du bois.

— Ce n'est pas de la vodka, l'ami. C'est de l'alcool de bois.

— Vous en voulez ou pas ?

— Nous ne sommes pas là pour ça, dis-je à Kolya.

Celui-ci m'ignora.

— Ça peut rendre les gens aveugles, des trucs pareils, dit-il au marchand.

Le borgne hocha la tête, hérissé par une telle ignorance mais prêt à faire un petit effort pour ne pas rater une vente.

— Il faut filtrer le liquide, dit-il. Vous prenez un bout de tissu, vous le pliez en quatre, vous versez l'alcool par-dessus : après ça, vous ne risquez plus rien.

— À vous entendre, on dirait le nectar des dieux, dit Kolya. Vous devriez lui trouver un nom. *L'élixir du filtre céleste* : ça sonne bien, pour une boisson.

— Vous en voulez ?

— Je vous prends une bouteille si vous trinquez avec moi.

— Il est encore un peu tôt, dit le marchand.

Kolya haussa les épaules.

— Si vous en buvez une gorgée devant moi, je vous achète une bouteille. Sinon, pas question. La guerre m'a rendu méfiant.

— C'est deux cents roubles la bouteille.

— Cent, dit Kolya. Buvons.

— Qu'est-ce que tu fabriques ? lui demandai-je.

Mais il ne me regarda même pas. Le borgne posa sa pipe éteinte sur son étal, dénicha un verre à thé et cercha des yeux un bout de tissu.

— Tenez, dit Kolya en lui tendant un mouchoir blanc. Il est propre. Enfin, à peu près.

Nous regardâmes le marchand plier le mouchoir et le disposer au sommet du verre à thé, avant de verser lentement l'alcool par-dessus. Même en plein air, et malgré les rafales de vent, le liquide dégageait une odeur infecte, semblable au détergent qu'on emploie pour laver le sol des usines. Le borgne retira le mouchoir, maintenant imprégné d'un résidu cireux. Il porta le verre à ses lèvres, en but une gorgée et le reposa sur l'étal, sans changer d'expression.

Kolya vérifia le niveau du liquide pour s'assurer que le marchand en avait bien bu une gorgée. Satisfait, il leva à son tour le verre, se tourna vers nous et porta son toast :

— À la mère Russie !

Sans ciller, il vida l'alcool d'un trait, reposa violemment le verre, s'essuya les lèvres du revers de la main et feignit un brusque malaise. Il fit mine de trébucher et me saisit par l'épaule, les yeux dilatés.

— Vous m'avez tué…, balbutia-t-il avec difficulté, en désignant le marchand borgne d'un index accusateur.

— Je ne vous ai jamais dit de boire à une telle vitesse, répondit celui-ci sans se démonter, en coinçant à nouveau sa pipe entre ses lèvres. Ça fera cent roubles.

— Lev… Lev, où es-tu ?

Kolya s'était tourné vers moi mais ne semblait pas me voir, comme si j'étais brusquement devenu invisible.

— Très drôle, dis-je.

Il sourit brusquement et se redressa.

— On ne peut pas rouler un juif, j'aurais dû le savoir. Très bien, ajouta-t-il, paie ce type.

— Qu'est-ce que tu racontes ?

— Donne-lui ce qu'il nous réclame, précisa-t-il en désignant le vendeur qui attendait toujours.

— Je n'ai pas d'argent, dis-je.

— N'essaie pas de m'arnaquer, mon gars ! rugit Kolya en saisissant le col de mon manteau et en me secouant comme un prunier. Je suis un soldat de l'Armée rouge et je ne me laisserai pas gruger de la sorte !

Il me relâcha brusquement et plongea les mains dans les poches de mon manteau, d'où il retira quelques papiers froissés, un bout de ficelle et un morceau de tissu – rien qui ressemblât de près ou de loin à de l'argent. Kolya poussa un soupir et se tourna vers le marchand.

— Apparemment, lui dit-il, nous n'avons pas d'argent. Je crains donc qu'il nous faille annuler la transaction.

— Tu crois peut-être que je ne suis pas capable de te faire la peau, sous prétexte que tu es un soldat ? lança le borgne en ouvrant son manteau pour nous montrer le manche d'un couteau finlandais.

— Qu'est-ce que ça coûte d'essayer, dit Kolya. J'ai déjà un verre de poison dans l'estomac…

Il se fendit d'un large sourire et attendit la réaction du marchand. Aucune émotion ne transparaissait derrière l'écran de ses yeux bleus – ni frayeur ni excitation face à la perspective d'une bagarre. Comme je devais l'apprendre, c'était l'une des grandes qualités de Kolya : le danger l'apaisait. Autour de lui, les gens réagissaient comme on pouvait s'y attendre : de manière stoïque, hystérique, faussement joviale – quand il ne s'agissait pas d'un savant mélange des trois. Kolya, quant à lui, donnait l'impression de ne pas prendre tout cela au sérieux. Les diverses péripéties liées à la guerre conservaient quelque chose d'un peu absurde à ses yeux – que ce soit la barbarie des Allemands, la propagande du Parti, le tir croisé des bombes incendiaires qui traversaient le ciel en pleine nuit... Tout cela lui semblait faire partie d'une histoire qui arrivait à quelqu'un d'autre, dans laquelle il avait fait irruption et dont il ne parvenait pas à s'évader.

— Fous-moi le camp ou je te tranche la gorge ! lança le borgne en mâchouillant le bout de sa pipe, la main posée sur le manche de son couteau.

Kolya le salua et se dirigea vers l'étal suivant, aussi détendu que si la transaction s'était déroulée sans histoire. Je lui emboîtai le pas, mais mon cœur battait à tout rompre à l'intérieur de ma poitrine.

— Contentons-nous de trouver ces œufs, lui dis-je. À quoi bon chercher des histoires et provoquer ainsi les gens ?

— J'avais besoin de siffler un verre, je l'ai fait. Et maintenant, je me sens revivre.

Il prit une profonde inspiration, exhala son souffle en pinçant les lèvres et regarda la condensation s'élever dans l'air.

— Nous aurions dû mourir tous les deux la nuit dernière, reprit-il. Est-ce que tu te rends compte de ça ? Et de la chance que nous avons eue ? Tu ferais mieux d'en profiter.

Je m'arrêtai devant une échoppe où une vieille paysanne couverte d'un fichu vendait des petits pâtés à la viande, d'une teinte grisâtre. Nous les considérâmes, Kolya et moi. La viande paraissait fraîche et sa graisse luisait, mais nous n'osions pas imaginer de quel animal elle provenait.

— Avez-vous des œufs ? demandai-je à la vieille.

— Des œufs ? répéta-t-elle en se penchant vers moi. Pas depuis le mois de septembre.

— Il nous en faudrait une douzaine, dit Kolya. Nous sommes prêts à y mettre le prix.

— Vous pourriez bien avoir un million de roubles que ça n'y changerait rien, dit la vieille. Vous ne trouverez pas un seul œuf à Piter.

— Où faut-il aller, dans ce cas ?

La vieille haussa les épaules et les rides de son visage se plissèrent, au point qu'on aurait pu les croire sculptées dans la pierre.

— Je vends de la viande, dit-elle. Si vous en voulez, c'est trois cents roubles les deux pâtés. Je n'ai pas d'œufs.

Nous allâmes d'étal en étal, demandant à tous les marchands s'ils avaient des œufs, mais personne n'en avait plus vu aux Halles depuis le mois de septembre. Certains avaient bien quelques idées, concernant la manière dont on pouvait s'en procurer : des militaires de haut rang en faisaient venir par avion de Moscou ; dans la campagne environnante, des fermiers en fournissaient aux Allemands, ainsi que du beurre et du lait, pour avoir la vie sauve ; un vieillard qui habitait près de la porte de Narva élevait encore quelques volatiles dans un poulailler, sur le toit d'un immeuble… Cette dernière rumeur était évidemment absurde, mais le gamin qui nous la raconta semblait sûr de son fait.

— Si vous tuez une poule, elle vous permettra tout au plus de manger pendant huit jours. Mais si vous la laissez en vie, à raison d'un œuf par jour, ajouté à votre carte de rationnement, vous pourrez tenir jusqu'à l'été.

— Une poule, ça s'entretient, rétorqua Kolya. Qui pourrait nourrir des animaux pareils en ce moment ?

Le gamin, dont les cheveux noirs et bouclés saillaient en désordre sous une vieille casquette de la marine impériale, hocha la tête comme s'il trouvait la question idiote.

— Les poules mangent n'importe quoi, dit-il. Une poignée de sciure leur suffit.

Le gamin vendait un ersatz de friandise, baptisé « caramel des bibliothèques ». Pour le fabriquer, on arrachait les couvertures des livres, on raclait la colle qui avait servi à la reliure et on la faisait bouillir : puis on découpait la pâte ainsi obtenue en barres qu'on enveloppait ensuite dans un morceau de papier. Le tout avait un vague goût de cire, mais il y avait des protéines dans la colle – et les protéines maintenaient en vie : aussi les livres de la ville disparaissaient-ils désormais aussi vite que les pigeons.

— Tu as vu ces poules de tes yeux ? demanda Kolya.

— C'est mon frère qui les a vues. Le vieux dort en personne dans son poulailler, armé d'un fusil. Tous les habitants de l'immeuble rêvent de lui voler ses poules.

Kolya m'adressa un regard entendu et je hochai la tête d'un air sceptique. Tout le monde en ville colportait ce genre de fables, on en entendait sans cesse de nouvelles – des histoires de placards frigorifiques remplis de jarrets de bœuf, de garde-manger pleins à craquer de boîtes de caviar et de saucisses de veau. C'était toujours un frère ou un cousin qui avait vu ces merveilles de ses propres yeux. Les gens prêtaient foi à ces histoires parce que cela renforçait leur conviction : selon eux, il y avait bien des gens quelque part qui se remplissaient la panse pendant que le reste de la population crevait de faim. Ils avaient raison, d'ailleurs : la fille du colonel ne mangeait peut-être pas de l'oie rôtie tous les soirs, mais elle avait droit à un véritable dîner.

— Ce vieil homme ne peut pas rester en permanence dans son poulailler, dis-je au gamin. Il faut bien qu'il sorte de temps en temps pour aller chercher de l'eau ou récupérer sa part de rations. Ou pour se rendre aux toilettes. Il est impossible que personne n'en ait profité un jour ou l'autre pour lui chaparder ses poules.

— Il pisse sur son toit. Pour ce qui est de la grosse commission, j'ignore comment il se débrouille. C'est peut-être avec ça qu'il nourrit ses poules...

Kolya acquiesça, comme s'il était impressionné par la méthode du vieux. Pour ma part, j'étais convaincu que le gamin était en train de forger cette histoire de toutes pièces.

— Quand as-tu chié pour la dernière fois ? me demanda abruptement Kolya.

— Je ne sais pas. Cela fait peut-être une semaine.

— Moi, cela remonte à neuf jours. Je les ai comptés. Neuf jours ! Quand cela daignera enfin survenir, j'organiserai une grande fête et j'inviterai les plus belles filles de l'université à venir célébrer l'événement.

— N'oublie pas la fille du colonel.

— Je n'y manquerai pas. Ma soirée de merde aura plus fière allure que son satané mariage.

— Le nouveau pain de rationnement passe mal, intervint le garçon aux cheveux bouclés. Mon père dit que c'est à cause de la cellulose qu'on met dedans.

— Où trouve-t-on ton vieillard et ses poules ? demanda Kolya.

— Je ne connais pas l'adresse exacte. Si vous prenez la direction de la perspective Stachek, vous passerez devant son immeuble, juste après la porte de Narva. Il y a un grand portrait de Jdanov sur la façade.

— Il y a des portraits de Jdanov sur la moitié des murs de Piter, rétorquai-je. (Cette histoire commençait à m'échauffer.) Nous n'allons pas partir à la recherche d'un poulailler qui n'existe probablement pas.

— Ce garçon ne ment pas, dit Kolya en lui tapotant l'épaule. Si c'était le cas, il sait bien que nous reviendrions lui briser les doigts, puisque nous appartenons au NKVD.

— Vous n'êtes pas du NKVD, dit le gamin.

Kolya sortit la lettre du colonel de la poche de son manteau et en tapota la joue du gamin.

— Voici une lettre d'un colonel du NKVD nous autorisant à aller chercher des œufs. Que dis-tu de ça ?

— En avez-vous une autre de Staline vous autorisant à vous torcher le cul ?

— Il faudrait qu'il commence par m'autoriser à chier.

Je m'éloignai, peu soucieux d'entendre la fin de cette conversation. Si Kolya avait envie d'errer à travers la ville à la recherche de ces poules imaginaires, libre à lui. Mais la nuit n'allait pas tarder à tomber et je voulais rentrer chez moi. Cela faisait trente-six heures que je n'avais pas dormi. Je fis demi-tour et pris la direction du Kirov, en essayant de me rappeler quelle quantité de pain j'avais planquée sous le carrelage défectueux de la cuisine. Peut-être Vera m'avait-elle mis quelque chose de côté ? Elle me devait bien ça, après s'être enfuie de la sorte, sans jeter un regard derrière elle alors que je venais de la sauver. Il me vint soudain à l'esprit que Vera et les autres devaient me croire mort, à l'heure qu'il était. Je me demandai comment elle avait réagi à cette perspective, si elle s'était mise à pleurer en se blottissant dans les bras de Grisha afin qu'il la console – ou si elle l'avait au contraire repoussé, furieuse qu'il l'ait abandonnée, alors que j'étais resté en arrière pour la sauver d'une mort assurée. Mais après avoir reconnu sa lâcheté, Grisha lui aurait demandé de le pardonner – et Vera l'aurait pardonné, parce qu'elle pardonnait tout à Grisha. Il aurait séché ses larmes et lui aurait déclaré que jamais ils n'oublieraient mon sacrifice. Mais ils finiraient par l'oublier, évidemment, et j'étais prêt à parier que d'ici moins d'un an mes traits se seraient déjà effacés de leurs mémoires.

— Eh, vous… C'est bien vous qui cherchez des œufs ?

Plongé comme je l'étais dans mes rêveries apitoyées, il me fallut quelques instants pour comprendre que la question s'adressait à moi. Je me retournai et aperçus un géant barbu qui me fixait, les bras croisés en travers de la poitrine, en se balançant sur les talons de ses bottes. Je n'avais jamais vu un individu aussi grand, il dépassait largement Kolya et il était beaucoup plus large d'épaules. Ses mains étaient tellement vastes qu'elles auraient pu me broyer le crâne aussi aisément qu'elles l'auraient fait d'une coquille de noix. Son épaisse barbe noire brillait, comme si elle avait été lustrée. Je me demandai quelle quantité de nourriture un tel homme devait quotidiennement absorber – et comment il parvenait à rassasier sa gigantesque carcasse.

— Vous avez des œufs ? dis-je en levant les yeux vers lui.

— Que m'offrez-vous en échange ?

— De l'argent. Nous en avons. Attendez, il faut que j'aille chercher mon compagnon.

Je repartis en courant en direction des Halles. Pour la première fois depuis notre rencontre, je fus heureux d'apercevoir au loin la tignasse blonde de Kolya. Il était encore en train de plaisanter avec le gamin aux cheveux bouclés, probablement au sujet de la glorieuse libération de ses sphincters.

— Ah, le voici ! s'exclama-t-il en me voyant arriver. Je croyais que tu m'avais laissé tomber.

— J'ai rencontré un type qui prétend posséder des œufs.

— Excellent !

Kolya se tourna vers le gamin.

— Ce fut un plaisir de faire ta connaissance, mon gars.

Nous repartîmes par le même chemin qu'à notre arrivée, longeant les échoppes qui commençaient à fermer, avant la tombée de la nuit. Kolya me tendit un « caramel de bibliothèque » enveloppé dans du papier.

— Il est pour toi, mon ami. C'est la fête, ce soir.

— Le gosse te l'a donné ?

— Donné ? Tu rigoles. Il me l'a vendu.

— Pour combien ?

— Cent roubles les deux.

— Cent roubles !

Je dévisageai Kolya, qui avait défait le papier et mordait dans sa barre de « caramel ». Il fit la grimace en découvrant le goût qu'elle avait.

— Il ne nous reste donc plus que trois cents roubles ? dis-je.

— C'est exact. Excellente déduction arithmétique.

— Cet argent était destiné aux œufs.

— Nous ne serons pas en mesure de poursuivre cette traque si nous ne reprenons pas quelques forces.

Le géant barbu nous attendait à la lisière des Halles, les bras toujours croisés sur la poitrine. Il jaugea Kolya du regard tandis que nous approchions, comme un boxeur prenant la mesure de son adversaire.

— Vous n'êtes que deux ? demanda-t-il.

— Combien voulez-vous que nous soyons ? rétorqua Kolya en souriant au géant. Il paraît que vous vendez des œufs ?

— Je vends de tout. Qu'avez-vous à me proposer ?

— De l'argent, répondis-je, tout en me souvenant que je le lui avais déjà dit.

— Combien ?

— Suffisamment, dit Kolya. Nous avons besoin d'une douzaine d'œufs.

Le barbu siffla entre ses dents.

— Vous avez de la chance. Je n'en ai pas un de plus.

— Tu vois ? dit Kolya en me saisissant par l'épaule. Ce n'était pas bien sorcier.

— Suivez-moi, dit le géant en traversant la rue.

— Où allons-nous ? demandai-je, tandis que nous lui emboîtions le pas.

— Je garde ma marchandise chez moi. Rien n'est en sécurité à l'extérieur. Les militaires font une descente tous les deux ou trois jours et emportent ce qu'ils veulent. Et si quelqu'un proteste, ils l'abattent sur-le-champ.

— Ma foi, dit Kolya, la mission des soldats est de défendre la ville. Comment pourraient-ils se battre s'ils mouraient de faim ?

Le géant jeta un coup d'œil sur le manteau militaire et les bottes réglementaires de Kolya.

— Et vous ? lança-t-il. Pourquoi n'êtes-vous pas en train de défendre la ville ?

— Je suis en mission, sous les ordres d'un colonel. Mais vous n'avez rien à craindre de ce côté.

— Et ce colonel vous a chargé de lui ramener des œufs, en compagnie de ce gamin ?

Le géant nous considéra, en se fendant d'un large sourire : ses dents brillaient au milieu de sa barbe noire comme des dés qui n'auraient pas eu de points. De toute évidence, il ne croyait pas un mot de ce que Kolya venait de lui raconter. Mais qui l'aurait cru ?

Nous marchions le long du canal Fontanka, dont la surface gelée était jonchée de cadavres – certains enveloppés dans des linceuls lestés de pierres, d'autres dépouillés de leurs vêtements chauds et dont les visages blêmes fixaient le ciel assombri. Le vent s'était mis à souffler, à l'approche de la nuit, et je contemplai une morte dont la longue chevelure blonde recouvrait le visage. Elle avait jadis été fière de ses cheveux, les lavant deux fois par semaine et les brossant pendant de longues minutes avant de se coucher. À leur tour, ils essayaient de la protéger en cachant sa déchéance au regard des passants.

Le géant nous conduisit jusqu'à un immeuble en brique de cinq étages, dont toutes les fenêtres étaient condamnées et bardées de planches. Une immense affiche qui couvrait deux étages représentait une mère portant le corps de son enfant hors d'un bâtiment en flammes. MORT AUX TUEURS D'ENFANTS ! proclamait la légende. Le géant fouilla dans la poche de son manteau, en sortit une clef et ouvrit la porte de l'allée, en s'effaçant pour nous laisser passer. Je saisis Kolya par la manche avant qu'il n'ait pu entrer.

— Pourquoi ne descendez-vous pas les œufs ? demandai-je au géant.

— Je suis encore en vie parce que je sais comment mener ma barque, répondit celui-ci. Et je ne traite pas mes affaires dans la rue.

Je sentis mon scrotum se serrer et mes modestes testicules se contracter entre mes cuisses. Toutefois, étant né et ayant grandi à Piter – et n'étant pas totalement demeuré – je fis de mon mieux pour que ma voix ne tremble pas, tandis que je rétorquais :

— Et moi, je ne traite pas mes affaires dans la maison d'un inconnu.

— Messieurs, messieurs…, intervint Kolya en se fendant d'un grand sourire. Écartons ces soupçons. Vous avez une douzaine d'œufs. Combien en demandez-vous ?

— Mille roubles.

— Mille roubles ? Pour une douzaine d'œufs ? (Je me mis à rire.) À ce prix-là, ils viennent au moins de chez Fabergé…

Le géant barbu, qui maintenait toujours la porte ouverte, me lança un regard noir. Mon rire s'interrompit net.

— On vend des verres de boue pour cent roubles à deux pas d'ici, dit-il. Qu'est-ce qui a le plus de valeur : un œuf ou un verre de boue ?

— Écoutez, dit Kolya, vous avez le choix : palabrer toute la nuit avec mon petit copain juif ou entamer une négociation sérieuse, entre individus honnêtes. Nous disposons en tout et pour tout de trois cents roubles – pas un sou de plus. Pouvons-nous faire affaire ?

Le géant continuait de me regarder. Je lui déplaisais depuis le début, mais maintenant qu'il savait que j'étais juif, je voyais bien qu'il m'aurait volontiers arraché la peau du visage. Il tendit finalement son énorme paume en direction de Kolya, attendant que celui-ci lui confie l'argent.

— Ah non ! dit Kolya en secouant la tête. Cette fois-ci, je ne puis que me ranger à l'avis de mon compagnon. Donnez-nous d'abord les œufs : vous aurez l'argent ensuite.

— Je ne vais pas vous les amener ici. Tout le monde meurt de faim et les gens sont armés.

— C'est vrai que vous êtes affreusement grand, plaisanta Kolya. Je comprends que vous ayez peur.

Le géant dévisagea Kolya avec une sorte de curiosité, comme s'il n'arrivait pas à croire qu'on venait ouvertement de se moquer de lui. Il finit par sourire, révélant à nouveau ses dents blanches en forme de dés.

— Il y a un type qui repose là-bas, dit-il en désignant du menton le canal de Fontanka. Ce n'est pas la faim ni le froid qui ont eu raison de lui. Il se trouve qu'une brique a fait voler son crâne en éclats. Vous voulez savoir comment je le sais ?

— Je vois ce que vous voulez dire, répondit Kolya d'un air aimable. (Il jeta un coup d'œil dans les ténèbres du vestibule.) Une brique... Ma foi, cela a au moins l'avantage d'être expéditif.

Kolya me donna une petite tape dans le dos et pénétra dans l'immeuble.

Tout en moi me disait de m'enfuir. Ce type nous attirait dans un guet-apens. Il venait pratiquement de nous avouer qu'il avait tué quelqu'un. Kolya avait eu la bêtise de lui révéler le montant exact de l'argent dont nous disposions. Ce n'était pas une somme énorme, mais trois cents roubles et deux cartes de rationnement (le géant pouvait supposer que nous les avions sur nous), par les temps qui couraient, cela suffisait pour se faire égorger.

Mais quelle autre solution avions-nous ? Diriger nos pas vers la porte de Narva, à la recherche d'un vieillard imaginaire terré dans son poulailler ? Sans doute risquions-nous nos vies en pénétrant dans cet immeuble, mais si nous ne trouvions pas rapidement des œufs, nous marchions en tout état de cause vers une mort certaine.

Je suivis Kolya. La porte de l'allée se referma derrière nous. Il faisait sombre à l'intérieur : l'électricité était coupée et les ampoules éteintes, seules les dernières lueurs du jour filtraient à travers les interstices des planches qui obstruaient les fenêtres, perçant vaguement les ténèbres. J'entendis le géant bouger derrière moi et je m'agenouillai aussitôt, prêt à libérer mon couteau. Mais l'homme me dépassa et s'engagea dans l'escalier, grimpant les marches deux par deux. Nous nous dévisageâmes, Kolya et moi. Lorsque Barbe Noire fut hors de vue, je sortis le couteau de l'Allemand de son étui et le glissai dans la poche de mon manteau. Kolya haussa les sourcils, soit que mon geste l'impressionnât, soit qu'il se moquât de moi. Nous entreprîmes ensuite l'ascension, escaladant les marches une par une. Nous n'en étions pas moins essoufflés lorsque nous atteignîmes le deuxième étage.

— Où avez-vous dégoté ces œufs ? lança Kolya au géant, qui était déjà arrivé au troisième.

L'ascension ne semblait pas fatiguer Barbe Noire. Après la fille du colonel, c'était la deuxième personne, depuis de nombreux mois, que je voyais en pleine forme physique. Je me demandai une fois encore d'où il tirait son énergie.

— Je connais un paysan qui travaille dans une ferme, du côté de Mga, répondit le géant.

— Je croyais que Mga était tombé aux mains des Allemands.

— C'est en effet le cas. Mais les Allemands aiment les œufs, eux aussi. Ils passent chaque jour à la ferme et raflent tout ce qui leur tombe sous la main. Mais mon ami réussit à en mettre quelques-uns de côté – en petite quantité, évidemment, pour ne pas éveiller les soupçons.

Le géant avait fait halte au quatrième étage et cogna à la porte d'un appartement.

— Qui est-ce ? dit une voix.

— C'est moi, dit le géant. Je suis avec deux clients.

Nous entendîmes le bruit d'un loquet qu'on tirait et la porte s'ouvrit. Une femme qui arborait une toque masculine en fourrure et un tablier de boucher maculé de sang nous dévisagea d'un air méfiant, Kolya et moi, tout en s'essuyant le nez du revers de sa main gantée.

— Je me demandais comment vous vous y preniez pour que les œufs ne gèlent pas, reprit Kolya. Parce que je crains que des œufs gelés ne nous soient pas d'une grande utilité.

La femme considéra Kolya comme s'il avait parlé en japonais.

— Nous les laissons près du samovar, dit le géant. Entrez et finissons-en.

Il nous fit signe de pénétrer dans l'appartement. La femme s'écarta en silence pour nous laisser passer et

Kolya s'avança d'un air détaché, pas inquiet pour un sou, contemplant le décor en souriant comme s'il était invité pour la première fois chez les parents de sa petite amie. J'attendis devant la porte jusqu'à ce que le géant pose sa main sur mon épaule. Il ne me poussa pas vraiment dans la pièce, mais vu la taille de sa main cela revenait pratiquement au même.

Des lampes à mèche éclairaient le petit appartement : nos ombres s'étiraient le long des murs et des tapis élimés étalés sur le sol, jusqu'au samovar en cuivre qui trônait dans un coin. Un drap blanc était tendu à l'autre extrémité, en travers de la pièce, abritant sans doute la chambre à coucher. Lorsque le géant referma la porte, le drap s'agita comme la jupe d'une femme soulevée par le vent : durant une fraction de seconde, avant qu'il ne se remette en place, j'eus le temps d'entrevoir ce qu'il cachait. Il ne s'agissait pas d'un lit, comme je l'avais cru, ni d'un meuble quelconque – mais de morceaux de viande suspendus à des crocs, fixés par de grosses chaînes à la tuyauterie du chauffage. Des toiles plastifiées étaient étalées par terre pour recueillir le sang qui s'égouttait. Je dus croire un instant qu'il s'agissait d'un cochon, mon cerveau refusant d'admettre ce que mes yeux lui révélaient : une cuisse dépecée qui ne pouvait avoir appartenu qu'à une femme, la cage thoracique d'un enfant, un bras coupé prolongé par une main dont l'annulaire avait été tranché.

Le couteau se retrouva dans ma main avant même que j'en aie conscience. Il y eut un mouvement derrière moi : je fis volte-face et portai un coup en poussant un cri étouffé, incapable de prononcer le moindre mot tant ma gorge était nouée. Le géant avait sorti de son manteau un tuyau de plomb d'une trentaine de centimètres. Il s'écarta pour esquiver mon geste, avec une vivacité surprenante pour un homme de cette taille, évitant sans encombre la lame du couteau allemand.

La femme du géant avait sorti un hachoir de la poche de son tablier. Elle était rapide, elle aussi, mais Kolya s'avéra le plus vif d'entre nous : il pivota sur ses talons et cueillit la femme au menton d'un puissant crochet du droit. Elle s'effondra aussitôt en travers du sol.

— Barre-toi ! me lança Kolya.

Je ne me fis pas prier. Je croyais que le loquet de la porte serait tiré, mais ce n'était pas le cas. De même que je croyais que le tuyau du géant allait s'abattre sur mon crâne, ce qui ne fut pas le cas non plus. Je me retrouvai sur le palier du quatrième et me précipitai dans l'escalier, bondissant presque par-dessus les marches qui me séparaient de l'étage inférieur. J'entendis le géant pousser un long cri de rage et ses semelles cloutées marteler le plancher, tandis qu'il traversait la pièce. Je m'immobilisai, la main sur la rampe, n'arrivant pas à retrouver mon souffle – tout aussi incapable de m'enfuir que de remonter l'escalier plongé dans les ténèbres et de franchir les marches qui me séparaient de l'appartement des cannibales. J'entendis soudain le bruit affreux du tuyau de plomb qui heurtait de plein fouet un crâne ou une planche.

J'avais trahi Kolya, je l'avais abandonné alors qu'il était désarmé et que je disposais d'un bon couteau. J'essayai d'obliger mes pieds à remuer, à me ramener jusqu'au lieu du combat, mais je tremblais si fort que ma main n'arrivait même pas à tenir fermement le manche du couteau. J'entendis le tuyau qui frappait à nouveau – mais sur quoi ? Des morceaux de plâtre se détachèrent du plafond et tombèrent autour de moi. Je restai tapi sur les marches, certain que Kolya avait succombé et que je ne serais jamais assez vif pour échapper au géant. En quelques coups experts de son puissant hachoir, sa femme allait débiter mon cadavre, dont les morceaux pendraient bientôt au bout de ces chaînes, tandis que mon sang finirait de s'égoutter sur la toile plastifiée.

Les cris se prolongeaient, les murs tremblaient, Kolya était donc encore en vie. Je saisis mon couteau à deux mains et posai le pied sur la marche supérieure. Il fallait que j'arrive à me glisser dans l'appartement pendant que le cannibale n'y prenait pas garde et que j'aille lui planter mon couteau entre les omoplates... Mais la lame me paraissait brusquement minuscule, bien trop petite pour abattre un pareil colosse. Elle ne lui ferait pas plus d'effet qu'une simple piqûre, deux ou trois gouttes de sang gicleraient et il ferait volte-face, saisirait mon visage dans son énorme main et le presserait comme une orange, jusqu'à ce que mes yeux aient giclé de leurs orbites.

Je gravis une autre marche et vis soudain Kolya jaillir hors de l'appartement. Les semelles de ses bottes crissèrent sur le plancher, quand il faillit dépasser l'escalier. Puis il bifurqua et dévala les marches à toute allure, m'attrapant par le col au passage et m'entraînant derrière lui.

— Cours donc, espèce d'idiot ! Dépêche-toi !

Nous nous hâtâmes de descendre. Lorsque je chancelais ou que je manquais déraper sur une marche glissante, la main de Kolya était là pour me rattraper. J'entendais des cris au-dessus et le corps monstrueux du géant qui ébranlait les marches, lancé à notre poursuite, mais je ne jetai pas un seul regard en arrière. Jamais de ma vie je n'avais couru aussi vite. Au milieu de l'angoisse qui m'étreignait et de cet affreux vacarme, en plus de tous ces cris, des bruits de pas et de nos talons qui martelaient les marches en bois, je percevais un autre bruit, plus inattendu ou plus étrange : celui du rire de Kolya.

Nous franchîmes la porte de l'immeuble et émergeâmes dans la rue ténébreuse : le ciel nocturne était déjà zébré par les faisceaux tournoyants des projecteurs. Les trottoirs étaient déserts : pas une âme en vue pour nous venir en aide. Nous nous précipitâmes au milieu de la rue et courûmes comme des dératés, pendant plusieurs centaines de mètres, en regardant par-dessus notre épaule pour voir si le géant nous poursuivait encore. Nous ne le vîmes pas, mais ne ralentîmes pas l'allure pour autant. Nous aperçûmes enfin un véhicule de l'armée qui s'approchait et nous jetâmes en travers de sa route en agitant les bras, pour obliger le chauffeur à freiner. Les pneus du véhicule crissèrent sur la couche de givre qui recouvrait l'asphalte.

— Dégagez la route, espèces d'enfoirés ! s'écria le chauffeur.

— Camarades officiers, dit Kolya en levant les mains et en s'exprimant d'une voix calme, avec l'assurance sans faille qui lui était coutumière, il y a un couple de cannibales dans cet immeuble derrière nous. Nous venons juste de leur échapper.

— Il y a des cannibales à tous les coins de rues, rétorqua le chauffeur. Bienvenue à Leningrad. Et maintenant, écartez-vous.

Une autre voix s'éleva à l'intérieur :

— Un instant…

Un officier émergea du véhicule. Il ressemblait plus à un professeur de mathématiques qu'à un gradé de l'armée, avec sa petite moustache grise et son cou fluet. Il considéra l'uniforme de Kolya, puis le fixa droit dans les yeux.

— Pourquoi n'êtes-vous pas avec votre régiment ? lui demanda-t-il.

Kolya sortit de sa poche la lettre du colonel et la montra à l'officier, dont l'expression changea aussitôt. Il acquiesça et nous fit signe de monter à bord du véhicule.

— Conduisez-nous là-bas.

Cinq minutes plus tard, nous refaisions notre apparition, Kolya et moi, dans l'appartement des cannibales, escortés cette fois-ci par quatre soldats qui pointaient les canons de leurs Tokarev dans les moindres recoins de la pièce. Même en présence de ces individus armés, je manquai défaillir d'effroi. En apercevant la cage thoracique qui oscillait, pendue à sa chaîne aux côtés de la cuisse et du bras dépecés, j'aurais aimé pouvoir fermer les yeux et ne jamais les rouvrir. Les soldats eux-mêmes, pourtant endurcis et habitués à transporter hors du champ de bataille les corps mutilés de leurs camarades, se détournèrent avec dégoût de cet hideux spectacle.

Le géant et sa femme avaient disparu. Ils avaient tout laissé en plan derrière eux : les lampes à mèche étaient toujours allumées et le thé encore chaud dans le samovar, mais eux-mêmes s'étaient fondus dans la nuit. L'officier hocha la tête en parcourant l'appartement des yeux. Des trous constellaient les murs, semblables à des bouches béantes, là où étaient tombés les coups du tuyau de plomb.

— Nous les inscrirons sur la liste rouge et nous annulerons leurs cartes de rationnement, dit l'officier, mais si nous leur mettons le grappin dessus, nous aurons de la chance. Il n'y a pratiquement plus de forces de police en ville pour l'instant.

— Où ce type compte-t-il trouver refuge ? demanda Kolya. Un géant doublé d'un salopard pareil...

— En tout cas, avec lui, mieux vaut réagir en premier, dit l'un des soldats en désignant les impacts de ses coups sur les murs.

6.

— Tu l'as vraiment mise K.O., dis-je à Kolya.

Nous avions pris la direction du nord, après avoir laissé derrière nous l'horloge de la gare de Vitebsk, la plus importante de Leningrad aujourd'hui encore, alors qu'aucun train ne circulait depuis près de quatre mois et que ses fenêtres aux vitres teintées disparaissaient sous des panneaux en bois.

— Joli revers, n'est-ce pas ? Jamais je n'avais frappé une femme à ce jour, mais elle ne m'a guère laissé le choix.

Nous préférions parler de la sorte, à bâtons rompus, comme si nous avions commenté un match de boxe. C'était la seule façon de procéder : il était impossible d'évoquer directement la scène dont nous venions d'être témoins. Si nous avions entrebâillé cette porte, ne serait-ce que d'un centimètre, les effluves de la pourriture et les hurlements du dehors auraient aussitôt envahi la pièce. Il valait donc mieux la laisser fermée et se concentrer à l'inverse sur des tâches plus immédiates : dénicher à tout prix un peu de nourriture et de quoi faire du feu. Le reste attendrait bien la fin de la guerre.

La sirène marquant le début du couvre-feu n'avait pas encore retenti, mais cela ne tarderait guère. Nous avions décidé de passer la nuit au Kirov, où je savais qu'il me restait assez de bois pour faire du feu, ainsi qu'un bidon d'eau recueillie dans le fleuve pour préparer du thé. L'immeuble n'était pas très loin, mais maintenant que l'élan de panique s'était dissipé, j'avais l'impression d'être un vieillard tellement les muscles de mes jambes me faisaient souffrir, après avoir dû fournir un pareil effort. Sur le moment, le petit déjeuner que nous avait offert le colonel avait été une bénédiction, mais il m'avait aussi dilaté l'estomac, ravivant du même coup ma faim. À cela se mêlait une impression de nausée persistante, car je n'arrivais pas à chasser de mon esprit l'image de cette cage thoracique enfantine : chaque fois que je grignotais un morceau de mon « caramel » durci par le gel, je lui trouvais un goût de chair desséchée et je devais me forcer pour parvenir à l'avaler.

Kolya boitillait à mes côtés, les jambes aussi douloureuses que les miennes, mais l'air plus insouciant que jamais à la lueur du clair de lune, comme si nulle pensée déplaisante ne venait l'effleurer. Peut-être son esprit était-il davantage en paix parce qu'il avait réagi avec bravoure et vivacité, alors que j'étais allé me planquer dans l'escalier en attendant qu'on vienne à ma rescousse.

— Écoute, lui dis-je, il me semble que... Je tiens à te dire que je suis désolé. Je me suis enfui et je le regrette. Tu m'as sauvé la vie.

— C'est moi qui t'ai dit de t'enfuir.

— Oui, mais... j'aurais dû revenir. J'avais un couteau.

— Pour sûr, tu avais un couteau, dit Kolya en riant. Et il t'aurait été d'une grande utilité ! Si tu t'étais vu, en train de le brandir sous le nez de ce type... On aurait dit David et Goliath. Il n'aurait fait de toi qu'une bouchée.

— Mais je t'ai laissé seul. J'étais convaincu qu'il allait te tuer.

— Ma foi, c'est ce qu'ils s'imaginaient eux aussi. Mais je t'ai dit que j'étais rapide et que je savais me servir de mes poings. Le géant a bien placé quelques coups dans le vide, en grommelant comme un boxeur, pourtant...

— Je ne suis pas un lâche, dis-je. Je sais que mon attitude a pu te donner cette impression tout à l'heure, mais ce n'est pas le cas.

— Écoute-moi, Lev, dit-il en passant son bras autour de mes épaules, m'obligeant du même coup à suivre le rythme de ses longues enjambées. Tu ne voulais pas monter dans cet appartement. C'est moi qui ai insisté, comme un imbécile. Tu n'as donc pas à t'excuser. Et je ne pense pas que tu sois un lâche. N'importe quel individu doué d'un minimum de cervelle aurait agi comme toi.

— Mais tu es resté, toi...

— *Quod erat demonstratum*, conclut-il, heureux de pouvoir placer cette modeste locution latine.

Je me sentis un peu soulagé. Kolya m'avait bel et bien crié de m'enfuir. Le géant aurait pu me rompre le crâne sans plus de difficulté qu'un enfant qui plante son doigt dans un clafoutis aux cerises. Sans doute mon comportement n'avait-il rien eu d'héroïque, mais cela ne faisait pas pour autant de moi un traître à la nation.

— Tu lui as vraiment balancé un revers foudroyant, repris-je.

— Elle aura vraisemblablement des problèmes pour mâcher la chair de ses victimes pendant un certain temps.

Kolya accompagna ces mots d'un sourire qui s'effaça presque aussitôt. Ses paroles avaient ravivé en nous l'image de ces chairs livides et des toiles plastifiées ruisselantes de sang. Nous vivions dans une ville dont les sorcières, Baba Yaga et ses sœurs, hantaient les rues pour s'emparer des enfants et les couper en morceaux.

Une sirène émit soudain sa longue plainte solitaire, bientôt relayée par d'autres, dont les échos se propagèrent à travers la ville.

— Les Fritz arrivent, commenta Kolya.

Nous hâtâmes le pas, obligeant nos carcasses épuisées à avancer plus vite. Les premières bombes commençaient à exploser dans le sud de la ville, comme un lointain roulement de timbales, tandis que les Allemands entamaient leur attaque nocturne quotidienne contre le complexe industriel de Kirov, qui produisait la moitié des moteurs d'avion, des chars et de l'artillerie lourde de la Russie. La plupart des ouvriers qui y travaillaient d'ordinaire avaient été expédiés sur le front, mais les femmes avaient pris le relais sur les presses et les usines tournaient toujours à plein régime : la fumée s'échappait sans discontinuer des cheminées en brique et les ateliers ne s'arrêtaient jamais, même quand les bombes crevaient les toits et qu'il fallait extraire des chaînes de montage les cadavres des jeunes filles dont les mains déjà glacées restaient crispées sur leurs outils.

Nous longeâmes rapidement les superbes bâtisses construites jadis sur la perspective Vitebsk, avec leurs façades de pierre blanche et leurs satyres cornus, sculptés sur les frontons au temps des empereurs, qui nous fixaient en grimaçant. Chacun de ces bâtiments possédait dans ses caves un abri antiaérien : les citoyens devaient être en train de s'y précipiter et de se regrouper par dizaines autour d'une loupiote vacillante, en attendant que la situation se soit tassée. Les bombes explosaient suffisamment près à présent pour que nous les entendions siffler dans le ciel avant l'impact. Le vent était plus fort et soufflait en hurlant à travers les vitres brisées des appartements désertés, comme si Dieu lui-même s'était allié aux Allemands pour anéantir notre ville.

— Sur le front, on finit par estimer avec précision l'endroit où vont atterrir les bombes, dit Kolya, les mains enfoncées dans les poches de son grand manteau pour affronter le vent qui nous frappait maintenant de plein fouet, alors qu'il soufflait jusqu'alors dans notre dos. On les écoute siffler et on sait que celle-ci tombera à une centaine de mètres sur la gauche ou que telle autre terminera sa course dans le fleuve.

— Je sais reconnaître un Junker d'un Heinkel rien qu'au bruit du moteur, dis-je.

— Encore heureux, dit Kolya. Le Junker a la puissance du lion qui rugit alors que le Heinkel évoquerait plutôt un moustique.

— Disons alors un Heinkel d'un Dornier. J'ai commandé une brigade de combattants du feu sur le...

Kolya leva la main, pour me faire signe de me taire. Il s'arrêta de marcher et je m'immobilisai à ses côtés.

— Tu entends ça ?

Je tendis l'oreille, mais je ne percevais rien en dehors de cette bourrasque hivernale qui semblait désormais souffler de tous les côtés à la fois, rassemblant ses forces au-dessus du golfe de Finlande avant de se déverser en hurlant dans les rues. Je crus que Kolya avait détecté le sifflement d'une bombe qui se dirigeait vers nous et je scrutai le ciel, comme si j'avais pu repérer la présence de cet engin de mort – et surtout l'esquiver, si tel avait été le cas. Le vent se calma enfin et ses rafales baissèrent d'intensité, tel un enfant dont la colère décroît. Des bombes tombaient plus au sud, à plusieurs kilomètres de l'endroit où nous nous trouvions, à en juger du moins par le bruit des explosions : pourtant, la violence des impacts suffisait à faire trembler le sol sous nos pieds. Mais Kolya n'écoutait ni le vent ni les bombardements : quelqu'un jouait du piano à l'intérieur de la vieille bâtisse qui se dressait devant nous. Je ne distinguais pas la moindre lumière à travers les fenêtres :

aucune bougie, aucune lampe n'était allumée. Les autres occupants de l'immeuble devaient avoir rejoint l'abri antiaérien, au sous-sol (à moins qu'ils ne fussent trop affaiblis, ou trop âgés, ou que cela leur fût indifférent), abandonnant derrière eux ce génie égaré qui jouait dans les ténèbres avec autant d'audace que de précision : il faisait alterner avec brio les accords grondants des doubles fortissimo et les frêles pianissimo, comme s'il avait été en conflit avec lui-même, passant sans transition du rôle du mari brutal à celui de l'épouse soumise et apeurée.

La musique a tenu un rôle important dans mon enfance, que ce soit par l'intermédiaire de la radio ou des salles de concert. Mes parents éprouvaient pour elle une passion proche du fanatisme. Personne dans la famille n'avait le talent nécessaire pour jouer d'un instrument, mais nous étions tous très fiers de nos compétences en tant qu'auditeurs. Je connaissais Mahler par cœur, des *Lieder eines fahrenden Gesellen* à la Dixième Symphonie inachevée. Mais la musique qui parvenant jusqu'à moi ce soir-là, jamais je n'en avais entendu de pareille et je n'en ai jamais réentendu depuis. Les notes étaient étouffées par les vitres, la distance et le vent qui n'était pas entièrement tombé, mais la puissance de la mélodie s'imposait néanmoins. C'était une musique pour temps de guerre.

Nous restâmes figés sur le trottoir, au pied d'un lampadaire éteint enveloppé dans sa gangue de gel. Le tir des canons résonnait plus au sud, la lune était voilée derrière la mousseline des nuages, et nous écoutâmes le morceau jusqu'au bout, jusqu'à la dernière note. Lorsque la musique prit fin, le silence qui lui succéda avait quelque chose de blessant : l'interprétation avait été trop remarquable pour ne recevoir aucun écho, l'interprète trop brillant pour ne pas être applaudi. Nous demeurâmes un long moment sans voix, les yeux levés vers le cadre noir des fenêtres. Finalement, après avoir laissé s'écouler un laps de temps qui nous parut respectable, nous nous remîmes en route.

— Encore heureux que personne n'ait débité son piano pour faire du feu, dit Kolya.

— L'hypothèse est peu vraisemblable. Je ne serais pas étonné qu'il s'agisse de Chostakovitch en personne. Il doit habiter dans les parages.

Kolya me dévisagea, avant de cracher sur le trottoir.

— Chostakovitch a été évacué il y a trois mois.

— C'est faux, dis-je. On le voit sur toutes les affiches, coiffé d'un casque de pompier.

— Oui, le grand héros... Sauf qu'il se trouve à Kuybishev, en train de siffloter les mélodies de Mahler qu'il a plagiées.

— Chostakovitch n'a pas plagié Mahler !

— Je pensais que tu prendrais la défense de Mahler, dit Kolya en me considérant d'un air amusé et en arborant un léger rictus (signe avant-coureur d'un propos désagréable, je le savais à présent). Tu ne préfères donc pas le juif au gentil ?

— Je ne les considère pas comme des ennemis. Mahler a écrit de la grande musique, tout comme Chostakovitch.

— Chostakovitch ? De la grande musique ? Laisse-moi rire ! Ce type n'est qu'un tâcheron. Et un voleur.

— Tu es un imbécile, dis-je. Tu ne connais rien à la musique.

— Tout ce que je sais, c'est qu'en septembre Chostakovitch tenait de grands discours à la radio, affirmant que la lutte contre le fascisme était un devoir patriotique, et que trois semaines plus tard il était bien tranquillement installé à Kuybishev, à savourer son porridge.

— Il n'y est pour rien. Les autorités veulent probablement éviter qu'il ne soit victime des bombardements, c'est pour cela qu'ils l'ont évacué. Ce serait mauvais pour le moral des...

— Bien sûr, m'interrompit Kolya, je vois d'ici la tragédie. (Il avait adopté le ton professoral qu'il affectionnait, lorsqu'il se montrait sarcastique.) Il faut éviter à tout prix que les héros de la nation soient abattus... Si j'étais au pouvoir, je ferais exactement l'inverse : j'enverrais tous ces héros sur le front. Chostakovitch se prend une balle en pleine tête ? Imagine la vague d'indignation qui soulèverait le pays ! Et le reste du monde ! UN CÉLÈBRE COMPOSITEUR ABATTU PAR LES NAZIS... Anna Akhmatova s'est exprimée à la radio, elle aussi – tu te rappelles ? Elle a recommandé à toutes les femmes de Leningrad de faire preuve de courage et d'apprendre à manier un fusil. Où est-elle aujourd'hui ? En train de tirer sur les Allemands ? Je ne crois pas. Dans une usine d'armement, à affiner le fuselage de nos bombes ? Pas du tout... Elle a préféré se réfugier dans cette foutue ville de Tachkent, où elle concocte sans doute une nouvelle livraison de ces poèmes narcissiques qui ont fait sa réputation.

— Ma mère et ma sœur ont quitté la ville, elles aussi. Les considères-tu également comme des traîtres ?

— Ta mère et ta sœur n'ont pas pris la parole à la radio, en nous conseillant de faire preuve de courage. Je ne demande d'ailleurs pas aux poètes et aux compositeurs de se comporter en héros. Mais je n'aime pas les hypocrites.

Il se frotta le nez du revers de sa main gantée et jeta un coup d'œil vers le sud, où les tirs d'artillerie embrasaient le ciel.

— Et où se trouve ton satané immeuble, pour commencer ?

Nous venions juste de tourner à l'angle de la rue Voinova et je tendis la main en montrant le Kirov – sauf que, devant nous, il n'y avait rien : mon doigt désignait le vide et pendant plusieurs secondes il ne me vint même pas à l'idée de baisser le bras. Là où se dressait jadis le Kirov, il n'y avait plus qu'un monceau de gravats, un éboulis de ciment, de tiges d'acier tordues et de verre brisé qui scintillait à la lueur du clair de lune.

Si j'avais été seul, je serais resté des heures sans comprendre devant ces ruines. Le Kirov, c'était ma vie. C'était là que vivaient Vera, Oleg et Grisha. Et Lyuba Nikolaevna, la jeune fille du quatrième qui lisait dans les lignes de la main et recousait les robes de toutes les femmes de l'immeuble ; celle qui m'avait vu lire un roman de H. G. Wells dans la montée d'escalier, par une nuit d'été, et m'avait donné le lendemain toute une caisse de livres de Charles Dickens, Rudyard Kipling et Robert Louis Stevenson... Et Anton Danilovich, le concierge, qui habitait au sous-sol et nous enguirlandait quand nous lancions des cailloux dans la cour, crachions depuis le toit ou construisions des bonshommes de neige équipés de carottes à la place du zizi (et de gommes en guise de tétons pour les femmes). Et Zavodilov, qui avait la réputation d'un gangster, qui avait perdu deux doigts à la main gauche et qui sifflait toujours quand une fille passait, même si elle était moche – peut-être même plus fort dans ce dernier cas, pour l'aider à se sentir mieux... Zavodilov dont les fêtes duraient jusqu'à l'aube, au rythme des derniers disques de jazz, Eddie Rozner, Varlamov et son orchestre... et dont les invités à moitié débraillés, hommes et femmes, finissaient par sortir en riant et par danser sur le palier, ce qui exaspérait les vieux et fascinait les mômes : si jamais nous devions un jour atteindre l'âge adulte (nous disions-nous), qu'au moins ce soit pour ressembler à Zavodilov...

C'était un immeuble affreux, sale et déglingué, où planait constamment l'odeur du désinfectant, mais c'était là que j'avais vécu et jamais je n'aurais imaginé qu'il puisse s'écrouler un jour. Je m'approchai du monceau de ruines et me penchai en essayant d'écarter quelques blocs de béton. Kolya me saisit par le bras.

— Lev... Viens avec moi. Je connais un autre endroit où nous pourrons passer la nuit.

Je me dégageai et me remis à farfouiller dans les gravats. Kolya m'empoigna à nouveau et me maintint plus fermement cette fois-ci, afin que je ne m'échappe pas.

— Il n'y a plus un seul être vivant là-dessous, me dit-il.

— Tu n'en sais rien.

— Regarde, dit-il calmement, en me montrant plusieurs piquets qui avaient été plantés en divers endroits, au milieu des débris. Des fouilles ont déjà été effectuées. L'immeuble a dû s'effondrer la nuit dernière.

— J'étais ici, la nuit dernière.

— Non, la nuit dernière tu étais à la prison des Croix. Allez, viens avec moi.

— Il y a des gens qui arrivent à survivre sous les décombres pendant des jours, je l'ai lu quelque part.

Kolya considéra le tas de ruines. À sa surface, le vent soulevait par endroits d'infimes bourrasques de poussière.

— Même s'il y avait encore quelqu'un en vie là-dessous, reprit-il, jamais tu ne parviendrais à le dégager à mains nues. Même si tu y passais la nuit, tu n'aboutirais à rien. Viens. Des amis à moi habitent non loin d'ici. Nous devons nous mettre à l'abri.

Je hochai la tête. Comment pouvais-je abandonner le lieu où j'avais vécu ?

— Lev... Je ne te demande pas de réfléchir, pour le moment. Je te demande juste de me suivre. C'est compris ? Allez, viens.

Il m'entraîna derrière lui, m'arrachant à la colline de gravats. J'étais trop faible pour lui résister, trop épuisé pour donner libre cours à ma douleur, manifester la moindre colère ou une quelconque défiance. J'avais envie d'être au chaud. J'avais envie de manger. Nous nous éloignâmes des ruines du Kirov. Je n'entendais même pas le bruit de mes pas. J'étais devenu un fantôme. Plus aucun être humain en ville ne connaissait mon nom. Je ne ressentais aucune détresse concernant mon sort, tout juste une sorte de curiosité hébétée : apparemment, j'étais encore en vie, les volutes de mon souffle s'élevaient sous le clair de lune et ce satané fils de Cosaque marchait à mes côtés, jetant un coup d'œil sur moi de temps à autre pour s'assurer que je le suivais, et scrutant le ciel pour détecter la présence d'éventuels bombardiers.

7.

— Entrez donc, dit-elle. Vous avez l'air gelés tous les deux.

On voyait bien que l'amie de Kolya avait été très belle avant le siège : ses cheveux blonds lui tombaient jusqu'aux reins, ses lèvres étaient pleines et une fossette en forme de croissant apparaissait sur sa joue gauche chaque fois qu'elle souriait. Curieusement, ce phéno-mène n'avait pas d'équivalent du côté droit et je m'aper-çus bientôt que je guettais un nouveau sourire de sa part, pour le plaisir de voir resurgir cette fossette solitaire.

Kolya l'avait embrassée sur les deux joues lorsqu'elle avait ouvert la porte et cela l'avait fait rougir, ce qui avait redonné un bref instant un air de santé à son visage.

— On m'avait dit que tu étais mort ! s'exclama-t-elle.

— Il faudra patienter encore un peu, dit Kolya. Je te présente mon ami Lev. Il refuse de me révéler son nom de famille, mais tu auras peut-être plus de chance que moi. J'ai l'intuition que tu dois être son type. Lev, je te présente Sonya Ivanovna, l'une de mes premières conquêtes, et qui est demeurée une amie très chère.

— Une conquête qui n'a pas duré, dit Sonya. Napo-léon n'a pas tenu beaucoup plus longtemps en Russie.

Kolya m'adressa un large sourire. Son bras était tou-jours passé autour de la taille de Sonya, qu'il serrait contre lui. Elle était emmitouflée dans plusieurs couches de pull-overs, augmentées d'un pardessus masculin, mais malgré cette épaisseur vestimentaire on voyait bien qu'elle avait fondu.

— Ce fut une entreprise de séduction classique, dit Kolya. J'ai rencontré Sonya lors d'un cours d'histoire de l'art. Je lui ai exposé en long et en large les perversions des grands maîtres, depuis la passion de Michel Ange pour les jeunes garçons jusqu'au fétichisme de Malevitch. Tu n'en as jamais entendu parler ? Il dessinait le matin les pieds de sa logeuse et se branlait le soir en regardant ses dessins.

— C'est un mensonge éhonté, dit Sonya en se tournant vers moi. Je n'ai jamais entendu personne raconter cette histoire.

— Découvrir la lubricité de tous ces peintres a fini par lui donner des idées, poursuivit Kolya. Deux ou trois verres de vodka par là-dessus et l'affaire était dans le sac : je suis venu, j'ai vu, j'ai vaincu.

Sonya se pencha vers moi, toucha la manche de mon manteau et me glissa, dans un murmure théâtral :

— Il est venu, à tout le moins. Je le lui concède.

Je n'avais pas l'habitude d'entendre une femme parler aussi ouvertement d'une affaire de sexe. Les garçons de ma connaissance étaient intarissables sur le sujet – même si aucun d'entre eux n'était selon moi une grande autorité en la matière – mais les filles réservaient leurs commentaires pour leurs propres conciliabules. Je me demandai brusquement si Grisha avait déjà couché avec Vera, avant de me souvenir qu'ils étaient morts l'un et l'autre et gisaient désormais sous des montagnes de gravats.

Sonya remarqua mon expression embarrassée et se dit que je devais être déconcerté par le côté dévergondé de leur conversation. Elle me sourit gentiment, révélant à nouveau sa fossette.

— Ne t'en fais pas, mon chou, dit-elle. Nous ne sommes pas aussi bohèmes que nous feignons de l'être. (Elle se tourna vers Kolya.) Il est mignon. Où l'as-tu déniché ?

— Il habitait au Kirov, dans la rue Voinova.

— Le Kirov ? L'immeuble qui a été détruit la nuit dernière ? Je suis désolée, mon chou.

Elle me prit dans ses bras. J'avais l'impression d'être enlacé par un épouvantail : son corps était aussi impalpable qu'immatériel, sous ses couches de vêtements imprégnés de fumée. Mais c'était agréable de sentir qu'une femme s'intéressait à vous. Même si c'était par simple politesse, cela faisait du bien.

— Viens, dit-elle en prenant ma main gantée dans la sienne. Considère que tu es chez toi. Si tu as besoin de passer la nuit ou une semaine ici, tu es le bienvenu. Demain, tu m'aideras à ramener de l'eau de la Neva.

— Demain, le travail nous attend, dit Kolya.

Mais elle l'ignora et nous fit passer dans la pièce principale, où un petit groupe d'hommes et de femmes aux allures d'étudiants étaient assis autour d'un poêle chauffé au bois. Les hommes arboraient des moustaches et des favoris sophistiqués, les femmes avaient les cheveux courts et portaient des boucles d'oreilles de gitanes. Ils se partageaient plusieurs couvertures épaisses et buvaient du thé, observant sans aménité les nouveaux venus que nous étions. Les étrangers constituaient au mieux un désagrément, au pire un danger potentiel. Et même s'ils n'avaient pas de mauvaises intentions, ils finissaient toujours par réclamer à manger.

Sonya fit les présentations, nommant l'un après l'autre tous les membres du cercle, mais aucun d'entre eux ne desserra les dents jusqu'à ce que Kolya fasse circuler son « caramel de bibliothèque », ce qui détendit un peu l'atmosphère. Il était difficile d'éprouver le moindre plaisir à mâchonner cette saleté, mais cela faisait toujours quelque chose à se mettre sous la dent et aidait les circuits à se remettre en route : aussi la conversation ne tarda-t-elle pas à s'engager.

Les amis de Sonya n'étaient nullement des étudiants, mais une équipe de chirurgiens et d'infirmières qui travaillaient par tranches de vingt-quatre heures. Ils venaient de terminer leur service, après avoir amputé des bras et des jambes, retiré de nombreuses balles de divers magmas de chair et d'os et tenté de rafistoler des corps de soldats mutilés, tout en devant se passer d'anesthésies, de réserves de sang et d'électricité. Ils n'avaient même pas assez d'eau chaude pour stériliser correctement leurs scalpels.

— Lev habitait au Kirov, dit Sonya en me désignant d'un mouvement de tête. L'immeuble qui a été abattu la nuit dernière, rue Voinova.

Quelques murmures de sympathie s'élevèrent, accompagnés de petits hochements de tête.

— Tu étais à l'intérieur quand la bombe est tombée ? me demanda quelqu'un.

Je regardai Kolya, qui griffonnait dans son journal à l'aide d'un vieux bout de crayon, sans nous prêter la moindre attention. Mon regard revint ensuite sur le cercle des infirmières et des médecins qui attendaient ma réponse. Ces gens étaient de simples étrangers. Pourquoi les ennuyer avec toute cette histoire ?

— J'étais allé voir des amis, dis-je.

— Certains habitants ont réussi à s'extraire des décombres, intervint Timofei, l'un des chirurgiens, qui portait de fines lunettes et avait une tête de peintre. Je l'ai entendu dire à l'hôpital.

— Vraiment ? dis-je. Combien ?

— Je ne sais pas. Je n'écoutais pas très attentivement. Désolé, mais... il y a tous les soirs des immeubles qui s'écroulent.

Cette rumeur concernant d'éventuels survivants me rasséréna un peu. L'abri antiaérien du sous-sol m'avait toujours paru relativement solide : si les gens avaient pu s'y réfugier à temps, ils pouvaient fort bien s'en être sortis indemnes. Vera et les jumeaux étaient toujours parmi les premiers à s'y précipiter lorsque les sirènes retentissaient, en compagnie de leurs familles. En revanche, il ne me semblait pas avoir jamais aperçu Zavodilov le gangster en de telles occasions. Il devait dormir pendant les alertes comme il dormait tard le matin, une compresse mouillée sur le front et une fille nue à ses côtés. Du moins me le représentais-je ainsi... Non, il n'était probablement pas descendu dans l'abri. D'un autre côté, Zavodilov passait souvent la nuit en dehors du Kirov, vaquant à ses mystérieuses occupations ou allant boire un coup dans l'appartement d'un autre gangster.

Sonya remplit deux nouveaux verres d'un thé léger et nous les tendit, à Kolya et moi. J'ôtai mes mitaines en laine pour la première fois depuis ce fameux petit déjeuner, dans le bureau du colonel. Entre mes mains, j'avais l'impression que le verre bien chaud était un être vivant, un petit animal dont j'aurais senti battre le cœur sous la pression de mes doigts. Je laissai les effluves de vapeur me monter au visage et mis quelques instants à comprendre que Sonya m'avait posé une question.

— Pardon ? dis-je.

— Je te demandais si ta famille se trouvait dans l'immeuble ?

— Non, ils ont quitté la ville en septembre.

— Tant mieux. La mienne a fait de même. Mes petits frères sont à Moscou.

— Les Allemands sont aux portes de Moscou, eux aussi, dit Pavel, un jeune homme au visage de fouine qui ne quittait pas le poêle des yeux et ne regardait personne. Ils s'en empareront sans doute d'ici quelques semaines.

— Qu'ils s'en emparent, dit Timofei. Nous leur ferons le coup de Rostopchine : nous brûlerons tout avant de nous retirer. Où s'abriteront-ils ? Où trouveront-ils à manger ? L'hiver se chargera d'eux.

— Le coup de Rostopchine... *Berck !* (Sonya fit la grimace, comme si elle venait de sentir une odeur infecte.) À t'entendre, on dirait qu'il s'agit d'un héros.

— C'était un héros. Tu ne devrais pas t'en tenir à Tolstoï, en matière d'histoire russe.

— Mais bien sûr... Ce brave comte Rostopchine... L'ami du peuple...

— Ne mêle pas la politique à ça. Nous parlons de la guerre, pas de la lutte des classes.

— Qu'est-ce que tu racontes ? Tu crois peut-être que la guerre n'a rien à voir avec la politique ?

Kolya mit un terme à cet affrontement en prenant la parole, les yeux baissés sur la tasse de thé qu'il serrait entre ses mains.

— Les Allemands ne prendront pas Moscou, dit-il.

— De quel illustre expert émane cet avis ? demanda Pavel.

— Telle est mon opinion. Les Fritz étaient à trente kilomètres de la ville au début du mois de décembre, ils se sont retirés à plus de cent kilomètres aujourd'hui. C'est la première fois que la Wehrmacht recule. Leurs hommes n'y sont pas préparés. Tout ce qu'on leur a appris, tout ce que leurs livres leur ont enseigné, c'est à attaquer. Attaquer, attaquer sans trêve. Mais aujourd'hui, ils reculent : ils ne s'arrêteront plus et se retrouveront bientôt le cul par terre à Berlin.

Pendant un long moment, nul ne prononça un mot. Les femmes du groupe dévisageaient Kolya : leurs yeux brillaient un peu dans leurs visages décharnés. Elles étaient toutes plus ou moins amoureuses de lui.

— Excuse-moi de te poser la question, *camarade*, reprit Pavel en appuyant à dessein et non sans ironie sur le terme, mais puisque tu occupes une aussi éminente position dans l'armée et que ces considérations stratégiques n'ont plus de secret pour toi, pourquoi es-tu assis parmi nous ce soir ?

— Il m'est impossible de révéler la nature de la mission qui m'a été confiée, dit Kolya sans se laisser démonter par le ton méprisant du chirurgien.

Il but une gorgée de thé, laissant sa bouche s'imprégner de la chaleur du liquide. Il remarqua que Sonya ne l'avait pas quitté des yeux et il lui adressa un sourire. Le groupe demeura silencieux. Personne n'avait bougé, mais la dynamique s'était déplacée : Kolya et Sonya étaient maintenant seuls en scène, sous les feux des projecteurs, et nous n'étions plus que des spectateurs muets, avides d'entrevoir un peu de chair. La parade avait commencé, même s'ils étaient assis à quelques mètres l'un de l'autre, engoncés dans plusieurs couches de vêtements. J'aurais bien voulu qu'une fille me dévisage un jour avec un regard pareil, mais je savais que cela n'arriverait jamais. Avec mes épaules étroites et mes yeux sur le qui-vive, apeurés comme ceux d'un rongeur, je n'étais pas du genre à inspirer le désir. Le pire, c'était évidemment mon nez – ce nez détesté et digne d'un millier d'injures. Il n'était déjà pas facile d'être juif en Russie, mais quand on était doté de surcroît d'un pif qui semblait sortir d'une caricature antisémite, l'image qu'on pouvait avoir de soi n'était forcément pas très brillante. La plupart du temps, j'étais fier de mes origines, mais j'aurais bien voulu ne pas avoir une tête de juif. J'aurais voulu ressembler à un aryen aux cheveux blonds et aux yeux bleus, large d'épaules et à la mâchoire carrée. J'aurais voulu, en bref, ressembler à Kolya.

Celui-ci fit un clin d'œil à Sonya et finit son verre de thé. Puis il poussa un soupir et regarda les miettes qui traînaient au fond.

— Sais-tu qu'il y a neuf jours que je n'ai pas chié ?
lança-t-il.

Cette nuit-là, nous dormîmes tous dans la pièce principale, à l'exception de Kolya et de Sonya, qui s'étaient
levés simultanément, obéissant à un invisible signal, et
avaient disparu dans la chambre. Quant à nous, serrés
les uns contre les autres, nous nous partagions les couvertures, à la recherche d'un peu de chaleur : de la sorte,
et bien que le poêle ait fini par s'éteindre au cours de la
nuit, je ne grelottai pas trop. À vrai dire, le froid m'était
plus tolérable que les cris étouffés que poussait Sonya
et qui semblaient témoigner d'un bonheur indicible –
comme si Kolya l'avait délivrée de la misère de ces derniers mois, de la famine, du froid, de l'invasion allemande et des bombardements. Sonya était gentille,
adorable même, mais son plaisir était insupportable à
entendre : j'aurais tant voulu être celui dont les assauts
faisaient se pâmer de la sorte une jolie fille... Au lieu
de ça, j'étais allongé par terre dans un appartement
inconnu, à côté d'un homme dont j'ignorais tout, qui
s'agitait en dormant et dégageait une odeur de chou
bouilli.

Je n'imagine pas que la séance ait duré très longtemps
– qui en aurait eu la force ? – mais il me sembla qu'elle
se prolongeait une bonne partie de la nuit : Sonya qui
gémissait et Kolya qui parlait sourdement, d'une voix
trop basse pour que je comprenne ses paroles malgré la
minceur de la cloison. Il paraissait très calme, comme
s'il était en train de lui lire un article de journal. Je
me demandais ce qu'il pouvait bien lui raconter : quels
propos tient-on à une fille qu'on est en train de baiser ?
Ce point ne me paraissait pas anodin. Peut-être lui
citait-il des phrases de ce fameux auteur dont il était
entiché ? À moins qu'il lui ait raconté l'histoire de notre
combat contre le cannibale et sa femme ? Mais cela
paraissait peu probable. Je gisais dans l'obscurité et je

les écoutais, tandis que le vent faisait vibrer le cadre des fenêtres et que les dernières braises s'éteignaient dans le poêle. Il n'y a rien au monde qui donne un tel sentiment de solitude que le bruit de deux personnes en train de faire l'amour.

8.

Le lendemain matin, nous nous retrouvâmes au pied d'un immeuble, à deux pas de la porte de Narva, les yeux levés vers un gigantesque portrait de Jdanov.

— Ce doit être ici, dit Kolya.

Il battait la semelle pour ne pas geler sur place : il faisait encore plus froid que la veille, ce qui paraissait pourtant difficile. Seule l'arête effilée d'un nuage venait trancher sur l'immense étendue du ciel bleu. Nous nous dirigeâmes vers l'entrée, qui était évidemment fermée. Kolya tambourina sur la porte, mais personne ne se montra. Nous étions là comme deux idiots à taper dans nos mains pour nous réchauffer, le menton enfoui dans les replis de nos écharpes.

— Que faisons-nous à présent ? demandai-je à Kolya.

— Quelqu'un finira bien par entrer. Ou par sortir. Qu'est-ce que tu as, aujourd'hui ? Tu m'as l'air bien grognon.

— Je n'ai rien, dis-je en sentant que mon intonation démentait mes propos. Il nous a fallu une heure pour venir jusqu'ici et il nous en faudra une autre pour pénétrer dans cet immeuble – où nous ne trouverons évidemment pas la moindre trace de ce vieillard ni de son poulailler.

— Non, dit Kolya, ce n'est pas cela qui te tracasse. Tu penses au Kirov ?

— Bien sûr que je pense au Kirov, rétorquai-je sèchement.

J'étais furieux qu'il m'ait posé cette question, car à vrai dire je n'y pensais absolument pas.

— Nous avions un lieutenant, l'automne dernier, un dénommé Belak – un militaire jusqu'au bout des ongles. Il avait porté l'uniforme toute sa vie, combattu contre les blancs et tout le tralala. Un beau soir il aperçoit Levin, qui était encore un gamin, en train de pleurer devant une lettre qu'il venait de recevoir. La scène se passait dans une tranchée, devant Zelenogorsk, juste avant que les Finlandais ne reprennent la ville. Levin était incapable de prononcer un mot, tellement il sanglotait. Un de ses proches était mort, tué par les Allemands, je ne me souviens pas s'il s'agissait de son père ou de sa mère – à moins que toute la famille y soit passée, je ne sais plus. Quoi qu'il en soit, Belak prit la lettre, la replia soigneusement et la glissa dans la poche du manteau de Levin en lui disant : « Très bien, chiale un bon coup. Mais après ça, je ne veux plus te voir pleurer jusqu'à ce que le cadavre de Hitler se balance au bout d'une corde. »

Kolya avait le regard perdu dans le vide, comme s'il méditait les paroles du lieutenant. Sans doute les trouvait-il profondes : pour ma part, elles me paraissaient fausses, pour ne pas dire fabriquées. C'était le genre de phrase que mon père avait en horreur, comme ces prétendus dialogues qu'un quelconque journaliste appointé par le Parti forgeait de toutes pièces pour la série des « Héros sur le front », qui paraissait dans un journal destiné aux adolescents.

— Et le soldat s'est arrêté de pleurer ? demandai-je.

— Sur-le-champ. Il s'est contenté de renifler pendant quelques minutes. Et le soir même, il était à nouveau d'attaque. Mais là n'est pas le problème.

— Où est le problème, dans ce cas ?

— Ce n'est pas le moment de s'apitoyer. Les nazis veulent nous exterminer jusqu'au dernier. Nous aurons beau pleurer autant qu'il nous plaira, ce n'est pas ça qui nous aidera à les combattre.

— Qui parle de pleurer ? Je ne pleure pas.

Kolya ne m'écoutait pas. Quelque chose s'était coincé entre ses incisives et il essayait de l'extraire, du bout de son ongle.

— Belak a sauté sur une mine quelques jours plus tard, reprit-il. Sale invention, ces mines... Quand on voit dans quel état se retrouvent ceux qui en sont victimes...

Il laissa sa phrase en suspens, revoyant sans doute mentalement le corps déchiqueté de son ancien officier. Je regrettai aussitôt d'avoir dénigré ce lieutenant dans mon for intérieur. Peut-être s'était-il exprimé de manière conventionnelle, mais il avait essayé de venir en aide à ce jeune soldat, de l'aider à surmonter la tragédie qui venait de frapper sa famille – et c'était plus important que de faire de belles phrases ou que de s'exprimer de manière originale.

Kolya se remit à cogner sur la porte d'entrée. Il attendit un moment, poussa un soupir et regarda le nuage solitaire qui traversait le ciel.

— J'aimerais aller vivre en Argentine pendant un an ou deux, dit-il. Je n'ai jamais vu l'océan. Et toi ?

— Moi non plus.

— Tu es grognon, mon petit israélite... Dis-moi pourquoi.

— Va donc enculer les cochons.

— Ah, ah ! On se fâche !

Il me lança une bourrade et se mit à me tourner autour en brandissant ses poings, tel un boxeur sur le ring, comme s'il avait l'intention de se battre avec moi.

Je m'assis sur les marches du perron et ce simple mouvement suffit à faire surgir une gerbe d'étincelles devant mes yeux. Nous avions bu du thé chez Sonya, à notre réveil, mais nous n'avions rien mangé. Et j'avais préféré mettre de côté le reste de mon « caramel ». Je levai les yeux vers Kolya, qui me dévisageait à présent d'un air préoccupé.

— Qu'est-ce que tu disais la nuit dernière ? lui demandai-je. Quand tu étais... enfin, quand tu étais avec elle ?

Kolya cilla, dérouté par ma question.

— Ce que je disais ? À qui donc ? À Sonya ?

— Tu n'arrêtais pas de lui parler.

— Pendant que nous faisions l'amour ?

La phrase avait en elle-même quelque chose de gênant. J'acquiesçai. Kolya fronça les sourcils.

— Il ne me semble pas avoir dit grand-chose.

— Tu n'arrêtais pas de parler !

— Il s'agissait sans doute du bavardage habituel.

Un brusque sourire éclaira son visage. Il s'assit à côté de moi sur les marches du perron.

— Je comprends, dit-il. Quand on n'a jamais mis les pieds dans un pays, on a envie d'en connaître les coutumes. Tu veux savoir ce qu'il convient de dire dans ces cas-là.

— Je posais une simple question.

— Oui, mais cela t'intrigue. Et pourquoi cela t'intrigue-t-il ? Parce que tu es un peu anxieux. Tu voudrais ne pas commettre d'impair quand l'occasion se présentera. C'est assez futé de ta part. Je parle sérieusement ! Cesse donc de faire cette tête ! Je n'ai jamais connu quelqu'un qui soit aussi susceptible, alors qu'on lui fait des compliments. Maintenant, écoute-moi bien : les femmes n'aiment pas que leurs amants soient silencieux. Elles t'offrent la chose la plus précieuse à leurs yeux et elles veulent que tu l'apprécies à sa juste valeur. Opine donc du menton, pour me montrer que tu m'écoutes...

— Je t'écoute.

— Chaque femme s'est forgé une image de l'amant idéal, opposé à l'amant de ses cauchemars. Ce dernier se contente de se vautrer sur elle en l'écrasant de tout son poids et de faire aller et venir son engin jusqu'à être arrivé à ses fins. Il garde les yeux fermés et ne desserre pas les dents. En d'autres termes, il se branle dans la chatte de la pauvre fille. L'amant de ses rêves, au contraire...

Nous entendîmes soudain les lattes d'un traîneau crisser sur la neige gelée et nous tournâmes la tête pour découvrir deux jeunes filles qui ramenaient des seaux remplis de glace. Elles se dirigeaient vers nous et je me relevai, secouant mon manteau, soulagé que l'exposé de Kolya ait été interrompu. Kolya se leva à son tour.

— Mesdames ! lança-t-il. Pouvons-nous vous être utiles ?

Les jeunes filles échangèrent un regard. Elles avaient environ mon âge, le visage plutôt rond et la lèvre supérieure couverte d'un léger duvet. C'étaient des filles de Piter, peu enclines à faire confiance à deux étrangers. D'un autre côté, devoir grimper la montée d'escaliers avec ces quatre seaux de glace...

— Qui êtes-vous venus voir ? demanda l'une d'elles d'un air compassé, digne d'une bibliothécaire revêche.

— Nous souhaiterions discuter avec un monsieur qui habite dans l'immeuble, au sujet de ses poules, répondit Kolya.

Pour une raison inconnue, il avait choisi de dire la vérité. Je m'attendais à ce que les jeunes filles lui rient au nez, mais ce ne fut pas le cas.

— Il vous abattra si vous montez là-haut, répondit la seconde. Il ne laisse personne s'approcher de sa basse-cour.

Nous nous dévisageâmes, Kolya et moi. Il se tourna ensuite vers les deux jeunes filles et les gratifia de son plus beau sourire.

— Laissez-nous donc porter vos seaux, dit-il. Nous nous chargerons du vieillard.

Arrivé au cinquième étage, transpirant à travers mes épaisseurs de laine, les jambes flageolantes en raison de l'effort fourni, je commençais à regretter sa décision. Il devait exister un moyen plus simple d'accéder à l'immeuble. Nous faisions une longue pause à chaque étage : j'en profitais pour reprendre mon souffle et me dégourdir les mains, retirant mes mitaines et examinant les marques que les poignées des seaux avaient imprimées au creux de mes paumes. Kolya interrogeait les jeunes filles, curieux de savoir ce qu'elles lisaient et si elles étaient capables de lui réciter les premières strophes d'*Eugène Onéguine*. Pour ma part, je trouvais ces gamines aussi stupides que bornées, dénuées de la moindre flamme et de toute espèce de grâce, mais Kolya n'était jamais rebuté par les gens : il papotait avec elles comme si elles avaient été les plus exquises créatures du monde, les fixant dans les yeux à tour de rôle sans laisser le silence s'installer. Quand nous arrivâmes au cinquième, il était évident que les deux filles en pinçaient déjà pour lui et j'eus même le sentiment qu'elles cherchaient à évaluer laquelle d'entre elles avait le plus de chance de l'emporter.

Une bouffée d'envie monta une fois encore en moi, un sentiment d'injustice mêlé de colère et de honte : qu'est-ce qu'elles lui trouvaient donc, à cet intarissable fanfaron ? Et pourquoi lui enviais-je l'attention qu'elles lui portaient ? Je me fichais de ces filles, après tout. Ni l'une ni l'autre ne m'attiraient. Ce type m'avait sauvé la vie la veille et je le maudissais aujourd'hui sous le simple prétexte que les filles perdaient les pédales en sa présence, qu'elles baissaient les yeux et se mettaient à tripoter les boutons de leurs manteaux en rougissant jusqu'aux oreilles.

Sonya me plaisait, quant à elle – avec le croissant que dessinait sa fossette et la chaleur de son accueil lorsqu'elle m'avait ouvert sa porte, m'invitant à demeurer chez elle aussi longtemps que je le voudrais, alors qu'elle risquait elle-même de ne pas passer la semaine si elle ne trouvait rien à manger : les contours de son crâne ne saillaient que trop, sous la fine épaisseur de sa peau presque transparente. Peut-être cela tenait-il au fait que je l'avais rencontrée une demi-heure à peine après avoir découvert les ruines du Kirov : elle m'avait empêché de réfléchir trop longtemps à mes voisins, qui venaient de périr sous des mètres cubes de béton et de gravats.

Même lorsque ces images me traversaient l'esprit, elles ne s'y attardaient pas et défilaient à toute allure. Quelques instants plus tard, je revoyais une fois encore la fille du colonel, ou le colonel lui-même, le géant qui nous poursuivait dans l'escalier en brandissant son tuyau de plomb ou la vieille femme qui vendait des verres de boue aux Halles. Lorsque je pensais au Kirov, c'était le bâtiment que je revoyais, le terrain de jeux de mon enfance avec ses longs couloirs qui semblaient avoir été conçus pour la course, sa montée d'escalier dont les vitres étaient couvertes d'une couche de poussière si épaisse qu'on pouvait y dessiner son portrait, sa cour où les gamins se rassemblaient tous les hivers, lors de la première chute de neige, pour une gigantesque bataille de boules de neige, les habitants des trois premiers étages affrontant ceux des trois derniers.

Vera, Oleg et Grisha, Lyuba Nikolaevna, Zavodilov – mes amis et mes voisins, tous me paraissaient irréels à présent, comme si leur brusque décès avait effacé leurs vies. Peut-être avais-je toujours su qu'ils disparaîtraient un jour et m'étais-je arrangé pour les tenir à distance, riant à leurs plaisanteries et les écoutant exposer leurs projets, sans croire totalement à leur existence. J'avais appris à me protéger. Quand la police avait emmené mon père, je m'étais retrouvé comme un idiot, incapable de comprendre comment un homme aussi brillant, aussi intelligent, pouvait disparaître de la sorte, d'un instant à l'autre, parce qu'un invisible bureaucrate avait claqué des doigts, et se dissiper comme la fumée de la cigarette qu'une sentinelle exhalait avec lassitude au sommet d'un mirador, quelque part en Sibérie, en se demandant si sa petite amie n'était pas en train de le tromper, dans sa ville natale, les yeux rivés sur la forêt hivernale, indifférent à la mâchoire bleue du ciel qui béait dans les hauteurs, prête à engloutir ses volutes de fumée, la sentinelle elle-même et tout ce qui poussait encore sur terre.

Kolya dit au revoir aux deux filles, après avoir posé leurs seaux à l'entrée de leur appartement, et m'enjoignit à faire de même.

— Faites attention là-haut, dit l'une d'elles, la plus hardie je suppose. Il a quatre-vingts ans, mais il est capable de vous abattre avant que vous ayez le temps de dire ouf.

— J'ai été sur le front et je me suis battu contre les Fritz, dit Kolya, en la rassurant d'un sourire accompagné d'un clin d'œil complice. Je crois que je saurai faire face à un grand-père qui a pété les plombs.

— Si vous voulez manger un morceau en redescendant, dit la seconde, nous allons préparer de la soupe.

L'autre la regarda d'un air indigné. Je me demandai un instant – sans creuser la question – ce qui l'avait le plus choquée : le flirt éhonté de sa copine ou le fait qu'elle nous propose de la nourriture gratuitement.

Kolya et moi poursuivîmes notre ascension jusqu'à la dernière volée de marches, qui rejoignait une porte donnant sur le toit de l'immeuble.

— Voici mon plan, me dit-il. Tu me laisses parler. Je sais comment m'y prendre avec les vieux.

Je poussai la porte et le vent nous frappa de plein fouet, constellant nos visages d'infimes cristaux de glace et de poussière – le sable de la ville. Nous baissâmes la tête et avançâmes, luttant contre le vent comme deux Bédouins pris dans une tempête en plein désert. Devant nous se profilait un mirage (il ne pouvait s'agir d'autre chose) : une cabane faite de planches clouées ensemble et au toit bitumé, dont les fentes étaient colmatées par des lambeaux de laine et des vieux journaux. J'étais un citadin, jusqu'au bout des ongles. Je n'avais jamais mis les pieds dans une ferme ni vu la moindre vache de mes propres yeux, mais je savais qu'il s'agissait d'un poulailler. Kolya me regarda. Nous pleurions, à cause du vent, mais cela ne nous empêchait pas de sourire comme deux idiots.

Une porte se dressait de guingois à l'une des extrémités du poulailler, munie d'un crochet extérieur qui pendait dans le vide. Kolya frappa doucement à la porte. Personne ne répondit.

— Ohé ! Ne nous tirez pas dessus, nous sommes juste venus vous rendre visite… Ohé ? Bon, je vais ouvrir la porte… Si vous pensez que ce n'est pas une bonne idée et si vous avez l'intention de nous canarder, mieux vaut nous le dire maintenant.

Kolya se plaça à côté du montant et m'enjoignit à faire de même. Puis il poussa le battant de la porte, du bout de sa botte. Nous attendîmes que retentisse une imprécation injurieuse ou un coup de fusil, mais il ne se passa rien. La sécurité paraissant assurée, nous pénétrâmes à pas de loup dans le poulailler. Il faisait sombre à l'intérieur : seule une lampe diffusant une faible lueur était suspendue à un clou. Le sol était couvert d'une paille usagée qui puait la merde d'oiseau. L'une des parois était bordée de grosses boîtes vides, assez grandes pour contenir chacune une poule, et qui avaient dû servir de nids. Un gamin, vêtu d'un manteau de femme en peau de lapin qui lui donnait un air ridicule mais devait lui tenir chaud, était assis à l'extrémité du poulailler, adossé à la paroi, les genoux ramenés sous le menton.

Sous les boîtes qui tenaient lieu de nids un cadavre gisait, assis dans la paille et calé contre la paroi, les membres raidis et tordus comme ceux d'une marionnette abandonnée. Il portait une longue barbe blanche, semblables à celle des anarchistes du XIXe siècle, et sa peau dégageait une odeur de bougie fondue. Un vieux fusil était posé en travers de ses genoux. À en juger par son allure, cela faisait plusieurs jours qu'il était mort.

Nous considérions ce lugubre tableau, Kolya et moi, confus d'avoir ainsi fait irruption dans un drame privé. Nous nous sentions même vaguement coupables – moi en tout cas, car la honte n'affectait visiblement pas Kolya de la même façon. Il traversa le poulailler, s'agenouilla à côté du garçon et posa la main sur son genou.

— Tout va bien, petit soldat ? Tu veux boire un peu d'eau ?

Le gamin ne le regarda même pas. Ses yeux bleus paraissaient immenses dans son visage émacié. Je cassai un morceau de mon « caramel », traversai à mon tour le poulailler et le lui tendis. Le regard du gosse se tourna lentement vers moi. Il eut l'air d'enregistrer ma présence, ainsi que celle de la nourriture que j'avais à la main, mais détourna à nouveau les yeux. Il était à deux doigts de perdre connaissance.

— C'est ton grand-père ? demanda Kolya. Nous devrions le redescendre. Ce n'est pas bon pour toi de rester ici seul avec lui.

Le gamin ouvrit la bouche et ce simple effort parut lui coûter le peu d'énergie qui lui restait. Ses lèvres étaient couvertes d'une sorte de croûte, comme si elles étaient collées.

— Il ne veut pas quitter ses poules.

Kolya considéra les boîtes vides.

— Je crois qu'il n'y a plus rien à craindre de ce côté, dit-il. Viens, il y a deux gentilles jeunes filles dans l'immeuble, elles te donneront un peu de soupe.

— Je n'ai pas faim, dit le gamin.

Je compris qu'il était condamné.

—Viens quand même avec nous, dis-je. Il fait trop froid ici. Tu pourras te réchauffer, boire un peu d'eau.

— Je dois surveiller les poules.

— Elles sont parties, dit Kolya.

— Pas toutes, dit le gamin.

J'avais la quasi-certitude qu'il ne passerait pas la journée, mais je n'aurais pas voulu qu'il meure ici, seul à côté de ce cadavre hirsute et de ces boîtes vides. Il y avait des morts de tous les côtés à Piter : empilés par monceaux derrière la morgue municipale, incinérés dans des fosses creusées à cet effet, devant le cimetière de Piskarevski, ou abandonnés aux assauts des mouettes – à supposer qu'il y en eût encore – sur la surface gelée du lac Ladoga. Mais mourir dans ce poulailler, au sommet de cet immeuble... Cela me semblait pire que tout.

— Regarde, dit Kolya en secouant l'une des boîtes vides qui avaient servi de nids. Il n'y a plus de poules. Tu as été un bon gardien, tu les as surveillées, mais leurs caisses sont vides à présent. Il vaut mieux nous suivre.

Il lui tendit sa main gantée, mais le gamin l'ignora.

— Ruslan vous aurait abattus, dit-il.

— Ruslan ? dit Kolya en jetant un coup d'œil vers le cadavre du vieillard. Je suis sûr que c'était un combattant redoutable, même si je suis heureux que tu sois plutôt du genre pacifique, pour ta part.

— Il m'a dit que tout le monde dans l'immeuble voulait s'emparer de nos poules.

— Il n'avait probablement pas tort.

— Il disait que si nous les laissions faire, ils monteraient jusqu'ici et nous trancheraient la gorge. Il fallait donc que l'un de nous deux reste éveillé, pour monter la garde avec le fusil.

Le gamin s'exprimait d'une voix monotone, les yeux dans le vide, sans nous regarder. Je me rendais compte à présent qu'il tremblait de tout son corps et qu'il claquait des dents lorsqu'il ne parlait pas. Des taches brunes constellaient ses joues et son cou, témoins de l'ultime effort que faisait son corps pour rester en vie.

— Il me disait que les poules nous permettraient de tenir jusqu'à la fin du siège. Deux œufs par jour, en plus des rations, cela suffirait. Mais nous n'avons pas réussi à les maintenir au chaud.

— Cesse donc de penser à ces satanées poules ! Allons, donne-moi la main.

Le garçon continua d'ignorer la main tendue de Kolya, qui me fit signe de venir l'aider. J'aperçus soudain quelque chose, un mouvement aussi suspect qu'inattendu sous le manteau de fourrure du gamin, comme si son cœur s'était mis à battre démesurément, au point de soulever ses vêtements.

— Qu'est-ce que tu caches là-dessous ?

Le gamin caressa le devant de son manteau, comme pour calmer la créature qui se trouvait dessous. Pour la première fois, son regard croisa le mien. Aussi affaibli soit-il, à deux doigts de succomber, je percevais la force qui était en lui et l'entêtement qu'il avait hérité du vieillard.

— Ruslan vous aurait abattus, répéta-t-il.

— Oui, oui, dit Kolya, tu nous l'as déjà dit. Tu as réussi à sauver l'une des poules, c'est ça ? La toute dernière... (Kolya se tourna vers moi.) Combien d'œufs une poule peut-elle pondre par jour ? me demanda-t-il.

— Comment diable le saurais-je ?

— Écoute, mon petit, je t'offre trois cents roubles en échange de cette poule.

— Les gens nous en proposaient souvent mille et il leur a toujours dit non. Ces volailles nous maintiendront en vie tout l'hiver, disait-il. Mais à quoi nous serviraient ces roubles ?

— À acheter un peu de nourriture, peut-être ? Cette poule va mourir comme toutes les autres si tu la gardes ici.

Le gamin hocha la tête. Cette conversation l'avait épuisé et ses paupières se fermèrent à moitié.

— D'accord, d'accord, lança Kolya. Mais que dis-tu de ça ?

Il se tourna vers moi et m'arracha presque le « caramel » des mains. Il y ajouta le morceau de saucisse qui lui restait, ainsi que les trois cents roubles, et posa le tout sur les genoux du gamin.

— C'est tout ce que nous possédons, ajouta-t-il. Maintenant, écoute-moi. Tu vas mourir cette nuit si tu ne bouges pas d'ici. Il faut que tu manges et que tu quittes ce toit. Nous allons t'aider à descendre et te conduire chez ces filles du cinquième…

— Je ne les aime pas.

— Personne ne te demande de les épouser. Nous allons leur confier cet argent, elles te donneront de la soupe et te laisseront passer quelques jours chez elles, le temps que tu reprennes des forces.

Le gosse n'avait pas l'énergie suffisante pour réagir autrement que par un infime hochement de tête, mais sa réponse était claire : il ne bougerait pas d'ici.

— Tu veux rester ici à cause de cette poule ? dit Kolya. Mais avec quoi comptes-tu la nourrir ?

— Je reste pour Ruslan.

— Laisse les morts enterrer les morts. Tu vas venir avec nous.

Le gamin entreprit alors de déboutonner son manteau de fourrure. Il serrait la poule rousse contre sa poitrine, comme s'il avait allaité un nouveau-né. C'était le plus lamentable volatile que j'eusse jamais vu, tellement elle était en piteux état. Un moineau en bonne santé n'en aurait fait qu'une bouchée, en l'affrontant dans la rue.

Le gosse tendit la poule à Kolya, qui la considéra sans trop savoir ce qu'il devait en faire.

— Prenez-la, dit le gamin.

Kolya me regarda, avant de reporter son attention sur le gosse. Je ne l'avais jamais vu aussi embarrassé.

— Je n'ai pas pu les maintenir en vie, dit le gamin. Nous en avions seize en octobre. Et c'est la dernière qui me reste.

Nous avions désespérément voulu mettre la main sur cette poule, mais maintenant que le gamin nous l'offrait, cela paraissait injuste.

— Prenez-la, répéta-t-il. J'en ai marre de toutes ces poules.

Kolya s'empara prudemment du volatile, en ayant soin de le maintenir assez loin de son visage pour éviter de recevoir dans l'œil un coup de patte aux griffes acérées. Mais la poule était bien incapable de manifester la moindre agressivité. Elle demeura immobile et comme engourdie dans les mains de Kolya, tremblante de froid et le regard vide.

— Gardez-la au chaud, dit le gosse.

Kolya ouvrit son manteau et fourra le volatile à l'intérieur : il pourrait s'y nicher entre plusieurs couches de vêtements tout en parvenant à respirer.

— Et maintenant, ajouta le gamin, allez-vous-en.

— Viens donc avec nous, dis-je en une ultime tentative, tout en sachant qu'elle était vouée à l'échec. Tu ne devrais pas rester seul ici.

— Je ne suis pas seul. Allez-vous-en.

Je regardai Kolya, qui opina du menton. Nous nous dirigeâmes vers la porte ouverte de guingois. Avant de la franchir, je me retournai et regardai une dernière fois le gamin qui était resté assis en silence, enveloppé dans son manteau de fourrure féminin.

— Comment t'appelles-tu ? demandai-je.

— Vadim.

— Eh bien merci, Vadim.

Le gosse acquiesça de ses yeux trop bleus, trop vastes pour son visage blême et émacié.

Nous le laissâmes dans le poulailler, en compagnie du cadavre du vieillard et de toutes ces boîtes vides, de la lampe qui luisait faiblement, des trois cents roubles et de la nourriture dont il ne voulait pas, posés sur la fourrure qui lui couvrait les genoux.

9.

Sonya avait récupéré un grand seau d'éclats de bois provenant de la charpente effondrée d'une école d'infirmières détruite par les bombes, sur l'île de Vasilevski. Son poêle crépitait et dégageait une douce chaleur. Assis devant le foyer, nous buvions un thé insipide, les yeux rivés sur cette poule maigrichonne. Nous lui avions fabriqué un vague nid dans une vieille boîte à biscuits tapissée de journaux. La poule s'était tassée tout au fond, la tête repliée sur son poitrail, ignorant la cuillerée de millet pilé que nous avions déposée à son intention et qui recouvrait en partie un vieil éditorial, dans lequel les Moscovites nous exhortaient à tenir bon. Que Moscou aille donc se faire voir... Le sentiment général, à Piter, était que si le siège devait avoir lieu, il valait mieux que ce soit ici, parce que nous étions capables de résister à tout – tandis que les bureaucrates de la capitale se rendraient sans doute au premier Oberstleutnant venu, du moment que celui-ci leur garantirait leur ration d'esturgeon hebdomadaire. « Ils sont encore pires que les Français », disait Oleg, même s'il savait que c'était pousser la comparaison un peu loin.

Kolya avait surnommé la poule Chérie, bien qu'il n'y eût pas la moindre trace d'affection dans les yeux du volatile qui nous regardait d'un air aussi stupide que méfiant.

— Les poules ne doivent-elles pas baiser pour pouvoir pondre leurs œufs ? demandai-je.

— Je ne crois pas, dit Sonya en détachant une peau morte de sa lèvre inférieure. Il me semble que les mâles fertilisent les œufs une fois qu'ils sont pondus. Mon oncle dirige une ferme collective à Mga.

— Tu t'y connais donc en poules ?

Sonya secoua la tête.

— Je n'y ai jamais mis les pieds, dit-elle.

Nous étions tous des enfants de la ville. Je n'avais jamais trait une vache, étalé de l'engrais ni empaqueté du foin. Jadis, au Kirov, nous nous moquions souvent des paysans qui travaillaient dans les fermes collectives, de leurs cheveux mal taillés et de leurs taches de rousseur. C'était au tour des gens de la campagne de se marrer à présent, et de festoyer en mangeant du lapin et du sanglier tandis que nous survivions tant bien que mal avec nos rations de prétendu pain.

— Jamais elle ne pondra douze œufs d'ici jeudi, dis-je. D'ailleurs, elle sera probablement morte entre-temps.

Kolya était assis sur un tabouret en fer, ses grandes jambes étalées devant lui. Il griffonnait dans son carnet avec son bout de crayon, qui rapetissait de jour en jour.

— Ne la condamne pas trop vite, dit-il sans relever les yeux. C'est une poule de Leningrad, elle est forcément plus costaude qu'elle n'en a l'air. Souviens-toi des Allemands qui croyaient célébrer Noël à l'Astoria.

Les nazis avaient imprimé des milliers de cartons d'invitation pour la grande soirée triomphale qu'Hitler comptait organiser à l'hôtel Astoria, après avoir conquis « la patrie d'origine du bolchevisme, cette ville de larves et de brigands », comme il l'avait qualifiée dans l'un de ses discours destinés à galvaniser les troupes de ses sections d'assaut, à la lueur des flambeaux. Nos soldats avaient découvert quelques-uns de ces cartons sur des cadavres d'officiers de la Wehrmacht. Les journaux les avaient reproduits et on en avait tiré des milliers d'affiches, placardées à travers la ville. Les larbins du Politburo n'auraient pas pu imaginer une meilleure propagande. Nous détestions les nazis pour leur bêtise autant que pour le reste. Si la ville devait tomber, nous veillerions à ne pas laisser debout le moindre hôtel où les Allemands puissent siroter leur schnaps en écoutant du piano au bar ou en se vautrant dans une suite luxueuse. Si nous devions être vaincus, la ville s'effondrerait avec nous.

— Peut-être est-elle intimidée, dit Sonya. Peut-être refuse-t-elle de pondre tant que nous la regardons.

— À moins qu'elle ait besoin de boire.

— Mmm, ce n'est pas idiot... Donnons-lui un peu d'eau.

Personne ne bougea. Nous étions tous épuisés et affamés, chacun espérait qu'un autre allait se lever pour remplir une tasse d'eau. À l'extérieur, la lumière décroissait déjà dans le ciel. On entendait le ronronnement des projecteurs qui se mettaient en route, tandis que leurs énormes filaments s'allumaient lentement. Un Sukhoi solitaire traçait de grands cercles au-dessus de la ville : le vrombissement régulier de son moteur avait quelque chose de rassurant.

— Quelle horrible bestiole...

— Je la trouve mignonne, dit Sonya. Elle ressemble à ma grand-mère.

— Nous devrions la secouer, cela ferait peut-être tomber ses œufs.

— Elle a besoin d'eau.

— Oui, donnons-lui de l'eau.

Une autre heure s'écoula. Finalement, Sonya alluma les lampes à huile, brancha la radio et versa un peu d'eau de la Neva dans une saucière qu'elle déposa ensuite dans la boîte de Chérie. La poule dévisagea Sonya mais ne manifesta pas la moindre intention de boire.

Sonya retourna s'asseoir et poussa un soupir. Au bout d'un moment, après avoir rassemblé ses forces, elle se tourna vers la trousse à couture posée près de sa chaise, saisit une chaussette trouée, du fil et une aiguille, ainsi qu'un œuf en porcelaine qu'elle enfila dans la chaussette afin de tendre le tissu. Je regardais ses doigts osseux tandis qu'elle se mettait à l'ouvrage. C'était une jolie fille, mais ses mains livides et décharnées évoquaient celles de la grande Faucheuse. Elle savait pourtant fort bien repriser une chaussette : l'aiguille scintillait en allant et venant à la lueur de la lampe, ce qui ne tarda pas à me donner sommeil.

— Vous savez qui est une sale petite conne ? s'exclama soudain Kolya. Natacha Rostov.

Le nom m'était vaguement familier, mais je n'arrivais pas à le situer. Sonya fronça les sourcils, mais ne leva pas les yeux de son travail.

— L'héroïne de *Guerre et Paix* ? dit-elle.

— Je ne supporte pas cette garce, reprit Kolya. Tout le monde tombe amoureux d'elle, y compris ses propres frères, mais ce n'est qu'une petite écervelée, aussi falote qu'insipide.

— C'est peut-être bien là le problème, dit Sonya.

J'étais à moitié endormi, mais j'esquissai un sourire. En dépit de tous ses travers, je ne pouvais m'empêcher de trouver sympathique quelqu'un qui manifestait une haine aussi passionnée à l'égard d'un simple personnage de roman.

De ses doigts habiles, Sonya acheva de repriser la chaussette. Kolya pianotait sur son pantalon, remâchant sa rancœur à l'encontre de Natacha Rostov. Chérie tremblait malgré la chaleur de la pièce et essayait péniblement de rétracter sa tête dans son corps, se prenant peut-être pour une tortue.

Le dramaturge Gerasimov lançait des diatribes à la radio : « Mort aux lâches ! Morts aux marchands de panique ! Mort à tous ceux qui colportent ces rumeurs ! Que le tribunal se charge d'eux. Discipline, courage, rectitude, voilà nos mots d'ordre... Et souvenez-vous : Leningrad n'a pas peur de la mort. C'est la mort qui a peur de Leningrad. »

J'émis un reniflement méprisant et Kolya se tourna vers moi.

— Que se passe-t-il ? Tu n'aimes pas le vieux Gerasimov ?

— Pourquoi l'aimerais-je ?

— C'est un patriote, en tout cas. Il est resté ici, à Piter, et n'est pas allé se réfugier Dieu sait où avec Akhmatova et sa clique.

— Je partage l'avis de Lev, dit Sonya.

Elle se leva pour aller jeter quelques morceaux de bois dans le poêle. Les braises firent briller ses cheveux blonds et pendant une fraction de seconde ses oreilles s'éclairèrent d'une rougeur transparente.

— Ce n'est qu'un représentant de commerce au service du Parti, ajouta-t-elle.

— Pire que ça, rétorquai-je en percevant la colère qui pointait dans ma voix. Il se prétend écrivain, mais il déteste tous ceux qui écrivent. Il se contente de lire leurs ouvrages pour s'assurer qu'ils ne comportent rien de dangereux ni d'insultant pour le régime. Et s'il estime que tel est le cas, il n'hésite pas à les dénoncer au Politburo et à les attaquer dans la presse ou à la radio. Du coup, il y a toujours un membre d'un comité quelconque qui finit par se dire : « Gerasimov prétend que ce type est dangereux, or Gerasimov est des nôtres, il doit donc avoir raison... »

Je m'arrêtai au beau milieu de ma phrase. J'avais l'impression que ma voix chargée d'amertume résonnait dans le petit appartement, mais sans doute était-ce le fruit de mon imagination – et de mon embarras. Je venais d'en dire beaucoup plus qu'il n'aurait fallu, et beaucoup trop tôt. Sonya et Kolya me dévisageaient : la jeune femme paraissait inquiète à mon sujet et Kolya était visiblement stupéfait, comme s'il m'avait pris depuis le début pour un sourd-muet et s'apercevait brusquement que je savais parler.

— Ton père était Abraham Beniov, dit-il.

Je ne répondis pas, mais ce n'était pas une question. Kolya opina, comme si la vérité lui apparaissait brusquement, dans une clarté confondante.

— J'aurais dû le deviner plus tôt. Je ne comprends pas pourquoi tu cherches à le cacher. Ton père était un vrai poète, comme il y en a très peu. Tu devrais en être fier.

— Tu n'as pas à me dire de qui je dois être fier, répondis-je sèchement. Si je n'avais pas envie de répondre à tes questions idiotes, c'est mon affaire. Je ne parle pas de ma famille avec des étrangers. Et ne me redis jamais que je devrais être fier de mon père.

— D'accord, dit Kolya en levant les mains, d'accord, je m'excuse. Ce n'était pas ce que je voulais dire. Et je pensais que nous n'étions plus vraiment des étrangers.

—Je me sens ridicule, dit Sonya. Excuse-moi, Lev, mais je n'ai jamais entendu parler de ton père. C'était un poète ?

— Un très grand poète, dit Kolya.

— Lui-même se situait dans la moyenne. Il prétendait toujours que dans sa génération, il y avait Maïakovski, puis les autres – et qu'il se trouvait au milieu de cette cohue, en compagnie de ses semblables.

— Non, non, dit Kolya, ne l'écoute pas. C'était un très bon écrivain. Sincèrement, Lev, je ne dis pas cela pour te faire plaisir. C'est lui qui a écrit « Un vieux poète, autrefois célèbre, assis dans un café », qui est un merveilleux poème.

C'était celui qui figurait dans toutes les anthologies, celles du moins qui avaient été imprimées avant 1937.

Je l'avais lu des dizaines de fois depuis qu'on avait emmené mon père, mais il y avait des années que je n'avais pas entendu quelqu'un prononcer son titre.

— Il a donc été...

Sonya accompagna ses paroles d'un mouvement de menton qui pouvait signifier n'importe quoi : envoyé en Sibérie, abattu d'une balle dans la nuque, réduit au silence sur ordres du Comité central... La sentence exacte n'était jamais connue. Elle voulait en fait savoir s'il avait été « embarqué » et j'acquiesçai en silence.

— Je connais ce poème par cœur, dit Kolya.

Par bonheur, il se garda de le réciter.

La porte de l'appartement s'ouvrit brusquement et Timofei, l'un des chirurgiens que j'avais rencontrés la veille, pénétra dans la pièce et s'approcha du poêle pour réchauffer ses mains. Lorsqu'il aperçut Chérie, tassée au fond sa boîte, il s'accroupit pour l'examiner de plus près, les mains posées sur les genoux.

— D'où sort cet animal ? demanda-t-il.

— Lev et Kolya l'ont récupéré auprès d'un gamin, du côté de la porte de Narva.

Timofei se releva et nous adressa un grand sourire, avant de sortir deux gros oignons de la poche de son manteau.

— Je les ai pris à l'hôpital, dit-il. Je n'avais pas l'intention de les partager, mais il me semble que nous avons de quoi faire une excellente soupe.

— Chérie ne passera pas à la casserole, dit Kolya. Nous avons besoin d'elle pour les œufs.

— Les œufs ?

Timofei nous dévisagea, regarda à nouveau Chérie, nous dévisagea derechef. Il pensait visiblement que nous plaisantions.

— Personne ne veut faire confiance à Chérie, dit Kolya, mais je suis sûr qu'elle y arrivera. Tu t'y connais en poules ? Crois-tu qu'elle soit capable d'en pondre une douzaine d'ici jeudi ?

— De quoi parles-tu donc ?

Le chirurgien paraissait furieux à présent. Kolya le regarda, heurté par son intonation.

— Tu ne comprends pas le russe ? dit-il. Nous attendons qu'elle ponde des œufs.

Pendant un instant, je crus que la conversation allait dégénérer et tourner à la bagarre, ce qui aurait été regrettable pour l'Armée rouge, qui avait bien besoin de tous nos chirurgiens : Kolya aurait envoyé ce type au tapis d'un simple coup de poing. Mais Timofei éclata brusquement de rire, en secouant la tête et en attendant visiblement que nous fassions de même.

— Ris autant que tu voudras, dis-je. Mais il est hors de question que tu touches à cette poule.

— Ce n'est pas une poule, espèce d'idiot. C'est un coq.

Kolya hésita, se demandant sans doute si le chirurgien ne plaisantait pas, ou n'avait pas trouvé ce subterfuge pour nous convaincre de sacrifier Chérie. Je me penchai à mon tour et examinai le volatile. Je ne sais d'ailleurs pas ce que je m'attendais à découvrir au juste… Une petite paire de testicules ?

— Tu prétends qu'elle ne pondra pas d'œufs ? insista Kolya en examinant attentivement Timofei.

Le chirurgien répondit lentement, comme s'il s'adressait à des demeurés :

— C'est un mâle. Les probabilités sont donc infimes.

10.

La soupe ce soir-là nous rappela le mois de juin et les dîners que nous faisions avant le siège. Un admirateur de Sonya, un pilote de la VVS, lui avait offert une pomme de terre qui était toujours mangeable. Kolya s'insurgea, en décrétant qu'il ne voulait pas profiter d'un cadeau qui provenait d'un autre de ses amants, mais Sonya ignora ses protestations – comme il l'espérait secrètement – et la soupe dont Chérie fit les frais s'en trouva donc enrichie, en plus du sel et des oignons. Heureusement pour nous, les autres chirurgiens passaient la nuit ailleurs. Sonya alla trouver une voisine et lui échangea une aile de poulet et une tasse de bouillon contre une bouteille de vodka à peu près buvable. Les Allemands ne larguèrent que quelques bombes nonchalantes sur la ville, comme pour nous rappeler qu'ils étaient toujours là mais qu'ils avaient mieux à faire cette nuit-là. À minuit, nous étions à moitié saouls et nous avions le ventre plein. Kolya et Sonya allèrent baiser dans la chambre ; quant à moi je jouai aux échecs avec Timofei à la lueur du poêle.

À mi-chemin de la seconde partie, j'avançai mon cavalier. Timofei regarda l'échiquier, rota, et lança :

— Oh, oh… Tu es très fort…

— C'est maintenant que tu t'en aperçois ? Je t'ai fait mat en seize coups la partie précédente.

— J'avais mis ça sur le compte de la vodka. Je suis fichu, n'est-ce pas ?

— Pas tout à fait. Mais ça ne tardera guère.

Il coucha son roi sur l'échiquier et rota à nouveau, visiblement heureux d'avoir l'estomac plein.

— Inutile de tergiverser, dit-il. Eh bien, tu ne sais pas reconnaître une poule d'un coq, mais tu t'y connais en échecs.

— J'étais meilleur autrefois.

Je relevai son roi et jouai le coup à sa place, pour voir jusqu'où la partie pouvait aller.

— Autrefois ? s'exclama-t-il. Tu veux dire : quand tu étais dans le ventre de ta mère ? Quel âge as-tu ? Quatorze ans ?

— Dix-sept.

— Tu ne te rases même pas...

— Si !

Timofei paraissait sceptique.

— Je me rase la moustache, précisai-je. Mais elle pousse plus lentement en hiver.

Sonya poussa un petit cri dans la pièce voisine, avant de se mettre à rire. Je ne pus m'empêcher de me la représenter, la tête rejetée en arrière et la poitrine dénudée, les deux tétons de ses petits seins dressés...

— Je ne sais pas où ils trouvent cette énergie, dit Timofei en s'allongeant sur la pile de couvertures et en étirant les bras. Qu'on me donne de la soupe de poulet tous les soirs et je veux bien me passer de femmes jusqu'à la fin de mes jours.

Il ferma les yeux et s'endormit aussitôt – il appartenait donc lui aussi à cette confrérie – me laissant écouter seul les chuchotements des deux amants.

Kolya me réveilla avant l'aube et me tendit une tasse de thé, tout en observant l'échiquier abandonné. Timofei dormait toujours sur le dos, la bouche ouverte et les bras étendus au-dessus de sa tête, comme s'il s'était rendu à l'ennemi.

— Qui avait les noirs ? demanda Kolya.

— Moi.

— Tu pouvais le faire mat en six coups.

— En cinq. À moins qu'il n'ait commis une erreur, auquel cas trois coups suffisaient.

Kolya fronça les sourcils et considéra les pièces, cherchant à comprendre ce que je venais de lui dire.

— Tu sais donc jouer…, dit-il enfin.

— Ton pari tient toujours ? Quel était l'enjeu, déjà ? Des photos de femmes nues ? Des Françaises, si j'ai bonne mémoire ?

Kolya sourit, en se frottant les yeux.

— Je ferais aussi bien de te les donner gratuitement, pour que tu approfondisses ta connaissance du corps féminin. Pour l'instant, enfile tes bottes.

— Où allons-nous ?

— À Mga.

Kolya était peut-être un déserteur, mais son autorité était si naturelle que j'avais pratiquement fini de lacer mes bottes avant de m'interroger sur ce qu'il venait de dire. Il avait déjà enfilé son grand manteau, ses gants de cuir, et enroulait son écharpe autour de son cou tout en examinant ses dents dans le petit miroir accroché au-dessus du samovar.

— Mga est à cinquante kilomètres, dis-je.

— Ce qui représente une bonne journée de marche. Nous avons fait un copieux repas hier soir, nous devrions pouvoir y arriver.

L'absurdité de cette décision m'apparaissait peu à peu.

— Mais la ville est située derrière les lignes allemandes. Comment pourrions-nous l'atteindre ?

— Nous sommes lundi, Lev. Il faut que nous ayons mis la main sur ces œufs avant jeudi et ce n'est pas à Piter que nous les trouverons. L'oncle de Sonya dirige une ferme collective, n'est-ce pas ? Je parie que les

Allemands la laissent fonctionner. Ils aiment les œufs, eux aussi.

— Et quel est notre plan ? Nous sommes censés marcher pendant cinquante kilomètres, franchir les lignes allemandes et retrouver une ferme collective qui n'a peut-être pas été réduite en cendres, avant de nous emparer d'une douzaine d'œufs et de rentrer à la maison ?

— N'importe quel projet paraîtrait ridicule, énoncé de manière aussi sarcastique.

— Énoncé de manière... Mais je te pose une question ! m'exclamai-je. Quel est notre plan ? Sonya n'est jamais allée là-bas ! Comment comptes-tu trouver cette ferme ?

— Il ne devrait pas être bien difficile de repérer une ferme collective, une fois arrivés à Mga.

— Je ne sais même pas comment l'on s'y rend !

— Ça, ce n'est pas compliqué, dit Kolya avec un grand sourire, en enfilant sa toque d'astrakan. Mga est sur la ligne de Moscou, il suffit donc de suivre les rails.

Timofei grommela dans son sommeil et se tourna sur le côté. J'avais entendu dire que les médecins et les soldats étaient capables de dormir dans n'importe quelle condition, du moment que leur vie n'était pas en danger. Mon altercation avec Kolya avait dû résonner comme une douce berceuse aux oreilles du chirurgien, à en juger par le sourire béat qui éclairait son visage. Tandis que je le regardais, un sentiment de haine monta en moi à son égard : il dormait bien au chaud, lui, le ventre plein au milieu de ses couvertures en laine – aucun petit-fils de Cosaque ne venait le harceler et aucun colonel du NKVD ne l'avait expédié dans la nature à la recherche des ingrédients qui lui manquaient pour le gâteau de mariage de sa fille.

Je me retournai vers Kolya, qui arrangeait sa toque devant le miroir pour se donner un air avantageux. Je le haïssais encore davantage, ce crâneur enjoué et large d'épaules, frais comme un gardon et aussi détendu à six heures du matin que s'il venait de passer deux semaines de vacances au bord de la mer Noire. Il devait encore empester le sexe, même si j'étais bien incapable en vérité de sentir quoi que ce soit à une heure aussi matinale, dans cet appartement glacial. Mon énorme nez constituait peut-être une cible rêvée pour les sarcasmes et les lazzis, mais s'avérait curieusement inefficace pour détecter les odeurs.

— Tu trouves que c'est de la folie, reprit-il, mais ces escrocs de paysans qui viennent vendre leurs pommes de terre pour deux cents roubles aux Halles doivent bien s'arranger pour les faire passer en ville. Il y a tous les jours des gens qui franchissent les lignes allemandes. Pourquoi n'y arriverions-nous pas ?

— Tu es saoul ?

— Avec un quart de bouteille de vodka ? Il ne manquerait plus que ça.

— Nous devrions pouvoir trouver des œufs sans aller jusqu'à Mga.

— Dans ce cas, dis-moi où.

Il était harnaché à présent pour affronter le froid, les joues couvertes d'une barbe blonde de plusieurs jours. Il attendait que j'expose mon alternative à son plan ridicule, mais à mesure que les secondes s'égrenaient je me rendis compte que je n'en avais aucune à lui proposer.

Il m'adressa un grand sourire, digne d'une affiche de recrutement pour la marine soviétique.

— Toute cette affaire est d'un comique achevé, je te l'accorde. Mais reconnais qu'elle est amusante.

— Oui, dis-je, je suis plié en deux. Le plus hilarant, c'est que nous allons mourir en pleine campagne, que la fille du colonel n'aura pas son gâteau et que personne ne comprendra jamais ce que nous sommes allés faire à Mga.

— Calme-toi, mon petit israélite, et cesse de broyer du noir. Je ne laisserai pas ces vilains messieurs t'attraper.

— Va te faire foutre !

— Mais il faut nous mettre en route à présent, si nous voulons arriver là-bas avant la tombée de la nuit.

J'aurais pu l'ignorer et retourner me coucher. Le poêle s'était éteint pendant la nuit, les derniers morceaux de bois s'étaient consumés, il faisait pourtant encore chaud sous les couvertures. Il paraissait plus sensé de dormir que de partir pour Mga – où des milliers d'Allemands nous attendaient – à la recherche d'une hypothétique basse-cour. N'importe quelle solution aurait été plus raisonnable. Mais j'avais beau m'élever avec la dernière vigueur contre cette idée, je savais depuis le début que j'allais suivre ce type. Il était évident que nous ne trouverions pas un seul œuf à Leningrad. Mais ce n'était pas la seule raison. Kolya était un fanfaron, un monsieur je-sais-tout, un Cosaque toujours prêt à s'en prendre aux juifs, seulement il possédait une confiance en lui si absolue qu'elle allait bien au-delà de la simple arrogance : c'était la marque d'un homme qui avait accepté le caractère héroïque de sa destinée. Je n'avais pas imaginé que nos aventures se dérouleraient de la sorte, mais la réalité avait ignoré mes vœux dès le départ, en me dotant d'un corps de gratte-papier et en injectant une telle dose de frayeur dans mes veines que j'étais obligé d'aller me planquer sous les escaliers quand la violence éclatait… Peut-être mes bras et mes jambes se muscleraient-ils un jour et la peur finirait-elle par s'évacuer, comme l'eau sale au fond d'une baignoire. J'aurais aimé croire que ces vœux se réaliseraient, mais ce n'était pas le cas. Pour ma malédiction, j'avais hérité du double pessimisme des Russes et des Juifs – deux des plus mélancoliques tribus de la terre. Pourtant, s'il n'y avait pas de grandeur en moi, peut-être avais-je le don de la détecter chez les autres, aussi exaspérants soient-ils...

Je me levai, ramassai mon manteau qui traînait par terre, l'enfilai et suivis Kolya jusqu'à la porte d'entrée. Il l'ouvrit avec une gravité polie pour me laisser passer.

— Attends, dit-il avant que j'aie franchi le seuil. Nous nous apprêtons à partir en voyage. Il faut d'abord nous asseoir un instant.

— Je ne te savais pas superstitieux.

— J'aime les traditions.

Il n'y avait pas de chaises, nous nous installâmes donc par terre, à côté de la porte ouverte. L'appartement était calme. Timofei ronflait, allongé près du poêle ; les fenêtres vibraient dans leurs cadres ; la radio émettait son immuable battement de métronome, témoignant que Leningrad n'était toujours pas tombée. Dehors, quelqu'un clouait des affiches sur les vitrines barricadées, martelant les planches d'un air déterminé. Pourtant, au lieu de me représenter cet homme, je m'imaginai un croque-mort en train de fabriquer un cercueil à l'aide de planches de sapin. Cette vision était aussi précise qu'intense : je distinguais les mains calleuses de l'artisan, les poils noirs qui saillaient entre ses gros sourcils, la sciure qui se mêlait à la sueur sur ses avant-bras...

Je pris une profonde inspiration et dévisageai Kolya, qui me regarda dans les yeux.

— Ne t'inquiète pas, mon ami, lança-t-il. Je ne te laisserai pas crever comme ça.

J'avais dix-sept ans et j'étais un imbécile : je le crus sur parole.

11.

Cela faisait à peine quatre mois que la ligne de Moscou avait été coupée, mais les rails commençaient déjà à rouiller. La plupart des traverses avaient été arrachées pour servir de bois de chauffage, bien qu'elles fussent imprégnées de créosote et donc dangereuses à brûler. Kolya marchait en équilibre sur l'un des rails comme un funambule sur son fil, ses bras écartés lui tenant lieu de balancier. Je le suivais en traînant des pieds au milieu de la travée, peu désireux d'imiter son exemple – en partie parce que j'étais en colère contre lui, mais aussi parce que j'avais la certitude de ne pas y arriver.

Dans la direction de l'est, la voie ferrée longeait des immeubles en brique et des entrepôts de deux ou trois étages. Nous dépassâmes ainsi le dépôt de tramways de Kotlyarov, ainsi que des fabriques abandonnées qui produisaient avant la guerre des objets que plus personne ne pouvait s'offrir à présent. Une équipe de jeunes femmes dont les blouses dépassaient sous leurs manteaux d'hiver était en train de transformer un bureau de poste en position défensive, sous la supervision d'un ingénieur de l'armée. L'un des angles du bâtiment avait été abattu, pour laisser le champ libre au nid de mitrailleuse installé à l'intérieur.

— Cette femme a un corps splendide, dit Kolya en me montrant une ouvrière coiffée d'un foulard bleu, qui déchargeait des sacs de sable d'un camion.

— Comment le sais-tu ?

Son affirmation était un peu ridicule : la femme se trouvait à plus de cinquante mètres et elle portait plusieurs couches de vêtements sous sa veste rembourrée.

— Ça se voit, dit Kolya. Elle a des gestes de danseuse.

— Tiens donc.

— Tu peux bien ironiser, mais je m'y connais en danseuses, crois-moi. Je t'emmènerai un soir au théâtre Mariinski et je te ferai visiter les coulisses. Disons que j'ai une certaine réputation là-bas...

— Tu n'arrêtes pas de me rebattre les oreilles avec ta réputation...

— Peu de choses en ce monde suscitent en moi autant de joie que les cuisses d'une danseuse étoile. Galina Ulanova...

— Arrête...

— Pourquoi donc ? C'est un trésor national. Ses jambes mériteraient d'être coulées dans le bronze.

— Tu n'as jamais couché avec Galina Ulanova, dis-je.

Kolya m'adressa un petit sourire entendu, pour me signifier qu'il avait vécu beaucoup d'aventures mais ne pouvait pas me les raconter toutes à la fois.

— Je suis cruel, reconnut-il. Parler de ce genre de choses avec toi, c'est à peu près aussi sadique que de chanter les louanges de Vélasquez à un aveugle. Changeons plutôt de sujet.

— Tu n'as tout de même pas l'intention de me parler des danseuses avec lesquelles tu n'as pas couché pendant les trente-neuf prochains kilomètres ?

— Trois jeunes gens s'introduisirent un jour dans une ferme pour y voler des poules...

Lorsqu'il racontait une histoire drôle, il adoptait un accent différent, que je ne parvenais pas à identifier. Je ne voyais d'ailleurs pas pourquoi il estimait que cela renforçait sa dimension comique.

— Le fermier les entendit et se précipita pour les arrêter. Les trois jeunes gens cherchèrent à se cacher et se glissèrent chacun dans un sac de pommes de terre.

— Elle est encore longue, ton histoire ?

— Le fermier donna un coup de pied dans le premier sac et le garçon à l'intérieur s'écria : « Miaou ! », afin de se faire passer pour un chat.

— Ah bon ? Il voulait se faire passer pour un chat ?

— Je viens de te le dire, dit Kolya en se tournant vers moi, pour voir si je cherchais la bagarre.

— Ce n'était pas très difficile à deviner. Je ne vois pas pourquoi il aurait fait « Miaou » s'il n'avait pas cherché à se faire passer pour un chat.

— Tu es encore bougon, parce que j'ai couché avec Sonya ? Tu es amoureux d'elle ? Je croyais que tu avais passé un bon moment avec ce chirurgien... Comment s'appelle-t-il déjà ? Vous étiez mignons tous les deux, enroulés côte à côte au pied du poêle.

— Et qu'est-ce que c'est que cet accent, pour commencer ? De l'ukrainien ?

— De quel accent parles-tu ?

— Chaque fois que tu racontes une histoire, tu adoptes cet accent ridicule.

— Écoute, Lev... Je suis désolé, mon petit lion. Je sais que ce n'était pas une situation confortable, de rester toute la nuit à te tripoter en écoutant ses cris de joie...

— Termine donc ton histoire à la con !

— ... mais je te promets qu'avant tes dix-huit ans... C'est quand au juste, ton anniversaire ?

— Ah, arrête un peu !

— ... je te trouverai une fille. Mais rappelle-toi la tactique que je t'ai conseillée : indifférence calculée !

Tout en parlant, il continuait d'avancer au jugé sur son rail, posant un pied devant l'autre sans jamais perdre l'équilibre et en marchant plus vite que je n'en étais moi-même capable sur la terre ferme.

— Où en étais-je ? reprit-il. Ah oui, le fermier avait donc donné un coup de pied dans le premier sac et le jeune homme à l'intérieur s'était écrié « Miaou ». Il procéda de même avec le deuxième sac, dont l'occupant s'exclama « Ouah ! » – afin de se faire passer pour...

Kolya s'interrompit et se tourna vers moi, attendant que je termine sa phrase.

— Pour une vache, dis-je.

— Non, pour un chien. Mais lorsque le fermier frappa le troisième sac, le jeune homme qui était caché à l'intérieur s'écria : « Pommes de terre ! ».

Nous continuâmes à marcher en silence.

— Ma foi, dit enfin Kolya, j'ai connu des gens qui trouvaient cette histoire drôle.

Dans les faubourgs de la ville, les immeubles n'étaient plus entassés les uns contre les autres. Les blocs de brique et de béton cédaient parfois la place à des marécages gelés et des terrains couverts de neige, où l'on avait projeté de construire de nouveaux bâtiments avant que la guerre ne vienne tout interrompre. Plus nous nous éloignions du centre de la ville, moins nous apercevions d'habitants. Des camions de l'armée passaient en cahotant, leurs pneus protégés par des chaînes. Assis en rangs d'oignons sur leurs bancs, les soldats qui faisaient route vers le front nous regardaient d'un air las, sans manifester le moindre intérêt.

— Sais-tu pourquoi cette ville a été nommée Mga ? me demanda Kolya.

— Je crois que ce sont des initiales.

— Absolument : celles de Maria Gregorevna Aprakin. L'un des personnages du *Chien dans la cour* s'inspire d'elle. Héritière d'une longue lignée de maréchaux, de prévaricateurs et de lèche-cul de la cour impériale, elle était convaincue que son mari cherchait à l'assassiner afin de pouvoir épouser sa sœur.

— Était-ce le cas ?

— Non, du moins au début. Elle était complètement paranoïaque. Mais comme elle n'arrêtait pas d'en parler, il finit par tomber pour de bon amoureux de sa sœur. Et il se dit que la vie serait tout de même plus agréable si sa femme n'était plus là. Il alla donc demander conseil à Radchenko, sans savoir que celui-ci baisait depuis des années la petite sœur en question.

— Qu'a-t-il écrit d'autre ?

— Qui ?

— Cet Oushakov, dis-je. Quels autres livres a-t-il à son actif ?

— *Le Chien dans la cour* est son seul ouvrage. L'anecdote est célèbre. Quand le livre est sorti, ce fut un échec. Il n'y eut qu'un seul compte-rendu dans la presse, qui le descendit d'ailleurs en flammes, qualifiant l'ouvrage de vulgaire et de méprisable. Personne ne le lut. Oushakov avait passé onze ans à l'écrire – onze ans, tu te rends compte ? Et sitôt publié, il disparaissait comme une goutte d'eau dans l'océan. Mais cela ne l'empêcha pas de mettre en chantier un nouveau roman : les amis à qui il en montra des passages prétendent qu'il s'agissait de son chef-d'œuvre. Sauf qu'Oushakov s'était tourné vers la religion, passant de plus en plus de temps à l'église – où un supérieur finit par le convaincre que les romans étaient l'œuvre de Satan. Un soir, persuadé que son travail allait le conduire en enfer, Oushakov pris de panique jeta au feu son manuscrit, qui partit d'un seul coup en fumée.

L'histoire avait quelque chose de vaguement familier.

— Mais c'est exactement ce qui est arrivé à Gogol, dis-je.

— Non, pas tout à fait. Les détails diffèrent profondément. Mais le parallèle est intéressant, je te l'accorde.

Les rails s'étaient maintenant éloignés de la route et longeaient des bosquets de bouleaux, encore trop verts pour être brûlés. Nous aperçûmes soudain cinq cadavres étendus dans la neige, la face contre terre. Il s'agissait d'une famille entière, qui n'avait pas passé l'hiver : le père tenait encore la main de sa femme dans la sienne, les corps de leurs enfants gisaient un peu plus loin. Deux valises en cuir en piteux état étaient ouvertes à côté d'eux, entièrement vidées de leur contenu à l'exception de quelques photos aux cadres brisés.

Les cadavres avaient été dépouillés de leurs bottes et de leurs principaux vêtements. Leurs fessiers avaient été découpés au couteau, là où la chair était la plus tendre et pouvait servir à fabriquer des saucisses ou du pâté. Je n'aurais su dire si les membres de cette famille avaient été tués au fusil ou à l'arme blanche, s'ils avaient été victimes d'un bombardement, d'un groupe d'artilleurs allemands ou de cannibales russes. Et je ne tenais pas à le savoir. Il y avait déjà un bon bout de temps qu'ils étaient morts, une semaine au moins, et leurs cadavres commençaient à se fondre dans le reste du décor.

Nous poursuivîmes notre route le long de la ligne de Vologda. Kolya s'abstint de faire d'autres plaisanteries pendant le reste de la matinée.

Un peu avant midi, nous atteignîmes la limite des lignes défensives de Leningrad, composées de haies de barbelés, de tranchées de trois mètres, de barrières antichars, de nids de mitrailleuse, de batteries antiaériennes et d'innombrables tanks KV-1, protégés par des bâches de camouflage blanches. Les soldats que nous avions aperçus jusqu'ici nous avaient ignorés, mais nous nous trouvions beaucoup trop à l'est de la ville à présent pour être de simples civils. Et nous pouvions difficilement passer pour des militaires, tant nous formions un couple étrange. Tandis que nous longions les rails, une patrouille de soldats en train de débâcher un camion 6 × 6 s'interrompit pour nous regarder.

Leur sergent s'approcha, sans pointer précisément son fusil sur nous mais sans le détourner non plus. Il avait l'attitude d'un vétéran de l'armée, ainsi que les pommettes saillantes et les yeux étroits d'un Tatar.

— Vous avez des papiers ? nous lança-t-il.

— Absolument, répondit Kolya en fouillant dans sa poche intérieure. Des papiers en bonne et due forme.

Il tendit au sergent la lettre du colonel et ajouta, en désignant le camion militaire :

— C'est le nouveau modèle de Katyusha ?

La bâche gisait à présent sur le sol, révélant plusieurs rangées parallèles de rails de lancement pointés vers le ciel, qui n'attendaient plus que leurs charges de missiles. D'après ce qu'on entendait dire à la radio, les Allemands redoutaient le Katyusha plus que n'importe quel autre armement soviétique et l'avaient surnommé l'« orgue de Staline », à cause du son grave et plaintif que produisaient ses missiles.

Le regard du sergent se porta vers le lance-missiles, avant de revenir sur Kolya.

— Ne vous occupez pas de ça, dit-il. À quelle armée appartenez-vous ?

— La 57e.

— La 57e ? Vous devriez être à Kirishi.

— Oui, dit Kolya en adressant au sergent un sourire énigmatique. Mais les ordres sont les ordres, ajouta-t-il en lui montrant la lettre qu'il tenait à la main.

Le sergent la déplia et se mit à la lire, pendant que nous regardions les soldats mettre les missiles en place sur les rails de lancement du Katyusha.

— Envoyez les Fritz en enfer ! leur lança Kolya.

Les soldats postés sur le camion nous dévisagèrent, mais ne lui répondirent pas. Ils donnaient l'impression de ne pas avoir dormi depuis des jours. Ils avaient besoin de toute leur concentration pour placer les missiles sur leurs rails sans les faire tomber et n'avaient pas d'énergie à perdre avec deux hurluberlus.

Kolya n'aimait pas qu'on l'ignore et se mit à chanter, d'une voix assurée de baryton :

— *« Sur la berge Katyusha s'est mise à chanter, évoquant le fier aigle gris des steppes, celui qu'elle aime en secret et dont elle a gardé les lettres… »*

Le sergent avait fini de lire et replia la lettre. Le message du colonel l'avait visiblement impressionné. Il regardait à présent Kolya avec un respect qui n'était pas feint, dodelinant de la tête au rythme de l'ancienne complainte.

— Oui, dit-il, j'ai entendu Ruslanova en personne la chanter pendant la guerre. Je lui avais même donné la main, quand elle avait quitté la scène. Elle devait avoir bu un verre de trop, vous ne savez pas ce qu'elle m'a lancé ? « Merci, sergent, vous m'avez l'air d'un homme qui sait se servir de ses mains. » Qu'est-ce que vous dites de ça ? Quelle allumeuse, cette Ruslanova ! Mais c'est une belle chanson.

Il rendit la lettre à Kolya et nous sourit à tous les deux.

— Désolé de vous avoir interpellés, les gars. Vous savez ce que c'est… On prétend qu'il y a plus de trois cents saboteurs à Leningrad et qu'il s'en infiltre tous les jours de nouveaux. Mais maintenant que je sais que vous travaillez pour le colonel…

Il fit un clin d'œil à Kolya.

— Je suis au courant du projet, concernant ce réseau de partisans. Vous nous laissez les attaquer de front, pendant que vous les harcelez sur l'arrière. Et d'ici l'été prochain, le drapeau rouge flottera sur le Reichstag.

Kolya m'avait lu à voix haute la lettre du colonel le jour même où il nous l'avait donnée et il n'y était nullement question de partisans : elle se contentait de dire qu'il fallait éviter d'entraver notre action et surtout de nous arrêter, parce que nous opérions sous les ordres directs du colonel. Mais les journaux étaient remplis d'anecdotes concernant une unité de simples paysans qui avaient subi un entraînement intensif, supervisé par le NKVD, afin de mener une guérilla sans merci contre l'envahisseur.

— Faites-les bien danser avec votre orgue, dit Kolya, imitant volontairement ou non la façon de parler du sergent. Pour notre part, nous ferons en sorte qu'ils ne reçoivent plus le moindre strudel de leur Vaterland.

— C'est ça, coupez leur ligne de ravitaillement et ils crèveront de faim dans les bois, comme l'armée de Napoléon en 1812 !

— Mais Hitler n'aura pas droit à son île d'Elbe.

— Non, non, il n'y aura pas droit !

Je n'étais pas absolument certain que le sergent sût en quoi consistait l'île d'Elbe, mais cela ne l'empêchait pas de se montrer inflexible : Hitler n'en profiterait pas.

— Un bon coup de baïonnette dans les couilles, voilà à quoi il aura droit ! ajouta-t-il. Mais pas à l'île d'Elbe.

— Il faut que nous repartions, dit Kolya. Nous devons arriver à Mga avant la tombée de la nuit.

Le sergent émit un petit sifflement.

— Cela fait une sacrée trotte... Surtout, restez bien à couvert dans les bois ! Les Fritz contrôlent les routes, mais un Russe n'a pas besoin de route pour avancer, pas vrai ? Ah... Avez-vous suffisamment de pain ? Non ? Nous pouvons vous en passer. Ivan !

Le sergent s'adressait à un jeune soldat dégingandé qui se tenait près du camion.

— Ramène donc du pain pour ces braves, ajouta-t-il. Ils s'apprêtent à franchir les lignes ennemies.

12.

Dans les environs de Leningrad les arbres poussaient toujours, les corbeaux croassaient sur les branches des bouleaux et les écureuils couraient entre les sapins, aussi dodus qu'insouciants. Ils auraient constitué une cible idéale pour un chasseur de passage et avaient de la chance de vivre dans la Russie occupée.

Nous marchions à travers les bois et traversions de grandes étendues éclairées par le soleil d'hiver, sans jamais perdre de vue la voie ferrée sur notre gauche. Sous nos pieds, la neige constellée d'aiguilles de pin avait durci, ce qui facilitait notre progression. Nous étions à présent dans un territoire contrôlé par les Allemands, mais nous n'apercevions pas l'ombre de leur présence, aucun écho de la guerre n'arrivait jusqu'à nous. J'éprouvais un bonheur étrange. Piter était ma ville natale, mais ce n'était désormais plus qu'un gigantesque cimetière, une ville hantée par les cannibales et les fantômes. Je sentais mon corps réagir à traverser ainsi la campagne, comme si je m'étais mis à respirer de grandes bouffées d'oxygène après avoir passé des mois au fond d'une mine de charbon. Mon ventre n'était plus crispé, mes oreilles n'étaient plus bouchées et mes jambes me donnaient une impression de force que je ne connaissais plus depuis des mois.

Kolya semblait réagir de la même façon. Il clignait des yeux, ébloui par la clarté aveuglante de la neige, et regardait les bouffées de vapeur que dessinait son

155

souffle, aussi émerveillé par ce phénomène qu'un enfant de cinq ans.

Ayant aperçu un bout de papier vert au pied d'un grand bouleau, il se pencha pour le ramasser. À première vue le billet paraissait normal, avec la tête de Lénine qui nous fixait sous son vaste crâne chauve – à ceci près que les billets de dix roubles étaient censés être gris et que celui-ci était vert.

— Un faux billet ? demandai-je.

Kolya acquiesça et montra le ciel du doigt, tout en examinant sa trouvaille.

— Les Fritz en larguent des flopées, dit-il. Plus il y aura de faux billets en circulation, moins les vrais auront de la valeur.

— Mais il n'est même pas de la bonne couleur...

Kolya retourna le bout de papier et lut à voix haute le texte qui était imprimé au verso :

— *« Le prix de la nourriture et des denrées de première nécessité a augmenté dans des proportions monstrueuses et le marché noir florit en Union soviétique... »* Je te signale au passage que « fleurit » est mal orthographié. *« Les fonctionnaires du Parti et les Juifs se terrent bien au chaud et échafaudent des plans démoniaques, pendant que vous sacrifiez vos vies sur le front pour sauver ces criminel. »* « Ces criminel » au singulier, ce n'est pas mal... Ils occupent la moitié du pays et ils ne sont pas fichus de trouver quelqu'un qui sache écrire correctement notre langue... *« Vous comprendrez bientôt pourquoi, mais conservez pour le moment ce billet de dix roubles. Il vous permettra de regagner sains et saufs une Russie libérée après la guerre. »*

Kolya esquissa un sourire et me regarda.

— Tu es donc en train d'échafauder un plan démoniaque, Lev Abramovich ?

— Je ne demanderais pas mieux.

— Ils croient vraiment nous pousser à déserter en tenant un discours pareil ? Ils oublient que nous sommes les inventeurs de la propagande ! Tout cela relève d'une stratégie erronée : ils ne font qu'irriter le peuple qu'ils essaient de convertir. Le type qui trouve ce billet est d'abord ravi, pensant qu'il va pouvoir s'acheter un morceau de saucisse supplémentaire. Mais non, ce n'est pas de l'argent, juste un bulletin de reddition mal orthographié...

Il ficha le bout de papier à l'extrémité d'une branche de bouleau, avant d'y mettre le feu avec son briquet.

— Tu brûles ton unique chance de retrouver une Russie libérée après la guerre, lui dis-je.

Kolya sourit en regardant le papier noircir et se racornir peu à peu.

— Viens, dit-il, nous avons encore un long chemin à faire.

Après une autre heure de marche sur le sol enneigé, Kolya me donna une petite tape dans l'épaule, de sa main gantée.

— Est-ce que les Juifs croient en l'au-delà ? me demanda-t-il.

La veille encore, la question m'aurait ennuyé. Mais sur l'instant, elle me parut plutôt amusante et tout à fait digne de Kolya, qui l'avait posée avec une curiosité réelle, sans raison apparente.

— Cela dépend des juifs, répondis-je. Mon père était athée.

— Et ta mère ?

— Ma mère n'est pas juive.

— Ah, tu es un métis. Il n'y a d'ailleurs pas de honte à ça. J'ai toujours pensé pour ma part que j'avais du sang gitan dans les veines.

Je le regardai : ses yeux étaient aussi bleus que ceux d'un chien de traîneau et une mèche de ses cheveux blonds apparaissait sous sa toque de fourrure.

— Tu n'as pas une goutte de sang gitan, dis-je.

— Pourquoi donc ? À cause de mes yeux ? Des tas de gitans ont les yeux bleus à travers le monde, mon cher. Quoi qu'il en soit, le Nouveau Testament est sans ambiguïté sur cette histoire d'au-delà : si l'on suit Jésus, on va au paradis ; sinon, on va en enfer. Mais je ne me souviens plus s'il est question d'enfer dans l'Ancien Testament ?

— Shéol, dis-je.

— Quoi ?

— L'au-delà s'appelle Shéol. L'un des poèmes de mon père s'intitule « Les barrières de Shéol ».

C'était très étrange pour moi de faire ouvertement allusion à mon père et à son travail. Le fait même de prononcer ces mots n'était pas sans risque, comme si j'avais avoué un crime et que les autorités aient été susceptibles de m'entendre. Même ici, en pleine nature, où le Politburo n'avait pas d'antennes, je redoutais d'être arrêté et m'inquiétais de la présence d'éventuels espions, planqués derrière les mélèzes. Si ma mère avait été là, un seul regard de sa part aurait suffi à me réduire au silence. Pourtant, cela me faisait du bien de parler de lui. Et j'étais heureux de faire ainsi allusion à ses poèmes au présent, même si leur auteur relevait déjà du passé.

— Et que se passe-t-il, à Shéol ? demanda Kolya. Vous punit-on pour vos péchés ?

— Je ne crois pas. Tout le monde est destiné à y aller, les bons comme les méchants. Les ténèbres et le froid y règnent et les gens n'y sont plus que des ombres.

— Cela me paraît assez sensé. (Kolya ramassa une poignée de neige immaculée et en avala une bouchée, qu'il laissa fondre dans sa bouche.) Il y a quelques semaines, j'ai vu un soldat qui n'avait plus de paupières. Il commandait un tank, son véhicule avait été touché en plein milieu de la mêlée et le temps qu'on se porte à son secours, tous les membres de son équipage étaient morts de froid. Lui-même était à moitié gelé : il avait fallu l'amputer de deux ou trois doigts, de plusieurs orteils, d'une partie de son nez – et lui taillader les paupières. Quand je l'ai aperçu à l'infirmerie, j'ai d'abord cru qu'il était mort, avec ses yeux grands ouverts... Peut-on d'ailleurs dire « ouverts », quand il est impossible de les fermer ? Et comment ne pas devenir fou à l'idée de devoir passer le reste de sa vie sans pouvoir jamais fermer les yeux ? Je préférerais encore être aveugle.

C'était la première fois que je voyais Kolya faire preuve d'une telle morosité et ce brusque revirement de son caractère m'alarma un peu. Nous entendîmes le hurlement en même temps. Nous fîmes demi-tour et scrutâmes l'enfilade désordonnée des bouleaux.

— Tu crois que c'était un chien ?

— Ça m'en a tout l'air, acquiesça Kolya.

Quelques instants plus tard, le hurlement reprit. Le sentiment de solitude qui l'imprégnait avait quelque chose de terriblement humain. Il aurait fallu poursuivre notre marche vers l'est pour avoir une chance d'atteindre Mga avant la nuit, mais Kolya se dirigea vers l'endroit d'où provenait la plainte du chien et je le suivis sans élever d'objection.

La neige était plus épaisse à cet endroit et ne tarda pas à nous arriver à mi-cuisses. L'énergie que j'avais ressentie dix minutes plus tôt commençait à décroître : je me sentais de nouveau épuisé et devais lutter à chaque pas pour avancer dans cet épais tapis neigeux. Kolya ralentit l'allure pour que je parvienne à le suivre. Je ne sais si ma lenteur l'irritait, il n'en montra rien en tout cas.

Je gardais les yeux baissés pour voir où je posais les pieds – une cheville tordue, dans ces circonstances, équivalait à une mort certaine – et j'aperçus les empreintes des chars avant Kolya. Je le saisis par la manche pour l'obliger à s'arrêter. Nous nous trouvions à la lisière d'une vaste clairière. Le reflet du soleil sur ces hectares de neige était tellement éblouissant que je dus mettre la main en visière pour me protéger les yeux. La neige avait été aplatie et gaufrée par le passage de dizaines de chars : les traces des chenilles étaient si nombreuses qu'on aurait dit que toute une division de Panzer avait franchi les lieux. Je ne m'y connaissais pas aussi bien en chenilles de tanks qu'en moteurs d'avions et je n'aurais pas su distinguer un Sturmtiger allemand d'un T-34 russe, mais je savais qu'il ne s'agissait pas de nos véhicules. Nous aurions déjà réussi à forcer le blocus si nous avions été en mesure d'envoyer une division aussi imposante à travers les bois.

Çà et là, des masses brunes jonchaient le sol enneigé. Je crus d'abord qu'il s'agissait de manteaux abandonnés, mais je ne tardai pas à distinguer une patte ou une queue qui émergeait de cet amas et je compris que c'étaient des cadavres de chiens. Il y en avait bien une douzaine. Le hurlement que nous avions déjà entendu reprit alors et nous aperçûmes celui qui le poussait – un chien de berger au pelage noir et blanc qui rampait sur ses pattes avant, les deux autres étant apparemment inertes. Une traînée ensanglantée s'étirait derrière lui sur une centaine de mètres, comme un coup de pinceau zébrant la surface immaculée d'une toile.

— Viens, me dit Kolya en s'avançant sur le terrain dégagé avant que j'aie pu l'arrêter.

Les chars n'étaient plus là, mais leur passage était récent : les traces des chenilles étaient encore nettement imprimées dans la neige et n'avaient pas été balayées par le vent. Les Allemands n'étaient pas loin – et visiblement nombreux – mais Kolya s'en fichait. Il était déjà au milieu de la clairière, marchant vers le chien de berger : et moi, comme à mon habitude, je me mis à courir derrière lui pour le rattraper.

— Ne t'approche pas trop d'eux, me lança-t-il.

Pourquoi me disait-il ça ? Craignait-il une contamination ? Comme si je risquais d'être mordu par un chien mort...

Tandis que nous nous approchions de l'animal, je m'aperçus qu'un caisson en bois était fixé sur son dos, retenue par un harnais en cuir. Un taquet en bois émergeait au sommet du caisson. Je regardai alentour et vis que les autres bêtes étaient équipées du même dispositif.

Le chien ne nous regardait pas. Il cherchait désespérément à atteindre la lisière des arbres, à l'extrémité de la clairière, où il pensait sans doute être en sécurité – ou trouver simplement un endroit retiré pour mourir. Son sang s'écoulait de deux plaies que les balles avaient ouvertes au niveau de sa hanche. Une troisième avait dû lui perforer le ventre, car il traînait aussi derrière lui un magma d'organes humides et enchevêtrés que rien ne prédestinait à connaître la lumière du jour. L'animal haletait : sa langue rose pendait sur le côté et ses babines noires étaient retroussées, révélant une rangée de crocs jaunâtres.

— Ils servent de mines, dit Kolya. On leur apprend à trouver de la nourriture sous les chenilles des chars, puis on les laisse mourir de faim. Et quand les Panzer arrivent, on lâche les chiens sur eux pour les faire sauter.

Sauf qu'ici, aucun des chiens n'avait explosé. Les Allemands étaient de toute évidence au courant de l'affaire. Ils avaient prévenu leurs artilleurs et ceux-ci savaient viser. Les cadavres des bêtes jonchaient la clairière, mais il n'y avait pas une seule carcasse de chien éventré, ni la moindre trace d'explosion. Encore un ingénieux plan russe qui avait échoué, comme tous les autres... J'imaginais les chiens affamés s'élançant en direction des Panzer, avec la neige qui jaillissait sous leurs pattes à chacune de leurs enjambées, leurs yeux brillant de joie à l'idée du premier repas qu'ils allaient faire depuis des semaines...

— Donne-moi ton couteau, dit Kolya.

— Fais attention.

— Donne-le-moi.

Je sortis le couteau allemand de son étui et le lui tendis. Le chien de berger tentait toujours de hisser son corps éventré vers les bois, mais ses forces allaient en décroissant. Il cessa brusquement ses efforts en voyant Kolya s'approcher, comme s'il estimait être allé suffisamment loin : il s'allongea sur le flanc dans la neige maculée de sang et leva vers Kolya ses yeux bruns épuisés. Le taquet en bois, guère plus gros qu'une baguette de tambour, émergeait de la caisse fixée sur son dos comme le mât d'un navire.

— Tu es un bon chien, dit Kolya en s'agenouillant à côté de lui et en lui attrapant la tête de la main gauche, afin de l'immobiliser. Tu es un bon chien...

Puis, d'un geste bref, il lui trancha la gorge. Le chien trembla tandis que le sang giclait de la plaie béante, dégageant un nuage de vapeur dans l'air glacé. Kolya posa doucement la tête du chien sur le sol. L'animal continua encore de s'agiter quelques instants, donnant des coups de pattes dans le vide comme un chiot en train de rêver, avant de se raidir et de s'immobiliser.

Nous restâmes un moment silencieux, par respect pour la bête qui venait de mourir. Kolya nettoya dans la neige la lame ensanglantée, l'essuya sur sa manche et me rendit le couteau.

— Nous venons de perdre trois-quarts d'heure, dit-il. Hâtons-nous.

13.

Nous marchions à pas redoublés dans la forêt de bouleaux, longeant toujours la voie ferrée sur notre gauche, tandis que le soleil déclinait à vive allure dans le ciel. Kolya n'avait pas dit un mot depuis que nous avions quitté la clairière où gisaient tous ces chiens. Je voyais bien qu'il était préoccupé : il avait surestimé notre capacité à couvrir une telle distance en si peu de temps, sur un terrain enneigé. Et le détour que nous venions de faire avait réduit à néant nos chances d'atteindre Mga avant la tombée de la nuit. Le froid constituait désormais un danger plus grand que l'armée allemande et la température descendait de minute en minute. Nous risquions tout simplement la mort si nous ne trouvions pas un abri au plus tôt.

Nous n'avions pas aperçu un seul être humain après avoir quitté le sergent tatar et nous avions soigneusement évité les gares abandonnées de Koloniya Yanino et de Doubrovka. Même à deux cents mètres de distance, on distinguait parfaitement la statue renversée de Lénine, devant ce dernier bâtiment, ainsi que les graffitis inscrits à la peinture noire sur le mur en ciment : STALIN IST TOT ! RUSSLAND IST TOT ! SIE SIND TOT !

À trois heures de l'après-midi, le soleil disparut derrière les collines de l'ouest et l'étendue grise des nuages s'embrasa d'une lueur orangée. J'entendis ronronner plusieurs moteurs d'avions : en levant les yeux, j'aperçus quatre Messerschmitt qui se dirigeaient vers Leningrad, si hauts dans le ciel qu'ils paraissaient minuscules et guère plus dangereux que des insectes. Je me demandai quels bâtiments ils allaient détruire ce soir, à moins bien sûr qu'ils ne soient descendus avant par nos propres pilotes ou par les tirs de nos batteries antiaériennes. Tout cela avait quelque chose d'incroyablement abstrait, comme si cette guerre ne me concernait pas. Où qu'ils lâchent leurs bombes, ce ne serait en tout cas pas sur moi. Mais à peine cette pensée m'avait-elle traversé l'esprit que j'éprouvai un sentiment de culpabilité. Quel sale petit égoïste j'étais donc devenu...

Nous étions en train de longer Berezovska, une bourgade dont j'avais entendu le nom pour la première fois en septembre, lorsque l'Armée rouge et la Wehrmacht s'y étaient affrontées. À en croire les journaux, nos soldats avaient fait preuve d'un vaillant courage et d'un grand esprit stratégique, prenant de court l'état-major allemand et mettant hors de lui Hitler lui-même, qui suivait l'évolution des combats depuis son bunker berlinois. Mais tout le monde à Leningrad savait comment il convenait de lire un article de journal. Les forces russes étaient toujours « calmes et déterminées », les Allemands constamment « stupéfiés par la pugnacité de notre résistance ». Ces phrases étaient bien sûr de pure rhétorique. La véritable information, on la trouvait généralement dans l'un des méandres du dernier paragraphe, à la fin de l'article. Si nos troupes « s'étaient retirées pour préserver notre puissance de combat », cela signifiait que nous avions perdu la bataille. Si elles s'étaient « sacrifiées avec joie pour repousser l'avance ennemie », il fallait comprendre qu'elles avaient été massacrées.

À Berezovska, le massacre avait été complet. D'après les journaux, le village était célèbre pour son église, édifiée sur les ordres de Pierre le Grand lui-même, ainsi que pour son pont, où Pouchkine avait un jour provoqué un rival en duel. Ces glorieux témoignages du passé avaient disparu. Berezovska n'existait plus. À peine quelques pans de murs noircis se dressaient-ils encore au milieu de la neige : en dehors de ça, nul n'aurait pu imaginer qu'il y avait jadis un village à cet endroit.

— Ce sont des imbéciles, dit Kolya tandis que nous contournions les ruines rasées de la bourgade.

Je le regardai, ne sachant trop à qui il s'en prenait.

— Je parle des Allemands. Ils se croient efficaces et s'imaginent que leur armée est la plus formidable machine de guerre jamais mise sur pied. Mais il suffit de regarder l'Histoire, de lire un peu les livres, pour comprendre que les plus grands conquérants ont toujours ménagé une porte de sortie à leurs adversaires. Ceux qui combattaient Gengis Khan avaient le choix : être décapités ou se soumettre et lui verser un tribut. L'alternative était simple. Mais avec les Allemands, que se passe-t-il ? Soit on les combat, et on est massacré ; soit on se rend, et on est massacré. Ils auraient pu dresser une moitié du pays contre l'autre, mais ils manquent de subtilité. Ils ne comprennent rien à l'âme russe. Ils se contentent de tout brûler.

Ce que disait Kolya n'était pas faux, mais il me semblait pour ma part que les nazis n'avaient aucun intérêt à faire preuve de subtilité. Leur but n'était pas de changer les mentalités des peuples qu'ils envahissaient – ceux en tout cas qu'ils rangeaient dans la catégorie des races inférieures. Les Russes étaient à leurs yeux un peuple métissé, issu des hordes de Vikings et de Huns, violé par des générations d'Avars et de Khazars, de Mongols et de Suèdes, infesté de Juifs et de Gitans – sans parler des Turcs qui rôdaient à nos confins. Nous étions les enfants d'un millier de batailles perdues et la défaite était inscrite en nous : nous ne méritions plus d'exister. Les Allemands étaient des partisans farouches de la théorie de Darwin : les êtres vivants devaient s'adapter ou mourir. Ils s'étaient pliés quant à eux à la violence de cette réalité. Mais nous, malheureux ivrognes et bâtards des steppes, nous ne l'avions pas fait. Nous étions condamnés à disparaître et les Allemands se contentaient d'honorer le mandat qui leur avait été confié, dans la chaîne de l'évolution humaine.

Je gardai néanmoins ces réflexions pour moi et me contentai de rétorquer :

— Ils ont pourtant offert une porte de sortie aux Français.

— Les derniers Français qui avaient encore des couilles sont morts pendant la retraite de Russie, en 1812. Tu crois que je plaisante ? Écoute : il y a cent trente ans, ils avaient la meilleure armée du monde. Aujourd'hui, ce sont les putains de l'Europe. Ils n'attendent qu'une chose : se faire niquer par ceux qui auront la plus grosse queue. Je me trompe ? Que leur est-il donc arrivé ? Borodino, Waterloo... Réfléchis : le courage a été éradiqué de leurs gènes. Leur petit génie de Napoléon a réussi à castrer l'ensemble de la nation.

— La lumière décline.

Kolya regarda le ciel et acquiesça.

— En dernier recours, dit-il, nous pourrons toujours édifier un abri pour la nuit.

Il accéléra l'allure, alors que nous marchions déjà assez vite, et je compris que je n'allais pas pouvoir soutenir bien longtemps un rythme pareil. La soupe de la veille n'était plus qu'un délicieux mais lointain souvenir. Et nous avions englouti à midi le pain que nous avait donné le sergent. Chaque pas me coûtait à présent, comme si les semelles de mes bottes avaient été en plomb.

Le froid était d'ores et déjà si intense que je le ressentais à l'intérieur de mes dents : mes plombages de mauvaise qualité avaient tendance à se rétracter quand la température tombait. Et je ne sentais plus l'extrémité de mes doigts, malgré mes épais gants de laine, et bien que j'aie enfoui mes mains dans les poches de mon manteau. Le bout de mon nez était insensible, lui aussi. Quelle bonne plaisanterie en perspective : j'avais rêvé pendant une partie de mon adolescence d'avoir un nez plus court, mais si je passais encore quelques heures dans ces bois, je n'allais plus avoir de nez du tout...

— Tu parles d'édifier un abri, repris-je. Mais avec quoi ? Tu as pensé à emmener une pelle ?

— Tu sais encore te servir de tes mains, je suppose, répondit Kolya. Ainsi que de ton couteau.

— Il vaudrait mieux trouver refuge quelque part.

D'un geste théâtral, Kolya se mit à examiner autour de nous les bois gagnés par la pénombre, comme s'il cherchait à distinguer la porte d'une chaumière entre les rangées de sapins.

— Pas de refuge à l'horizon, dit-il. Tu es un soldat à présent, tu as passé l'examen avec succès, et les soldats dorment là où ils se trouvent quand le sommeil les prend.

— Tout cela est bien joli, dis-je, mais il faut nous abriter quelque part.

Kolya posa sa main gantée sur mon épaule et je crus pendant une fraction de seconde qu'il était fâché contre moi, contrarié par ma volonté manifeste de ne pas affronter les rigueurs de cette nuit d'hiver. Mais son geste n'avait rien de vindicatif : il voulait juste me faire signe de m'arrêter. D'un mouvement de menton, il me désigna un chemin de traverse, qui s'étendait parallèlement à la voie ferrée. L'homme se trouvait à quelques centaines de mètres et les ombres s'étendaient de plus en plus, mais il y avait encore assez de lumière pour qu'on distingue nettement sa silhouette : il s'agissait d'un soldat russe qui nous tournait le dos, le fusil posé en travers de l'épaule.

— Un partisan ? chuchotai-je.

— Non, il fait partie de l'armée régulière.

— Peut-être avons-nous repris Berezovska, à la suite d'une contre-attaque ?

— Peut-être, murmura Kolya.

À pas de loup, nous nous rapprochâmes de la sentinelle. Nous ne connaissions pas le mot de passe et aucun soldat armé d'un fusil n'aurait pris le risque de nous laisser avancer pour s'assurer que nous étions russes.

— Camarade ! s'écria Kolya en levant les bras au-dessus de sa tête, lorsque nous ne fûmes plus qu'à une cinquantaine de mètres. (Je l'imitai aussitôt.) Ne tire pas ! Nous sommes en mission spéciale !

La sentinelle ne bougea pas. De nombreux soldats étaient devenus sourds, au cours des derniers mois : les bombes avaient eu raison de milliers de tympans. Nous échangeâmes un regard, Kolya et moi, et progressâmes de quelques pas. Le soldat se tenait debout, les jambes enfoncées jusqu'aux genoux dans la neige, mais son immobilité n'avait rien de naturel. Personne n'aurait pu rester aussi longtemps sans bouger, figé comme une statue par un froid pareil. Je me retournai et examinai attentivement les bois environnants, convaincu qu'il s'agissait d'un piège. Mais je ne vis rien bouger, hormis les branches des bouleaux agitées par le vent.

Nous nous approchâmes du soldat. C'était vraisemblablement une brute de son vivant, à en juger par ses arcades sourcilières proéminentes et ses poignets aussi épais qu'un manche de cognée. Mais il y avait des jours qu'il était mort et sa peau livide était tendue sur les os de son crâne, prête à se déchirer. Une seule balle avait suffi à l'abattre : un orifice d'une netteté parfaite, auréolé d'une croûte de sang gelé, perforait sa joue gauche juste en dessous de l'œil. Une pancarte en bois était suspendue à son cou par un fil de fer, sur laquelle on avait écrit à l'encre noire : PROLETARIER ALLER

LÄNDER, VEREINIGT EUCH ! Je ne parlais pas allemand, mais je connaissais cette phrase, comme tous les
petits Russes à qui l'on avait infligé d'interminables
exposés sur le matérialisme dialectique : *Prolétaires de
tous les pays, unissez-vous !*

J'ôtai la pancarte du cou du soldat, en ayant soin que
le fil de fer gelé ne lui lacère pas le visage, avant de la
jeter sur le côté. Kolya avait détaché la bandoulière du
fusil et examinait l'arme : un Mosin-Nagant à la culasse
tordue. Il essaya deux ou trois fois de l'actionner, avant
de hocher la tête et de la laisser tomber par terre. Le
soldat portait à la hanche un étui qui contenait un
revolver, un Tokarev : une lanière en cuir qui passait
dans une petite boucle aménagée sur la crosse de l'arme
la retenait à l'étui. Le mort était un officier, puisqu'il
avait droit à ce revolver : le Tokarev n'était pas destiné
à repousser les Allemands, mais à abattre les soldats
russes qui auraient refusé d'avancer.

Kolya sortit l'automatique de son étui, défit sa lanière
et le retourna : le chargeur avait été ôté. Les réserves de
munitions placées dans la ceinture de l'officier étaient
également vides. Kolya déboutonna le manteau du mort
et trouva enfin ce qu'il cherchait : une petite sacoche
en toile, fermée par une sangle de cuir et une boucle
en métal.

— La nuit, nous préférons le plus souvent les laisser
dans nos manteaux, expliqua-t-il en ouvrant la sacoche
pour en retirer trois chargeurs de pistolet. À cause de
cette boucle métallique : elle brille trop et reflète la
lumière du clair de lune.

Il inséra l'un des chargeurs dans la crosse de l'arme
et testa le mécanisme. Satisfait de voir que l'automatique était en parfait état de marche, il le glissa dans la
poche intérieure de son manteau, avec les deux chargeurs restants.

Nous tentâmes d'extraire le cadavre de la neige, mais il avait gelé et semblait avoir pris racine dans le sol. Le crépuscule tombait à présent, effaçant peu à peu les couleurs du paysage environnant. La nuit était presque sur nous. Il n'était plus temps de s'occuper des morts.

Nous reprîmes notre marche vers l'est, en nous hâtant et en longeant maintenant la voie ferrée de près. Au cas où les Allemands auraient décidé de traverser les bois gelés, nous espérions que ce serait à bord de leurs véhicules et que nous les entendrions ainsi arriver de loin. Les corbeaux ne croassaient plus et le vent avait cessé de souffler. Les seuls bruits perceptibles étaient le crissement de nos bottes sur la neige et le roulement lointain, irrégulier, des bombes qui tombaient aux abords de Piter. J'essayai d'envelopper mon visage dans mon écharpe en laine et de relever le col de mon manteau, afin de mettre à profit la chaleur de mon souffle pour réchauffer mes joues. Kolya frappait l'une contre l'autre ses mains gantées et avait descendu sa toque de fourrure si bas sur son front qu'elle lui couvrait à moitié les yeux.

Quelques kilomètres à l'est de Berezovska, nous longeâmes l'enceinte d'une vaste ferme, dont les terrains vallonnés et couverts de neige étaient délimités par une murette en pierre. Des balles de foin hautes comme des igloos gisaient à travers les champs : la récolte avait été interrompue et les paysans avaient pris la fuite ou avaient été tués. Une vieille bâtisse en pierre se dressait à l'extrémité de la propriété, protégée du vent du nord par une rangée de mélèzes de cinquante mètres de haut. La lueur d'un feu de cheminée brillait derrière les carreaux des fenêtres, projetant ses reflets chaleureux sur la neige, devant la maison. Une colonne de fumée noire s'élevait en spirale de la cheminée, à peine visible sur l'écran bleu nuit du ciel. Jamais une demeure ne m'avait parue aussi accueillante : on aurait dit la résidence du général favori de l'empereur, bien chauffée et pleine à craquer en prévision des fêtes de Noël de toutes les charcuteries et pâtisseries possibles.

Je levai les yeux vers Kolya, tandis que nous avancions péniblement dans la neige. Il hocha négativement la tête, sans quitter la ferme des yeux : je voyais à son expression qu'il était tenté, lui aussi.

— Ce n'est pas une bonne idée, dit-il.

— Ce serait toujours mieux que de geler sur place en essayant d'atteindre Mga.

— Qu'espères-tu trouver à l'intérieur ? Un brave propriétaire terrien, caressant son chien au coin du feu ? Nous ne sommes pas dans une nouvelle de Tourgueniev ! Toutes les maisons des environs ont été réduites en cendres, il n'y a que celle-là qui soit encore debout. Pour quelle raison, à ton avis ? Parce que ses occupants ont eu de la chance ? Cette ferme abrite des soldats allemands, des officiers selon toute vraisemblance. Tu crois que nous sommes en mesure de nous en emparer, avec un revolver et un couteau ?

— Nous allons mourir, si nous marchons davantage. Si nous tentons notre chance en frappant à la porte de cette maison et qu'elle soit occupée par des Allemands, nous mourrons également. Mais si ce ne sont pas des Allemands…

— Admettons que ce soient des Russes, dit Kolya. Si les Allemands les ont épargnés, cela signifie qu'ils collaborent avec eux et que ce sont donc des ennemis.

— Et qu'est-ce qui nous empêche de profiter des réserves de l'ennemi ? Et d'un lit bien chaud ?

— Écoute, Lev, je sais que tu as froid et que tu es fatigué. Mais fais-moi confiance : je suis un soldat et je sais que cela ne marchera pas.

— Je n'irai pas plus loin, dis-je. Je préfère prendre le risque de frapper à la porte de cette ferme.

— Nous trouverons bien un abri dans le prochain village...

— Quel prochain village ? Sais-tu seulement s'il y en a un ? Le dernier que nous avons vu était en ruine. À quelle distance sommes-nous encore de Mga ? Quinze kilomètres ? Tu es peut-être capable de couvrir une telle distance, mais pas moi.

Kolya poussa un soupir et se frotta le visage du revers de sa main gantée, pour activer sa circulation.

— Nous n'atteindrons pas Mga, dit-il, je te le concède. Cela fait des heures que je le sais, le problème n'est plus là.

— Et tu ne me l'as pas dit ? Combien de kilomètres nous reste-t-il à parcourir ?

— Un bon paquet. Mais la mauvaise nouvelle, c'est que nous n'avons sans doute pas pris la bonne direction.

— Que veux-tu dire ?

Kolya regardait toujours la ferme et je dus le secouer pour attirer son attention.

— Comment cela, nous n'avons pas pris la bonne direction ? répétai-je.

— Nous aurions dû franchir la Neva depuis déjà longtemps. Et je ne pense pas que Berezovska se trouve sur la ligne de Mga.

— Tu ne penses pas que... Pourquoi ne m'as-tu rien dit ?

— Je ne voulais pas t'inquiéter.

Il faisait trop sombre pour que je distingue l'expression de son stupide visage de Cosaque.

— Tu as prétendu que Mga était sur la ligne de Moscou.

— C'est effectivement le cas.

— Et qu'il suffisait de suivre les rails pour s'y rendre.

— C'est exact.

— Dans ce cas, bordel, où sommes-nous ?

— À Berezovska.

Je pris une profonde inspiration. J'aurais aimé avoir des poings plus puissants, pour réduire son visage en bouillie.

— Maintenant, repris-je, annonce-moi la bonne nouvelle.

— Pardon ?

— Tu m'as dit que la mauvaise nouvelle, c'était que nous n'avions pas pris la bonne direction...

— Il n'y a pas de bonne nouvelle. Le fait d'annoncer une mauvaise nouvelle n'implique pas nécessairement qu'il y en ait une bonne.

Il n'y avait rien d'autre à ajouter et je me mis en marche, en direction de la ferme. La lune brillait au-dessus de la ligne des arbres, la neige gelée crissait sous mes semelles et j'aurais constitué une cible idéale si un Allemand m'avait visé depuis l'une des fenêtres. J'avais faim, mais je pouvais m'en accommoder : nous étions tous devenus des champions du jeûne, ces derniers temps. Le froid était glacial, mais j'y étais également habitué. C'étaient mes jambes qui étaient en train de me lâcher. Avant la guerre, elles étaient déjà passablement faibles et mal adaptées à la course, au saut en hauteur, ainsi qu'à toute activité un tant soit peu physique. Mais depuis le siège, elles n'étaient guère plus épaisses que des manches à balai. Même si nous avions été dans la bonne direction, jamais je n'aurais pu atteindre Mga. Je n'aurais pas tenu cinq minutes de plus.

À mi-chemin de la ferme, Kolya me rattrapa. Il avait sorti le Tokarev, qu'il tenait dans sa main gantée.

— Quitte à tenter le coup, lança-t-il, autant le faire intelligemment.

Il m'entraîna de l'autre côté de la bâtisse et me dit d'attendre sous l'auvent de l'arrière-cour, près d'une réserve de bois empilé à l'abri de l'humidité. Une boîte de trois kilos de caviar Beluga ne m'aurait pas donné une plus grande impression de luxe que ces bûches soigneusement rangées, dont les piles s'élevaient bien au-dessus de ma tête.

Kolya se dirigea prudemment vers une fenêtre couverte de givre et jeta à coup d'œil à l'intérieur. La fourrure noire et luisante de sa toque d'astrakan brillait à la lueur des flammes de la cheminée. À l'intérieur de la ferme, un phonographe jouait de la musique : on percevait des notes de piano, un air de jazz américain.

— Qui peut bien se trouver là ? chuchotai-je.

Kolya leva la main pour me faire signe de me taire. Il paraissait confondu par la scène qu'il avait sous les yeux et je me demandai si nous n'étions pas tombés dans un nouveau repaire de cannibales, perdu dans les profondeurs enneigées de la campagne – à moins, plus vraisemblablement, que la ferme n'abritât plus que les cadavres mutilés de la famille qui vivait là jadis.

Mais Kolya, qui avait déjà été confronté à des cannibales ainsi qu'à de très nombreux cadavres, venait visiblement de découvrir quelque chose de plus inattendu... Au bout de quelques instants, j'enfreignis ses ordres et le rejoignis à côté de la fenêtre, en ayant soin de ne pas heurter les stalactites de glace qui pendaient du linteau. Je m'accroupis auprès de lui et jetai à mon tour un coup d'œil à travers la partie inférieure du carreau.

Deux filles en tenues de nuit dansaient sur l'air de jazz que jouait le phonographe. Elles étaient jeunes et jolies, de mon âge environ, et c'était la blonde qui conduisait la brune. Elle avait une peau très pâle, une gorge et des joues ponctuées de taches de rousseur, des cils et des sourcils si clairs qu'on les voyait à peine quand elle était de profil. La brune était plus petite et boitillait gauchement, incapable de suivre le rythme. Elle avait des dents trop grandes et des bras potelés, plissés aux poignets comme ceux d'un bébé. En temps de paix, personne n'aurait fait attention à elle sur la perspective Nevski, mais une fille un peu dodue avait quelque chose d'exotique et d'irrésistiblement attirant en ces temps troublés. De toute évidence, une personne disposant d'un certain pouvoir tenait suffisamment à elle pour lui permettre de manger à sa faim.

J'étais tellement surpris par la vue des deux danseuses qu'il me fallut un certain temps pour m'apercevoir qu'elles n'étaient pas seules dans la pièce. Deux autres filles étaient allongées à plat ventre sur une peau d'ours noir, étalée en guise de tapis devant la cheminée. Elles étaient toutes les deux appuyées sur leurs coudes, le menton dans les mains, et suivaient d'un air concentré l'évolution des danseuses. L'une d'elles semblait d'origine tchétchène : ses sourcils noirs se rejoignaient au sommet de son nez et son rouge à lèvres était particulièrement éclatant ; ses cheveux disparaissaient sous une serviette humide, enroulée autour de sa tête comme si elle sortait du bain. L'autre avait le long cou élégant des danseuses, son nez dessinait de profil un angle droit parfait et ses cheveux bruns étaient ramenés en arrière, en nattes serrées.

L'intérieur de la ferme évoquait un relais de chasse. Des trophées animaliers parsemaient les murs de la vaste pièce : il y avait là des têtes d'ours bruns et de sangliers, ainsi qu'un bouquetin aux cornes monumentales et à la barbiche hirsute. Un loup et un lynx empaillés flanquaient la cheminée : on les avait représentés prêts à charger, la gueule ouverte sur des crocs d'un blanc étincelant. Des chandelles brûlaient dans des appliques murales.

Nous restâmes accroupis sous la fenêtre, Kolya et moi, et contemplâmes la scène jusqu'à ce que la musique ait pris fin. La fille qui avait l'air tchétchène se leva alors pour aller changer le disque.

— Remets donc celui-là, lui lança la blonde.

Le son de sa voix était étouffé par la vitre, mais on comprenait parfaitement ses paroles.

— Ah non, je t'en supplie ! s'écria sa partenaire. Mets-nous plutôt un air que je connaisse. Un disque d'Eddie Rozner, par exemple.

Je me tournai vers Kolya. Je m'attendais à le voir sourire, amusé par le spectacle surréaliste que nous venions de découvrir au beau milieu de cette plaine dévastée et couverte de neige. Mais il n'avait pas l'air content, ses lèvres étaient serrées et une lueur de colère brillait dans son regard.

— Viens, dit-il en se redressant et en m'entraînant vers la porte d'entrée, de l'autre côté de la maison.

Un disque s'était mis à jouer un nouvel air de jazz : le trompettiste se lançait dans un solo tonitruant, entraînant joyeusement son orchestre.

— Nous allons entrer ? demandai-je. Il me semble avoir aperçu de la nourriture.

— Je suis sûr qu'elles en ont des tonnes, dit Kolya en frappant à la porte d'entrée.

La musique s'arrêta aussitôt. Quelques instants plus tard, la jeune fille blonde apparut derrière les carreaux de la fenêtre située près du porche. Elle nous dévisagea pendant un long moment sans prononcer un mot ni faire le moindre geste vers la porte.

— Nous sommes russes, dit Kolya. Ouvrez-nous.

La fille secoua la tête.

— Vous ne devriez pas être ici, dit-elle.

— Je sais, dit-il en brandissant son revolver pour que la fille l'aperçoive. Mais nous y sommes… Ouvrez donc cette putain de porte !

La blonde jeta un coup d'œil derrière elle. Elle chuchota une question à quelqu'un qui était hors de vue et écouta sa réponse. Après quoi elle acquiesça, se tourna à nouveau vers nous, prit une profonde inspiration et ouvrit la porte.

En pénétrant dans la ferme, j'eus l'impression de plonger dans le ventre de la baleine : il y avait des mois que je n'avais pas ressenti une chaleur pareille. Nous suivîmes la blonde dans la grande pièce, où ses trois amies se tenaient en rang d'oignons, un peu embarrassées, tripotant du bout des doigts le bord de leurs chemises de nuit. La petite brune aux bras potelés paraissait sur le point de pleurer : sa lèvre inférieure tremblait et elle ne quittait pas des yeux le revolver de Kolya.

— Y a-t-il quelqu'un d'autre dans la maison ? s'enquit celui-ci.

La blonde hocha négativement la tête.

— À quelle heure arrivent-ils ?

Les filles échangèrent des regards.

— Qui ? demanda celle qui avait l'air tchétchène.

— Ne jouez pas au plus fin avec moi, mesdames. Je suis un officier de l'Armée rouge, en mission spéciale...

— Et lui ? C'est un officier lui aussi ? demanda la blonde en me regardant.

Elle ne souriait pas, mais je percevais une lueur d'amusement dans son regard.

— Non, dit Kolya, ce n'est pas un officier, c'est un engagé volontaire.

— Un engagé volontaire, vraiment ? Quel âge as-tu, mon chou ?

Toutes les filles me regardaient à présent. Avec la chaleur qui régnait dans la pièce, et sous le poids de leurs regards, je sentis le rouge me monter au visage.

— Dix-neuf ans, répondis-je en me redressant. J'en aurai vingt en avril.

— Tss..., fit la Tchétchène. Vous êtes petit pour dix-neuf ans.

— Je suis sûre qu'il n'en a pas plus de quinze, dit la blonde.

Kolya arma brusquement son revolver, ce qui résonna de manière dramatique dans la quiétude de la pièce. Le geste me parut un peu trop théâtral, mais Kolya avait un art consommé de la mise en scène. Il laissa le canon de l'arme pointé vers le sol et dévisagea chacune des filles à tour de rôle, en prenant son temps.

— Nous venons de faire un long trajet, dit-il. Mon camarade est fatigué et je le suis autant que lui. Je vous pose donc encore la question, pour la dernière fois : à quelle heure arrivent-ils ?

— Ils viennent généralement vers minuit, répondit la petite brune potelée.

Les autres filles la regardèrent, mais ne dirent rien.

— Lorsqu'ils ont fini leurs bombardements, ajouta-t-elle.

— Voyez-vous ça ! dit Kolya. Une fois que les Allemands sont las de déverser leur artillerie sur la population de Piter, ils viennent terminer la nuit ici afin que vous les réconfortiez ?

Par certains côtés, je suis extrêmement stupide. Je ne dis pas cela par modestie : je me crois d'une intelligence supérieure à la moyenne, même si l'intelligence d'un individu ne devrait pas être mesurée à l'aune d'un seul appareil, comme un chronomètre, mais avec tout un attirail de tachymètres, d'odomètres, d'altimètres, etc. Mon père m'avait appris à lire quand j'avais quatre ans, ce dont il ne manquait pas de se vanter auprès de ses amis, mais mon incapacité à apprendre le français ou à me souvenir de certaines dates – celles des victoires de Souvorov, par exemple – avait dû le décevoir un peu. C'était lui-même un touche-à-tout de génie, capable de réciter à la demande n'importe quelle strophe d'*Eugène Onéguine*, parlant couramment l'anglais et le français, et suffisamment doué en physique pour que ses professeurs d'université aient considéré sa décision de se consacrer à la poésie comme une sorte de catastrophe. Je regrettais qu'ils n'aient pas été plus charismatiques, ces fameux professeurs... et qu'ils n'aient pas réussi à convaincre leur chouchou des charmes de la physique, en lui expliquant pourquoi la forme de l'univers et le poids de la lumière étaient des sujets de réflexion autrement plus dignes d'intérêt que les vers libres des imposteurs de Leningrad.

Mon père aurait compris ce qui se passait dans cette ferme au premier coup d'œil, même à dix-sept ans. Et je me fis vraiment l'effet d'être un idiot lorsque j'entrevis enfin pourquoi ces filles se trouvaient ici, bien au chaud et copieusement nourries – et pourquoi leurs protecteurs veillaient à ce qu'elles aient suffisamment de bois en réserve, sous l'auvent de l'arrière-cour.

La blonde dévisagea Kolya, les narines frémissantes de colère et les joues écarlates sous ses taches de rousseur.

— Espèce de…, lança-t-elle.

Pendant une fraction de seconde, elle fut incapable d'ajouter un mot, tellement elle était outrée.

— Vous débarquez ici et la première chose que vous faites, c'est de nous accuser ! Pour qui vous prenez-vous ? Un grand héros de l'Armée rouge ? Mais où étiez-vous, vous et votre armée, quand les Allemands sont arrivés et qu'ils ont tout rasé ? Quand ils ont tué mes petits frères, mon père, mon grand-père et tous les hommes de mon village – pendant que vous alliez vous planquer Dieu sait où, vous et vos amis… Et vous avez le culot de vous introduire ici et de pointer votre arme sur moi ?

— Je ne pointe mon arme sur personne, dit Kolya.

C'était une réponse étonnamment humble, émanant de lui, et je compris qu'il avait déjà perdu la bataille.

— Je suis prête à faire n'importe quoi pour protéger ma sœur, poursuivit la blonde en désignant du menton la petite brune potelée. N'importe quoi, vous m'entendez ? Vous étiez censés nous protéger. La glorieuse Armée rouge, les Défenseurs du Peuple… Mais où étiez-vous ?

— Nous les avons combattus…

— Seulement vous ne pouviez pas protéger tout le monde. Vous nous avez donc sacrifiés. N'étant pas des citadins, nous comptions forcément pour du beurre, c'est ça ? Abandonnons-leur les paysans... C'est bien ça ?

— La moitié des hommes de mon régiment sont morts au combat pour...

— La moitié ? Si j'avais été à la place de votre général, tous mes soldats seraient morts avant qu'un seul nazi ait pu mettre les pieds sur notre territoire.

— Ma foi... (Kolya ne dit plus rien pendant quelques secondes et rempocha finalement son automatique.) Je suis heureux que vous n'ayez pas été à la place de mon général, ajouta-t-il.

14.

Malgré cette entrée en matière difficile, il ne nous fallut guère de temps pour faire la paix avec les filles. Nous avions besoin les uns des autres. Cela faisait deux mois qu'elles n'avaient pas parlé avec des Russes, elles n'avaient pas la radio et étaient impatientes de connaître les derniers développements de la guerre. Lorsqu'elles apprirent quelles victoires nous venions de remporter devant Moscou, Galina, la petite brune, adressa un sourire entendu à sa sœur Nina et opina du menton, comme si elle avait prédit que les choses se passeraient ainsi. Les filles nous interrogèrent également sur Leningrad, mais ce n'était pas le nombre de morts en décembre ni le montant de la ration de pain mensuelle qui les intéressaient. Les villages dont elles étaient originaires avaient encore plus souffert que Piter et la misère à laquelle étaient confrontés ses habitants leur était parfaitement indifférente. Ce qu'elles voulaient savoir, c'était si le palais d'Hiver était toujours debout (c'était le cas), si le *Cavalier de bronze* avait été déplacé (pas à notre connaissance) ou si la boutique de la perspective Nevski qui, à les en croire, vendait les plus belles chaussures de toute la Russie avait échappé aux bombardements (ce que nous ignorions, Kolya et moi, et n'avions pas spécialement cherché à savoir).

Nous ne posâmes pas trop de questions aux filles. Nous entrevoyions suffisamment leur histoire pour éprouver le besoin d'entrer dans les détails. Les hommes de leur village avaient été massacrés. La plupart des jeunes femmes avaient été déportées à l'ouest, pour travailler comme esclaves dans les usines allemandes. D'autres avaient fui vers l'est, couvrant des centaines de kilomètres en portant leurs nourrissons et les icônes de leur famille, dans l'espoir de prendre la Wehrmacht de vitesse. Mais les plus belles d'entre elles ne subissaient pas le même sort : elles étaient réservées aux plaisirs des envahisseurs.

Nous étions tous assis par terre, près de la cheminée, sur le bord de laquelle nous avions étalé nos gants et nos chaussettes pour les faire sécher. En échange de nos informations, les filles nous avaient servi des tasses de thé bouillant, des tranches de pain noir et deux pommes de terre au four qui étaient déjà préparées. Kolya en goûta un morceau et me regarda. Je l'imitai et me tournai vers Galina, celle qui avait un visage poupin et des bras potelés. Elle était assise, adossée au montant de pierre de la cheminée, les mains croisées sous ses jambes nues.

— C'est du beurre que vous avez mis là-dedans ? lui demandai-je.

Elle acquiesça. Les pommes de terre avaient *vraiment* un goût de pommes de terre – rien à voir avec les rogatons amers, ratatinés et hérissés de germes dont nous devions nous contenter à Piter. Aux Halles, on pouvait facilement échanger trois grenades à main ou une paire de bottes en cuir contre une bonne pomme de terre au beurre.

— Est-ce qu'ils vous amènent parfois des œufs ? demanda Kolya.

— C'est arrivé une fois ou deux, dit Galina. Nous avons fait une omelette.

Kolya chercha mon regard, mais j'étais bien trop occupé avec ma pomme de terre au beurre.

— Leur base est située près d'ici ?

— Les officiers occupent une maison au bord du lac, répondit Lara, la fille qui ressemblait à une Tchétchène mais qui était en fait à moitié espagnole. À Novoye Koshkino.

— C'est le nom d'un village ?

— Oui. C'est de là que je viens.

— Et ces officiers ont vraiment des œufs ?

Je levai enfin les yeux sur Kolya. J'avais décidé de mâcher très lentement ma pomme de terre, pour faire durer le plaisir. Nous avions eu la chance de bénéficier d'un festin deux soirs de suite : la veille avec la soupe dont Chérie avait fait les frais et aujourd'hui avec ces pommes de terre. Cette fortune insolente ne se reproduirait vraisemblablement pas une troisième fois. Je mâchais donc avec application, tout en guettant sur le visage de Kolya les signes avant-coureurs du plan qu'il venait de concocter et qui était probablement aussi hasardeux et stupide que les précédents.

— Je ne sais pas s'ils en ont en ce moment, dit Lara en émettant un petit rire. Pourquoi ? Les œufs vous manquent à ce point ?

— Oui, dit-il en lui adressant son plus beau sourire, celui qui creusait ses fossettes et le mettait le mieux en valeur. Depuis le mois de juin, je ne cesse de penser aux œufs. À votre avis, pourquoi nous retrouvons-nous ici, en pleine nature ? Tout simplement parce que nous cherchons des œufs !

Les filles éclatèrent de rire, à l'énoncé de cette étrange plaisanterie.

— Vous ne seriez pas plutôt venus pour organiser les partisans ? demanda Lara.

— Nous n'avons pas le droit de parler de notre mission, répondit Kolya. Disons simplement que l'hiver risque d'être dur pour les Fritz.

Les filles échangèrent des regards, visiblement peu impressionnées par ces propos fanfarons. Elles avaient vu la Wehrmacht en action de plus près que Kolya et s'étaient sans doute forgé leur propre opinion, concernant l'issue de cette guerre.

— À quelle distance se trouve Novoye Koshkino ? demanda Kolya.

Lara haussa les épaules.

— Ce n'est pas très loin, dit-elle. À six ou sept kilomètres d'ici.

— Cela pourrait constituer une cible intéressante, me dit Kolya d'un air faussement nonchalant, en mâchant sa tranche de pain noir. On descend quelques officiers de la Wehrmacht et on décapite du même coup leur régiment.

— Ils ne font pas partie de la Wehrmacht, dit Nina.

Quelque chose dans son intonation m'obligea à relever les yeux. Ce n'était pas une fille craintive, mais les paroles qu'elle s'apprêtait à prononcer la terrifiaient visiblement. Sa sœur Galina ne quittait pas le foyer des yeux et se mordillait la lèvre inférieure.

— Ce sont des Einsatzgruppen, ajouta-t-elle.

Depuis le mois de juin, les Russes avaient été obligés de prendre des cours accélérés d'allemand. Des dizaines de mots avaient envahi notre vocabulaire quotidien en même temps que l'armée ennemie, dans l'espace d'une nuit : *Panzer* et *Junker*, *Wehrmacht* et *Luftwaffe*, *Blitzkrieg* et *Gestapo* – parmi bien d'autres noms propres. Lorsque je l'avais entendu pour la première fois, le terme d'*Einsatzgruppen* n'avait pas la même connotation sinistre que la plupart d'entre eux. On aurait dit le nom d'un comptable méticuleux, dans une mauvaise comédie du XIXe siècle. Mais il n'avait plus rien d'amusant aujourd'hui, après tous les articles, les reportages radiophoniques ou les témoignages directs dont j'avais eu connaissance. Les Einsatzgruppen étaient les commandos de la mort des nazis – une bande de tueurs sélectionnés dans les rangs de l'armée régulière, de la

Waffen-SS et de la Gestapo en raison de leur brutalité, de leur efficacité et de la pureté de leur sang aryen. Lorsque les Allemands envahissaient un pays, les Einsatzgruppen suivaient de près les unités de combat et attendaient que le territoire soit sécurisé pour traquer leurs cibles favorites : les communistes, les gitans, les intellectuels – et bien évidemment les juifs. Chaque semaine, la *Pravda* et la *Krasnaïa Zvezda* [1] publiaient de nouvelles photos montrant de vastes tranchées remplies de cadavres : tous ces Russes avaient été abattus d'une balle dans la nuque après avoir dû creuser leur propre fosse commune. Il y avait sans doute eu des débats au plus haut niveau, dans les rédactions, pour savoir s'il était pertinent ou non de publier de tels clichés, qui pouvaient avoir un effet démoralisant sur la population. Mais malgré leur aspect morbide, ces images avaient le mérite de cristalliser les choses : voilà ce qui nous attendait, si nous perdions la guerre. Nous étions prévenus. Tel était l'enjeu.

— Ce sont des officiers des Einsatzgruppen qui viennent ici le soir ? demanda Kolya.

— Oui, répondit Nina.

— Je ne pensais pas qu'ils se chargeaient des problèmes d'artillerie, dis-je.

— Normalement, ce n'est pas de leur ressort. Mais ils se livrent à une sorte de jeu. Ils font des paris à propos des divers édifices de la ville et les pilotes des bombardiers leur disent ensuite quelles cibles ils ont touchées. C'est pour cela que nous vous posions la question tout à l'heure, à propos du palais d'Hiver : ils rêvent tous de l'abattre.

Je pensais aux ruines du Kirov, à Vera Osipovna et aux jumeaux Antokolski, en me demandant s'ils avaient été écrasés sous cette montagne de gravats ou s'ils

---

1. En français, *La Vérité* et *L'Étoile rouge*. (*N.d.T*)

avaient survécu à l'effondrement de l'immeuble, coincés sous une dalle de béton, avant de mourir à petit feu en appelant désespérément à l'aide, asphyxiés par les gaz et la fumée au milieu des débris. Peut-être étaient-ils morts parce qu'au fond d'une forêt un officier allemand, plaisantant avec ses compagnons et ayant abusé de la flasque de schnaps qui circulait, avait donné une consigne erronée à un jeune artilleur, qui avait balancé ses bombes de calibre dix-sept sur mon affreux immeuble, au lieu de les larguer sur le palais d'Hiver.

— Combien sont-ils ?

Nina se tourna vers les autres filles mais aucune ne lui rendit son regard. Galina faisait mine d'arracher une invisible croûte sur le dos de sa main. L'une des bûches s'effondra dans l'âtre en renversant les chenets et Lara la remit en place, à l'aide d'un tisonnier. Olesya, celle qui avait des nattes, n'avait pas prononcé un mot depuis que nous avions pénétré dans la pièce. Je n'ai jamais su si c'était par timidité, parce qu'elle était muette de naissance, ou si les Einsatzgruppen lui avaient arraché la langue. Elle ramassa nos assiettes vides et nos tasses et les ramena à la cuisine.

— Cela dépend des soirs, répondit enfin Nina. (Elle parlait d'un air dégagé, comme si nous discutions d'une partie de cartes.) Il arrive que personne ne se montre. D'autres fois ils sont trois ou quatre. Parfois davantage.

— Ils viennent en voiture ?

— Oui, bien sûr.

— Et ils passent la nuit ici ?

— Ça leur arrive. Mais ce n'est pas très fréquent.

— Et ils ne viennent jamais pendant la journée ?

— C'est arrivé à une ou deux reprises.

— Dans ce cas, mesdames, excusez-moi de vous poser crûment la question : mais qu'est-ce qui vous empêche de foutre le camp ?

— Vous croyez peut-être que c'est aussi facile que ça en a l'air ? rétorqua Nina, visiblement heurtée par les sous-entendus de sa question.

— Je n'ai pas dit que c'était facile, dit Kolya. Mais regardez : nous avons quitté Piter à l'aube, Lev et moi, et nous sommes ce soir devant vous.

— Ces Allemands que vous combattez et qui se sont déjà emparés de la moitié du pays, vous les prenez peut-être pour des idiots ? Vous croyez qu'ils nous laisseraient seules ici s'il nous suffisait de franchir le seuil de cette pièce et de rejoindre Piter à pied ?

— Mais qu'est-ce qui vous en empêche ?

J'observais les réactions que sa question provoquait chez les filles : la colère dans les yeux de Nina, la honte dans ceux de Galina, qui continuait de fixer ses mains blanches. Même si je ne connaissais Kolya que depuis quelques jours, j'étais convaincu que sa curiosité était sincère et qu'il ne cherchait pas à les accabler avec ses questions. J'aurais néanmoins préféré qu'il se taise.

— Raconte-lui ce qui est arrivé à Zoya, dit Lara.

Nina parut embarrassée par cette suggestion. Elle haussa les épaules et ne répondit rien.

— Ils nous prennent pour des lâches, ajouta Lara.

— Je me moque de ce qu'ils pensent, dit Nina.

— Très bien, dit Lara. Dans ce cas, c'est moi qui vais le leur raconter. Il y avait une autre fille avec nous au début, qui s'appelait Zoya…

Galina se leva, défroissa sa chemise de nuit et quitta la pièce. Lara l'ignora.

— Les Allemands en étaient fous. Pour un homme qui me choisissait, il y en avait bien une demi-douzaine qui venaient ici pour elle.

La brutale déclaration de Lara nous mit tous mal à l'aise. De toute évidence, Nina n'aurait pas demandé mieux que de quitter la pièce à son tour, mais elle demeura à sa place, parcourant la salle des yeux en évitant soigneusement de croiser notre regard, à Kolya et moi.

— Elle avait quatorze ans. Sa mère et son père étaient tous les deux membres du Parti. J'ignore quels postes ils occupaient au juste, mais ils devaient être importants, car après les avoir dénichés les Einsatzgruppen les ont abattus en pleine rue et ont pendu leurs cadavres à un lampadaire, pour que tout le monde dans le village sache le sort qui était réservé aux communistes. Zoya a été conduite dans cette ferme en même temps que nous, à la fin du mois de novembre. Il y avait eu d'autres filles avant nous, mais au bout de quelques mois les Allemands s'en étaient lassés. En tout cas, Zoya était leur favorite : elle était toute menue et elle avait tellement peur d'eux... Je crois qu'ils adoraient ça. Ils lui disaient sans arrêt : « N'aie pas peur, je ne vais pas te faire de mal, je ne les laisserai pas te frapper... » – des choses de ce genre. Mais elle avait vu ses parents pendus au lampadaire. Parmi les hommes qui la touchaient figurait peut-être celui qui avait abattu son père et sa mère, ou qui avait ordonné leur exécution.

— Nous avons toutes vécu des choses affreuses, intervint Nina. Mais Roya avait perdu la tête.

— Oui, elle était complètement déboussolée. Mais elle n'avait que quatorze ans. Et toi, ce n'est pas la même chose : tu as ta sœur, tu n'es pas seule.

— Nous étions là pour l'aider.

— Ce n'est pas la même chose, répéta Lara. Toutes les nuits, après leur départ, elle se mettait à pleurer – et cela pendant des heures, jusqu'à ce qu'elle finisse par s'endormir. Et encore : certains soirs, elle ne s'endormait même pas. La première semaine, nous avons essayé de la soutenir. Nous restions assises auprès d'elle et nous lui tenions la main en lui racontant des histoires – enfin, nous faisions de notre mieux pour qu'elle s'arrête de pleurer. Mais c'était impossible. Avez-vous déjà essayé de calmer un bébé qui a de la fièvre ? Vous avez beau le prendre dans vos bras, le caliner, lui chanter une berceuse, lui donner à boire pour le rafraîchir – rien n'y fait. Eh bien avec elle, c'était pareil : elle n'arrêtait pas de pleurer. Au bout d'une semaine, nous avons cessé de nous apitoyer sur son sort. Nous n'en pouvions plus. Ce que vient de dire Nina est exact : nous avions toutes vécu des choses affreuses. Nous avions toutes perdu notre famille. Et nous n'arrivions pas à fermer l'œil, ses pleurs incessants nous empêchaient de dormir. La deuxième semaine, nous avons décidé de l'ignorer. Quand elle pénétrait dans une pièce, nous en ressortions. Elle savait bien que nous étions fâchées contre elle – elle ne disait rien, mais elle le savait. Et brusquement, ses larmes ont cessé. Comme ça, d'un seul coup, comme si elle avait décidé que cela suffisait. Pendant trois jours elle est restée parfaitement calme et n'a pas versé une larme. Mais le quatrième jour, au matin, elle n'était plus là. Elle était partie. Nous ne nous en étions même pas aperçues, le pot aux roses a été découvert lorsque les officiers sont arrivés en chantant son nom et en titubant, déjà à moitié saouls. Je crois qu'ils faisaient des paris entre eux, pour savoir qui aurait en premier les faveurs de Zoya. Ils amenaient parfois des copains, des soldats d'une autre compagnie, pour la leur présenter. Ils avaient même pris des photos d'elle... Mais elle était partie. Et bien évidemment, ils refusèrent de nous croire. Nous leur avions dit que nous n'avions aucune idée de l'endroit où elle avait pu aller, mais il est vrai qu'à leur place je n'aurais pas pris nos déclarations pour argent comptant. J'espère que nous aurions menti, si nous l'avions su. J'espère que nous aurions fait ça pour elle. Mais honnêtement, je n'en suis pas sûre.

— Bien sûr que nous l'aurions fait, dit Nina.

— Je ne sais pas. Mais cela n'a plus d'importance. Abendroth et les autres se sont aussitôt lancés à sa recherche. C'est lui, leur… ma foi, je ne connais pas le terme exact. Leur commandant, peut-être ? (Elle regarda Nina, qui haussa les épaules.) Oui, je crois qu'il est commandant. Ce n'est pas lui le plus âgé, mais c'est lui qui donne les ordres. J'imagine qu'il est compétent à son poste. En tout cas, lorsqu'il venait, c'était toujours lui qui embarquait Zoya le premier, même s'il y avait ce jour-là un colonel parmi eux. Et quand il en avait fini avec elle, il venait s'asseoir devant la cheminée pour siroter son schnaps – toujours à la prune, en ce qui le concerne. Il parle parfaitement le russe, ainsi que le français. Il a passé deux ans à Paris.

— Pour traquer les chefs de la Résistance, précisa Nina. C'est un de ses hommes qui me l'a dit. Il a fait du si bon travail là-bas qu'il a été promu et est devenu le plus jeune commandant des Einsatzgruppen.

— Il aime jouer aux échecs avec moi, reprit Lara. Je me défends plutôt bien, mais Abendroth réussit toujours à coincer ma reine et je ne résiste jamais plus de vingt coups, même quand il est saoul – ce qui est généralement le cas. Si je suis… occupée, il installe l'échiquier et joue une partie tout seul.

— C'est le pire de la bande, dit Nina.

— Oui. Je ne le pensais pas, au début, mais après ce qui est arrivé à Zoya… Oui, c'est bien le pire de tous. Ils l'avaient donc suivie à la trace à travers bois, à l'aide de leurs chiens, et il ne leur a fallu que quelques heures pour la retrouver. Elle n'était pas allée bien loin, elle était si faible… Elle était déjà toute menue, pour commencer, et comme elle n'avait presque rien mangé depuis son arrivée… Ils l'ont ramenée ici et ont commencé par lui arracher ses vêtements. On aurait dit un animal sauvage : elle était sale, elle avait des feuilles mortes dans les cheveux et son corps était couvert de bleus, là où ils l'avaient frappée. Ils lui ont ligoté les chevilles et les poignets. Puis Abendroth m'a dit d'aller chercher la scie, près de la réserve de bois. Je ne sais plus ce que je me suis dit sur le moment, mais jamais je n'aurais imaginé qu'ils... Je ne pensais pas qu'ils allaient lui faire du mal, étant donné qu'ils étaient tous entichés d'elle.

Je perçus un cri étouffé et relevai les yeux : Nina avait plongé la tête dans ses mains et se mordait les lèvres pour se contraindre au silence.

— Quatre d'entre eux la maintenaient par les mains et par les pieds. Pourtant, elle ne leur résistait pas – pas encore. Comment l'aurait-elle pu, avec ses quarante kilos ? Elle croyait qu'ils allaient la tuer, mais cela lui était égal – c'était même ce qu'elle attendait. Mais ils ne l'ont pas tuée. Abendroth m'a demandé de lui passer la scie. Il ne me l'a pas arrachée des mains, il voulait que je la lui remette, afin que je me souvienne bien... que c'était moi qui la lui avais donnée. Nous étions toutes présentes dans la pièce : Nina, Galina, Olesya et moi. Ils nous avaient obligées à rester, ils voulaient que nous assistions à la scène, c'était notre punition : nous avions aidé cette fille à s'enfuir et nous devions être témoins du sort qui l'attendait. Tous les Allemands fumaient – ils avaient passé un bon moment à la poursuivre dans le froid et savouraient leurs cigarettes – la pièce baignait dans la fumée. Zoya avait une expression paisible, on se serait presque attendu à la voir sourire. Elle devait se dire qu'elle était loin d'eux désormais et qu'ils ne pouvaient plus l'atteindre. Mais elle se trompait lourdement. Abendroth s'est penché vers elle et lui a chuchoté quelques mots à l'oreille. Puis il a saisi la scie à bois, posé la lame dentelée sur la cheville de Zoya et s'est mis à scier. Je ne sais pas si je vivrai très longtemps – à vrai dire j'en doute – mais même si c'était le cas, jamais je ne parviendrai à chasser de mon esprit le cri que Zoya a poussé à cet instant-là. Quatre hommes corpulents la maintenaient au sol. Elle n'avait plus que la peau sur les os, mais elle se débattait et leur résistait à présent, et on voyait qu'ils devaient faire des efforts pour réussir à l'immobiliser. Lorsqu'Abendroth eut achevé de couper le premier pied, il est passé au suivant. L'un des Allemands s'est précipité hors de la pièce – tu t'en souviens, Nina ? J'ai oublié son nom et il n'est jamais revenu par la suite. Pendant qu'Abendroth sciait l'autre pied, Zoya ne cessait de hurler. Je me disais : ça y est, je vais devenir folle, jamais je ne retrouverai la raison après avoir vu une chose pareille – c'est trop affreux, décidément c'est trop affreux... Lorsqu'il s'est redressé, son uniforme était couvert de sang. Il en avait sur les mains, sur le visage... Il s'est alors tourné vers nous, en faisant une petite courbette. Tu te rappelles ? Comme s'il nous avait offert un spectacle... Et il nous a dit : « Voilà ce qui arrive aux petites filles qui tentent de s'échapper. » Sur ce, les Allemands ont quitté la pièce, en nous laissant la fumée de leurs cigarettes et les gémissements de Zoya, qui se tordait comme un ver sur le sol. Nous avons essayé d'envelopper ses jambes et de juguler le sang qui coulait, mais il y en avait beaucoup trop.

Lorsque Lara cessa de parler, le silence était palpable à l'intérieur de la maison. Nina sanglotait doucement, en se frottant le nez du dos de la main. Un nœud de bois éclata dans l'âtre, projetant une gerbe d'étincelles hors de la cheminée. Les branches des mélèzes balayaient les bardeaux du toit. Des bombes tombaient au loin, plus à l'ouest, mais davantage que le bruit de leur explosion on percevait surtout leurs vibrations – dans le léger tremblement des vitres ou la surface de l'eau imperceptiblement agitée au fond d'un verre.

— Ils viennent à minuit ? demanda enfin Kolya.

— La plupart du temps.

À en croire l'horloge dans son coffre de faïence, nous avions six heures devant nous. Mon corps était moulu, d'avoir marché toute la journée dans la neige, mais je savais que je ne parviendrais pas à trouver le sommeil après avoir entendu l'histoire de Zoya et en sachant que des officiers des Einsatzgruppen étaient sur le point de débarquer.

— Demain matin, dit Kolya à Lara et Nina, vous irez toutes les quatre vous réfugier à Piter. Je vous donnerai une adresse où vous serez en sécurité.

— Nous sommes plus en sécurité ici qu'en ville.

— Pas après ce qui va se passer ce soir.

15.

Lara nous conduisit dans une petite chambre, à l'arrière de la maison, où l'on faisait sans doute dormir les valets du temps des tsars. Elle s'était munie d'un chandelier en cuivre où brûlaient deux bougies, qu'elle déposa sur un petit scriban. Les parois en planches de sapin étaient nues, les matelas étalés sur les couchettes en bois des lits superposés n'avaient pas de couvertures et je faillis trébucher sur les lattes gondolées du plancher, mais il régnait dans la pièce une chaleur suffisante. À travers les fenêtres étroites, on distinguait les contours d'une cabane à outils éclairée par le clair de lune, ainsi qu'une brouette renversée sur le flanc dans la neige.

Je m'assis sur le matelas du bas, effleurant du doigt un nom qui avait été gravé sur la paroi : ARKADIY. Combien de temps s'était-il écoulé depuis que le dénommé Arkadiy avait séjourné dans cette pièce ? Et où se trouvait-il à présent ? Était-il encore en vie, vieillard hésitant dans la nuit noire, ou ses os tombaient-ils déjà en poussière au fin fond d'un cimetière ? En tout cas, il savait se servir de son couteau... Son nom dessinait dans le bois foncé un délicat filigrane, avec ses lettres penchées et enjolivées avec soin, soulignées par une puissante entaille.

Lara et Kolya convinrent d'un signal codé : la jeune fille frapperait un pot en cuivre avec une cuillère en bois et le nombre de coups correspondrait à celui des Allemands qui se montreraient ce soir-là. Après son départ, Kolya sortit son revolver et entreprit de le démonter, disposant avec soin chacun des éléments sur le petit scriban. Après avoir vérifié qu'ils n'avaient subi aucun dommage, il les astiqua avec la manche de sa chemise et remonta l'arme.

— Tu as déjà abattu quelqu'un ? lui demandai-je.

— Pas à ma connaissance.

— Que veux-tu dire ?

— Je me suis servi de mon fusil des centaines de fois, il n'est donc pas impossible que l'une de mes balles ait fini par toucher quelqu'un. Mais si tel a été le cas, je ne l'ai jamais su. (Il remit d'un coup sec le chargeur dans la crosse de l'automatique.) Au moins, quand j'aurai abattu Abendroth, les choses seront claires.

— Peut-être ferions-nous mieux de nous éclipser maintenant.

— C'est toi qui as insisté pour venir ici.

— Nous avions besoin de nous reposer. Et de nous restaurer. Je me sens beaucoup mieux à présent.

Kolya se tourna et me regarda. J'étais assis sur la couchette, les mains glissées sous mes jambes, mon manteau étalé derrière moi.

— Ils seront peut-être sept ou huit tout à l'heure, repris-je. Et nous n'avons qu'un revolver.

— Et un couteau.

— Je ne peux pas m'empêcher de penser à Zoya.

— Excellent, dit-il. Et surtout, souviens-toi d'elle lorsque tu planteras ton couteau dans le ventre de ton adversaire.

Il jeta son manteau sur la couchette supérieure. Puis il l'escalada et s'assit en tailleur, son revolver à côté de lui. Il sortit ensuite son journal de la poche de son manteau. Le bout de crayon dont il se servait n'était guère plus gros qu'une rognure d'ongle à présent, mais cela ne l'empêcha de se mettre à écrire, à la même vitesse qu'auparavant.

— Je ne crois pas que j'y arriverai, dis-je au bout d'un long silence. Je ne crois pas être capable de planter ce couteau dans le ventre de quiconque.

— Dans ce cas, dit Kolya, il faudra que je les abatte moi-même, les uns après les autres. Cela fait combien de temps maintenant... onze jours que je n'ai pas chié ? Quel est le record, à ton avis ?

— Probablement beaucoup plus long, dis-je.

— Je me demande de quoi ça aura l'air, quand ça daignera enfin sortir.

— Kolya... Pourquoi ne partons-nous pas maintenant, en emmenant les filles ? Il est parfaitement possible de regagner la ville. Ce n'est pas la nourriture qui manque ici, nous emporterons ce qu'il nous faut. Nous nous sommes réchauffés et avec de bonnes couvertures...

— Écoute... Je sais que tu as peur. Et tu es loin d'avoir tort. Seul un crétin resterait calmement assis dans cette maison en sachant que les Einsatzgruppen sont sur le point de débarquer. Mais voici enfin l'occasion que tu attendais. Les Fritz rêvent de mettre notre ville à feu et à sang et de nous faire mourir de faim. Mais nous sommes semblables à deux briques, comme il y en a tant à Piter. Et l'on n'enflamme pas une brique. Pas plus qu'on ne l'affame.

Je regardai la cire des bougies couler le long du chandelier et les ombres de leurs flammes danser en travers du plafond.

— Où es-tu allé chercher ça ? demandai-je finalement.

— Quoi donc ? L'histoire des briques ? C'est mon lieutenant qui me l'a racontée. Pourquoi ? Elle ne te plaît pas ?

— Je t'avais pourtant suivi jusque-là.

— J'aime bien cette formule : « On n'enflamme pas une brique, pas plus qu'on ne l'affame. » Il y a un certain rythme là-dedans.

— Il s'agissait du même lieutenant ? Celui qui a sauté sur une mine ?

— Oui. Le pauvre... Bon, oublions les briques. Je te promets, mon petit lion, que nous n'allons pas finir nos jours dans cette maison. Nous allons au contraire abattre quelques nazis, après quoi nous trouverons enfin ces œufs. J'ai du sang gitan dans les veines, crois-moi : je lis dans l'avenir.

— Tu n'as pas une seule goutte de sang gitan !

— Et j'insisterai pour que le colonel nous invite au mariage de sa fille.

— Ah, ah... Tu es amoureux d'elle.

— Et comment ! Je crois même que j'en pince sérieusement pour cette fille. Il y a de fortes chances pour que ce soit une petite écervelée, mais je l'aime et je l'épouserai, un point c'est tout. Elle n'aura même pas son mot à dire. Je ne lui demanderai pas de faire la cuisine ni de porter mes enfants. Tout ce que je veux, c'est la regarder patiner nue sur la Neva. Qu'elle se déhanche un peu, pour me mettre l'eau à la bouche.

Durant quelques instants, il m'avait fait oublier ma peur, mais elle ne m'abandonnait jamais bien longtemps : je ne me souviens pas d'une époque où elle m'ait vraiment quitté. Elle m'était pourtant revenue ce soir-là avec une intensité particulière. Il faut dire que les hypothèses inquiétantes ne manquaient pas. Il y avait d'abord le risque de se couvrir de honte, une fois encore, en me comportant comme un lâche pendant que Kolya affrontait les Allemands – sauf que cette fois-ci, j'avais la certitude qu'il y laisserait sa peau. Il y avait également la peur de souffrir, de subir le même genre de torture que Zoya et de sentir les dents de la scie s'enfoncer dans ma chair, mes muscles et mes os. Et il y avait enfin

– ô félicité suprême ! – la possibilité que je meure moi aussi. Je n'ai jamais compris les gens qui prétendent que leur plus grande hantise, c'est de s'exprimer en public ou de se retrouver nez à nez avec une colonie d'araignées – enfin, ce genre d'infimes frayeurs intimes. Comment peut-on redouter quelque chose davantage que la mort ? Pour le reste, les échappatoires ne manquent pas. Si l'on est paralysé, on peut toujours lire Dickens… Et même s'il tombe dans les griffes de la folie, un individu peut avoir par éclairs la vision d'une beauté inouïe, insensée.

J'entendis craquer les montants du lit et je relevai les yeux : Kolya s'était penché par-dessus sa couchette et me regardait, la tête à l'envers, ses cheveux blonds et crasseux flottant dans le vide au-dessus de moi. On aurait dit qu'il s'inquiétait à mon sujet, ce qui me remua étrangement. Le dernier être humain à connaître la peur qui m'habitait, à savoir que j'étais en vie et que je risquais de mourir cette nuit était ce déserteur fanfaron que j'avais rencontré trois jours plus tôt, ce parfait étranger, ce fils de Cosaques – mon dernier ami…

— Tiens, dit-il en me lançant un jeu de cartes, cela te remontera le moral.

Les cartes avaient l'air tout à fait normales, jusqu'à ce que je les aie retournées : sur chacune figurait une photo de femme différente. Certaines étaient entièrement nues, d'autres arboraient des portes-jarretières et des corsets de dentelle, soulevant entre leurs mains leurs poitrines opulentes et souriant à l'objectif, les lèvres offertes.

— Je croyais que je devais te battre aux échecs pour y avoir droit…

— Laisse tomber, me dit Kolya. Mais ne les écorne pas. Elles viennent directement de Marseille.

Il m'observait tandis que j'examinais ce défilé de nudités, souriant lorsque je m'attardais sur certains modèles.

— Que penses-tu des filles qui sont ici ? reprit-il. De vraies beautés, tu ne trouves pas ? Nous serons des héros à leurs yeux tout à l'heure, est-ce que tu t'en rends compte ? Elles vont toutes nous tomber dans les bras. Laquelle choisis-tu ?

— Tout à l'heure, répondis-je, nous serons aussi morts l'un que l'autre.

— Vraiment, mon cher, il est temps que tu cesses de tenir de tels propos.

— Je crois que je préfère celle qui a des bras potelés.

— Galina ? D'accord. Elle a beau avoir un regard de veau, je comprends ton choix.

Il se tut un moment, pendant que je contemplais la photo d'une femme nue jusqu'à la ceinture qui faisait claquer un fouet, dans un pantalon d'équitation.

— Écoute, Lev... Lorsque nous en aurons fini tout à l'heure, promets-moi d'aller parler à ce petit veau. Ne te défile pas, en bon garçon timide que tu es. Je parle sérieusement... Tu lui plais. J'ai vu qu'elle te regardait.

C'était une pure affabulation. Galina ne m'avait pas prêté la moindre attention : elle n'avait pas quitté Kolya des yeux, comme les autres filles – et il le savait fort bien.

— Que devient ta fameuse théorie de l'indifférence calculée dans tout ça ? rétorquai-je. Tu me disais que d'après *Le Chien dans la cour*, le secret pour triompher d'une femme...

— Il y a tout un monde entre ignorer une femme et la séduire. On séduit une femme en affichant un certain mystère. Elle a beau avoir envie qu'on lui coure après, on ne se jette pas sur elle, on fait des circonvolutions. Idem avec le sexe. Les amateurs s'empressent de baisser leur pantalon et de brandir leur engin, comme s'il s'agissait de harponner un poisson. Mais l'homme de talent sait que tout repose sur un savant dosage d'approches et de retraits, d'attente et d'excitation.

— Celle-ci est mignonne, dis-je en brandissant une carte qui montrait une femme entièrement nue en position de toréador, agitant une cape rouge.

— C'est ma préférée, dit Kolya. À ton âge, j'aurais rempli vingt chaussettes de foutre en la regardant.

— La revue des Jeunes Pionniers prétend que la masturbation est contraire à l'esprit révolutionnaire.

— Sans l'ombre d'un doute. Mais comme l'a dit Proudhon...

Je ne devais jamais connaître l'opinion de Proudhon à ce sujet. Le tintement à deux reprises d'une cuillère contre un pot en cuivre venait d'interrompre Kolya. Nous nous assîmes aussitôt sur nos couchettes respectives.

— Ils sont venus tôt, murmura-t-il.

— Mais ils ne sont que deux.

— Ils n'ont pas choisi la bonne nuit pour débarquer en petit comité.

À peine avait-il prononcé ces mots que la cuillère heurta à nouveau le pot en cuivre – à une, deux, trois et quatre reprises.

— Ils sont six, chuchotai-je.

Kolya balança ses jambes par-dessus la couchette et atterrit sans bruit sur le plancher, son revolver à la main. Il souffla les bougies et alla jeter un coup d'œil par la fenêtre, mais nous nous trouvions du mauvais côté du bâtiment et il n'y avait rien à voir. Nous perçûmes un bruit de portières qu'on claquait d'un coup sec.

— Voici ce que nous allons faire, me dit-il à voix basse et d'un air très calme. Nous allons attendre ici un moment et les laisser se détendre, se réchauffer, boire quelques verres. Ils vont se délester de leurs vêtements, avec un peu de chance, et n'auront pas leurs armes sous la main. N'oublie pas qu'ils ne sont pas venus ici pour se battre, mais pour prendre du bon temps avec les filles. Tu saisis ? C'est nous qui aurons l'avantage.

J'acquiesçai. En dépit de ce qu'il venait de dire, je trouvais que le rapport de force ne jouait pas vraiment en notre faveur. Les Allemands étaient six et nous étions deux. Les filles essaieraient-elles de nous aider ? Elles n'avaient pas levé le petit doigt pour Zoya – mais qu'auraient-elles pu faire ce jour-là ? Six Allemands... et huit balles dans le Tokarev. Il fallait espérer que Kolya soit un tireur hors pair. La peur innervait tout mon corps, comme un courant électrique, contractant mes muscles et me desséchant la gorge. Je me sentais plus éveillé que je ne l'avais jamais été – comme si cet instant précis, dans cette ferme aux abords de Berezovka, était le premier moment de vérité de ma vie et que tout ce qui l'avait précédé ne constituait qu'un long et capricieux sommeil. Mes sens paraissaient aiguisés, amplifiés, et réagissaient à cette situation de crise en me fournissant toutes les informations nécessaires. Je percevais le crissement des bottes ennemies sur la neige. Je sentais l'odeur des aiguilles de pin qui brûlaient dans la cheminée – vieille recette destinée à parfumer les maisons.

Les premiers coups de feu nous prirent de court. Nous nous figeâmes dans l'obscurité, en essayant de comprendre ce qui se passait. Au bout de quelques secondes la fusillade recommença, comme en écho à la première. Nous entendîmes les Allemands crier entre eux, visiblement paniqués, leurs voix s'entrecoupant les unes les autres.

Kolya se précipita vers la porte. Je voulais lui dire d'attendre, lui rappeler que nous avions un plan et que nous avions décidé de patienter ici pour l'instant, mais je ne voulais pas rester seul dans cette chambre pendant que les tirs crépitaient à l'extérieur et que les Allemands hurlaient comme des beaux diables, dans leur hideux jargon.

Nous courûmes jusqu'à la pièce principale et nous jetâmes au sol sitôt entrés, tandis qu'une balle faisait voler en éclats les carreaux d'une fenêtre. Les quatre filles étaient déjà allongées à plat ventre, les bras repliés sur le visage pour se protéger contre les projections de verre brisé.

Cela faisait six mois que je vivais dans un pays en guerre mais je n'avais jamais été confronté d'aussi près à une fusillade. De surcroît, je n'avais pas la moindre idée de l'identité des assaillants. J'entendais le crépitement étouffé des mitraillettes, juste devant la maison. Les tirs de fusil, quant à eux, semblaient provenir de plus loin, peut-être de la lisière des bois. Les balles venaient s'écraser contre les murs en pierre de la ferme.

Kolya rampa jusque vers Lara et l'empoigna par l'épaule.

— Qui leur tire dessus ? demanda-t-il.

— Je n'en sais rien.

Nous entendîmes une voiture démarrer à l'extérieur. Les portières claquèrent et le véhicule accéléra, tandis que ses pneus crissaient dans la neige. La fusillade s'amplifiait à présent et les rafales se succédaient sans répit, de plus en plus rapides. Les balles crépitaient sur du métal à présent, ce qui produisait un bruit fort différent.

Kolya se redressa légèrement et se dirigea plié en deux vers la porte d'entrée, en ayant soin que sa tête ne dépasse pas le bord inférieur de la fenêtre. Je le suivis et nous nous agenouillâmes, adossés à la porte d'entrée. Kolya s'assura une dernière fois que son revolver était en état de marche, tandis que je sortais mon couteau de son étui fixé à ma cheville. Je devais avoir l'air aussi ridicule qu'un enfant brandissant le rasoir de son père... Kolya m'adressa un sourire et je crus un instant qu'il allait éclater de rire. Tout cela est étrange, me dis-je : je me retrouve au beau milieu d'une bataille et j'ai conscience de mes propres pensées, je me demande si je n'ai pas l'air stupide avec mon couteau alors que les autres sont armés de fusils et de mitraillettes. J'ai même conscience d'en avoir conscience... Même dans un instant pareil, alors que les balles sifflent de tous les côtés comme des frelons en colère, je n'arrive pas à échapper à mon monologue intérieur, au ressassement de mon cerveau.

Kolya referma la main sur la poignée de la porte et la tourna lentement.

— Attends, dis-je.

Nous restâmes quelques instants figés comme des statues.

— Ça s'est calmé, repris-je.

La fusillade avait brusquement pris fin. Le moteur de la voiture tournait toujours, mais ses roues s'étaient immobilisées. Les voix des Allemands avaient été réduites au silence, aussi abruptement que leurs tirs. Kolya me regarda et entrouvrit très lentement la porte, juste assez pour jeter un coup d'œil à travers l'interstice. La lune était haute et brillait dans le ciel, éclairant le décor sanglant : les membres des Einsatzkommandos gisaient dans leurs anoraks blancs, le visage enfoui dans la neige. Un Kübelwagen roulait encore très doucement le long de l'allée qui n'avait pas été déblayée : ses vitres avaient volé en éclats et une fumée noire s'élevait du capot. Le soldat mort sur le siège du passager se penchait par la fenêtre de la portière, les doigts encore crispés sur sa mitraillette. Un autre Kübel, négligemment garé devant la ferme, n'avait même pas eu le temps de repartir : deux Allemands gisaient au sol, entre le véhicule et la maison ; le liquide noirâtre qui s'écoulait de leurs têtes imbibait la neige environnante. J'avais à peine eu le temps de remarquer l'incroyable adresse du tireur qui les avait abattus qu'une balle vint se loger dans l'étroit interstice qui séparait mon visage de celui de Kolya, vibrant dans l'air comme une corde pincée.

Nous battîmes l'un et l'autre en retraite et Kolya repoussa la porte de l'extrémité de sa botte. Il mit ensuite ses mains en porte-voix et cria, en direction de la fenêtre brisée située près de l'entrée :

— Eh, là dehors ! Nous sommes russes !

Le silence plana pendant quelques secondes, puis une voix lointaine répondit :

— J'ai plutôt l'impression que tu es un enfoiré de Fritz !

Kolya se mit à rire, me martelant l'épaule du poing tellement il était heureux.

— Je m'appelle Nikolai Alexandrovich Vlasov ! lança-t-il. J'habite sur la perspective Engels.

— Quel nom original ! N'importe quel nazi ayant quelques notions de russe pourrait en produire un pareil.

— Et il y a une perspective Engels dans toutes les communes de ce pays ! ajouta une autre voix au loin.

Toujours hilare, Kolya agrippa mon manteau et se mit à me secouer, sous l'effet d'une brusque poussée d'adrénaline : il était vivant, soulagé, radieux, et il avait besoin de décharger son énergie. Il s'approcha en rampant de la fenêtre brisée, contournant les débris de verre qui jonchaient le sol.

— Le con de ta mère a une forme tubulaire un peu particulière, lança-t-il. Cela ne m'empêche pas de tolérer ses effluves ni de lécher avec enthousiasme ses replis les plus profonds, chaque fois qu'elle me le demande !

Un très long silence succéda à cette déclaration, mais Kolya ne paraissait pas s'en soucier. Il était ravi de sa plaisanterie et m'adressa un clin d'œil complice, comme un vétéran de la guerre de Turquie échangeant des insultes dans un hammam avec ses copains de régiment.

— Alors ? ajouta-t-il. Vous croyez qu'un ennemi ayant de vagues notions de russe pourrait vous sortir un truc pareil ?

— À la mère duquel d'entre nous faisais-tu allusion ? dit la voix qui semblait s'être rapprochée à présent.

— Pas de celui qui tire si bien. Il y a un as de la gâchette parmi vous !

— Tu as une arme sur toi ? demanda la voix à l'extérieur.

— Un revolver, dit Kolya. Un Tokarev.

— Et le petit bonhomme qui est avec toi ?

— Il a seulement un couteau.

— Vous allez sortir tous les deux en levant les mains bien haut au-dessus de vos têtes. Sinon mon ami se fera une joie de dégommer vos petites couilles.

Lara et Nina avaient rampé jusqu'au vestibule pendant que cette conversation avait lieu. Leurs chemises de nuit étaient constellées de petits éclats de verre, provenant des vitres brisées.

— Ils les ont tués ? murmura Nina.

— Oui, répondis-je. Tous les six.

Je croyais que cette nouvelle ferait plaisir aux filles, mais elles échangèrent aussitôt des regards préoccupés. La vie qu'elles avaient menée ces derniers mois venait de prendre fin. Elles allaient devoir repartir sans savoir où elles passeraient la nuit, ni comment elles se procureraient leur prochain repas. Des millions de Russes se trouvaient dans le même cas, mais la situation était sans doute pire pour ces filles. Si jamais les Allemands les capturaient à nouveau, leur sort ne vaudrait pas mieux que celui de Zoya.

Tandis que Kolya s'apprêtait à ouvrir la porte, Lara posa la main sur sa jambe, pour lui faire signe d'attendre encore un instant.

— Ne faites pas ça, dit-elle. Ils n'auront pas confiance en vous.

— Pourquoi ne me feraient-ils pas confiance ? dit Kolya. Je suis un soldat de l'Armée rouge.

— Oui, mais ce n'est pas leur cas. Il n'y a pas un seul bataillon de l'Armée rouge à trente kilomètres à la ronde. Ils vous prendront pour un déserteur.

Kolya sourit et prit la main de Lara dans la sienne.

— Est-ce que j'ai l'air d'un déserteur ? lui demanda-t-il. Et ne vous inquiétez pas : j'ai des documents officiels.

Les documents officiels n'impressionnaient visiblement pas Lara. Tandis que Kolya saisissait une nouvelle fois la poignée de la porte, elle s'approcha en rampant de la fenêtre brisée.

— Merci d'être venus nous sauver, camarades ! s'écria-t-elle. Les deux hommes qui sont ici sont nos amis ! Ne les abattez pas, je vous en supplie !

— Vous croyez que j'aurais manqué la grosse tête du blondinet, si j'avais voulu l'atteindre ? Dites à ce bouffon de sortir !

Kolya ouvrit la porte et s'avança à l'extérieur, les bras dressés au-dessus de sa tête. Il fit quelques pas dans la neige, mais les assaillants étaient toujours hors de vue.

— Dites au petit de sortir, lui aussi.

Lara et Nina semblaient se faire du souci pour moi, mais la seconde opina du menton et ajouta pour m'encourager que tout allait bien se passer. Une soudaine bouffée de colère m'envahit à son endroit : pourquoi ne sortait-elle pas, elle aussi ? Et pourquoi ces filles occupaient-elles les lieux, pour commencer ? Si la ferme avait été vide, nous aurions pu y passer la nuit, Kolya et moi, et repartir au matin, les vêtements secs et le corps reposé. Cette pensée ne m'effleura qu'un instant, mais son absurdité déclencha aussitôt en moi un vague sentiment de culpabilité.

Nina m'étreignit la main, en m'adressant un sourire. Elle était de très loin la plus jolie jeune fille à m'avoir jamais souri. Je m'imaginais en train de décrire la scène à Oleg Antokolski : la menotte blanche de Nina saisissait la mienne, tandis que ses cils pâles papillotaient et que son regard trahissait l'inquiétude qu'elle nourrissait à mon égard. À mesure que la scène se déroulait, je construisais le récit que je comptais faire à mon ami, oubliant pour l'instant qu'Oleg n'entendrait probablement jamais cette histoire, étant donné qu'il gisait à l'heure actuelle – selon toute vraisemblance – sous les montagnes de gravats de la rue Voinova.

Je voulus retourner son sourire à Nina, échouai piteusement dans cette entreprise et franchis la porte, les mains levées en l'air. Depuis que la guerre avait commencé, j'avais lu des centaines d'articles relatant les hauts faits des héros de la nation. Tous refusaient d'admettre qu'ils s'étaient comportés en héros : ils n'étaient que d'honnêtes citoyens, fidèles à la mère patrie et prêts à la protéger contre les agresseurs fascistes. Lorsqu'on leur demandait pourquoi ils avaient attaqué ce nid de mitrailleuses ou escaladé ce tank pour balancer une grenade à l'intérieur, ils répondaient invariablement qu'ils ne s'étaient pas posé la question, qu'ils avaient simplement agi comme n'importe quel autre Russe aimant sa patrie l'aurait fait à leur place.

Les héros et les gens qui s'endorment sans problème étaient donc capables de mettre leurs pensées de côté, lorsque cela s'avérait nécessaire. Les lâches et les insomniaques en revanche – c'est-à-dire les individus de mon espèce – ne pouvaient interrompre le babil incessant dont leur cerveau était le théâtre. En franchissant le seuil du bâtiment, je me disais : *Je m'avance dans la cour d'une ferme, aux environs de Berezovka, et des partisans ont braqué leurs fusils sur ma tête.*

À en juger par le large sourire qui éclairait le visage de Kolya, ce genre de pensée lui était étranger. Nous nous tenions côte à côte, sous le regard de nos invisibles inquisiteurs. Nos manteaux étaient restés à l'intérieur et nous frissonnions dans la nuit glacée : le froid pénétrait jusqu'à la moelle de mes os.

— Prouvez-nous que vous êtes des nôtres.

La voix semblait provenir de derrière l'une des balles de foin recouvertes de neige. Tandis que mon regard s'accoutumait à l'obscurité, j'aperçus la silhouette d'un homme agenouillé dans l'ombre, un fusil à l'épaule pointé dans notre direction.

— L'un de vous deux va aller tirer une balle dans la tête de chacun des Allemands, reprit la voix.

— Ça ne prouvera pas grand-chose, dit Kolya. Ils sont déjà morts.

Le talent qu'avait ce type pour aggraver une situation déjà délicate ne laissait décidément pas de me surprendre. Peut-être un héros est-il tout simplement un être qui n'a pas conscience de sa vulnérabilité. Mais peut-on encore parler de courage, dans le cas de quelqu'un qui est trop écervelé pour concevoir qu'il est mortel ?

— Si nous sommes encore en vie, répondit le partisan dans l'ombre, c'est parce que nous achevons nos ennemis même quand nous pensons qu'ils sont morts.

Kolya opina du menton et se dirigea vers le Kübel, qui avait fini par s'immobiliser, les pneus enfoncés dans un mètre de neige.

— Nous te regardons, dit le partisan. Une balle chacun...

Kolya logea une balle dans la tête du chauffeur, puis du passager. Un éclair jaillit à chaque fois du canon de son arme, trouant la nuit comme le flash d'un photographe. Puis il fit demi-tour et marcha dans la neige, s'arrêtant pour tirer sur les Allemands dont les corps gisaient dans des postures grotesques.

Arrivé devant le dernier des six hommes, il s'apprêtait à appuyer sur la gâchette, le canon de son revolver pointé sur le crâne de l'Einsatzkommando, lorsqu'il perçut quelque chose. Il s'agenouilla et tendit l'oreille pendant quelques instants, avant de se relever et de lancer :

— Celui-ci est toujours en vie.

— Raison de plus pour l'abattre, rétorqua le partisan.

— Peut-être pourrait-il nous fournir de précieux renseignements.

— Semble-t-il en état de parler ?

Kolya retourna l'Allemand sur le dos. L'homme poussa un léger grognement. Des bulles d'écume rose se formaient déjà entre ses lèvres.

— Non, dit Kolya.

— C'est parce que nous l'avons touché aux poumons, dit le partisan. Fais-lui donc une fleur et achève-le.

Kolya s'immobilisa, pointa son revolver et tira une balle dans le front de l'officier mourant.

— Rengaine ton arme.

Kolya fit ce qu'on lui demandait et les partisans sortirent alors de leurs cachettes : certains quittèrent l'abri des balles de foin, d'autres franchirent la murette de pierre qui délimitait l'enclos de la ferme ou émergèrent de la lisière des bois pour traverser les prés enneigés. Ils étaient une douzaine, protégés par de longs manteaux, leurs fusils à la main. Les volutes de leurs souffles s'élevaient au-dessus de leurs têtes tandis qu'ils s'approchaient du bâtiment.

La plupart d'entre eux semblaient être des paysans. Leurs casquettes bordées de fourrure leur descendaient au ras des yeux et l'expression de leurs larges visages n'avait rien d'amical. Ils ne portaient pas d'uniformes à proprement parler. Certains arboraient des bottes en cuir de l'Armée rouge, d'autres des chausses en feutre gris. La couleur de leurs manteaux allait du marron au gris. L'un d'eux avait même revêtu une combinaison blanche qui ressemblait à celles des troupes à ski finlandaises. En tête de leur bande marchait celui qui devait être leur chef : une barbe d'une semaine lui mangeait les joues et il portait en bandoulière un vieux fusil de chasse. Nous apprîmes un peu plus tard cette nuit-là qu'il s'appelait Korsakov. Quant à son prénom – et son éventuel surnom – nous ne devions jamais les connaître. Selon toute vraisemblance, Korsakov ne devait d'ailleurs pas être son véritable patronyme : il était de notoriété publique que les partisans faisaient preuve d'une certaine paranoïa, concernant leur identité – non sans raison, du reste. À titre de représailles, les Einsatzkommandos avaient l'habitude d'exécuter publiquement les familles des résistants qu'ils avaient identifiés.

Korsakov et deux de ses camarades s'approchèrent de nous, tandis que les autres allaient fouiller les cadavres des Allemands, les dépouillant de leurs armes de poing et de leurs munitions, ainsi que des lettres, des montres et des flasques d'alcool qui se trouvaient sur eux. L'homme en combinaison de ski s'agenouilla auprès de l'un des corps et essaya de retirer l'alliance en or que le mort portait à l'annulaire. Comme elle ne cédait pas, le partisan porta le doigt à sa bouche. Il s'aperçut soudain que je le regardais et me fit un clin d'œil, retira de sa bouche l'annulaire enduit de salive et réussit enfin à libérer l'alliance.

— Ne vous occupez pas d'eux, lança Korsakov en voyant que j'observais la scène. Occupez-vous de moi. Que faites-vous par ici tous les deux ?

— Ils sont venus organiser la résistance, dit Nina.

Lara et elle étaient sorties de la maison. Elles se tenaient pieds nus, les bras croisés sur la poitrine et les cheveux agités par le vent.

— Est-ce exact ? demanda Korsakov. Avons-nous l'air inorganisés ?

— Ils sont de notre côté, reprit Nina. Ils avaient l'intention d'abattre les Allemands, si vous n'étiez pas arrivés.

— Vraiment ? dit Korsakov. C'est bien aimable de leur part.

Il se tourna et demanda aux partisans qui fouillaient les deux cadavres restés dans le véhicule :

— Qu'avons-nous, de ce côté ?

— Du menu fretin, lança un partisan barbu en brandissant l'insigne qu'il venait d'arracher au col de l'officier. Des Leutnants et des Oberleutnants.

Korsakov haussa les épaules et son regard revint sur Nina, s'attardant sur ses mollets blancs et la courbe de ses hanches, visibles sous sa chemise de nuit.

— Rentre, lui dit-il, et va te rhabiller. Les Allemands sont morts, tu n'as plus besoin de faire la putain.

— Ne m'appelez pas ainsi.

— Je t'appellerai comme j'en ai envie. Allez, file te rhabiller.

Lara prit Nina par la main et la ramena jusqu'à la ferme. Kolya les suivit des yeux, avant de se tourner vers le chef des partisans.

— Vous n'êtes pas très courtois, camarade.

— Je ne suis pas ton camarade. Tu portes un uniforme de l'armée, mais tu n'es pas avec ton régiment. Dois-je en déduire que tu es un déserteur ?

— Nous sommes ici sur ordre, dit Kolya. J'ai un document officiel dans mon manteau, à l'intérieur de la maison.

— Tous les collaborateurs que je rencontre ont des documents officiels...

— J'ai une lettre du colonel Gretchko, du NKVD, nous autorisant à nous rendre ici.

Korsakov se fendit d'un sourire et se tourna vers ses hommes.

— L'autorité du colonel Gretchko s'étend donc jusqu'ici ? Les policiers de Leningrad sont décidément impayables, ils ne ratent jamais une occasion de nous donner des ordres.

L'un des deux hommes qui l'accompagnaient, un montagnard aux yeux bigleux, se mit à rire bruyamment, révélant une rangée de dents abîmées. Mais celui qui était à ses côtés avait gardé tout son sérieux. Il portait une tenue de camouflage dont les motifs imitaient la forme et la couleur des feuilles mortes. Son regard perçant apparaissait sous le bord de sa casquette en peau de lapin. Il était encore plus petit que moi et visiblement très jeune, car ses joues toutes roses étaient parfaitement glabres. Ses traits étaient fins, ses os bien dessinés et ses lèvres charnues esquissèrent un sourire narquois, lorsqu'il s'aperçut que je le dévisageais.

— Quelque chose t'intrigue ? me lança-t-il.

Je me rendis brusquement compte que ce n'était pas une voix d'homme.

— C'est une fille ! s'exclama Kolya en la regardant d'un air ahuri.

J'avais l'impression que nous étions ridicules, lui et moi.

— Ne soyez donc pas aussi choqués, dit Korsakov. Cette fille est notre tireur d'élite. C'est elle qui a abattu tous les Allemands qui gisent devant vous.

Kolya émit un long sifflement, tandis que son regard allait de la jeune fille aux cadavres des soldats, avant de se porter sur la lisière des bois qui bordaient la propriété.

— De là-bas ? demanda-t-il. Cela représente quoi… quatre cents mètres ? Avec des cibles qui bougeaient ?

La fille haussa les épaules.

—Il n'y avait pas besoin de viser bien longtemps, tellement ils pataugeaient dans la neige, dit-elle.

— Vika veut battre le record de Ludmilla Pavlichenko, dit l'homme à la mauvaise dentition. Elle veut devenir la championne en titre de tir à la carabine.

— À combien de victimes en est Ludmilla ? demanda Kolya.

— Deux cents, à en croire *L'Étoile rouge*, répondit Vika en levant les yeux au ciel. Mais il suffit qu'elle se mouche pour que l'armée lui attribue une victime supplémentaire.

— C'est un fusil allemand, que vous avez là ?

— Un K-98, dit-elle en assenant une petite tape sur le canon. Le meilleur fusil du monde.

Kolya me donna un coup de coude et me chuchota :

— Je crois que je bande un peu.

— Que se passe-t-il ? intervint Korsakov.

— Je disais que ma queue allait finir par geler si cette conversation en plein air se prolongeait davantage. Excusez mon langage, ajouta-t-il à l'intention de Vika en faisant une petite courbette, avant de se retourner vers Korsakov. Si vous voulez examiner mes papiers, rentrons. Si vous préférez abattre vos compatriotes au beau milieu de la campagne enneigée, allez-y. Mais décidez-vous, parce que je ne tiendrai plus très longtemps dans ce froid.

De toute évidence, le chef des partisans aurait préféré abattre Kolya que d'aller regarder ses papiers. Mais tuer un soldat de l'Armée rouge n'était pas une mince affaire, surtout devant un si grand nombre de témoins. D'un autre côté, il ne voulait pas abandonner aussi aisément la partie et perdre ainsi la face en présence de ses hommes. Aussi Kolya et lui se dévisagèrent-ils droit dans les yeux pendant une bonne dizaine de secondes, tandis que je me mordais les lèvres pour empêcher mes dents de claquer.

Ce fut Vika qui mit un terme à ce duel.

— Ces deux types sont en train de tomber amoureux, dit-elle. Regardez-les donc ! Ils n'arrivent pas à se décider : vont-ils en venir aux mains ou se sauter dessus et rouler tout nus dans la neige ?

Les autres partisans éclatèrent de rire et Vika se dirigea vers la ferme, en ignorant le regard noir que lui lançait Korsakov.

— J'ai faim, dit-elle. Les filles qui vivent ici ont l'air d'avoir mangé des côtelettes de porc pendant tout l'hiver.

Les hommes la suivirent en portant leur butin, impatients eux aussi d'aller se réchauffer à l'intérieur. Je regardai Vika qui tapait des pieds devant la porte pour ôter la neige collée à ses semelles. Je me demandai à quoi pouvait bien ressembler le corps qu'elle cachait sous ce camouflage hivernal et plusieurs épaisseurs de laine.

— Elle est à vous ? demanda Kolya à Korsakov, une fois que Vika eut pénétré dans la ferme.

— Tu veux rire ? Cette fille est un vrai garçon manqué.

— Parfait, dit Kolya en me lançant une bourrade. Parce que je crois bien qu'elle a tapé dans l'œil de mon copain.

Korsakov se tourna vers moi et se mit à rire. Je détestais d'ordinaire que les gens se moquent de moi, mais je fus enchanté de le voir prendre les choses ainsi, en la circonstance. Cela signifiait qu'il avait décidé de nous laisser la vie sauve.

— Bonne chance à toi, mon garçon, dit-il. Mais rappelle-toi : elle est capable de te loger une balle entre les deux yeux à cinq cents mètres de distance.

16.

Korsakov avait accordé une heure de répit à ses hommes, afin qu'ils puissent se nourrir et se réchauffer. Ils s'étaient donc installés à leur aise dans la pièce principale, après avoir étalé leurs manteaux sur le sol et mis leurs chaussettes à sécher devant la cheminée. Vika s'était allongée sur un canapé en crin, sous la tête de bouquetin empaillé : elle avait croisé les genoux et jouait avec sa casquette en peau de lapin, posée sur sa poitrine. Ses cheveux d'un roux foncé étaient coupés aussi courts que ceux d'un garçon et se dressaient en touffes hirsutes, d'une propreté douteuse. Elle fixait les yeux du bouquetin, visiblement fascinée. Elle devait se représenter la mort de l'animal et le geste du chasseur qui l'avait abattu : le trépas avait-il été instantané ou la bête blessée avait-elle divagué pendant des kilomètres, sans comprendre que la mort s'était déjà insinuée dans sa chair, ne lui laissant aucune chance de l'emporter ?

Assis sur le rebord de la fenêtre, je l'observais en m'assurant qu'elle ne remarquait pas mon manège. Elle s'était débarrassée de ses vêtements de dessus pour les faire sécher et ne portait plus qu'une grosse chemise en laine de bûcheron, deux fois trop grande pour elle, ainsi qu'une double paire de caleçons longs. Contrairement à la plupart des rousses, elle n'avait pas une seule tache de rousseur. Elle se mordillait la lèvre supérieure de ses petites dents pointues. Je ne parvenais pas à la quitter des yeux. Sous-alimentée et attifée comme elle l'était –

on aurait dit qu'elle venait de passer une semaine dans les bois – elle ne correspondait guère à l'idée que la plupart des hommes se font d'une pin-up, mais j'aurais donné n'importe quoi pour la voir nue. Je mourais d'envie de lui ôter sa chemise de bûcheron pour embrasser son ventre pâle, avant de faire glisser ses caleçons le long de ses cuisses maigrichonnes.

Ce genre de fantasme était une nouveauté pour moi. Le jeu de cartes pornographique de Kolya m'avait-il échauffé l'imagination ? Généralement, mes divagations restaient extrêmement chastes, pour ne pas dire anachroniques : je me représentais Vera Osipovna, fort sagement vêtue, donnant à mon intention dans la solitude de sa chambre un récital de violoncelle – à la suite duquel je la félicitais pour la qualité de son interprétation, en l'impressionnant par mon éloquence et ma maîtrise du vocabulaire musical. Cette rêverie se terminait par un long et langoureux baiser : la jambe de Vera glissait et renversait le pupitre, le rouge lui montait au visage tandis que je lui adressais un sourire énigmatique avant de la quitter, le col de traviole, et qu'elle rajustait le bouton supérieur de son chemisier défait.

Ces caprices s'interrompaient le plus souvent avant de prendre un tour sexuel, pour la bonne raison que le sexe m'effrayait. J'ignorais comment ces choses se pratiquaient – et je n'en savais même pas assez pour feindre de le savoir. Je concevais le phénomène anatomique de base, mais la géométrie de l'acte lui-même m'échappait. Et comme je n'avais ni père, ni frère aîné, ni ami suffisamment proche et possédant déjà cette expérience, il m'était impossible de me renseigner.

Mon désir pour Vika n'avait pourtant rien de chaste. Je lui aurais volontiers sauté dessus, après avoir baissé mon pantalon. Elle m'aurait alors montré comment m'y prendre : une fois accouplés, ses doigts aux ongles sales m'auraient labouré les épaules ; elle aurait rejeté la tête en arrière, révélant la longue gorge pâle où son sang venait battre ; ses lourdes paupières se seraient écarquillées, tandis que ses pupilles auraient rétréci au centre de ses yeux bleus, pas plus grosses qu'un point sur un i minuscule.

Toutes les filles qui vivaient ici – Nina et Galina, Lara et Olesya – étaient plus belles que Vika, au premier abord. Leurs longs cheveux étaient peignés avec soin, leurs mains n'étaient pas noires de boue et elles affichaient même un soupçon de rouge à lèvres. Elles allaient et venaient dans la pièce, transportant des bols de noix et de radis. Il y avait une nouvelle troupe de soldats à satisfaire – des compatriotes, certes, mais dont les réactions imprévisibles pouvaient s'avérer dangereuses. L'un d'eux, assis en tailleur près du feu, saisit le poignet potelé de Galina au moment où celle-ci se penchait pour remplir à nouveau son verre de vodka.

— Tu es allée jeter un coup d'œil dehors ? lui lança-t-il. Peut-être que ton petit ami fait partie des cadavres qui gisent dans la neige…

Auprès de lui, son copain se mit à rire : encouragé, le partisan attira Galina et l'obligea à s'asseoir sur ses genoux. La jeune fille avait l'habitude d'être traitée avec rudesse : elle ne poussa aucun cri et ne renversa pas une seule goutte de vodka.

— Qu'est-ce qu'ils vous amenaient de bon à manger ? En tout cas, ils vous nourrissaient bien : tâte-moi un peu ces joues ! ajouta-t-il en posant son doigt calleux sur sa peau douce et rose. Et que faisais-tu en échange ? Tu dansais nue devant eux pendant qu'ils chantaient *Le Vaisseau fantôme* ? Tu les suçais pendant qu'ils buvaient leur schnaps ?

— Fiche-lui la paix ! lança Vika.

Elle était toujours allongée sur le dos, à fixer la tête de bouquetin, tandis que ses pieds enveloppés dans de grosses chaussettes de laine battaient la mesure d'un air qu'elle était la seule à entendre. Sa voix ne trahissait aucune émotion : si elle était en colère, nul n'aurait su le dire. À peine avait-elle prononcé ces mots que je regrettais de ne pas être intervenu à sa place. Ç'aurait été une marque de bravoure, peut-être suicidaire, mais Galina avait été gentille avec moi et j'aurais dû prendre sa défense – non pas pour satisfaire à la noblesse de mon caractère, mais parce que cela aurait peut-être impressionné Vika. Néanmoins, à l'instant même où il aurait fallu agir, je m'étais retenu – encore une marque de lâcheté dont j'allais devoir supporter le souvenir, des années durant. Kolya, pour sa part, se serait interposé sans l'ombre d'une hésitation : mais il se trouvait pour l'instant dans la chambre du fond, attendant que Korsakov ait fini de lire la lettre de sauf-conduit du colonel.

Le partisan qui tenait toujours le poignet de Galina hésita un instant avant de répondre à Vika. Je savais qu'il avait peur. Je vivais depuis si longtemps avec cette peur inscrite en moi que je la détectais chez les autres avant qu'eux-mêmes ne s'en soient aperçus. Mais je savais aussi qu'il allait réagir, dire quelque chose pour prouver à ses camarades qu'il n'était pas intimidé, même si personne n'était dupe de la situation.

— Quel est le problème ? dit-il enfin. Tu la veux pour toi ?

C'était une piètre tentative et aucun de ses compagnons n'éclata de rire. Vika ne se donna même pas la peine de répondre et ne lui adressa pas un regard. Sa seule réaction tangible fut d'esquisser lentement un sourire, mais il était difficile de savoir si c'était pour répondre à sa plaisanterie douteuse ou au regard vitreux du bouquetin. Au bout de quelques instants, le partisan poussa un grognement et relâcha Galina, en lui donnant une petite bourrade.

— Allez, va servir les autres, ajouta-t-il. Il y a si longtemps que tu es une esclave que tu n'es vraiment bonne qu'à ça.

Si les insultes du partisan l'avaient blessée, Galina n'en laissa rien paraître. Elle alla servir des verres de vodka aux autres hommes, qui se montrèrent tous d'une grande politesse envers elle, la remerciant d'un petit hochement de tête.

Après avoir passé une bonne minute à peser le pour et le contre, je me dirigeai vers le canapé en crin et m'assis à l'une de ses extrémités, juste à côté des pieds de Vika enveloppés dans leurs chaussettes de laine grise. La barbe du bouquetin pendouillait au-dessus de ma tête : je lui accordai un rapide coup d'œil avant de reposer les yeux sur Vika. La jeune fille me dévisageait, se demandant sans doute quels grotesques propos je m'apprêtais à tenir.

— Ton père était chasseur ? lui demandai-je enfin.

C'était la question que je m'étais préparé à poser, depuis l'autre bout de la pièce. À peine l'avais-je prononcée que je me demandai comment j'avais bien pu penser qu'il s'agissait d'une bonne entrée en matière. J'avais lu jadis un article sur les tireurs d'élite, où l'on disait que Sidorenko avait appris à chasser les écureuils quand il était enfant.

— Quoi ?

— Ton père... Je me demandais si c'était auprès de lui que tu avais appris à tirer.

Je n'arrivais pas à savoir si l'expression de ses yeux bleus était inspirée par l'ennui ou le mépris. De plus près, à la lueur des lampes à huile et du feu de la cheminée, je distinguais tout de même quelques taches de rousseur sur son front.

— Non, dit-elle, ce n'était pas un chasseur.

— Je croyais que beaucoup de tireurs avaient débuté ainsi... En tout cas, j'avais lu un article à ce sujet.

Elle ne me regardait déjà plus et s'était replongée dans la contemplation du bouquetin. J'étais moins digne d'intérêt à ses yeux qu'un animal empaillé. Les autres partisans m'observaient d'un air goguenard en se poussant du coude, à deux doigts d'éclater de rire.

— Où as-tu récupéré ce fusil allemand ? lui demandai-je en désespoir de cause, comme un joueur qui continue de miser alors que les cartes qu'il a en main sont de plus en plus mauvaises.

— Je l'ai pris à un Allemand, dit-elle.

— Je possède un couteau allemand.

Je relevai le bas de mon pantalon, sortis l'arme de son étui et la fis tourner entre mes doigts, en laissant la lumière jouer sur la lame. Le couteau retint son attention. Elle tendit la main et je le lui passai. Elle posa le fil de la lame sur la chair de son avant-bras.

— Il est assez affûté pour servir de rasoir, dis-je. Non que tu en aies besoin, évidemment... Je veux dire...

— Où l'as-tu trouvé ?

— Sur le cadavre d'un Allemand.

Elle esquissa un sourire. J'étais très fier de ma repartie, comme si j'avais dit quelque chose de particulièrement brillant, répondant à son laconisme par un laconisme équivalent.

— Et où as-tu trouvé cet Allemand ?

— À Leningrad. C'était un parachutiste.

J'espérais rester suffisamment dans le vague pour qu'on ne puisse pas écarter l'hypothèse que j'avais tué ce parachutiste de mes propres mains.

— Ils ont lâché des troupes sur Leningrad ? L'attaque a donc commencé ?

— Il s'agissait d'un banal commando, d'après moi. Les Fritz ne s'en sont pas très bien tirés. Seuls quelques-uns ont réussi à passer dans les mailles du filet.

J'espérais avoir adopté le ton qui convenait, comme si j'étais du genre à parler avec détachement des ennemis que j'abattais.

— Tu l'as tué toi-même ?

J'ouvris la bouche, prêt à proférer un mensonge, mais vu la manière dont elle me regardait, avec ce sourire ironique et condescendant qui me mettait en rage, tout en me donnant furieusement envie de l'embrasser...

— Il était mort de froid, dis-je. Je l'ai simplement vu tomber.

Elle acquiesça et me rendit le couteau, avant d'étirer les bras au-dessus de sa tête et de bâiller à s'en décrocher la mâchoire. Elle avait des dents minuscules et un peu de traviole, comme celles d'un enfant, et paraissait satisfaite : on aurait dit qu'elle venait de faire un banquet arrosé des meilleurs crus, alors que je l'avais vue grignoter en tout et pour tout un modeste radis noir.

— Le froid est l'arme la plus ancienne de la mère Russie, ajoutai-je.

Je regrettai aussitôt d'avoir prononcé ces mots. C'était une déclaration que j'avais souvent entendue à la radio : peut-être était-elle fondée au départ, mais elle était devenue depuis des mois l'un des pires clichés de la propagande. Le simple fait d'avoir employé le terme de *mère Russie* me donnait l'impression d'être l'un de ces Jeunes Pionniers, aussi stupides que souriants, qui marchaient au pas dans les parcs avec leurs chemises blanches et leurs cravates rouges en chantant des marches militaires.

— J'ai un couteau moi aussi, dit-elle, sortant d'un fourreau fixé à sa ceinture un poignard au manche sculpté dans du bouleau et en me le tendant, la garde en avant.

Je retournai la lame étroite entre mes doigts. Un motif composé de cinq lignes était finement gravé dans l'acier, évoquant l'ondulation des vagues sur une eau agitée.

— La lame paraît un peu fragile, dis-je.

— Elle ne l'est pas. (Vika se pencha et laissa courir son doigt le long des lignes gravées.) Elle est en acier de Damas.

La jeune fille était suffisamment proche de moi maintenant pour que je puisse détailler les lobes gracieux de ses oreilles ou les rides qui plissaient la surface de son front lorsqu'elle haussait les sourcils. Quelques aiguilles de pin étaient encore logées dans ses touffes de cheveux et je résistai à la tentation de les ôter.

— Cette arme s'appelle un *puukko*, dit-elle. On en offre un à chaque petit Finlandais, au sortir de l'enfance.

Elle me reprit le poignard des mains et l'agita en admirant le reflet des flammes sur la lame d'acier.

— Le meilleur tireur d'élite au monde est un Finlandais, reprit-elle. Il s'appelle Simo Häyhä, ce qui signifie la Mort Blanche. Il a officiellement cinq cent cinq victimes à son actif, depuis le début de la guerre.

— Tu as donc dérobé ce poignard à un Finlandais, après l'avoir abattu ?

— Je l'ai acheté pour quatre-vingts roubles à Terijoki.

Elle rengaina le poignard dans le fourreau fixé à sa ceinture et parcourut la pièce des yeux, cherchant déjà un autre centre d'intérêt, plus digne de son attention.

— Peut-être qu'un jour on t'appellera la Mort Rouge, dis-je afin de poursuivre la conversation. (Je savais que si je m'interrompais, je n'aurais jamais le courage de recommencer.) Tu as fait un sacré travail tout à l'heure. J'imagine que les Einsatzkommandos n'ont pas l'habitude d'être pris pour cible.

Vika me dévisagea de ses yeux bleus et froids. Il y avait quelque chose d'un peu inhumain dans son regard, qui faisait penser à une louve ou à un prédateur. Elle fit une sorte de moue, avant de hocher la tête.

— Qu'est-ce qui te fait croire qu'il s'agissait d'Einsatzkommandos ? demanda-t-elle.

— Les filles nous ont dit que ce sont eux qui fréquentent cet endroit.

— Quel âge as-tu ? Quinze ans ? Tu n'es pas un soldat...

— Dix-sept, dis-je.

— ... mais tu voyages avec un soldat qui a quitté son régiment.

— Comme il vous l'a dit lui-même, nous sommes en mission spéciale, sur les ordres du colonel Gretchko.

— En mission spéciale, hein ? Mais dans quel but ? Organiser la résistance ? Tu me crois assez stupide pour avaler ça ?

— Non.

— Vous êtes venus rendre visite à ces filles, c'est ça ? L'une d'elles est ta petite amie ?

J'étais étrangement fier qu'elle puisse penser que l'une de ces créatures de rêve soit ma petite amie, même si j'avais perçu l'intonation méprisante avec laquelle elle avait dit « *ces filles* ». Mais je l'intriguais visiblement, ce qui était un bon début. Elle n'avait d'ailleurs pas tort de se montrer curieuse. Qu'est-ce qu'un gosse de Piter pouvait bien fabriquer ici, vingt kilomètres à l'intérieur des lignes ennemies, dans une maison réservée aux officiers de l'armée d'occupation ?

Je me rappelai ce que Kolya m'avait dit, concernant la manière d'éveiller l'intérêt d'une femme en s'enveloppant d'un certain mystère.

— Nous avons nos ordres, dis-je. Je suis sûr que vous avez les vôtres. Tenons-nous-en là.

Vika me dévisagea en silence pendant quelques secondes. Peut-être son intérêt était-il éveillé, mais cela ne se voyait guère.

— Les Allemands qui gisent là dehors et dont la cervelle s'étale dans la neige font partie de l'armée régulière, dit-elle. J'imagine qu'un homme – pardon, *un gamin* – qui travaille pour le NKVD devrait savoir faire la différence.

— Je n'ai même pas eu le temps d'apercevoir leurs insignes, dis-je. Vous aviez déjà braqué vos fusils sur nous.

— Ce sont pourtant bien les Einsatz que nous traquons. Cela fait six semaines que nous sommes sur la piste de cet enculeur de cadavres d'Abendroth. Nous pensions le trouver ici.

Je n'avais jamais entendu ce juron d'« enculeur de cadavres » auparavant. L'expression avait quelque chose de brutal et de vulgaire dans la bouche de Vika et je ne pus réprimer un sourire, qui dut lui paraître aussi étrange qu'injustifié. La vérité, c'est que j'étais en train de l'imaginer sans ses caleçons : l'image était d'une précision troublante, beaucoup plus convaincante que ne l'étaient généralement mes représentations de nus imaginaires. Peut-être le jeu de cartes pornographique de Kolya m'avait-il été d'un certain secours, finalement.

— Abendroth vit dans une maison au bord du lac, à Novoye Koshkino, dis-je.

L'information parut susciter chez elle plus d'intérêt que tout ce que j'avais pu dire jusqu'alors. Mon sourire énigmatique, ajouté aux renseignements dont je semblais disposer au sujet des nazis, me conférait provisoirement une aura de mystère.

— Qui t'a dit ça ?

Quelqu'un qui aurait voulu paraître *vraiment* mystérieux aurait su éluder la question – faire un pas de côté comme un boxeur sur le ring, s'agiter et esquiver le coup sans se faire attraper. Je possédais un renseignement qui l'intéressait. Pour la première fois, j'avais sur elle un léger avantage. Le nom de *Novoye Koshkino* venait étayer les liens que je prétendais avoir avec le NKVD et me laissait une petite marge de manœuvre, qu'il ne tenait qu'à moi d'exploiter.

— Lara, répondis-je en brûlant d'un seul coup tous mes vaisseaux.

— Laquelle est-ce ?

Je la lui désignai. Tandis que le regard implacable de Vika se tournait vers elle, j'eus le sentiment d'avoir d'une certaine façon trahi Lara. Elle avait été généreuse à notre égard, elle nous avait offert l'hospitalité en nous permettant d'échapper au froid, fourni un repas chaud – et s'était même avancée pieds nus dans la nuit glaciale pour nous défendre, face à la suspicion des partisans. Et moi, je livrais sans coup férir son nom à cette meurtrière aux yeux bleus et au sourire carnassier... Vika se redressa sur le canapé, ses pieds dans leurs chaussettes de laine frôlèrent le bas de mon pantalon. Elle se leva et se dirigea vers Lara, qui était accroupie devant la cheminée et rajoutait une bûche dans l'âtre. Maintenant qu'elle avait ôté ses bottes, je me rendais compte que Vika était toute petite ; mais elle se déplaçait avec cette sorte de grâce paresseuse qui émane des athlètes lorsqu'on les croise loin des stades, en dehors des compétitions. *C'est cela la guerre moderne,* me dis-je : *ce n'est plus la force brutale qui prime, et une fille qui n'est pas plus haute que trois pommes peut faire sauter la tête d'un Allemand à quatre cents mètres de distance.*

Lara avait l'air nerveux en voyant la tireuse d'élite s'avancer vers elle, le sourire aux lèvres. Elle essuya ses mains maculées de suie en écoutant Vika. D'où j'étais, je ne pouvais pas entendre leur conversation, mais je vis Lara opiner du menton ; et d'après les gestes qu'elle faisait, j'en conclus qu'elle devait donner à Vika les indications géographiques nécessaires.

Kolya réapparut à cet instant dans la pièce, en compagnie de Korsakov. Ils avaient l'un et l'autre un verre de vodka à la main et semblaient être devenus les meilleurs amis du monde, plaisantant de concert et ayant oublié leur hostilité initiale. Je n'en attendais pas moins de lui : Kolya était un excellent baratineur, surtout quand il s'agissait de vendre sa propre camelote. Il se dirigea vers le canapé en crin et s'assit en poussant un soupir, avant de me donner une petite tape sur la cuisse et de finir son verre de vodka.

— Tu as assez mangé ? me dit-il. Nous n'allons pas tarder à repartir.

— Nous partons ? Je croyais que nous passerions la nuit ici.

La fusillade avait déclenché l'état d'alerte dans mon organisme, mais maintenant que ses effets s'étaient estompés, je sentais la fatigue m'envahir à nouveau et engourdir mes membres. Nous avions marché toute la journée dans la neige et je n'avais pas dormi depuis que nous avions quitté l'appartement de Sonya.

— Ne te fais donc pas plus bête que tu l'es, lança Kolya. Que va-t-il se passer, à ton avis, lorsque les Fritz s'apercevront que leurs petits camarades ne rentrent pas de leur virée nocturne ? Il ne leur faudra guère de temps pour envoyer une patrouille vérifier ce qui s'est passé.

Entre-temps, Vika avait recueilli auprès de Lara tous les renseignements qu'elle souhaitait. Elle s'entretenait maintenant à voix basse avec Korsakov dans un coin de la pièce où ils formaient un tableau contrasté, à la lueur vacillante des flammes : le commandant aux larges épaules et à la mâchoire carrée aux côtés de sa petite meurtrière…

Les autres partisans se préparaient déjà au départ, enfilant leurs chaussettes et leurs bottes en feutre, qui avaient fini de sécher, et vidant un dernier verre de vodka avant la longue marche qui les attendait. Les filles quant à elles avaient disparu dans les chambres, à l'arrière de la maison. Elles devaient rassembler quelques affaires à la hâte et discuter entre elles pour savoir où elles allaient aller.

— Nous pourrions utiliser les véhicules des Allemands, dis-je sous le coup d'une brusque inspiration. Nous reconduirons les filles à Piter et...

Comme la plupart des idées qui me paraissaient géniales, celle-ci avait perdu une bonne partie de son éclat avant même que j'aie terminé ma phrase.

— Conduire un Kübel jusqu'à Leningrad, dit Kolya, l'idée ne manque pas de sel... Quand nos propres troupes auront pilonné notre engin et qu'un paysan borné viendra extraire nos carcasses carbonisées du véhicule, je le vois d'ici s'exclamer : « Ça alors, ces soldats allemands nous ressemblent comme deux gouttes d'eau ! » Non, mon petit lion, il n'est pas encore l'heure de regagner Piter. Le travail nous appelle à Novoye Koshkino.

17.

Vingt minutes plus tard, nous pataugions à nouveau dans la neige et la chaleur de la ferme n'était déjà plus qu'un lointain souvenir. Nous avancions en file indienne au milieu des immenses sapins, en maintenant un espace de neuf pas entre nous, selon les ordres explicites de Korsakov. Je ne comprenais pas la signification tactique de cette formation, mais je faisais confiance à ces hommes : ils étaient experts en matière d'embuscade et savaient probablement ce qu'ils faisaient. Kolya marchait devant moi, mais comme je gardais la tête baissée je n'apercevais que le bas de son manteau et ses bottes noires en cuir. Les autres membres de notre petite caravane n'étaient guère plus consistants que des spectres : je ne les distinguais pas plus que je ne les entendais, sauf quand l'un d'entre eux écrasait une branche ou dévissait le bouchon d'une gourde pour boire une gorgée de thé chaud.

Je n'avais jamais réellement cru au truisme qui veut que les soldats finissent par apprendre à dormir en marchant, mais tandis que nous poursuivions notre chemin vers l'est, bercé par le rythme régulier des bottes qui s'extrayaient puis retombaient dans la neige, je ne tardai pas à sombrer dans une sorte de demi-sommeil. Le froid lui-même n'arrivait pas à me maintenir éveillé. Par la route, Novoye Koshkino ne se trouvait qu'à quelques kilomètres de la ferme d'où nous étions partis, mais nous progressions à l'écart des voies carrossables pour éviter les campements allemands que nous n'aurions pas manqué de rencontrer, Kolya et moi, si nous n'avions pas été escortés. Korsakov avait dit que nous en avions pour quatre heures de marche : avant que la première se soit écoulée, j'avais l'esprit plus embrumé que si l'on m'avait versé de la glu dans le crâne. Tous mes gestes étaient d'une lenteur accablante. Si je voulais me frotter le nez, j'avais conscience de l'ordre émis par mon cerveau et de la réaction laborieuse de ma main, qui mettait un temps infini à atteindre mon visage, puis à détecter mon nez – cible pourtant aisément repérable – avant de regagner avec soulagement sa cachette, dans les profondeurs du manteau de marin que j'avais hérité de mon père.

Plus j'étais fatigué, et plus cette aventure me semblait irréelle. Comment tout cela pouvait-il advenir pour de bon ? Nous étions une petite colonie de souris victimes d'un sortilège, marchant sous la lune dessinée à la craie sur le tableau noir du ciel. Un sorcier qui vivait à Novoye Koshkino et qui connaissait les formules anciennes allait nous aider à retrouver notre forme première et notre condition humaine. Mais de nombreux périls nous guettaient en cours de route : des chats noirs géants allaient se jeter sur nous et nous pourchasser dans la neige tandis que nous tenterions de nous mettre à l'abri, la queue dressée en l'air par la peur.

Ma botte s'enfonça soudain dans une couche de neige fraîche et je faillis me tordre la cheville. Kolya fit halte et se retourna, alerté par le bruit, mais je parvins à me redresser. Je lui adressai un petit signe de la tête et me remis en route, sans avoir besoin de son aide.

Les filles qui logeaient à la ferme avaient quitté les lieux en même temps que nous. Elles n'avaient pas de manteaux ni de bottes d'hiver, les Allemands les leur ayant confisqués après la tentative d'évasion de Zoya. Pour pallier ce manque d'équipement, elles avaient enfilé toutes les chemises, tous les pulls et les pantalons qu'elles avaient pu trouver, jusqu'à tituber sous leur poids comme des paysannes obèses qui auraient bu un verre de trop. Galina avait bien suggéré qu'elles utilisent les manteaux des nazis, mais elle s'était fait vertement rabrouer : leurs chances étaient déjà maigres, au cas où elles seraient capturées, mais si elles portaient en plus les uniformes des officiers disparus, c'était la mort assurée.

Nous les avions embrassées sur le porche de la ferme, Kolya et moi. Elles avaient renoncé à se rendre à Leningrad : certaines avaient bien de la famille là-bas, mais ces oncles ou ces cousines étaient peut-être morts entretemps ou partis se réfugier plus à l'est. Et surtout, la nourriture se faisait rare pour les habitants de Piter et il n'y en aurait pas davantage pour quatre jeunes filles débarquant de la campagne sans cartes de rationnement. Elles avaient donc décidé de prendre la direction du sud, emportant avec elles les provisions qui restaient, une fois que les partisans eurent fait leur choix. Korsakov leur avait permis de garder deux des Luger allemands, à titre de protection. Leurs chances de s'en sortir n'étaient pas très élevées, mais elles semblaient toutes d'excellente humeur en quittant la ferme. Elles y avaient été emprisonnées pendant des mois, subissant nuit après nuit les outrages de leurs gardiens, et se retrouvaient brusquement libres. Je les embrassai toutes les quatre sur les joues et leur fis de grands signes de la main en les quittant, mais je ne devais plus jamais les revoir, ni entendre parler d'elles.

Je sentis un grand coup sur l'épaule, ouvris péniblement les yeux et me rendis compte que je marchais dans un état de transe, à moitié inconscient. Kolya se trouvait à mes côtés à présent et me retenait fermement par l'épaule, de sa main gantée.

— Tu es encore des nôtres ? me demanda-t-il, l'air sincèrement préoccupé.

— Mais oui, je suis là.

— Je vais marcher près de toi, ça te tiendra éveillé.

— Korsakov nous a dit de...

— Je n'ai pas d'ordre à recevoir de ce bâtard. Tu as vu comment il a traité les filles ?

— J'avais l'impression que vous vous entendiez comme larrons en foire.

— Nous avions besoin de lui, dans l'immédiat. Quant à sa petite copine... j'ai vu que tu la zieutais tout à l'heure, près de la cheminée. Tu aimerais bien tirer un coup avec la tireuse d'élite, pas vrai ? Ha, ha, ha !

Je hochai la tête, trop épuisé pour protester contre sa médiocre plaisanterie.

— Tu as déjà couché avec une rousse ? reprit-il. Mais qu'est-ce que je raconte... J'oubliais que tu n'avais couché avec personne. La bonne nouvelle, c'est que ce sont de vraies tigresses au lit. Deux des trois meilleurs coups de ma vie étaient des rousses. Enfin... disons des quatre. Mais le revers de la médaille, c'est qu'elles détestent les hommes. Elles nourrissent une hargne sans nom à leur égard. Sois donc très prudent, mon ami.

— Toutes les rousses détestent les hommes ?

— Cela n'a rien de surprenant, à bien y réfléchir. La plupart des rousses que tu rencontreras en Russie descendent en droite ligne des Vikings qui, à peine débarqués ici, ont massacré la population et violé leurs arrière-arrière-grands-mères. Elles portent en elles le sang des pillards étrangers.

— C'est une excellente théorie. Tu devrais la lui exposer.

À chacun de mes pas, j'essayais de mettre les pieds dans les empreintes laissées par le partisan qui marchait devant nous. Il était moins fatigant d'avancer sur un sol déjà damé que de patauger dans de la neige fraîche, mais l'homme qui me précédait faisait de grandes enjambées et j'avais parfois de la peine à suivre son rythme.

— Et pour que tout soit bien clair, ajoutai-je en m'arrêtant, un peu essoufflé, sous une branche hérissée d'aiguilles de pin : si nous faisons route vers Novoye Koshkino et le repaire qui sert de quartier général aux Einsatzgruppen, c'est dans l'espoir d'y dénicher la douzaine d'œufs que nous recherchons ?

— Telle est la mission que nous a confiée le colonel. Mais sur un plan plus personnel – et dans l'intérêt de la Russie – nous faisons également route vers Novoye Koshkino pour massacrer ces Einsatz, parce qu'il est impératif de les éliminer.

Je baissai la tête de manière à protéger du vent le bas de mon visage, derrière le col relevé du manteau de mon père. À quoi bon discuter davantage ? Kolya se considérait lui-même comme une sorte de libre penseur, un peu bohème à sa façon, mais il avait au fond la même foi que n'importe quel jeune pionnier du Parti. Et le pire, c'est que j'étais loin de lui donner tort. Il fallait bel et bien éliminer les Einsatzkommandos, avant qu'ils nous aient eux-mêmes exterminés. Je préférais simplement ne pas être personnellement impliqué dans cette opération. Qu'étais-je censé faire ? Me faufiler dans leur repaire, armé de mon seul couteau ? Il n'y a pourtant que cinq jours de cela, une telle expédition aurait eu à mes yeux tous les charmes de la grande aventure à laquelle j'aspirais depuis le début de la guerre. Aujourd'hui, alors que j'y étais plongé jusqu'au cou, je regrettais de ne pas avoir pris la fuite en septembre, avec ma mère et ma sœur.

— Tu te souviens de la manière dont se termine la première partie du *Chien dans la cour* ? reprit Kolya. Quand Radchenko voit son vieux professeur tituber dans la rue et haranguer les pigeons ?

— L'une des pires scènes de toute l'histoire de la littérature...

— Oh, excuse-moi ! J'oubliais que tu n'avais pas lu le livre.

Il y avait quelque chose d'étrangement réconfortant dans la constance de Kolya et cette insistance à répéter à l'infini les mêmes plaisanteries – si l'on peut toutefois les qualifier ainsi. Il faisait un peu penser à un patriarche sénile et bon enfant, assis à la table familiale, la chemise constellée de taches de soupe aux navets, entamant une fois encore l'histoire de sa rencontre avec l'empereur, alors que tous les membres de sa famille auraient pu la réciter par cœur.

— L'une des plus belles scènes de la littérature mondiale, je t'assure... Le professeur avait jadis été un écrivain célèbre, à présent tombé dans le plus complet oubli. Radchenko a honte pour le vieil homme, qu'il observe depuis sa fenêtre – car je te rappelle qu'il ne quitte jamais son appartement : cela fait sept ans qu'il n'est pas sorti de chez lui. Le professeur s'éloigne et disparaît peu à peu, en vitupérant contre les pigeons.

Kolya s'éclaircit la gorge et poursuivit, d'un ton déclamatoire :

— *Le talent ressemble à une maîtresse fanatique. Elle est belle et lorsque vous êtes en sa compagnie les gens vous regardent, font attention à vous. Mais elle débarque chez vous à des heures impossibles et disparaît parfois pendant des semaines. Et elle ne supporte pas l'autre part de votre existence : celle qui concerne votre femme, vos amis, vos enfants... C'est avec elle que vous passez la soirée la plus intense de la semaine, mais un jour elle vous quittera pour de bon. Des années après son départ, vous la reverrez un soir au bras d'un jeune inconnu et elle fera mine de ne pas vous reconnaître.*

L'apparente immunité contre la fatigue dont semblait bénéficier Kolya avait quelque chose d'exaspérant. Je n'avançais plus, pour ma part, qu'en repérant un arbre dans le lointain et en m'obligeant à marcher jusqu'à l'avoir atteint – après quoi je renouvelais l'opération, en me jurant que ce serait la dernière fois. Mais Kolya était visiblement capable de divaguer pendant des heures à travers bois et de déclamer ses tirades sans avoir l'air de se fatiguer.

J'attendis un moment pour m'assurer qu'il était bien allé jusqu'au bout, avant de déclarer :

— Joli passage.

— Vraiment ?

Il avait réagi avec une telle vivacité et paraissait à ce point enchanté par ce commentaire que j'étudiai son visage à la lueur du clair de lune.

— Tu as appris tout ce livre par cœur ? demandai-je.

— Oh non, pas à ce point. Quelques passages seulement, de ci de là.

La neige était plus épaisse car nous franchissions une crête, ce qui rendait chaque enjambée plus difficile. J'ahanais et suffoquais comme un vieillard amputé d'un poumon, tout en cheminant à grand peine vers le nouvel arbre que je m'étais fixé.

— Puis-je te poser une question ?

— Tu viens de le faire, répondit Kolya en affichant son éternel sourire satisfait.

— Qu'est-ce que tu écris, quand tu prends des notes dans ton journal ?

— Cela dépend des jours. Il s'agit parfois de courtes notations, concernant des choses que j'ai vues. Ou des propos que j'ai entendus – une simple phrase parfois, dont l'intonation m'a plu.

J'acquiesçai, tout en essayant de garder chacun de mes yeux fermés à tour de rôle pendant une dizaine de secondes, afin de les protéger du vent.

— Pourquoi me poses-tu cette question ? demanda Kolya.

— Parce que je crois que tu écris *Le Chien dans la cour*.

— Tu veux dire… une étude sur *Le Chien dans la cour* ? Ma foi, c'est effectivement le cas. Je te l'avais d'ailleurs dit. Un jour, je ferai des conférences sur ce livre. Il ne doit pas y avoir plus de six ou sept personnes en Russie qui en sachent plus long que moi sur Oushakov.

— Je crois que cet Oushakov n'existe pas, dis-je en relevant ma casquette sur mon front, afin de mieux voir Kolya. Tu n'arrêtes pas de me dire que c'est un auteur classique mais je n'en ai jamais entendu parler. Et tu avais l'air tellement heureux, quand je t'ai dit que j'aimais bien le passage que tu as récité. Si je te citais quelques phrases de Pouchkine et que tu les trouvais excellentes, je n'en ressentirais pas de fierté particulière, puisque je n'en suis pas l'auteur.

L'expression de Kolya ne variait jamais. On ne percevait aucun signe d'approbation ou de dénégation sur son visage.

— Mais cela t'a plu ? demanda-t-il.

— Ce n'était pas mal, dis-je. C'était improvisé ?

— J'y songeais ces dernières heures. Tu sais ce qui m'a inspiré ? Le poème de ton père : « Un vieux poète, autrefois célèbre, assis dans un café ».

— Cela m'a mis sur la piste, dis-je. C'est un pillage éhonté.

Kolya éclata de rire, émettant un nuage de vapeur qui s'éleva dans l'air glacé.

— C'est cela, la littérature, dit-il. On ne considère pas ça comme un pillage, mais comme un hommage. Et la première phrase du livre, qu'en penses-tu ?

— Je ne m'en souviens pas.

— *« Dans l'abattoir où nous nous sommes embrassés pour la première fois, l'atmosphère était encore imprégnée du sang des moutons. »*

— Un peu mélodramatique, non ?

— Qu'as-tu contre le drame ? Tous ces écrivains contemporains sont d'une telle fadeur, d'une telle timidité…

— Je parlais de *mélo*drame.

— … mais quand le sujet l'exige, il ne faut pas reculer devant une forme d'intensité, de tension.

— Pourquoi ne m'as-tu pas tout simplement avoué que tu écrivais un roman ?

Kolya regarda la lune, qui s'apprêtait à disparaître derrière la ligne des sapins. Nous n'allions pas tarder à être plongés dans une obscurité complète, à nous prendre les pieds dans des racines et à glisser sur des plaques de glace d'une noirceur d'ébène.

— La vérité, dit-il, c'est que le premier soir – tu te souviens, à la prison des Croix ? – je pensais que nous allions être exécutés à l'aube. Quelle importance pouvaient donc avoir mes propos ? Je t'ai tout simplement dit ce qui me passait par la tête.

— Mais tu m'avais affirmé qu'on n'allait pas nous abattre !

— Tu semblais tellement effrayé… Mais franchement, un pillard et un déserteur… Quelles chances avions-nous, à ton avis ?

Le dernier arbre que je m'étais fixé pour but me paraissait tout à coup incroyablement loin – un sapin qui se profilait au-dessus de ses voisins, sentinelle silencieuse et solitaire, bien plus âgée que le décor environnant. Tandis que je m'arrêtais, haletant, Kolya but une gorgée de thé à sa gourde : on aurait dit un naturaliste lancé dans une randonnée nocturne. Les rations de l'armée étaient largement supérieures à celles que l'on réservait aux civils – tel était le raisonnement que je me tenais pour expliquer son incroyable énergie, bien que nous ayons mangé exactement la même chose au cours des derniers jours.

— Tu m'avais dit que tu avais quitté ton régiment pour aller soutenir ta thèse sur Oushakov, dis-je en marquant une pause avant de poursuivre, afin de retrouver mon souffle. Et tu reconnais à présent qu'Oushakov n'existe pas plus que *Le Chien dans la cour*.

— Cela finira par arriver… si je vis assez longtemps.

— Dans ce cas, poursuivis-je, pourquoi as-tu quitté ton régiment ?

— C'est une histoire compliquée…

— Eh, vous deux ! Vous comptez baiser dans les buissons ?

Nous fîmes demi-tour, Kolya et moi. Vika s'était glissée derrière nous sans faire de bruit : elle était si près que j'aurais pu toucher sa joue, en tendant le bras. Elle nous dévisagea tour à tour d'un air méprisant, visiblement dégoûtée d'avoir affaire à d'aussi piètres soldats.

— On vous avait pourtant dit de marcher en file indienne, en laissant neuf pas entre vous.

Elle avait une voix très grave, pour une fille aussi menue – un peu rauque, même, comme si elle venait d'avoir une angine et n'était pas entièrement rétablie. Elle avait de surcroît l'habitude de chuchoter en articulant bien chaque mot, de sorte que nous comprenions parfaitement ce qu'elle disait, alors que quelqu'un qui se serait trouvé à cinq mètres n'aurait rien entendu.

— Vous traînez comme un couple de tantouzes en parlant de littérature, sans vous rendre compte qu'il y a des campements allemands à moins de deux kilomètres. Si vous voulez finir vos jours dans une fosse commune et subir le même sort que les juifs et les communistes, libre à vous. Mais moi, je compte bien être à Berlin l'année prochaine.

— Lev est juif, dit Kolya en me montrant du doigt et en ignorant le regard assassin que je lui lançais.

— Vraiment ? dit Vika. Eh bien, tu es le premier juif obtus que je rencontre. En tout cas, vous avez le choix :

soit vous faites demi-tour et vous retournez à Piter, soit vous la bouclez et vous respectez nos règles. Nous n'avons pas perdu un seul homme en deux mois et il y a de bonnes raisons à cela. Allez, en route !

Elle nous poussa en avant, d'une bourrade dans le dos, et nous reprîmes notre place dans la file, en respectant cette fois-ci l'intervalle et le silence exigés.

Je pensais à Oushakov, l'auteur inexistant, et au *Chien dans la cour*, son chef-d'œuvre fictif. D'une certaine façon, je n'en voulais pas à Kolya. Son mensonge était étrange mais ne causait de tort à personne ; et plus j'y réfléchissais, plus je comprenais ses motivations. Kolya paraissait insensible à la peur, mais chacun d'entre nous possède sa faille secrète – et la peur fait partie de notre héritage. Ne sommes-nous pas les descendants de femelles apeurées, qui se terraient dans l'ombre au passage des grands prédateurs ? Les cannibales et les nazis n'inquiétaient visiblement pas Kolya, mais une autre menace planait sur lui : la hantise qu'un inconnu se moque de ce qu'il avait écrit.

Mon père avait de nombreux amis, des écrivains pour la plupart, et ils avaient choisi notre appartement comme lieu de réunion, à cause des talents culinaires de ma mère et du fait que mon père était incapable de mettre quiconque à la porte. Ma mère se plaignait souvent d'être devenue la tenancière d'une auberge littéraire. L'appartement empestait la cigarette et il y avait des mégots de partout, jusque dans les pots de fleurs et les verres de thé à moitié vides. Un soir, un auteur de théâtre expérimental avait planté des dizaines de mégots dans des gouttes de cire fondue, sur la table de la cuisine, afin de montrer la manœuvre de double enveloppement mise au point par Hannibal lors de la bataille de Cannes. Ma mère pestait toujours contre le bruit, les verres brisés, les tapis tachés par le mauvais vin ukrainien, mais je savais qu'elle adorait recevoir cette bande de poètes et de romanciers, ravie de les voir engloutir ses ragoûts et se jeter sur ses gâteaux. C'était une jolie femme dans sa jeunesse et si elle n'avait rien d'une aguicheuse, elle appréciait les compliments des hommes, surtout quand ces derniers étaient jolis garçons. Elle restait assise sur le canapé à côté de mon père et suivait attentivement les débats, les vantardises des uns et les dénigrements des autres, sans intervenir mais sans en perdre une miette, réservant ses commentaires pour mon père lors de la conversation qu'ils ne manquaient pas d'avoir, une fois que le dernier ivrogne s'était éclipsé en titubant. Si elle-même n'écrivait pas, elle était toutefois une excellente lectrice, aussi passionnée qu'éclectique dans ses goûts, et mon père avait une grande confiance dans son jugement. Quand un écrivain de haut vol pénétrait dans l'appartement, tel que Mandelstam ou Choukovski, elle ne lui réservait aucun traitement de faveur, cependant je voyais qu'elle l'étudiait plus attentivement, en observant comment il se comportait envers mon père. Dans son esprit, la communauté littéraire était organisée avec autant de rigueur et de précision qu'une armée : les différents grades ne portaient peut-être aucun titre et ne s'accompagnaient pas de décorations honorifiques mais ils obéissaient tout de même à une certaine hiérarchie et elle voulait savoir quel rang y occupait mon père.

Parfois, lorsqu'un nombre suffisant de bouteilles avaient été vidées, un poète se levait en vacillant, comme s'il luttait contre un vent violent, et récitait le poème qu'il venait d'écrire. Âgé de huit ans, et observant la scène depuis le couloir en sachant que je ne tarderais pas à me faire attraper (j'espérais que ce serait mon père qui me verrait en premier, car il ne se mettait pratiquement jamais en colère, alors que ma mère était toujours prompte à me donner une fessée), ces poèmes ne signifiaient rien pour moi. La plupart des poètes rêvaient d'être Maïakovski : et s'ils ne pouvaient pas l'égaler en talent, ils pouvaient toujours imiter son opacité, déclamer des vers qui n'avaient pas le moindre sens pour un enfant de huit ans – et probablement guère plus pour le reste de l'assistance. Mais si les poèmes me laissaient de marbre, les lectures n'étaient pas sans effet sur moi : ces hommes gigantesques aux sourcils broussailleux brandissaient toujours entre leurs doigts une cigarette dont l'étroit cylindre de cendre finissait par se rompre et tombait à leurs pieds, chaque fois qu'ils faisaient un geste un peu brusque. En de rares occasions, c'était une femme qui se levait pour affronter les regards du public : ma mère prétend même qu'Akhmatova avait fait partie de l'assistance un jour, bien que je n'aie aucun souvenir de l'avoir vue.

Les poètes lisaient le plus souvent à partir de feuillets griffonnés à la hâte, mais il leur arrivait aussi de connaître leur texte par cœur. Lorsqu'ils avaient fini, conscients des regards qui étaient fixés sur eux, ils attrapaient le verre de vodka ou de vin le plus proche – non seulement pour y goûter le réconfort de l'alcool, mais pour se donner une constance, avoir le regard et les mains occupées en attendant la réaction de l'auditoire. Comme il s'agissait d'un public professionnel, composé de confrères et de rivaux, tout le monde s'en tenait généralement à une vague approbation, appuyée par un hochement de tête, un sourire, une petite tape dans le dos. À une ou deux reprises, je vis pourtant cette assemblée d'hommes de lettres envieux soulevés par un véritable enthousiasme – et tellement transportés par la puissance de l'œuvre qu'ils venaient d'entendre qu'ils en oubliaient leurs jalousies et s'exclamaient : « Bravo ! Bravo ! », avant de se précipiter vers l'heureux élu qui n'en revenait pas, de l'embrasser sur les deux joues et de lui ébouriffer les cheveux, en répétant les vers qui les avaient particulièrement marqués et en hochant la tête d'un air admiratif.

Plus fréquemment, néanmoins, leur réaction prenait la forme d'un silence dédaigneux : personne ne voulait croiser le regard du malheureux poète, feindre le moindre intérêt pour le sujet de son poème ni le complimenter pour son emploi d'une métaphore hardie. Le pauvre plongeait le nez dans son verre tandis que le rouge de la honte lui montait au visage. Du revers de sa manche, il essuyait ses lèvres sèches et se retirait à l'autre bout de l'appartement en faisant mine de s'intéresser aux livres qui garnissaient les étagères de mon père : Balzac, Stendhal, Yeats, Baudelaire... Il ne tarderait pas à s'éclipser, mais partir sur-le-champ aurait été le signe d'un manque d'esprit sportif – voire d'une certaine lâcheté – aussi souffrait-il le martyre pendant vingt bonnes minutes, durant lesquelles tout le monde évitait soigneusement de faire allusion à son poème, comme s'il avait lâché un pet suffisamment retentissant pour qu'il soit inutile de le lui faire remarquer. Il finissait par remercier ma mère pour sa cuisine et son hospitalité, en souriant mais sans la regarder en face, et franchissait le seuil en sachant que sitôt la porte refermée tout le monde allait se gausser du morceau grotesque, aussi boursouflé qu'artificiellement prétentieux qu'il leur avait lu.

Kolya s'était protégé en inventant Oushakov. Ce prétendu écrivain lui avait servi d'écran, lui permettant de tester sa phrase inaugurale, la philosophie de son personnage, le titre de son ouvrage – et de jauger ma réaction sans s'exposer au ridicule. On pouvait imaginer une supercherie plus élaborée, mais il s'en était plutôt bien tiré : et il était probable qu'il parviendrait un jour à écrire un bon roman, s'il survivait à la guerre et renonçait à cette première phrase ampoulée.

Cette conversation avec Kolya, suivie de l'intervention de Vika, m'avait un peu requinqué et je scrutais la forêt environnante en espérant que les hommes qui me suivaient ou me précédaient avaient de meilleurs yeux que moi, car l'obscurité était totale à présent. La lune avait disparu derrière la ligne des arbres et le soleil ne se lèverait pas avant plusieurs heures. À deux reprises, je faillis me heurter à un arbre. Il y avait des millions d'étoiles dans le ciel, mais elles étaient visiblement là à titre décoratif et je me demandais pourquoi ces lointains soleils nous apparaissaient comme autant de pointes d'épingle lumineuses. Si les astronomes avaient raison et que l'univers était réellement saturé d'étoiles, considérablement plus grandes que notre soleil pour la plupart – et si la lumière se déplaçait sans cesse, sans jamais ralentir ni décroître – comment se faisait-il que le ciel ne brille pas en permanence ? La réponse devait être évidente, mais je ne la trouvais pas. Pendant une bonne demi-heure, je cessai de m'inquiéter au sujet des Einsatzkommandos et de leur chef, le dénommé Abendroth. J'oubliai les crampes qui paralysaient mes jambes et je ne prêtai plus attention au froid. Comme celle des ampoules, la lueur des étoiles était-elle incapable de dépasser un certain seuil ? Depuis le toit du Kirov, il m'arrivait d'apercevoir la torche d'un soldat à plusieurs kilomètres de distance, même si ce rai de lumière ne pouvait pas parvenir jusqu'à moi ni éclairer mon visage. Mais là encore : pourquoi le rai d'une lampe perdait-il son pouvoir au-delà de quelques mètres ? Les particules de lumière s'éparpillaient-elles comme des grains de plomb après l'explosion d'une cartouche ? Et d'ailleurs, la lumière était-elle composée de particules ?

Mes réflexions à moitié conscientes s'interrompirent brusquement : je venais de heurter le dos de Kolya et de me cogner violemment le nez, ce qui me fit pousser un cri de surprise. Une dizaine de voix me chuchotèrent aussitôt de me taire. Scrutant les formes indistinctes qui se dressaient devant moi, je me rendis compte que notre petite troupe s'était regroupée au pied d'un énorme rocher recouvert par la neige. Vika se trouvait déjà à son sommet, mais je ne voyais pas comment elle était parvenue à escalader dans l'obscurité les flancs gelés et glissants du rocher.

— Ils ont mis le feu aux villages, lança-t-elle à Korsakov.

À peine eut-elle prononcé ces mots que je perçus une odeur de fumée dans l'air.

— Cela signifie qu'ils ont découvert les cadavres, commenta Korsakov.

Les Allemands n'avaient jamais fait mystère du système de représailles qu'ils comptaient appliquer en territoire occupé. Ils avaient placardé des affiches sur les murs, diffusé des déclarations en russe à la radio et transmis le message à l'ensemble de leurs collaborateurs : pour un seul de leurs soldats tué, trente Russes seraient exécutés. Si traquer les partisans n'était pas une mince affaire, s'emparer d'une cohorte de vieillards, de femmes et d'enfants n'avait rien de bien sorcier, même si la moitié du pays était à hue et à dia.

Korsakov et ses hommes avaient peut-être évoqué le fait que leur raid nocturne risquait de provoquer un massacre d'innocents, mais je n'avais pas entendu ce qu'ils murmuraient entre eux. En envahissant notre pays, l'ennemi nous avait déclaré une guerre totale et sans merci. Les Allemands avaient juré, proclamé et imprimé à d'innombrables reprises leur volonté de réduire notre population en esclavage. Nous ne pouvions pas les combattre avec modération. Ni répondre à la guerre totale par une demi-guerre. Les partisans continueraient d'abattre des nazis ; et les nazis continueraient de massacrer des civils. Au bout du compte, les fascistes finiraient peut-être par comprendre qu'ils ne pouvaient pas gagner cette guerre, même en abattant trente civils pour chacun des soldats qu'ils perdaient.

Cette arithmétique était impitoyable, mais elle avait toujours travaillé en faveur de la Russie.

Vika descendit du rocher et Korsakov alla conférer avec elle. En passant, il murmura à Kolya :

— Autant dire adieu à Novoye Koshkino.

— Nous n'allons plus là-bas ?

— À quoi bon ? L'idée était d'arriver avant le lever du soleil et de tomber par surprise sur les Einsatz. Mais tu sens cette odeur de fumée ? Ce sont les Einsatz à présent qui vont nous tomber dessus.

18.

Les partisans disposaient d'une cachette sûre, à quelques kilomètres des rives du lac Ladoga – une cabane de trappeur depuis longtemps abandonnée, sur une colline couverte d'une épaisse forêt de sapins. Nous l'atteignîmes enfin, une heure à peine avant l'aube : le ciel virait déjà du noir au gris et une neige fine s'était mise à tomber, tandis que l'atmosphère s'éclaircissait. Tout le monde estimait apparemment que cette neige était de bon augure, d'une part parce qu'elle allait recouvrir nos traces, mais aussi parce qu'elle annonçait une remontée des températures.

Avant d'atteindre la cabane, nous avions longé une crête d'où nous avions pu apercevoir un autre village en flammes : le silence enveloppait la scène et les petites maisons s'effondraient sans un bruit sous les assauts du feu, projetant des gerbes d'étincelles dans le ciel. De loin, ce spectacle n'était pas sans dégager une certaine beauté et je songeai qu'il était paradoxal que la plus extrême violence puisse également avoir un effet esthétique, et aussi agréable à l'œil – comme celui des balles traçantes dans la nuit. Tandis que nous dépassions le village, nous entendîmes les échos d'une fusillade, à moins d'un kilomètre – sept ou huit mitraillettes qui crépitaient de concert. Nous savions tous ce que cela signifiait, mais n'en poursuivîmes pas moins notre route.

La cabane de trappeur semblait avoir été construite de bric et de broc, à l'aide de vieilles planches et de clous rouillés, par un individu ayant aussi peu de connaissances en menuiserie que de patience pour ce genre de travail. La porte était inclinée, de traviole sur ses gonds. Il n'y avait pas de fenêtres, un simple tuyau perçait le toit pour permettre à la fumée de s'échapper et l'on ne s'était pas donné la peine d'installer un plancher sur le sol en terre battue. À l'intérieur régnait une odeur quasiment insoutenable d'excréments humains. Les traces de gouge sur les parois ressemblaient à des coups de griffes et je me demandai si les spectres des martres et de renards qui avaient été dépecés dans cette pièce hantaient encore les lieux, prêts à étriper les occupants de passage sitôt les bougies éteintes.

Il faisait aussi froid qu'à l'extérieur et le seul avantage de la cabane était de nous protéger du vent. Korsakov désigna le malheureux élu qui allait prendre la première garde. Le partisan en tenue de ski de l'armée finlandaise déposa son chargement et entreprit d'allumer le poêle « bourgeois » en le garnissant de morceaux de bois restés dans la cabane depuis leur dernier passage. Une fois le poêle allumé, nous nous regroupâmes tout autour en nous serrant du mieux possible, étant donné que nous étions quatorze : treize hommes et une femme – ou, pour être tout à fait honnête, douze hommes, une femme et un adolescent. Pour la centième fois cette nuit-là, je me demandai à quoi Vika pouvait bien ressembler, débarrassée de ses crasseux vêtements. Avait-elle des seins ou sa poitrine était-elle plate comme celle d'un garçon ? Ses hanches étaient aussi étroites que les miennes, j'en avais la quasi-certitude, mais malgré ses cheveux courts et son cou maculé de boue, il y avait quelque chose d'indéniablement féminin dans la moue empreinte de fierté qui déformait sa lèvre inférieure. Les autres hommes de sa bande avaient-ils envie d'elle, eux aussi, ou la considéraient-ils à l'instar de Korsakov comme un tireur d'élite asexué au regard inquiétant ? Qui se montrait le plus crétin dans cette affaire ? Eux – ou moi ?

L'infecte odeur d'excréments s'estompa un peu derrière la fumée que dégageait le poêle et, au bout d'un moment, la chaleur du feu et celle qui émanait de nos corps finirent par rendre l'atmosphère plus habitable. Dans l'état où j'étais, j'aurais dormi n'importe où, de toute façon. Après avoir étendu sous moi le manteau de marin de mon père et replié mon écharpe en guise d'oreiller, je sombrai enfin dans l'inconscience, quelques secondes à peine après avoir posé la tête sur le sol.

Kolya me donna un coup de coude, un instant plus tard.

— Eh, chuchota-t-il. Tu dors ?

Je n'ouvris pas les yeux, en espérant qu'il allait me ficher la paix.

— Tu es en colère contre moi ?

Il avait collé ses lèvres à mon oreille, ce qui lui permettait de chuchoter sans déranger les autres. Je l'aurais volontiers rossé pour le réduire au silence, mais je ne tenais pas à ce qu'il me balance en retour un de ses fameux revers.

— Non, lui dis-je. Tu ferais mieux de dormir.

— Je regrette de t'avoir menti. Même si je pensais que nous étions sur le point de mourir, je n'aurais pas dû inventer une histoire pareille.

— Merci, dis-je.

Je me tournai sur le côté, en espérant qu'il comprendrait l'allusion.

— Mais le titre te plaît quand même ? *Le Chien dans la cour* ? Tu sais ce qu'il signifie ?

— S'il te plaît… Laisse-moi dormir.

— Je suis désolé. Dors donc, je t'en prie.

Trente secondes s'écoulèrent en silence, mais je n'arrivais pas à me détendre parce que je savais qu'il était éveillé à mes côtés, les yeux rivés au plafond et prêt à me poser une nouvelle question.

— Tu veux savoir la vérité, n'est-ce pas ? La raison pour laquelle j'ai quitté mon régiment ?

— Tu me raconteras ça demain...

— Cela faisait quatre mois que je n'avais pas baisé et mes couilles commençaient à battre la chamade. Tu crois peut-être que je plaisante, mais je ne suis pas comme toi, je n'ai pas ta discipline. J'ai couché pour la première fois avec une fille trois jours après avoir eu ma première éjaculation. J'avais douze ans et pas un poil sur la bite, mais ça ne m'a pas empêché de la fourrer entre les cuisses de Klava Stepanovich, derrière la chaudière, *boum boum boum*.

— *Boum boum boum* ?

— Ça me taraude, tu ne peux pas savoir. Si je ne baise pas pendant une semaine, je n'arrive pas à me concentrer, mon cerveau ne fonctionne plus, je me mets à tourner en rond en bandant comme un malade.

Je sentais le souffle de Kolya contre mon oreille et j'essayai de m'écarter, mais nous étions tous entassés sur le sol, serrés les uns contre les autres comme des cigarettes dans leur paquet.

— Une soirée avait été organisée à l'occasion du nouvel an, pour l'ensemble du régiment. Il y avait de la vodka, des chansons étaient prévues, la rumeur prétendait même que quelqu'un avait déniché deux ou trois cochons dans une ferme et qu'on allait les faire rôtir ce soir-là. La fête allait durer toute la nuit et je m'étais dit : parfait, laissons-les célébrer la nouvelle année avec leur vodka et leurs cochons rôtis... J'avais pour ma part d'autres projets en tête. Nous étions à moins d'une heure de voiture de Piter et je connaissais le type qui délivrait les messages au quartier général. Il restait à chaque fois trois ou quatre heures en ville. Parfait. Je fais donc le voyage avec lui, il me dépose devant l'immeuble d'une amie...

— Sonya ?

— Non, une dénommée Yulia. Ce n'était pas la plus belle fille du monde, loin de là, mais crois-moi, Lev, je bandais rien qu'en la voyant se limer les ongles. Et sa chatte était magique – je t'assure. Elle habitait au sixième et en grimpant les étages je me préparais déjà, m'imaginant la position dans laquelle j'allais la prendre : je la placerais sur le dossier du canapé, le cul en l'air, et la pénétrerais d'un coup. Je te recommande cette position, entre parenthèses, surtout si tu as un peu de difficulté par l'arrière : de la sorte, toute la voie s'offre à toi. Quoi qu'il en soit, j'arrive devant son appartement et je frappe en défaisant déjà ma ceinture, mais la porte s'ouvre et je me trouve nez à nez avec une vieille bonne femme – à peine plus grande qu'une naine et à qui je donnais bien deux cents ans. Je lui dis que je suis un ami de Yulia et elle s'exclame : « Dieu me pardonne, Yulia est morte le mois dernier. » Dieu me pardonne ! Merde alors ! Je présente mes condoléances à cette vieille sorcière, je lui donne un morceau de pain car elle tient à peine debout et je dévale l'escalier quatre à quatre. Le temps presse... Je connais une autre fille dans le quartier, l'une des danseuses dont je te parlais. Elle s'enflamme à peu près aussi vite qu'un glaçon mais elle a les plus belles jambes de Piter. Il faut escalader une grille pour accéder à son immeuble, je manque m'empaler sur l'une des piques mais je passe tout de même, j'arrive devant sa porte et je frappe en disant : « C'est Nicolaï Alexandrovich, ouvre-moi ! » La porte s'ouvre et je découvre le visage adipeux et sournois de son mari, qui me contemple d'un air soupçonneux. D'ordinaire, cette ordure n'est jamais à la maison – mais il a fallu qu'il y soit précisément ce soir-là ! Un cadre du Parti, bien sûr, le plus souvent vissé à son bureau pour concocter de nouvelles réglementations militaires – mais aujourd'hui il a décidé de rester chez lui et d'imposer ce supplice à sa femme pour le nouvel an. « Qui êtes-vous ? Qu'est-ce que cela signifie ? » me lance-t-il d'un air indigné, comme si je l'avais insulté en frappant à sa porte ou lui avais demandé de m'apporter le con mouillé de sa femme sur un plateau d'argent. Je lui aurais volontiers botté l'arrière-train, mais cela aurait été suicidaire : je me contentai donc de saluer ce connard de civil en lui disant que je m'étais trompé de porte, avant de m'éclipser et de me retrouver le bec dans l'eau. La seule autre fille que je connais dans le quartier, c'est Roza : seulement c'est une professionnelle et je n'ai pas un sou sur moi. D'un autre côté, je suis un bon client, peut-être acceptera-t-elle de me faire crédit. À moins qu'elle se contente en échange de la nourriture que j'ai sur moi. Mais elle habite bien à deux kilomètres, je pars donc en courant et en suant comme un bœuf – c'est la première fois que je transpire depuis le mois d'octobre... Je n'ai plus guère de temps devant moi, la voiture de mon copain va bientôt repartir. J'arrive chez elle haletant, je grimpe les quatre étages, la porte de l'appartement de Roza n'est pas fermée à clef. J'entre et je tombe sur trois soldats qui attendent leur tour dans sa cuisine, en se passant une bouteille de vodka. J'entends Roza gémir dans la pièce à côté et ces trois crétins à moitié bourrés chantent des chansons de la campagne en se tapant dans le dos. « Ne t'inquiète pas, me dit le dernier de la liste, avec moi ce ne sera pas long. »

« Je leur propose un peu d'argent pour me laisser passer avant eux – sauf que je n'ai pas un sou sur moi et qu'ils ne sont tout de même pas assez crétins pour accepter une reconnaissance de dette. Je leur explique que je dois rejoindre mon régiment et l'un d'eux me lance : « C'est le nouvel an ! Ils doivent tous être bourrés ! Du moment que tu rentres avant l'aube, tout se passera bien. » Cela me paraît raisonnable. Les types me passent leur bouteille, je me mets à boire avec eux et ne tarde pas à entonner leurs chansons débiles en beuglant encore plus fort qu'eux. Au bout d'une heure, je me retrouve enfin allongé aux côtés de Roza. C'est une chic fille – n'écoute jamais ce que les gens racontent au sujet des prostituées – et elle a bien voulu de moi en échange du bout de pain qui me restait, et Dieu sait qu'il n'était pas gros... Mais sa chatte lui fait mal et elle préfère me sucer. Un quart d'heure plus tard, me revoilà prêt à l'attaque... Elle sourit et me dit : « Ah, vous les jeunes, je vous adore ! » Et elle s'écarte pour que je la pénètre lentement, le plus doucement possible. Et je remets encore ça une demi-heure plus tard... J'ai bien dû déverser un litre de foutre, par devant comme par derrière.

J'avais la désagréable impression que Kolya s'excitait à nouveau en me racontant son aventure.

— Tu as donc manqué la voiture de ton copain, dis-je.

— Oh, elle était repartie depuis des heures... Mais cela ne m'inquiétait pas outre mesure, j'allais bien dénicher un autre véhicule pour rejoindre mon régiment. Je connaissais la plupart des soldats qui délivraient ces messages, ce ne serait pas bien sorcier. Si tu m'avais vu, quand j'ai quitté l'immeuble de Roza... J'étais un autre homme, comparé au moment où j'étais arrivé : détendu, le sourire aux lèvres – pour un peu je me serais mis à faire des claquettes. Je sors de l'allée en gambadant presque et je tombe sur une patrouille du NKVD – quatre salopards qui m'arrêtent et me demandent ma feuille de mission. Je leur explique que je n'en ai pas, que je suis venu apporter un message au général Stelmakh – qui est en train de superviser une bataille importante, a besoin de fusils et de mortiers, et n'a pas de temps à perdre pour signer une feuille de mission à la con. Je crois bien que ce Stelmakh est de ta tribu, entre parenthèses… Tu le savais ?

— Cette histoire a-t-elle une fin ? demandai-je. Ou suis-je condamné à t'écouter jusqu'à la nuit des temps ?

— L'enfoiré de policier qui m'interrogeait avait une petite moustache à la Hitler. On pourrait supposer que tous les individus qui portaient jadis ce genre de moustache en Russie l'ont désormais rasée – mais non, ce connard croyait visiblement que c'était du dernier chic. Il me demande pourquoi je suis allé porter un message au général Stelmakh dans un immeuble du quartier de Vyborg. Songeant qu'un soupçon de vérité n'a jamais fait de mal à personne, je décide d'en appeler à l'humanité du bonhomme. Je lui fais un clin d'œil et lui dis que je suis allé niquer une gonzesse en attendant la voiture qui doit me ramener au quartier général. Tu crois que cet enfoiré m'aurait souri, tapé sur l'épaule et conseillé d'avoir une feuille de mission en bonne et due forme la prochaine fois que je quitterais mon régiment ? J'avais passé quatre mois sur le front pendant que ce nain moustachu se pavanait dans Piter, arrêtant les soldats qui essayaient de ramener quelques bouts de viande ou un sac de riz à leurs parents. Voilà mon erreur : avoir voulu faire appel à l'humanité d'un bureaucrate. Il ordonna à ses hommes de me passer les menottes, avant de me sourire de son petit air supérieur et de m'annoncer que le général Stelmakh se trouvait à Tikhvine, à deux cents kilomètres d'ici, et venait de remporter une bataille décisive.

— Tu n'aurais jamais dû mentionner son nom. Ce n'était pas très malin de ta part.

— Je sais bien que ce n'était pas malin ! Mais j'avais la queue encore trempée ! (Plusieurs partisans dirent à Kolya de la boucler et il baissa la voix.) Je n'avais pas l'esprit clair. Jamais je n'aurais cru que ce type allait m'inculper. Te rends-tu compte à quelle vitesse la situation a basculé ? L'après-midi même, j'étais un soldat honorable – et cinq heures plus tard, je me retrouvais convaincu de désertion. J'ai d'abord cru qu'ils allaient m'abattre sur-le-champ, en pleine rue. Mais ils m'ont conduit à la prison des Croix. Et c'est là que je t'ai rencontré, mon petit Hébreu maussade.

— De quoi Yulia était-elle morte ?

— Hein ? Je ne sais pas. De faim, j'imagine.

Nous restâmes silencieux pendant plusieurs minutes, écoutant les hommes qui dormaient autour de nous, certains paisiblement, d'autres en émettant des ronflements aussi puissants que celui d'une bourrasque de vent s'engouffrant dans une cheminée. J'essayais de distinguer la respiration de Vika au milieu des autres, curieux de savoir quels bruits elle faisait en dormant, mais je ne parvins pas à l'identifier.

Kolya m'avait cassé les pieds en m'empêchant de dormir avec son interminable histoire, mais je me sentais brusquement seul maintenant qu'il s'était tu.

— Tu dors ? demandai-je.

— Mmm ? marmonna-t-il d'une voix endormie.

À peine son histoire terminée, il était déjà en route pour le pays des rêves.

— Pourquoi fait-il sombre la nuit ? ajoutai-je.

— Quoi ?

— S'il y a des milliards d'étoiles et qu'elles brillent pour la plupart autant que notre soleil, comment se fait-il qu'il ne fasse pas jour tout le temps ?

Je ne m'attendais pas vraiment à une réponse de sa part. Je pensais qu'il allait me rembarrer et me dire de dormir, ou botter en touche en rétorquant : « Il fait sombre la nuit parce que le soleil s'est couché. » Mais à ma grande surprise, il se dressa sur son séant et me dévisagea. Grâce à la lueur tremblotante qui émanait du poêle, je vis qu'il avait froncé les sourcils.

— C'est une excellente question, dit-il.

Il y réfléchit quelques instants, les yeux fixés sur les ténèbres qui s'étendaient, au-delà du halo de lumière diffusé par le poêle. Finalement, il hocha la tête, bâilla et se rallongea sur le sol. Dix secondes plus tard, il dormait déjà et ronflait comme un sonneur.

J'étais encore éveillé lorsque l'homme qui était de garde rentra dans la cabane, réveilla son remplaçant et alla jeter quelques branches dans le poêle, avant de prendre place à son tour dans le cercle des corps entassés. Pendant une bonne heure encore, j'écoutai les nœuds de bois qui éclataient dans l'âtre, en pensant aux étoiles et à Vika. Je finis tout de même par m'endormir et rêvai d'un ciel uniforme, d'où tombait une pluie de jeunes filles obèses.

19.

Le partisan qui était de garde nous réveilla peu avant midi. Il se précipita dans la cabane, s'efforçant de parler à voix basse malgré sa visible panique.

— Les Allemands arrivent, annonça-t-il.

Nous étions sur pied avant qu'il ait pu en dire davantage, aussitôt en alerte et prêts à rassembler nos affaires en apprenant que le danger se rapprochait. Nous ne nous étions pas déchaussés pour dormir et nous pouvions partir sur-le-champ.

— Un bataillon au grand complet, selon toute vraisemblance, reprit le partisan. Accompagné d'un groupe de prisonniers.

— Des fantassins ? demanda Korsakov en passant son fusil en bandoulière.

— Je n'ai pas aperçu de blindés.

Trente secondes plus tard, nous franchissions la porte inclinée de traviole et émergions en plein air, éblouis par le soleil. La cabane dénuée de fenêtres était aussi sombre qu'un caveau et j'arrivais à peine à garder les yeux ouverts sous cette lumière accablante. Nous suivîmes Korsakov. La consigne était simple, même s'il ne l'avait pas formulée à voix haute : fuir.

Mais nous n'avions pas la moindre chance. Avant même que le dernier homme ait pu sortir de la cabane, j'entendais déjà les exclamations des soldats allemands. Je réagis comme un animal, sans la moindre pensée en tête en dehors de la peur qui m'animait. L'atmosphère s'était un peu réchauffée et la neige était plus lourde, collant à mes bottes et ralentissant mes foulées.

Quand j'avais neuf ans, une importante délégation de communistes français était venue visiter Piter et le Parti avait décidé de refaire les rues à cette occasion. Des ouvriers, la cigarette au bec, avaient déversé du goudron dans la rue Voinova avant de l'égaliser à l'aide de longues truelles : on aurait dit une avenue de chocolat fondu. J'avais observé la scène toute la matinée avec les jumeaux Antokolski, devant le portail du Kirov. Je ne me souviens plus de ce qui nous avait décidés, mais sans nous être concertés, sans même avoir échangé un regard, nous avions tous les trois ôté nos chaussures et les avions balancées dans la cour de l'immeuble, avant de traverser la rue en courant. Nous aurions pu nous brûler les pieds – cela nous était égal. Après avoir laissé nos empreintes dans le goudron encore mou, nous avions atteint le trottoir d'en face et pris la fuite, tandis que les ouvriers nous injuriaient et brandissaient leurs truelles dans notre direction ; ils se gardèrent toutefois bien de se lancer à notre poursuite, sachant qu'ils ne risquaient pas de nous attraper.

Ma mère passa plus d'une heure ce soir-là à me frotter la plante des pieds avec une pierre ponce et à grand renfort de savon, jusqu'à ce qu'ils soient à nouveau propres. Mon père se tenait devant la fenêtre, les mains derrière le dos, et essayait de garder son sérieux en regardant la rue Voinova. Le goudron brillait à la lueur des lampadaires, parfaitement lisse à l'exception de ces trois rangées d'empreintes qui venaient troubler sa surface, comme des pattes de mouettes sur le sable mouillé.

Courir sur du goudron en train de sécher n'a pas grand-chose à voir avec le fait de patauger dans la neige ; j'ignore pourquoi les deux souvenirs sont associés dans mon esprit, mais c'est ainsi.

Des détonations retentirent au milieu des sapins. Une rafale passa en sifflant si près de moi que je crus un instant avoir été touché et me palpai la tête, pour m'assurer que ce n'était pas le cas. L'homme qui était devant moi s'écroula et je compris à la façon dont il tombait qu'il ne se relèverait plus. Je ne pouvais pas avancer plus vite et la peur que je ressentais n'aurait pas pu être plus intense : le fait de voir cet homme abattu sous mes yeux n'y changeait rien. En cet instant précis, je n'étais plus Lev Abramovich Beniov. Ma mère n'était pas allée se réfugier quelque part à Viazma et mon père n'avait pas disparu au fond d'une fosse inconnue. Je ne descendais pas d'une lignée de lecteurs de la Torah coiffés de chapeaux noirs, du côté paternel, ni d'une famille de petits-bourgeois moscovites, du côté maternel. Si un Allemand m'avait empoigné par le col à ce moment-là et m'avait secoué en me demandant mon nom dans un russe impeccable, j'aurais été parfaitement incapable de lui répondre et d'émettre le moindre propos susceptible d'éveiller sa pitié.

Je vis Korsakov se retourner pour tirer sur nos poursuivants. Avant qu'il ait pu appuyer sur la gâchette, une balle emporta sa mâchoire inférieure. Ses yeux cillèrent mais son regard demeura en alerte, alors qu'il avait la moitié du visage arraché. Je le dépassai en courant, franchis une pente raide et me jetai de l'autre côté. Une rigole s'était formée au fond d'une étroite ravine, l'eau de la neige fondue sinuait en gargouillant au milieu d'un éboulis de branches et de rochers.

Obéissant à un obscur instinct, je bifurquai pour suivre le cours d'eau, dévalant la pente pierreuse et glissante, à plus vive allure maintenant que j'avais quitté la zone enneigée. Mon corps attendait l'impact de la balle fatidique qui allait s'enfoncer à la façon d'un coup de pioche entre mes omoplates et me précipiter la tête la première dans l'eau glacée. Cela ne m'empêchait pas de faire preuve d'une souplesse surprenante : mes pieds choisissaient leurs appuis sans consulter mon cerveau et mes bottes projetaient des gerbes d'eau sans que je dérape pour autant.

J'ignore pendant combien de temps j'avais couru et quelle distance j'avais réussi à franchir de la sorte, mais je fus bien obligé de m'arrêter à un moment donné. Je m'abritai derrière le tronc d'un vieux mélèze dont les branches ployaient sous le poids de la neige et je m'assis sous leur ramure, en essayant de reprendre mon souffle. Mes jambes ne cessaient de trembler, même après que j'eus frotté mes cuisses avec mes mains gantées dans l'espoir d'endiguer le phénomène. Lorsque la douleur s'estompa dans mes poumons, je risquai un œil de l'autre côté du tronc pour regarder la pente que je venais de dévaler.

Trois individus arrivaient au pas de course dans ma direction, le fusil à la main. Aucun d'eux ne portait l'uniforme allemand. Le plus proche était vêtu d'une tenue de ski militaire de couleur blanche et je me rendis compte qu'il s'agissait du partisan que j'avais vu ôter l'alliance d'un mort en s'aidant de sa salive. Un certain Markov – du moins était-ce ainsi que l'appelaient ses compagnons. La vue de son visage rougeaud me procura une joie immense, tout comme ses yeux enfoncés dans leurs orbites, qui m'avaient pourtant évoqué ceux d'un assassin quelques heures plus tôt.

Kolya se tenait derrière lui et j'éclatai de rire en le reconnaissant. Je l'avais rencontré dans la nuit de vendredi et il m'avait déplu au moins jusqu'au lundi ; mais aujourd'hui – nous étions mardi après-midi – le fait de le voir en vie me plongeait dans un bonheur sans faille. Il avait perdu sa toque d'astrakan pendant sa fuite et ses cheveux blonds lui retombaient sur le front, ce qui l'obligeait à les rejeter en arrière. Il s'était tourné vers l'individu qui était à ses côtés, accompagnant ses paroles d'un sourire entendu : sans doute venait-il de proférer l'une des plaisanteries soi-disant irrésistibles dont il avait le secret.

L'individu en question s'avéra être Vika. Contrairement à Kolya, elle avait réussi à garder sa casquette en peau de lapin, qui lui descendait jusqu'aux sourcils : même à une telle distance, j'apercevais son regard de louve aux yeux bleus, scrutant le paysage environnant sous la visière de son couvre-chef. La déclaration de Kolya ne l'avait pas fait rire : on avait même l'impression qu'elle ne l'écoutait pas. Elle se retournait à chaque enjambée ou presque pour détecter la présence d'éventuels poursuivants.

Ma course n'avait sans doute pas duré très longtemps – une dizaine de minutes, une vingtaine tout au plus – mais le souvenir de la cabane de trappeur me semblait déjà appartenir à une vie antérieure. La terreur que l'on ressent en découvrant que sa vie est brusquement menacée efface toutes les autres données du cerveau. De sorte qu'après avoir aperçu Kolya, Vika et Markov – et même si leurs visages me semblaient les plus beaux qui puissent exister dans toute la Russie – j'étais parfaitement incapable de les appeler ou de leur faire le moindre signe. J'avais trouvé refuge sous les branches alourdies de ce mélèze et j'y étais en sécurité. Rien de fâcheux ne m'était arrivé depuis mon arrivée. Les Allemands ne m'avaient pas repéré. Je n'avais pas vu de visage réduit en bouillie, la mâchoire arrachée et les yeux dilatés, empreints d'un ultime étonnement. Je ne parvenais pas à appeler Kolya, même si au bout de quatre jours il était devenu mon meilleur ami.

Sans doute avais-je imperceptiblement bougé, émis un léger bruit ou changé de posture, car Vika se tourna brusquement vers moi, la crosse de son fusil calée sur son épaule et le canon pointé droit dans ma direction. Même à cet instant-là, je n'étais pas en mesure de réagir assez vite pour sauver ma peau. J'aurais pu crier son nom. N'importe quelle interjection en russe aurait fait l'affaire.

Mais d'une manière ou d'une autre, bien que je fusse assis sous les ramures et dissimulé par les branches couvertes de neige, Vika m'avait reconnu et son doigt relâcha la gâchette.

— C'est ton petit ami, dit-elle à Kolya. Peut-être est-il blessé.

Kolya se précipita vers moi, écarta les branches du mélèze et se mit à palper les pans de mon manteau, puis le reste de mon corps, à la recherche d'éventuels impacts.

— Tu es blessé ? demanda-t-il.

Je hochai négativement la tête.

— Dans ce cas, dépêche-toi, ajouta-t-il en m'aidant à me relever. Ils ne sont plus très loin.

— Trop tard, déclara Vika.

Markov et elle nous avaient rejoints à l'abri des branchages et elle désigna le sommet de la crête, de la pointe de son fusil.

Des Allemands en anoraks blancs venaient de franchir le sommet, à moins de deux cents mètres, et avançaient prudemment, le fusil au poing, explorant le terrain à la recherche d'une possible embuscade. Ils n'étaient tout d'abord que quelques-uns à se frayer un chemin dans la neige, mais d'autres ne tardèrent pas à les rejoindre, en nombre croissant, et franchirent à leur tour la crête qui grouilla bientôt de soldats dont le seul objectif était de nous tuer.

Markov sortit une paire de jumelles de l'une de ses poches extérieures et observa le groupe de tête qui descendait la colline.

— Première division de Gebirgsjäger, murmura-t-il en tendant les jumelles à Vika. Tu vois leur insigne, avec l'edelweiss ?

Vika acquiesça, en repoussant les jumelles. Au milieu des soldats avançait une cohorte de prisonniers, la tête basse : il y avait là des membres de l'Armée rouge aux uniformes crasseux, marchant à côté de civils hagards qui avaient dû s'habiller à la hâte lorsque les Allemands avaient envahi leurs villages. Quelques pauvres hères n'avaient que leurs chemises sur le dos, n'ayant pas eu le temps de saisir un manteau, des gants et un chapeau. Ils avançaient péniblement dans la neige, sans relever les yeux ni prononcer un mot, et se dirigeaient droit vers nous.

— On dirait que l'ensemble de la compagnie arrive par ici, dit Markov en rangeant ses jumelles, avant de porter son fusil à l'épaule.

Vika posa la main sur son bras.

— Tu es donc si pressé de jouer les martyrs ? lui dit-elle.

Markov la regarda, le viseur de son fusil déjà braqué sur le nazi le plus proche.

— Tirer sur des fantassins, reprit-elle, cela ne sert à rien. Ce sont les Einsatz que nous devons abattre.

Il fronça les sourcils et repoussa la main de Vika, comme s'il s'était agi d'une vieille mendiante venue lui soutirer de l'argent.

— Nous n'avons guère le choix, dit-il. Il n'y a là que des chasseurs alpins.

— Le groupe A des Einsatz se déplace généralement avec la première division de Gebirgsjäger, tu le sais aussi bien que moi. Abendroth ne doit pas être bien loin.

Nous nous dévisageâmes, Kolya et moi. Nous avions entendu prononcer pour la première fois le nom d'Abendroth la nuit dernière et il était d'ores et déjà entouré à nos yeux d'une aura menaçante. Je ne parvenais pas à chasser de mon esprit l'image de Zoya rampant sur le sol, les pieds amputés... Les filles ne nous l'ayant pas décrit, j'étais incapable de me représenter son bourreau, mais j'imaginais ses mains aux ongles manucurés et constellées de sang, reposant la scie sur le plancher de la ferme.

— Il est trop tard, dit Markov. Nous ne pouvons plus nous enfuir.

— Qui te parle de fuir ? Ils ont une bonne centaine de prisonniers. Si nous parvenions à nous glisser parmi eux…

— Tu as le cerveau ramolli, pauvre conne ? Tu crois peut-être que si tu sors d'ici en brandissant ton fusil, les Fritz t'accueilleront à bras ouverts et te laisseront le temps de te rendre ?

— Qui parle de se rendre ?

De sa main gantée, Vika agrippa l'une des branches basses du mélèze, se redressa et coinça son fusil dans l'espace qu'elle avait libéré, entre le tronc et la branche. Après quoi elle s'accroupit à nouveau, tapa des mains pour ôter la neige de ses gants et fit signe à Markov de planquer lui aussi son fusil.

— Nous allons nous mêler aux prisonniers et attendre le moment opportun. Les Fritz ont déjà fouillé ces malheureux pour s'assurer qu'ils n'avaient pas d'armes. Tu as un pistolet sur toi, n'est-ce pas ? Allez, dépêche-toi : débarrasse-toi vite de ce fusil.

— Ils pourraient les fouiller à nouveau, dit Markov.

— Ils ne le feront pas.

Les Allemands les plus proches n'étaient plus qu'à une centaine de mètres, leurs capuches rabattues sur leurs casquettes. Markov les regardait : leurs visages bien roses en faisaient des cibles faciles pour un tireur aguerri.

— D'ici la nuit, ils auront exécuté la moitié de ces prisonniers, dit-il.

— Nous ferons donc en sorte de nous trouver dans l'autre moitié, dit Vika.

Kolya sourit et opina du menton. Visiblement, l'idée le séduisait. C'était le genre de plan insensé qu'il aurait pu élaborer lui-même et je ne fus guère surpris de voir qu'il recueillait ses faveurs.

— Ça vaut le coup d'essayer, murmura-t-il. Si nous parvenons à nous mêler aux autres prisonniers, nous aurons encore une chance de nous en tirer. Et s'ils nous repèrent avant, nous tenterons une sortie. C'est un bon plan.

— C'est un plan de merde, dit Markov. Comment allons-nous nous glisser dans leur groupe sans nous faire repérer ?

— Tu as encore quelques grenades sur toi, il me semble ? répondit Vika.

Markov la dévisagea. On aurait dit que son visage avait été roué de coups à de multiples reprises, avec son nez épaté comme celui d'un boxeur et ses dents qui manquaient sur la rangée du bas. Finalement, il hocha la tête, suspendit son fusil à une branche brisée et se retourna pour observer la colonne qui approchait.

— Tu es vraiment une petite conne, grommela-t-il.

— Enlève cette combinaison blanche, répondit Vika. Sinon ils ne tarderont guère à te repérer.

Markov se hâta de déboutonner sa tenue de protection, s'assit dans la neige et l'ôta en la faisant glisser par le bas, le long de ses jambes. Il portait en dessous une veste de chasseur molletonnée, plusieurs pulls en laine et un pantalon de peintre en bâtiment. Il sortit d'une sacoche en toile une grenade à main dans laquelle il inséra un fusible de la taille d'une cigarette.

— Il faudra bien calculer notre coup, dit-il.

Après nous être accroupis, nous nous immobilisâmes derrière le vaste tronc du mélèze et retînmes notre souffle, tandis que les premiers soldats allemands passaient à moins de vingt mètres de nous.

Personne n'avait songé à me demander mon avis, ce qui n'avait rien de bien étonnant, étant donné que je n'avais pas proposé la moindre solution. À vrai dire, je n'avais pas ouvert la bouche depuis que nous avions quitté à la hâte la cabane de trappeur – et maintenant il était trop tard.

Aucune des deux hypothèses n'avait réellement mes faveurs. Tenter une sortie désespérée convenait peut-être à un combattant endurci comme Markov, mais je ne me sentais pas prêt à me lancer dans une telle mission-suicide. D'un autre côté, l'idée de se faire passer pour un groupe de prisonniers me semblait obéir à une logique un peu bizarre : quelle était l'espérance de vie d'un prisonnier de nos jours ? Si l'on m'avait demandé mon avis, j'aurais proposé de prendre une nouvelle fois la fuite – même si je n'étais pas sûr d'être encore en état de courir – ou mieux encore, de grimper dans les hauteurs de l'arbre et d'attendre que les Allemands aient passé leur chemin. Cette dernière solution me paraissait même de plus en plus pertinente, étant donné que les premiers rangs des Gebirgsjäger venaient de passer près de nous sans remarquer notre présence.

Lorsque ce fut au tour des prisonniers russes de passer près de l'arbre qui nous servait d'abri, Vika fit un signe de tête à Markov. Celui-ci prit une profonde inspiration, avança jusqu'à la lisière des branches et lança la grenade aussi loin que possible.

D'où je me trouvais, il m'était impossible de voir si l'un ou l'autre des soldats allemands avait repéré la grenade qui volait au-dessus de leurs têtes. En tout cas, je n'entendis pas le moindre cri d'alerte. La grenade atterrit dans la neige avec un bruit étouffé, trente mètres plus loin. Quelques secondes s'écoulèrent et je commençais à me dire qu'elle avait été mal amorcée lorsqu'elle explosa avec une telle violence que notre arbre trembla, déversant sur nous une partie de la neige que retenaient ses branches.

Tous les membres du bataillon aussi bien que leurs prisonniers se jetèrent au sol dans un mouvement de panique, en regardant sur leur gauche le grand geyser de neige qui venait de s'élever. Nous en profitâmes pour émerger de la lisière des arbres et nous faufiler sans être vus vers le groupe de Russes en haillons, tandis que les officiers allemands se mettaient à hurler des ordres en braquant leurs jumelles vers la forêt, à la recherche de tireurs dissimulés dans les arbres. Nous nous rapprochions et n'étions plus qu'à une dizaine de mètres de nos compatriotes captifs – avançant prudemment, lentement, en résistant à la tentation de courir pour franchir les derniers mètres. Les Allemands avaient cru distinguer des mouvements au loin dans les buissons : il y avait tout un tohu-bohu de cris, d'ordres lancés, de doigts montrant des cibles et de soldats se jetant à plat ventre, prêts à tirer.

Le temps qu'ils aient compris qu'il n'y avait pas d'ennemis sur leur flanc gauche, nous avions réussi à nous infiltrer du côté droit. Certains prisonniers s'aperçurent de notre arrivée, mais ne nous adressèrent aucun signe d'entente ni de bienvenue. Ils ne paraissaient pas surpris, du reste, de voir quatre nouveaux venus rejoindre leurs rangs. Qu'il s'agisse des civils ou des soldats, ils étaient tellement abattus qu'ils trouvaient sans doute naturel que d'autres Russes émergent des bois et viennent en catimini se rendre ainsi à l'ennemi.

Tous les prisonniers étaient de sexe masculin, depuis les petits garçons dont le nez coulait et qui arboraient un filet de morve gelée jusqu'aux vieillards courbés en deux, aux joues hérissées de barbe blanche. Vika rabattit encore plus bas sa casquette en peau de lapin. Dissimulée sous ses couches de vêtements, elle pouvait aisément passer pour un adolescent et personne ne lui accorda une attention particulière.

Au moins deux des soldats de l'Armée rouge avaient perdu leurs bottes et devaient se contenter de leurs chaussettes de laine trouées. Les Allemands accordaient une grande valeur aux bottes de l'armée soviétique, dont le cuir doublé de feutre s'avérait nettement plus chaud et plus résistant que celui de leurs propres chaussures. Les chaussettes de ces deux malheureux étaient probablement imbibées de neige fondue : quand la température tombait et que les chaussettes gelaient, ils devaient avoir l'impression que leurs pieds étaient pris dans deux blocs de glace. Je me demandai combien de temps ils allaient pouvoir tenir, tandis que cet engourdissement gagnerait peu à peu leurs chevilles et leurs genoux. Ils avaient le regard aussi abattu que celui des chevaux de l'armée qui tiraient les traîneaux dans les rues enneigées de Piter, avant que la nourriture ne commence à manquer et qu'on ne les abatte pour les manger.

Les Allemands discutaient dans leur langue. Aucun d'eux ne semblait avoir été sérieusement touché par la déflagration, même si une jeune recrue dont la joue avait été entaillée endiguait le sang qui s'écoulait à l'aide d'un de ses gants et montrait sa plaie à ses camarades, fier d'exhiber sa première blessure de guerre.

— Ils pensent qu'il s'agissait d'une mine, chuchota Kolya qui écoutait l'air de rien les commentaires des officiers allemands. Ils doivent être originaires du Tyrol, car ils ont un drôle d'accent. Oui, c'est bien ça : d'après eux, c'est une mine qui a sauté.

Les officiers transmirent leurs ordres à leurs hommes. Ceux-ci se tournèrent vers les prisonniers qui attendaient sagement et leur firent signe avec leurs fusils que la marche allait reprendre.

— Attendez ! s'écria brusquement l'un des Russes, un civil d'une quarantaine d'années aux lèvres épaisses, coiffé d'une casquette rembourrée dont il avait noué les oreillettes sous son menton. Cet homme est un partisan !

Il désignait Markov. Tout le monde autour de lui s'était tu.

— Il a débarqué chez moi le mois dernier et m'a volé toutes mes pommes de terre, ainsi que le peu de nourriture qui me restait, en me disant qu'il fallait participer à l'effort de guerre ! Vous entendez ? C'est un partisan ! Il a tué de nombreux Allemands !

Markov regardait le civil, la tête penchée sur le côté comme un chien qui s'apprête à attaquer.

— Ferme ta gueule, lança-t-il à voix basse, le visage congestionné de colère.

— Ne me dis pas ce que je dois faire ! rétorqua l'autre. Ne me donne plus jamais un seul ordre !

Un Leutnant arriva au pas de course, alerté par trois soldats, et fendit le cercle de prisonniers qui s'était formé autour de Markov et de son accusateur.

— Que se passe-t-il ? beugla-t-il.

Il s'agissait de toute évidence du traducteur du bataillon, car il s'exprimait en russe avec un accent ukrainien. On aurait dit un obèse qui aurait brusquement perdu sa graisse : ses grosses joues pendaient, lourdes et flasques, et ballottaient dans le vide, suspendues à ses pommettes.

L'accusateur pointait toujours le doigt en direction de Markov. Il faisait penser à un enfant qui aurait grandi trop vite, avec ses oreillettes et ses lèvres qui tremblaient. Il s'adressait au Leutnant mais ne quittait pas le partisan des yeux.

— Cet homme est un assassin ! Il a tué vos soldats !

Kolya ouvrit la bouche, prêt à prendre la défense de Markov, mais Vika lui donna un violent coup de coude dans le ventre pour le réduire au silence. Je vis mon ami plonger la main dans la poche de son manteau, prêt en cas de besoin à se servir du Tokarev.

Markov hocha la tête. Un étrange et affreux sourire déforma ses traits.

— Je chie sur la gueule de ta mère, dit-il.

— Tu fais moins le fier à présent ! Tu roulais des mécaniques quand tu volais des pommes de terre aux gens du peuple mais aujourd'hui tu es bien obligé de t'écraser, pas vrai ?

Markov poussa un grognement et sortit un petit pistolet de la poche de sa veste. Malgré sa corpulence, il avait été aussi rapide qu'un gangster américain et pointait le museau de son arme vers son accusateur, qui recula en titubant tandis que les autres prisonniers s'écartaient précipitamment autour de lui.

Les Allemands furent les plus rapides. Avant que Markov ait pu appuyer sur la gâchette, une rafale de MP40 déclenchée par les soldats vint consteller de trous le devant de sa veste. Le partisan vacilla et fronça les sourcils, comme s'il cherchait à se souvenir d'un détail important ; puis il bascula à la renverse et s'effondra sur le dos dans la neige, tandis que de petites bouffées de duvet s'échappaient de la doublure perforée de sa veste.

L'accusateur contempla le corps étendu de Markov. Il devait forcément connaître les conséquences de sa délation, mais maintenant que la chose était faite, il paraissait ébahi par l'issue de cette affaire. Le Leutnant le considéra un instant, en se demandant s'il devait le punir ou le récompenser. Il finit par s'emparer du pistolet de Markov, en guise de souvenir, et tourna les talons en abandonnant la scène. Ses soldats le suivirent après avoir jeté un coup d'œil sur le corps de Markov, se demandant peut-être lequel d'entre eux avait tiré la rafale qui lui avait été fatale.

La compagnie ne tarda pas à se remettre en route, non sans avoir procédé à un petit changement. Six Russes marchaient désormais en tête, précédant de dix mètres les premiers Allemands, au cas où d'autres mines auraient été dissimulées dans le sol. C'était pour eux une pénible épreuve, car ils s'attendaient à chaque pas à poser le pied au mauvais endroit et à déclencher l'explosion fatale. Peut-être avaient-ils envisagé de prendre la fuite, mais les soldats les auraient abattus avant qu'ils aient pu faire trois pas.

Tout le monde évitait l'homme qui avait dénoncé Markov. C'était un pestiféré à présent. Il marchait en marmonnant seul dans son coin, se tenant à lui-même de longs discours dont nul ne percevait la teneur, tout en jetant de fréquents coups d'œil de droite à gauche, comme s'il s'attendait à des représailles.

Je me trouvais une dizaine de rangs derrière lui, marchant péniblement dans la neige aux côtés de Vika et de Kolya. Lorsqu'un prisonnier parlait assez fort pour être entendu des Allemands, l'un des soldats lançait un cinglant « *Halts Maul !* ». Personne n'avait besoin d'un traducteur pour déchiffrer son agressivité et le Russe en question s'empressait de la boucler, en baissant la tête et en accélérant le pas. Il était néanmoins possible de poursuivre une conversation, à condition de parler suffisamment bas et de garder un œil du côté des Allemands.

— Je suis désolé pour ton ami, murmurai-je à Vika.

Celle-ci continua de marcher sans me répondre ni manifester d'une manière ou d'une autre qu'elle m'avait entendu. Je me dis que je l'avais peut-être offensée.

— Il avait l'air d'un brave homme, ajoutai-je.

Mes deux répliques étaient d'une banalité consternante. C'était exactement le genre de propos qu'on tient lors de l'enterrement d'un parent éloigné, pour lequel on n'a jamais éprouvé une grande affection. Je pouvais difficilement reprocher à Vika de les ignorer.

— Ce n'était pas le cas, dit-elle enfin. Mais je l'aimais bien quand même.

— Ce traître devrait se balancer au bout d'une corde, chuchota Kolya en baissant la tête pour que sa voix ne porte pas, le regard posé sur la nuque du délateur. Je lui romprais volontiers le cou. Je sais comment m'y prendre.

— Laisse tomber, dit Vika. Ce type n'a aucune importance.

— Markov ne serait sans doute pas de cet avis, dis-je.

Vika leva les yeux vers moi et sourit. Ce n'était pas ce sourire froid de prédateur que je lui avais déjà vu. Elle semblait surprise par mon commentaire, comme si elle venait d'entendre un mongolien siffler la *Lettre à Élise* sans sauter une seule note.

— Tu as raison, dit-elle. Tu es un drôle de bonhomme.

— Pourquoi ?

— C'est un petit diable à l'esprit tortueux, intervint Kolya en me donnant une claque affectueuse dans les reins. Mais il joue très bien aux échecs.

— Pourquoi suis-je un drôle de bonhomme ? repris-je.

— Markov ne compte pas, dit-elle. Pas plus que toi ou moi. La seule chose qui compte, c'est de gagner la guerre.

— Non, dis-je, je ne suis pas d'accord. Markov comptait. Toi et moi aussi, nous comptons. C'est même pour cela que nous devons gagner.

Kolya haussa les sourcils, impressionné de voir que je m'opposais à cette petite fanatique.

— Je compte tout particulièrement, annonça-t-il. Je suis en train d'écrire le plus grand roman du XXe siècle.

— Vous êtes à deux doigts de tomber amoureux, tous les deux, dit Vika. Est-ce que vous vous en rendez compte ?

La sinistre procession de prisonniers épuisés venait de faire halte devant nous, avant de s'immobiliser. Certains essayaient de voir ce qui se passait et pourquoi nous n'avancions plus. L'un des deux Russes qui avaient perdu leurs bottes s'était arrêté de marcher. D'autres captifs, qui appartenaient à la même unité que lui, le suppliaient de se remettre en route, mais il se contentait de hocher la tête sans prononcer un mot, comme s'il avait pris racine dans le sol enneigé. Un ami essaya de le tirer par la manche – c'était inutile : il avait pris sa décision et choisi son endroit. Lorsque les soldats arrivèrent en hurlant et en brandissant leurs mitraillettes, les prisonniers de l'Armée rouge s'écartèrent avec réticence et abandonnèrent leur camarade, dont le destin était scellé. Celui-ci adressa un sourire narquois aux Allemands et leva le bras en l'air, dans une parodie de salut hitlérien. Je détournai les yeux juste à temps.

20.

Une heure avant le coucher du soleil, la compagnie fit halte aux abords d'un sinistre bâtiment en brique rouge, une école construite lors du second plan quinquennal et dont les fenêtres en verre au plomb étaient aussi étroites que les embrasures d'un château médiéval. Au-dessus de la porte d'entrée, en lettres de bronze hautes de soixante centimètres, était inscrite la célèbre phrase de Lénine : CONFIEZ-NOUS UN ENFANT PENDANT HUIT ANS ET NOUS EN FERONS UN BOLCHEVIQUE POUR L'ÉTERNITÉ. Un envahisseur qui connaissait le russe avait ajouté en dessous, à la peinture blanche (quelques lettres avaient coulé avant de sécher) : CONFIEZ-NOUS VOS ENFANTS PENDANT HUIT SECONDES ET ILS CESSERONT À TOUT JAMAIS D'ÊTRE DES BOLCHEVIQUES.

La Wehrmacht avait réquisitionné l'école et l'avait transformée en poste de commandement. Six Kübelwagen étaient garées près de l'entrée, et un soldat nu-tête, aux cheveux ras et jaunes rappelant un poussin à peine sorti de l'œuf, remplissait le réservoir de l'un des véhicules à l'aide d'un jerrycan en métal. Il vit arriver la compagnie et son convoi de prisonniers sans manifester le moindre intérêt.

Les officiers lancèrent des ordres, les rangs se rompirent et la plupart des Allemands gagnèrent l'intérieur du bâtiment, se défaisant de leur lourd barda et s'interpellant les uns les autres d'un air jovial, heureux de pouvoir passer à la douche (si toutefois il y avait de l'eau courante) et d'engloutir un repas chaud. Le reste des Gebirgsjäger, une patrouille de quarante soldats probablement furieux d'être encore de corvée alors qu'ils mouraient de faim et qu'ils étaient moulus après cette longue journée de marche à travers la forêt russe, nous conduisirent à l'autre extrémité du bâtiment.

Un officier allemand nous attendait, fumant et lisant un journal, assis sur une chaise pliante. Il releva les yeux et esquissa un sourire entendu en nous voyant arriver, comme si nous étions une bande de copains qu'il avait invités à dîner. Après avoir posé son journal, il se leva et opina du menton en examinant l'expression de nos visages, la qualité de nos bottes et l'état de nos vêtements. Il portait l'uniforme gris de la Waffen-SS, reconnaissable à ses poignets verts. Son manteau gris reposait sur le dossier de la chaise pliante. Vika, qui marchait à côté de moi, me chuchota :

— Einsatzkommando...

Après nous avoir répartis en plusieurs rangées, l'Einsatzkommando balança d'une chiquenaude sa cigarette dans la neige et fit un signe de la tête à l'intention du Gebirgsjäger aux joues flasques qui tenait lieu de traducteur. Ils échangèrent quelques mots en russe, comme s'ils jouaient une saynète à l'intention des prisonniers.

— Combien sont-ils ?

— Quatre-vingt-quatorze. Non, quatre-vingt-douze.

— Il y en a donc deux qui n'ont pas pu arriver jusqu'ici ? Bien.

L'Einsatzkommando se retourna, nous fixant à tour de rôle dans les yeux. C'était un assez bel homme ; sa casquette noire à visière, rejetée en arrière, dégageait son front hâlé par le soleil et sa fine moustache lui donnait un air de chanteur de jazz.

— Ne craignez rien, nous dit-il. Je sais que vous avez dû subir la propagande communiste, qui nous décrit comme des barbares venus vous anéantir. Mais en vous regardant, je ne vois que des ouvriers et des paysans honnêtes. Y a-t-il un seul bolchevique parmi vous ?

Personne ne se manifesta. L'Allemand sourit.

— Bien sûr que non, reprit-il. Vous êtes beaucoup trop futés pour ça. Vous avez compris que le bolche-visme n'est que l'expression la plus radicale de l'éternel complot des juifs, visant à dominer le monde.

Il parcourut des yeux les visages impavides des Russes alignés devant lui et haussa les épaules, d'un air bon enfant.

— Trêve de billevesées... Vous connaissez fort bien la vérité, vous la vivez dans votre chair et c'est cela qui compte. Il n'y a aucun motif de conflit entre nos deux peuples. Nous avons le même ennemi en commun.

Il fit signe à l'un des soldats, qui souleva une pile de journaux posée sur une palette en bois, à côté de la chaise pliante, et la répartit entre cinq de ses coreligion-naires. Ceux-ci longèrent ensuite les rangées de prison-niers, en distribuant un journal à chacun. J'eus droit à *La Voix du Komsomol*, tandis que Vika et Kolya héri-taient de *L'Étoile rouge*.

— Je comprends que ce soit difficile à admettre, après tant d'années de propagande, mais je vous assure que c'est la vérité : la victoire allemande sera également celle du peuple russe. Si vous ne le comprenez pas aujourd'hui, vous ne tarderez pas à vous en rendre compte et vos enfants grandiront par la suite dans cette évidence.

Le soleil qui s'apprêtait à se coucher étirait nos ombres, comme si nous avions été une assemblée de géants. L'officier des Einsatz tirait visiblement un cer-tain plaisir de son discours et de l'impression qu'il pro-duisait sur nous. Techniquement, il parlait le russe à la perfection, sans chercher pour autant à dissimuler son accent. Je me demandais où il l'avait appris et s'il n'était pas né, par hasard, dans l'une des colonies allemandes de Melitopol ou de Bessarabie. Il leva les yeux et contempla l'ellipse que formaient au loin trois petits nuages dans le ciel argenté.

— J'aime ce pays, reprit-il. La nature y est splendide. (Il baissa la tête et eut un nouveau haussement d'épaules.) Vous devez être en train de vous dire : il a beau nous tenir ces beaux discours, pour l'instant nous sommes toujours en guerre. Pas vrai ? Le fait est, mes amis, que nous avons besoin de vous. Chacun parmi vous peut servir cette noble cause. Vous avez entre les mains les tissus de mensonges qu'imprime votre glorieux régime. Vous connaissez l'honnêteté dont font preuve tous ces journaux... Ils vous ont dit que cette guerre n'aurait jamais lieu et vous voyez aujourd'hui où vous en êtes ! Ils vous ont dit que les Allemands seraient repoussés dès le mois d'août, mais dites-moi... (Il feignit de frissonner, dans un geste théâtral.) Est-ce que le froid qui règne ici vous paraît digne d'un mois d'août ? Peu importe, du reste... Chacun d'entre vous va lire à tour de rôle un paragraphe à voix haute. Ceux que nous estimerons suffisamment instruits nous accompagneront à Vyborg, où je puis vous certifier que vous aurez droit à trois repas par jour, et où vous serez chargés de traduire des documents pour le gouvernement provisoire. Vous travaillerez de surcroît dans un bâtiment chauffé ! Quant à ceux qui ne seront pas retenus... Ma foi, le travail sera un peu plus dur pour eux. Je n'ai jamais visité les aciéries d'Estonie, mais j'ai entendu dire qu'elles ne sont pas toujours sans danger. En tout cas, vous bénéficierez d'une nourriture sans commune mesure avec le malheureux brouet de l'Armée rouge. Quant aux civils qui sont parmi vous, je n'ose même pas imaginer ce qu'ils ont dû ingurgiter ces derniers mois.

Les paysans les plus âgés grommelaient en hochant la tête et en échangeant des regards dubitatifs.

L'Einsatzkommando fit un signe de la tête à l'intention du traducteur des Gebirgsjäger et les deux hommes procédèrent aussitôt à l'examen des prisonniers. Quelques phrases leur suffisaient pour juger du degré d'instruction des Russes. Je regardai l'exemplaire que j'avais entre les mains. Au-dessus de l'article qui occupait la une figurait en gros caractères une exhortation de Staline en personne : COMPATRIOTES ! CAMARADES ! GLOIRE ÉTERNELLE AUX HÉROS QUI ONT DONNÉ LEUR VIE POUR LA LIBERTÉ ET LE BONHEUR DE NOTRE NATION !

Les vieux paysans se contentaient de hausser les épaules et de rendre leur journal aux Allemands, sans se donner la peine de le regarder. Mais la plupart des jeunes gens issus des fermes collectives se concentraient pour arriver à lire quelques mots. Ils prenaient cet examen au sérieux et fronçaient les sourcils en essayant de déchiffrer les lettres. Les Allemands riaient gentiment quand ils faisaient une faute et leur tapotaient l'épaule, en plaisantant avec eux :

— Tu ne t'es jamais trop soucié des livres, pas vrai ? Tu étais trop occupé à courir après les filles...

Les prisonniers ne tardèrent pas à se détendre, interpellant bruyamment ceux de leurs amis qui se trouvaient à l'autre bout de la file. Ils riaient en même temps que leurs ravisseurs lorsqu'ils achoppaient sur certains mots. Quelques-uns inventaient carrément les articles qu'ils étaient censés lire, forgeant de toutes pièces un reportage sur les combats qui venaient d'avoir lieu autour de Moscou ou sur le bombardement de Pearl Harbour, imitant avec un certain succès le style des commentateurs qu'ils entendaient à la radio. Les Allemands semblaient apprécier cette supercherie, même si personne de part ni d'autre n'était dupe.

Les Allemands demandaient à tous ceux qui avaient échoué de se ranger du côté gauche. Les premiers paraissaient un peu gênés par cette humiliation publique mais ils ne tardèrent pas à se détendre, les rangs des analphabètes ne cessant de grossir.

— Toi aussi, Sacha ? Je croyais que tu étais un as !

— Regarde un peu les efforts qu'il fait devant l'officier ! Allons, n'insiste pas, tu auras droit aux aciéries comme nous ! Tu croyais peut-être te la couler douce dans un bureau ? Quel idiot ! Regarde-moi ça, il insiste encore !

— Eh bien, mon vieil Edik, tu crois que tu arriveras à marcher jusqu'en Estonie ? Allez, ne fais pas cette tête, on te donnera un coup de main !

Ceux qui savaient lire cherchaient visiblement à impressionner les Allemands. Ils déclamaient leur texte comme des acteurs emportés par leur tirade. La plupart d'entre eux poursuivaient leur lecture alors qu'on leur avait dit d'arrêter, s'appliquant sur les mots les plus difficiles et avides de montrer avec quelle aisance ils maniaient le vocabulaire. Ils allaient ensuite se placer sur la droite, fiers comme Artaban et saluant leurs camarades d'un hochement de tête, heureux de la manière dont cette journée s'achevait. Vyborg n'était pas très loin et la perspective d'aller travailler dans un bâtiment chauffé en bénéficiant de trois repas par jour était assurément plus séduisante que celle qui consistait à rester assis des nuits entières dans une tranchée, à attendre le tir des mortiers.

Kolya contemplait d'un air dégoûté la file des heureux élus qui se congratulaient.

— Regarde-moi ça, marmonnait-il entre ses dents. Ils croient qu'on va leur donner une médaille parce qu'ils savent lire le journal ? Et tu as vu les regards condescendants de ces Fritz ? Je devrais peut-être leur lire le premier chapitre d'*Eugène Onéguine*... Tu ne crois pas que cela les impressionnerait ? Soixante strophes, *ta-ra-ta-ta*... Ils croient donc être le seul peuple cultivé d'Europe ? Ils veulent vraiment qu'on compare Gœthe et Heine à Pouchkine et Tolstoï ? Je leur concède la première place en musique – de justesse, d'ailleurs – ainsi qu'en philosophie. Mais en littérature ! Non, soyons sérieux…

Il n'y avait plus que deux hommes entre l'Einsatzkommando à la casquette noire et Kolya, qui se trouvait à ma gauche. Je sentis brusquement une main gantée saisir la mienne et me tournai de l'autre côté : Vika me fixait, le visage blême. Ses yeux farouches ne cillaient pas, malgré l'assaut des derniers rayons de soleil. Elle m'avait pris la main pour m'alerter de quelque chose, mais ne la relâcha pas aussi vite qu'elle l'aurait dû – du moins me fis-je cette remarque. Malgré l'indifférence ennuyée qu'elle affichait le plus souvent à mon égard, peut-être allais-je parvenir à me faire aimer d'elle ?

— Ne lis pas, me chuchota-t-elle comme elle savait le faire, sans que personne d'autre alentour ne l'entende.

Elle ne me quittait pas des yeux, pour s'assurer que je l'avais bien comprise. Pour une fois dans mon existence, je n'avais pas besoin qu'on me fasse un dessin.

Avec la patience et la bienveillance d'un professeur, l'Einsatzkommando écoutait le soldat de l'Armée rouge qui se trouvait à côté de Kolya.

— Bientôt l'Europe brandira le drapeau de la liberté…

— Bien…

— … et de la paix entre les nations.

— Excellent. Allez vous placer à droite.

Je donnai un coup de coude à Kolya. Il me regarda d'un air impatient, s'apprêtant déjà à montrer à ce fasciste paternaliste le véritable visage des lettres russes. Je hochai négativement la tête, à une seule reprise. L'Einsatzkommando s'approchait déjà, il m'était impossible de lui dire quoi que ce soit. Tout ce que je pouvais faire, c'était le regarder droit dans les yeux en espérant qu'il comprendrait.

— Ah, voilà un grand gaillard des steppes. Vous avez sans doute du sang cosaque dans les veines ?

Kolya se tenait très droit. Il était plus grand que l'Einsatzkommando et le considéra pendant quelques instants en silence, de toute sa hauteur.

— Je l'ignore, dit-il enfin. Je suis né et j'ai été élevé à Piter.

— Une bien belle ville... Mais quel dommage de l'avoir rebaptisée Leningrad. Un nom affreux, vous ne trouvez pas ? En dehors de toute considération politique, je veux dire. Et tout à fait inapproprié, selon moi. Saint-Pétersbourg, voilà un nom qui résonne ! Et chargé d'histoire. J'y suis déjà allé, vous savez. Ainsi qu'à Moscou, d'ailleurs. Et j'espère avoir sous peu le plaisir d'y remettre les pieds. Mais pour l'instant, montrez-moi ce que vous savez faire.

Kolya déplia le journal et considéra la page imprimée. Il prit une profonde inspiration, ouvrit la bouche comme s'il s'apprêtait à lire – et éclata de rire, avant de redonner le journal à l'Allemand, en secouant la tête.

— Je n'arrive même pas à faire semblant, dit-il. Je suis désolé.

— Ne vous excusez pas ! Un homme de votre stature perdrait son temps derrière un bureau. Nous allons vous trouver quelque chose de plus approprié.

Kolya acquiesça et sourit à l'officier, comme s'il était un peu demeuré. Il était censé rejoindre à présent le groupe des autres illettrés mais resta à mes côtés, les mains dans les poches.

— Je veux voir si mon copain arrive à faire mieux que moi, dit-il.

— En tout cas, il ne peut pas faire pire, dit l'Einsatzkommando avec un petit sourire en coin.

Il s'arrêta devant moi et me dévisagea.

— Quel âge as-tu ? Quinze ans ?

J'acquiesçai. J'ignorais s'il était préférable d'avoir quinze ou dix-sept ans, en termes de sécurité. Je mentis instinctivement.

— D'où sont originaires tes grands-parents ?

— De Moscou.

— Tous les quatre ?

— Oui.

Je continuais à mentir par automatisme, à présent, sans même réfléchir aux paroles que j'allais prononcer.

— Mes parents se sont rencontrés là-bas, ajoutai-je.

— Tu ne m'as pas l'air vraiment russe. Si l'on me demandait mon avis, j'aurais tendance à dire que tu es juif.

— Vous n'êtes pas le premier à tomber dans le panneau, dit Kolya en souriant et en me passant la main dans les cheveux. Savez-vous comment nous l'avons surnommé ? « Notre petit juif »... Ça le met généralement hors de lui. Mais regardez-moi ce nez ! Si je ne connaissais pas sa famille, je jurerais moi aussi que c'est un youtre.

— Certains juifs ont le nez fin, dit l'Allemand, tandis que celui des gentils est parfois énorme. Nous devons nous montrer prudents dans nos estimations. J'ai rencontré à Varsovie, il y a quelques mois, une juive dont les cheveux étaient plus blonds que les vôtres.

Il désignait la tête de Kolya, qui avait perdu sa toque. Puis il sourit et lui adressa un clin d'œil.

— Et ce n'était pas une fausse blonde, si vous voyez ce que je veux dire.

— Je vois parfaitement, dit Kolya en lui retournant son sourire.

— Ne t'inquiète pas trop, me dit l'Allemand. Tu es encore jeune. Nous avons connu nous aussi nos années difficiles. Mais dis-moi : es-tu meilleur en lecture que ton ami ici présent ?

Je posai les yeux sur le journal que je tenais à la main.

— Je sais que ceci signifie *Staline*, dis-je en montrant le mot. Et ceci : *camarade*.

— C'est un bon début.

L'Allemand me gratifia d'un sourire avunculaire, me tapota la joue et me reprit le journal des mains. Je songeai qu'il regrettait peut-être d'avoir dit que je ressemblais à un juif.

— Très bien, ajouta-t-il. Tu tiendras donc compagnie à ton ami en Estonie. Quelques mois de travail intensif n'ont jamais fait de mal à personne. Tout cela prendra bientôt fin. Et toi, ajouta-t-il en se dirigeant vers Vika, qui était la dernière de la file. Encore un gamin... De quoi es-tu capable ?

Vika haussa les épaules et secoua la tête. Sans relever les yeux ni tenter de le lire, elle tendit le journal à l'Einsatzkommando.

— Parfait, dit celui-ci. Encore une victoire éclatante du système d'éducation bolchevique. Allez vous mettre dans la file de gauche, tous les trois.

Nous rejoignîmes le groupe des illettrés hilares. L'un d'eux avait déjà travaillé dans une aciérie et les autres s'étaient regroupés autour de lui : ils l'écoutaient décrire la terrible chaleur qui émanait des hauts fourneaux et les dangers que représentait la manipulation du métal en fusion. L'individu qui avait dénoncé Markov se tenait à l'écart de leur cercle. Il frottait ses mains l'une contre l'autre, pour les réchauffer. Tout le monde l'ignorait.

— S'agissait-il d'Abendroth ? murmurai-je à Vika.

Elle hocha négativement la tête.

— Abendroth a le grade de Sturmbannführer. Ce qui signifie qu'il y a quatre étoiles d'argent sur le revers de son col. Cet officier n'en a que trois.

Le traducteur de la compagnie comptait les deux groupes de prisonniers, à voix haute et du bout du doigt. Lorsqu'il eut terminé, il annonça à l'Einsatz-kommando :

— Cinquante-sept lecteurs et trente-huit analphabètes.

— Parfait.

Le soleil disparaissait à l'horizon et il commençait à faire froid. L'Einsatzkommando se dirigea vers sa chaise pliante, où son manteau l'attendait, tandis que les sol-dats disposaient sur une double rangée les prisonniers qui savaient lire et leur ordonnaient de se mettre en marche. En passant devant nous, les Russes nous saluè-rent joyeusement de la main. Ils marchaient à présent avec une assurance qui n'avait plus grand-chose à voir avec la cohorte trébuchante que nous formions le matin même. Leurs bottes s'élevaient et retombaient, marte-lant le sol en rythme : droite, gauche, droite, gauche...
Les prisonniers voulaient impressionner leurs maîtres allemands et leur démontrer qu'ils méritaient bien la fleur qu'on venait de leur faire, en leur proposant d'aller classer des coupures de presse à Vyborg.

L'Einsatzkommando ne les regardait déjà plus. Il boutonna son manteau, enfila ses gants en cuir et se dirigea vers les Kübel garées devant l'entrée. Les prison-niers qui savaient lire avaient rejoint la façade dénuée de fenêtres du bâtiment en brique, où on leur ordonna de faire halte et de se retourner. Même à cet instant-là, ils ne comprirent pas ce qui les attendait. Comment l'auraient-ils pu ? Ils avaient passé avec succès l'épreuve qu'on leur avait imposée et croyaient avoir été récompensés.

Je jetai un coup d'œil à Vika, mais elle avait détourné les yeux, refusant de regarder la scène.

Les soldats allemands levèrent leurs mitraillettes et se mirent à tirer sur la rangée des Russes. Ils ne relâchèrent pas leurs gâchettes avant que leurs chargeurs soient vides. Les corps des Russes gisaient au sol, pantelants et déchiquetés ; un halo de fumée s'élevait de leurs manteaux brûlés par les décharges. Les Allemands rechargèrent leurs armes, s'approchèrent de la façade et achevèrent d'une balle dans la tête ceux qui respiraient encore.

Devant l'entrée de l'école, je vis l'Einsatzkommando s'adresser au jeune soldat au crâne rasé qui remplissait tout à l'heure les réservoirs d'essence. La remarque de l'officier devait être drôle, car le soldat éclata de rire et opina du menton. L'Einsatzkommando prit place à bord de l'une des Kübel, qui démarra aussitôt. Le jeune soldat ramassa les jerrycans vides et entreprit de les rapporter à l'intérieur de l'école. Au bout de quelques pas, il s'arrêta et regarda le ciel. J'entendis au même instant le vrombissement des avions qui passaient au-dessus de nous. Les Junker aux ailes d'argent avaient pris la direction de l'ouest, par groupes de trois, pour le premier raid aérien de la soirée. Leurs triples formations se succédaient les unes après les autres, emplissant peu à peu le ciel comme un vol d'oiseaux migrateurs. Prisonniers ou soldats allemands, nous avions tous levé les yeux et nous contemplions le ciel en silence, en regardant passer les bombardiers.

21.

Nous passâmes la nuit dans un baraquement installé derrière l'école. Nous étions trente-cinq, entassés dans un espace où huit personnes auraient eu de la peine à dormir correctement. Aucun d'entre nous ne pouvait vraiment s'étendre. J'étais assis, recroquevillé dans un coin entre Kolya et Vika. La position n'était pas très confortable mais me permettait de respirer à peu près normalement : les interstices qui séparaient les planches constituaient la seule source d'aération et lorsque la claustrophobie me gagnait je n'avais qu'à tourner la tête pour aspirer une bouffée d'air frais.

Il n'y avait pas de lumière. Après nous avoir poussés à l'intérieur, les soldats allemands avaient cloué des planches en travers de la porte. Nous entendions les gardes discuter à l'extérieur en fumant leurs cigarettes, mais cela n'empêchait pas les prisonniers de caresser des rêves d'évasion. Je ne voyais pas leurs visages et j'avais l'impression d'écouter l'une de ces pièces radiophoniques dont ma mère était friande.

— Je vous assure, ces planches doivent se briser aussi facilement que des coquilles de noix. Un bon coup d'épaule et nous nous retrouverons à l'air libre.

— Tu crois ça ? Moi, je suis menuisier et j'ai examiné les parois quand ils nous ont fait entrer. Ces planches sont en bouleau, du bouleau blanc – un bois particulièrement résistant.

— Et qu'arrivera-t-il au type qui pointera le bout de son nez ? Il y a des gardes à l'extérieur et ils ont des mitraillettes.

— Combien sont-ils ? Deux ou trois ? Nous aurons facilement le dessus, même si certains doivent y laisser leur peau.

— Quelqu'un peut-il voir combien ils sont, là dehors ?

Je baissai la tête et jetai un coup d'œil à travers l'interstice.

— Je n'en aperçois que deux, dis-je, mais il y en a peut-être davantage de l'autre côté.

— Du moment que ce n'est pas moi qui passe en premier...

— Nous sortirons tous ensemble.

— Il faudra bien que l'un d'entre nous franchisse le seuil en tête.

— Nous ferions mieux d'attendre et de suivre leurs instructions. La guerre finira bien par s'arrêter.

— C'est toi qui parles comme ça, Edik ? Tu es tombé sur la tête ou quoi ? Tu n'as pas vu ce qui s'est passé tout à l'heure ? Et tu fais encore confiance à ces salopards ?

— S'ils avaient voulu nous abattre, ils l'auraient déjà fait. Ils voulaient juste se débarrasser des plus futés, des membres du Parti.

— Tu es vraiment un pauvre enculé. Tu mérites que tes enfants te chient un jour dans la gueule.

Kolya se pencha devant moi dans l'obscurité, afin de pouvoir chuchoter à Vika, sans être entendu par ces paysans vindicatifs :

— Cet Einsatzkommando se trouvait juste devant nous, lui dit-il. Tu disais hier à Markov que vous n'étiez pas là pour abattre de simples fantassins, qu'il fallait préserver vos forces pour les Einsatz. Dans ce cas, pourquoi n'avons-nous rien tenté tout à l'heure ?

Vika demeura un long moment sans répondre et je crus tout d'abord que l'insinuation de Kolya l'avait mise en colère. Mais lorsqu'elle parla, sa voix était songeuse.

— Peut-être ai-je eu peur... Et toi ?

Kolya poussa un soupir.

— Le moment ne me paraissait pas très approprié. À quoi bon abattre un homme pour se faire aussitôt tailler en pièces ?

— Nous avons peut-être trop attendu. Qui sait si une meilleure opportunité se présentera par la suite ?

Je ne la connaissais que depuis la veille, mais je fus surpris par la repartie de Vika. Elle n'était visiblement pas du genre à se laisser envahir par le doute et elle venait pourtant d'utiliser à deux reprises l'adverbe « peut-être ».

— J'ai été à deux doigts de le faire, lorsqu'il t'a interrogé au sujet de tes grands-parents, dit Kolya en me donnant un coup de coude dans l'épaule. Je me suis dit qu'il allait peut-être te demander de baisser ton froc, pour examiner ton engin. Ma main était crispée sur la crosse de mon revolver. Mais heureusement, notre petit discours a réussi à le convaincre. Qu'as-tu pensé de ma réaction ?

— Tu t'en es fort bien sorti, dis-je. Et du tac au tac.

— Pour être tout à fait honnête, je crois que je ne lui étais pas indifférent. Vu sa tronche, ça n'aurait rien d'étonnant.

Vika posa la main sur mon genou, dans l'obscurité.

— Ce que je disais tout à l'heure à propos des juifs, dit-elle, c'était juste affaire de parler... Tous les gens que les nazis haïssent à ce point sont mes amis.

— Il n'est qu'à moitié juif, précisa Kolya.

Dans sa bouche, c'était un compliment.

— Mais c'est la meilleure moitié, répliquai-je.

Cette saillie fit rire Vika. Jusqu'à cet instant, j'ignorais qu'elle en était capable et le bruit de son rire avait quelque chose d'étrange, même s'il était en lui-même tout à fait normal, semblable à celui de n'importe quelle jeune fille.

— Que faisais-tu avant la guerre ? lui demandai-je.

— J'étais étudiante.

— Mmm…, fit Kolya.

J'espérais au fond de moi qu'il allait s'endormir, mais il paraissait en pleine forme et prêt à soutenir une longue conversation.

— Comme moi, reprit-il. Qu'est-ce que tu étudiais ? L'agriculture ?

— L'agriculture ? Pourquoi donc ?

— Tu n'étais pas dans une ferme collective ?

— Est-ce que j'ai l'air de sortir d'une de ces fichues fermes collectives ? Je suis originaire d'Arkhangelsk.

— Ah, une fille du Nord… Tout s'explique. (Kolya me donna un nouveau coup de coude.) Tu vois, elle descend vraiment des Vikings. Tu étais donc inscrite à l'université là-bas ? Mais quel était ton sujet d'étude ? La résine des sapins ? Les mœurs des castors ?

— L'astronomie.

— Je suis dans la littérature, quant à moi. À l'université d'État de Leningrad.

Il se lança brusquement dans une diatribe de plusieurs minutes concernant les défauts de Tourgueniev avant de s'endormir d'un seul coup, en étalant ses grandes jambes devant lui, ce qui m'obligea à replier les miennes contre ma poitrine. Les paysans sombraient eux aussi dans le sommeil les uns après les autres, même si je percevais çà et là les échos d'une querelle qui se poursuivait à voix basse.

La chaleur qui émanait de tous ces corps entassés maintenait une température supportable dans le baraquement. Avant que les soldats nous poussent à l'intérieur, j'avais réussi à saisir quelques poignées de neige, qui m'avaient permis d'étancher ma soif dans l'obscurité. Je n'avais rien mangé depuis que nous avions évacué en toute hâte la cabane de trappeur, où nous avions partagé Kolya et moi les châtaignes que nous avions fourrées dans nos poches avant de quitter la ferme. Mais tenir une journée sans manger n'avait rien de bien extraordinaire. Depuis que le siège de Piter avait commencé, nous étions tous devenus des experts de la faim, mettant au point toutes sortes de techniques pour nous empêcher d'y penser. De retour chez moi, au Kirov, j'avais ainsi passé de longues nuits de famine à étudier les *Trois Cents Problèmes d'échecs* de Tarrasch. « Placez toujours la tour derrière le pion, recommandait-il à ses élèves. Sauf si la situation l'interdit, évidemment. »

Sans manuel d'échecs ni poste de radio, il fallait que je trouve une autre stratégie pour m'occuper l'esprit, durant la longue attente qui allait précéder mon sommeil. Tandis que le silence gagnait peu à peu l'intérieur du baraquement, j'avais de plus en plus conscience de la présence du corps de Vika, tassé contre le mien. Lorsqu'elle tournait la tête pour aspirer une bouffée d'air frais à travers l'interstice des planches, ses cheveux effleuraient mon nez. Elle dégageait une odeur de chien mouillé. J'ai été élevé dans le culte de la propreté. Ma mère ne tolérait pas la vue d'une assiette sale dans l'évier, d'une serviette de toilette mal étendue à la salle de bains, ni d'un lit qui n'avait pas été fait. Quand nous étions petits, elle nous frottait si fort avec son éponge, dans le tub, qu'elle nous arrachait à moitié la peau. Parfois, quand ma mère était occupée à préparer le dîner, les jours de réception, c'était mon père qui me faisait prendre mon bain : j'avais l'impression d'être en sursis, entre deux séances de fouet, tandis qu'il m'aspergeait mollement d'eau chaude, absorbé par l'histoire qu'il me racontait. J'adorais en particulier celle du « Gaucher bigleux de Tula et de la Puce métallique », qu'il me récitait par cœur de temps à autre.

On m'avait donc appris à être propre et cela m'ennuyait quand d'autres personnes autour de moi ne l'étaient pas, lorsque les jumeaux Antokolski arboraient des ongles noirs ou qu'un professeur à l'école avait une tache de soupe sur le col de sa chemise. Mais l'odeur de chien mouillé de Vika ne me dérangeait pas. Nous étions tous dans un état de saleté repoussante, cela va sans dire – je devais moi-même sentir le poisson pourri – mais cela ne signifiait pas que nous étions immunisés contre les mauvaises odeurs. Les effluves qui émanaient de son corps me donnaient plutôt envie de la lécher, jusqu'à ce qu'elle soit propre.

— Tu crois qu'ils vont vraiment nous emmener en Estonie ? lui demandai-je.

Le fait de penser à Vika m'avait permis de résister à la faim. Il fallait maintenant que je lutte contre d'autres tentations. Je n'étais pas assis dans une position bien confortable, étant donné les pensées qui m'agitaient.

— Je ne sais pas, dit-elle.

— Je ne connais pas Arkhangelsk. Il doit faire très froid par là-bas.

Dans le silence qui s'ensuivit – Vika n'avait pas daigné répondre – je me dis que je devais être un individu particulièrement ennuyeux. Qui d'autre aurait émis des propos aussi insignifiants ? À supposer qu'un porc particulièrement génial ait passé sa vie à apprendre le russe et que les premiers propos qu'il ait entendus aient été les miens, il aurait probablement regretté d'avoir gâché de la sorte sa belle jeunesse, au lieu de s'empiffrer et de se vautrer dans la boue en compagnie de ses pareils.

— Tu as donc étudié l'astronomie ?

— Oui.

— Bon, j'ai une question à te poser. Nous sommes entourés d'étoiles. Il y en a des milliards dans l'univers, n'est-ce pas ? Et chacune d'elles émet une lumière qui ne cesse de parcourir l'espace. Dans ce cas, pourquoi...

— Pourquoi le ciel n'est-il pas éclairé en permanence ?

— Exactement ! Tu t'es posé la question, toi aussi ?

— Des tas de gens se la sont posée, depuis fort longtemps.

— Ah... moi qui croyais être le premier...

— Eh bien, tu te trompais.

À la manière dont elle avait prononcé ces mots, je savais qu'elle souriait.

— Comment se fait-il alors qu'il fasse sombre la nuit ?

— Cela vient du fait que l'univers est en expansion.

— Vraiment ?

— Mmm...

— Je veux dire... Je savais évidemment que l'univers est en expansion...

Je mentais. Comment l'univers pouvait-il *s'étirer* ? N'était-il pas formé de toute la matière existante ? Comment pouvait-il s'étendre davantage ? Et *vers quoi* s'étendait-il ?

— ... mais je ne vois pas quel est le rapport avec la lumière des étoiles.

— C'est un peu compliqué, dit-elle. Ouvre la bouche.

— Quoi ?

— Chut... Ouvre la bouche.

Je lui obéis et elle me fourra un morceau de pain de seigle entre les lèvres. Contrairement aux miches dures comme du bois qui constituaient l'ordinaire de nos rations à Piter, celui-ci avait un vrai goût de pain – un mélange de graines de cumin, de levure et de lait bouilli.

— Il est bon ?

— Oui.

Morceau par morceau, elle me fit ainsi avaler une tranche entière. Lorsqu'elle eut terminé, je me léchai les babines et attendis la suite, tout en sachant que le festin était terminé.

— C'est tout, dit-elle. Il faut que je garde le reste pour demain. Ton ami risque d'avoir faim.

— Il s'appelle Kolya, autant que tu le saches. Et moi, je m'appelle Lev.

Elle ne réagissait qu'à la moitié de mes propos et celui-ci ne méritait apparemment pas la moindre réplique. J'avais espéré qu'elle me dise : « Moi, c'est Vika. » J'aurais pu lui répondre : « Oui, je sais. C'est le diminutif de Victorya, n'est-ce pas ? » Dieu sait pourquoi, cette repartie me semblait particulièrement brillante, même si tout le monde sait que Vika est le diminutif de Victorya.

Je l'écoutais respirer, en essayant de deviner si elle s'était endormie ou non. Pour m'en assurer, je lui murmurai une dernière question :

— Puisque tu étudiais l'astronomie, je ne vois pas très bien... comment es-tu devenue tireur d'élite ?

— En tirant sur les gens.

Cela mettait visiblement un terme à notre conversation. Je m'abstins donc de la questionner davantage et la laissai dormir.

Plus tard dans la nuit, je fus réveillé par un paysan secoué par une quinte de toux, à l'autre bout du baraquement. En l'écoutant expectorer les glaires qui devaient traîner dans ses poumons depuis le règne d'Alexandre III, je me rendis compte que Vika avait glissé en dormant et que sa joue reposait sur mon épaule. Je sentais sa poitrine monter et descendre au rythme de sa respiration. Tout le reste de la nuit, je fis de mon mieux pour ne pas la déranger, afin de la garder serrée contre moi.

22.

Les Allemands nous réveillèrent en déclouant les planches qu'ils avaient fixées la veille en travers de la porte. Le soleil perçait entre les interstices des parois et de petites taches de lumière éclairaient ainsi la courbe d'un front luisant, une botte en cuir dont la semelle bâillait ou les boutons en corne qui refermaient le manteau d'un vieillard.

Vika était assise à côté de moi et se rongeait les ongles : il s'agissait d'une entreprise méthodique, qui n'avait rien à voir avec le réflexe compulsif d'une personne anxieuse, mais évoquait plutôt le geste appliqué d'un boucher aiguisant ses couteaux. Elle s'était écartée de moi durant la nuit, sans que je m'en aperçoive. Sentant que je la regardais, elle releva les yeux et me dévisagea sans la moindre marque d'affection. Le vague élan d'intimité que j'avais ressenti durant la nuit s'était évaporé avec le retour du jour.

La porte s'ouvrit. Les Allemands nous crièrent de sortir et les paysans s'extirpèrent aussitôt du magma que formaient leurs corps entassés. Je vis le vieil Edik appuyer un index noueux contre l'une de ses narines et éjecter de l'autre un mollard luisant qui alla s'écraser sur le sol, manquant de peu le visage d'un homme encore allongé.

— Ah, grommela Kolya en enroulant son écharpe autour de son cou, voilà qui fait regretter de ne pas avoir grandi dans une ferme collective, au milieu de nos camarades paysans.

Tandis que les prisonniers s'alignaient et commençaient à franchir la porte, un homme qui se trouvait à l'autre bout du baraquement poussa brusquement un cri. Ceux qui se trouvaient auprès de lui se retournèrent pour voir ce qui se passait et se mirent aussitôt à chuchoter entre eux d'un air inquiet. D'où nous étions, Kolya et moi, nous ne distinguions que le dos des paysans. Nous nous redressâmes, curieux de connaître la cause de cette agitation. Vika se dirigea vers la porte, visiblement peu intéressée par cette affaire.

Nous atteignîmes l'autre extrémité du baraquement, contournâmes le groupe des paysans qui murmuraient toujours et découvrîmes le corps qui gisait sur le sol. Il s'agissait de l'homme qui avait dénoncé Markov. Sa gorge avait été tranchée et il s'était déjà vidé de tout son sang. Son visage était blanc comme de la craie. On avait dû le tuer dans son sommeil, sans cela nous l'aurions entendu crier, mais il avait ouvert les yeux lorsque la lame avait pénétré dans sa chair : les globes jaillissaient de leurs orbites et fixaient d'un air horrifié les visages qui se penchaient pour le contempler.

L'un des paysans s'empara soudain des bottes du défunt ; un autre lui déroba ses gants en peau de mouton ; un troisième arracha des boucles de son pantalon sa ceinture en cuir ciselé. Kolya s'agenouilla et saisit la casquette rembourrée du mort, avant que quelqu'un d'autre ne le fasse. Je me retournai et aperçus Vika qui enfilait sa propre casquette en peau de lapin, l'enfonçant jusqu'au ras des yeux. Elle me fixa pendant un bref instant, avant de franchir le seuil et de quitter le baraquement. Juste après, un soldat allemand pénétra dans la pièce, furieux que l'opération traîne et prêt à faire usage de son arme pour accélérer le mouvement. Il aperçut le cadavre à la gorge tranchée et la flaque de sang qui s'étendait autour de lui comme deux monstrueuses ailes noires. La découverte de ce meurtre irrita le soldat : il allait devoir s'en expliquer auprès de ses officiers. Il posa une question en allemand, s'adressant plus à lui-même qu'à n'importe lequel d'entre nous et ne s'attendant pas à la moindre réaction. Mais Kolya s'éclaircit la gorge et lui répondit. J'étais incapable de juger jusqu'à quel point Kolya maîtrisait l'allemand, mais le soldat parut stupéfait d'entendre un prisonnier s'exprimer dans sa langue.

L'Allemand hocha la tête, lui répondit sèchement et fit un geste de la main pour nous ordonner de quitter les lieux. Une fois sortis du baraquement, je demandai à Kolya ce qu'il lui avait dit.

— Que dans la région, les paysans haïssaient encore plus les juifs que son propre peuple.

— Et que t'a-t-il répondu ?

— Qu'il y avait une méthode à suivre, en cela comme en toutes choses. Réflexion typiquement allemande.

Il essayait en même temps de fixer sa nouvelle casquette sur son crâne. À vrai dire, elle était un peu juste pour lui, mais il parvint à tirer suffisamment sur les oreillettes pour nouer leurs lacets sous son menton.

— Tu crois que c'était malin de leur révéler que tu parlais allemand ? Après ce qui s'est passé hier ?

— Non, c'était même un peu risqué. Mais au moins, ils ne se poseront plus de questions.

Les prisonniers avaient été placés en file indienne. On nous conduisit, encore éblouis par l'ardent soleil matinal, devant un soldat aussi grand que ventripotent – et à moitié endormi – qui distribua à chacun d'entre nous, en tout et pour tout, un biscuit aussi dur qu'un boulet de charbon.

— Bon signe, dit Kolya en tapotant son biscuit du doigt.

Nous ne tardâmes pas à prendre la direction du sud, encadré par le bataillon des Gebirgsjäger, courbant la tête pour résister aux rafales de vent. Nous suivions la route aujourd'hui, dont l'asphalte était pourtant invisible, recouvert de plusieurs couches de neige durcies tour à tour par les traces de pas. À quelques kilomètres de l'école, j'aperçus un panneau qui indiquait la direction de Mga et le montrai à Kolya.

— Mmm, fit-il. Quel jour sommes-nous ?

Il me fallut réfléchir un instant et remonter mentalement en arrière, jusqu'au samedi.

— Mercredi, dis-je enfin. Nous sommes censés ramener ces œufs demain matin.

— Mercredi… Cela fait donc treize jours que je n'ai pas chié… Je me demande ce qu'il est advenu de toute cette nourriture. Ce n'est pas comme si je n'avais rien mangé. Il y a eu la soupe de Chérie, les saucisses, les pommes de terre au beurre que nous ont préparées les filles, du pain de rationnement… Où tout cela est-il passé ? J'ai peine à croire que ça se soit entassé quelque part, dans les profondeurs de mon ventre…

— Vous êtes constipé ? lui demanda Edik, le vieux paysan barbu qui avait entendu les plaintes de Kolya et s'était tourné vers lui. Faites bouillir de l'écorce de nerprun et buvez-la en infusion. Résultat garanti.

— Formidable, dit Kolya. Vous pensez qu'on trouve des nerpruns dans les environs ?

Edik considéra les sapins qui bordaient la route et secoua la tête.

— Je sifflerai à votre intention si j'en aperçois un peu plus loin, dit-il.

— Trop aimable. Vous réussirez peut-être à me dénicher de l'eau bouillante, par la même occasion.

Edik avait déjà repris sa place dans la file, après s'être aperçu que l'un des soldats regardait dans notre direction.

— Staline visite une ferme collective dans les environs de Moscou. (Kolya avait adopté le ton qui lui était familier, lorsqu'il racontait une histoire.) Il veut savoir comment marche chez eux le dernier plan quinquennal. « Dis-moi, camarade, demande-t-il à l'un des fermiers. Que donnent les pommes de terre cette année ?

— D'excellents résultats, camarade Staline. Si nous les entassions, leur pile s'élèverait jusqu'à Dieu.

— Mais Dieu n'existe pas, camarade paysan, lui rétorque Staline.

— Les pommes de terre non plus, camarade Staline. »

— Cette blague ne date pas d'hier.

— Les plus vieilles plaisanteries sont toujours les meilleures. Sinon, qui se soucierait de les raconter ?

— Des individus dans ton genre, qui se croient d'une drôlerie irrésistible.

— Je n'y peux rien, si tu ne ris jamais. En tout cas je fais rire les filles, c'est l'essentiel.

— Tu crois qu'elle a déjà couché avec un homme ?

Kolya me regarda, se demandant de qui je voulais parler. Puis il vit que je regardais Vika, qui n'était pas à nos côtés aujourd'hui et marchait en tête de la procession.

— Bien sûr que oui, répondit-il.

— Je me demandais... Elle est restée blottie contre moi toute la nuit. Quand je me suis endormi, sa tête reposait sur mon épaule...

— Tu n'as jamais été aussi près de coucher avec une fille. Tu vois ? Tu m'as écouté et tu fais des progrès.

— ... et pourtant, elle a réussi à se dégager alors que j'ai le sommeil très léger, à ramper au milieu d'une trentaine de paysans dans la plus complète obscurité, à trancher la gorge de ce type et à revenir auprès de moi. Tout cela sans réveiller personne.

Kolya opina du menton. Il regardait toujours Vika qui marchait seule, observant les abords de la route et les positions des troupes allemandes.

— C'est une tireuse d'élite de grand talent, dit-il.

— D'autant plus qu'elle est astronome.

— Ne crois pas tout ce qu'on te raconte.

— Tu penses qu'elle nous a menti ?

— Elle a probablement fréquenté l'université : c'est là qu'ils recrutent leurs agents. Mais tu crois que c'est en cours d'astronomie qu'elle a appris à se servir d'un fusil de cette façon ? Allons donc, mon petit lion ! Elle appartient au NKVD. Ils ont des agents infiltrés dans tous les groupes de partisans.

— Tu n'en es pas sûr.

Kolya fit halte pendant quelques instants et frappa ses bottes l'une contre l'autre, pour chasser la neige qui adhérait à ses semelles. Il s'accrocha à mon bras pour ne pas perdre l'équilibre.

— Je ne suis sûr de rien, reprit-il. Peut-être que tu ne t'appelles pas Lev et que tu es le plus grand séducteur de toute l'histoire de la Russie. Mais je considère les faits et j'en tire des déductions qui me paraissent raisonnables. Les partisans sont des combattants locaux – ce pourquoi ils sont aussi efficaces : ils connaissent le terrain mieux que quiconque. Ils ont des amis dans la région, de la famille, des gens qui peuvent leur procurer de la nourriture ou un abri pour la nuit. Mais dis-moi : à combien de kilomètres sommes-nous d'Arkhangelsk ?

— Je n'en sais rien.

— Moi non plus. Au moins sept ou huit cents bornes. La frontière allemande doit être plus proche. Tu crois peut-être que les partisans de la région ont décidé de leur propre chef de faire confiance à une jeune fille qui débarquait ainsi du néant ? Non, on leur a imposé sa présence.

Vika marchait lentement dans la neige, un peu plus loin devant nous, les mains dans les poches de sa tenue de camouflage. Vue de dos, on aurait dit un gamin de douze ans revêtu d'un uniforme volé.

— Je me demande si elle a des seins, dit Kolya.

La crudité de son propos me déplut, bien que je me sois posé la même question. Il était impossible de deviner la forme de son corps sous les couches de vêtements qui l'enveloppaient, mais d'après moi elle devait être passablement filiforme et aussi plate qu'une limande.

Kolya remarqua mon expression et sourit.

— Je t'ai blessé ? dit-il. Dans ce cas, je te présente mes excuses. Tu en pinces vraiment pour cette fille, n'est-ce pas ?

— Je ne sais pas.

— Je ne parlerai plus d'elle de cette façon, je te le promets. Tu me pardonnes ?

— Tu es libre de parler comme tu l'entends.

— Non, non, je comprends la situation. Mais si tu veux mon avis, ce n'est pas un poisson facile à ferrer.

— Ne me dis pas que tu vas me donner de nouveaux conseils, tirés de ton prétendu roman.

— Écoute, tu peux me charrier autant que tu voudras, mais j'en sais bien plus long que toi concernant ces choses-là. À mon avis, elle devait être vaguement amoureuse de ce Korsakov. Et c'était un individu nettement plus costaud que toi, tu ne risques donc pas de l'impressionner de ce côté-là.

— Qui te dit qu'elle était amoureuse de lui ?

— J'ai dit : vaguement.

— Je n'ai jamais pensé l'impressionner grâce à ma carrure. Tu me crois stupide à ce point ?

— Dans ce cas, la question est la suivante : avec *quoi* vas-tu l'impressionner ?

Sur ces mots, Kolya resta un long moment silencieux, le front creusé de rides soucieuses, soupesant mes chances et cherchant la bonne stratégie. Avant qu'il ne l'ait trouvée, nous entendîmes des cris derrière nous et fîmes volte-face : les soldats nous faisaient signe de nous écarter sur le bas-côté de la route. Un convoi de camions-remorques Mercedes aux plates-formes arrière couvertes de bâches passa en cahotant, chargé de provisions et de matériel destinés au front. Nous regardâmes défiler les véhicules pendant cinq bonnes minutes, mais la cohorte paraissait infinie et il en arrivait sans cesse de nouveaux. Le but des Allemands n'était probablement pas d'impressionner leurs prisonniers, mais j'étais bel et bien épaté. L'essence étant rationnée à Piter, on voyait à peine passer quatre ou cinq camions par jour dans les rues. Et je venais de compter une bonne quarantaine de véhicules hybrides, montés à l'avant sur des pneus et sur des chenilles à l'arrière. Des étoiles à trois pointes ornaient leurs calandres et des croix noires bordées de blanc étaient peintes sur leurs flancs.

Les camions-remorques étaient suivis par une dizaine de voitures blindées à huit roues et plusieurs obusiers montés sur des camions-chenilles. Des véhicules plus légers transportaient les troupes. Tassés dans leurs anoraks blancs sur des rangées de bancs parallèles, le fusil en bandoulière, les soldats mal rasés semblaient à bout de force.

Nous entendîmes soudain des jurons éclater en tête du convoi. Les chauffeurs se penchèrent à la fenêtre de leur portière pour voir ce qui se passait. Les chenilles de l'une des pièces d'artillerie mobile venaient de sauter : tandis que son conducteur bataillait pour les remettre en place, l'obusier bloquait le reste du convoi qui s'étirait derrière lui. Les fantassins en profitèrent pour sauter hors de leurs camions et se soulager le long de la route. En quelques instants, une file de plusieurs centaines d'hommes, soldats et chauffeurs confondus, avaient pris place le long de la route et haranguaient leurs camarades, se penchant pour voir lequel d'entre eux arrivait à pisser le plus loin, tandis que des nuées de vapeur s'élevaient de la neige teintée de jaune.

— Regarde-moi tous ces lèche-culs qui viennent souiller notre sol, marmonna Kolya. Ils riront moins le jour où je m'accroupirai pour chier en plein milieu de Berlin. (Cette pensée eut l'air de le réjouir.) Eh... peut-être est-ce pour cela que je suis constipé... Mes intestins se réservent pour le jour de la victoire.

— Des intestins patriotiques...

— Mon corps tout entier vibre pour la patrie. Ma bite entonne l'hymne des Soviets chaque fois que j'éjacule.

— Il est toujours question de bite et de cul entre vous, quand je débarque à l'improviste.

Vika s'était faufilée derrière nous, aussi silencieusement qu'à l'accoutumée, et j'avais sursauté en l'entendant parler.

— Si ça vous démange tant que ça, reprit-elle, pourquoi ne vous mettez-vous pas carrément à poil ?

— Ce n'est pas moi qu'il a envie de voir à poil, lui répondit Kolya avec un clin d'œil polisson.

Une bouffée de colère mêlée d'embarras m'envahit, mais Vika ignora sa remarque. Surveillant du coin de l'œil les gardes attentifs et les autres prisonniers, elle coupa deux tranches de son délicieux pain de seigle à notre intention.

— Vous apercevez le véhicule des officiers, tout au bout du convoi ? dit-elle en regardant dans cette direction mais en évitant de le montrer du doigt.

— C'est le meilleur pain que j'aie mangé depuis l'été, dit Kolya qui avait déjà presque terminé sa part.

— Vous voyez le Kommandeurwagen, avec les svastikas accrochées aux pare-chocs ? C'est la voiture d'Abendroth.

— Comment le sais-tu ? demandai-je.

— Parce que ça fait trois mois que nous le traquons. J'ai été à deux doigts de l'abattre à la sortie de Budogosch. C'est bien sa voiture.

— Quel est ton plan ? demanda Kolya en extrayant un grain de cumin qui s'était coincé entre ses dents.

— Lorsque le convoi se remettra en route, j'attendrai qu'il se rapproche et je tirerai. Ça ne devrait pas être trop difficile.

Je regardai la route, de part et d'autre. Nous nous trouvions au milieu de ce qui était apparemment un régiment au grand complet, entourés de centaines d'Allemands armés jusqu'aux dents, tant à pied qu'à bord de véhicules blindés. La déclaration de Vika impliquait que nous allions mourir d'ici quelques minutes, qu'elle atteigne ou non sa cible.

— C'est moi qui vais tirer, dit Kolya. Lev et toi, vous resterez planqués au milieu des péquenots. Inutile de se faire descendre tous les trois.

Vika esquissa un sourire ironique et hocha la tête.

— Je tire mieux que toi, dit-elle.

— Tu ne m'as jamais vu me servir d'un fusil.

— C'est exact. Mais je suis meilleure que toi.

— Peu importe, dis-je. Qu'est-ce que ça changera, que ce soit Kolya ou toi qui tire ? Vous croyez qu'ils nous laisseront la vie sauve, après un coup d'éclat pareil ?

— Le petit n'a pas tort, dit Kolya.

Il parcourut des yeux le groupe des prisonniers illettrés qui se tenaient autour de nous, tapant des pieds et frappant dans leurs mains pour ne pas geler sur place. La plupart de ces paysans ne s'étaient jamais aventurés à plus de quelques kilomètres de leur ferme collective. Il devait y avoir parmi eux deux ou trois soldats de l'Armée rouge, dont j'étais à peu près certain qu'ils lisaient le russe aussi couramment que moi.

— Combien y a-t-il de prisonniers, déjà ? Trente-huit ?

— Trente-sept à présent, dit Vika.

Elle vit que je la regardais et me fixa en retour de ses yeux bleus implacables.

— Trente-sept, dit Kolya. Cela fait beaucoup de monde à sacrifier pour un seul Allemand.

— Trente-sept prisonniers destinés aux aciéries ? rétorqua Vika de sa voix dénuée d'émotion. Ces hommes ne sont déjà plus du côté des Russes. Ce sont des travailleurs allemands. Et la mort d'Abendroth vaut bien leur sacrifice.

Kolya acquiesça, en considérant le Kommandeurwagen qui se profilait au loin.

— Tu veux dire que nous sommes de simples pions, alors qu'il incarne une tour.

— Nous sommes moins que des pions, dit Vika. Les pions ont tout de même une certaine valeur.

— Si nous sommes capables de nous emparer d'une tour, c'est que nous avons une certaine valeur nous aussi.

Après avoir prononcé ces paroles, Kolya se tourna vers moi. Son visage de Cosaque s'éclaira soudain d'un sourire radieux : une idée géniale venait de lui traverser l'esprit.

— Il y a peut-être une autre solution, dit-il. Attendez-moi ici un instant.

— Qu'est-ce que tu fabriques ? lui lança Vika.

Mais il se dirigeait déjà vers le groupe de soldats le plus proche. Les Allemands se raidirent en le voyant approcher et leurs doigts se crispèrent sur leurs gâchettes, mais Kolya leva les mains en l'air et s'adressa à eux dans leur langue, d'un air aussi détendu et aussi enjoué que s'ils contemplaient tous ensemble le passage d'un défilé. Au bout de trente secondes, ils rigolaient des plaisanteries qu'il devait leur débiter. L'un des

soldats lui permit même de tirer une longue bouffée de
sa cigarette.

— Il a du charme, dit Vika.

Elle avait dit cela de la même voix qu'un entomolo-
giste faisant un commentaire sur la carapace d'un
scarabée.

— Ils doivent le considérer comme l'un de leurs lointains frères aryens, dis-je.

— Vous formez un drôle de couple, tous les deux.

— Nous ne sommes pas en couple.

— Je ne l'entendais pas dans ce sens-là. Ne t'inquiète
donc pas, Lyova, je sais bien que tu aimes les filles.

Mon père m'appelait souvent Lyova et le fait
d'entendre Vika prononcer ce surnom – de manière
totalement inattendue, mais avec autant de naturel que
si elle m'interpellait de la sorte depuis des années – me
fit monter les larmes aux yeux.

— Il te met souvent en rogne, pas vrai ? Comme tout
à l'heure, lorsqu'il a dit que tu avais envie de me voir
nue ?

— Il tient beaucoup de propos stupides.

— Tu n'as donc pas envie de me voir nue ?

Vika arborait à présent son sourire moqueur, les
jambes écartées, les pieds bien plantés dans le sol et les
mains fourrées dans les poches de sa tenue de
camouflage.

— Je ne sais pas, dis-je.

C'était une réponse aussi lâche que stupide, j'en avais
conscience, mais il se passait trop de choses depuis le
début de la matinée. Cinq minutes plus tôt, je pensais
n'avoir plus que quelques instants à vivre – et maintenant, une tireuse d'élite originaire d'Arkhangelsk flirtait
ouvertement avec moi. Mais flirtait-elle vraiment ? Ces
dernières journées avaient été marquées par un enchaî-
nement de drames plus confus les uns que les autres –
et ce qui paraissait impossible à midi devenait un fait

brutalement établi le soir même. Des cadavres allemands tombaient du ciel. Des cannibales vendaient aux Halles des godiveaux de chair humaine. Des immeubles s'effondraient. Des chiens tenaient lieu de bombes et des soldats gelés de poteaux indicateurs. Un partisan titubait dans la neige, la moitié du visage arrachée, et fixait ses meurtriers d'un regard attristé. Mon estomac était vide, je n'étais guère plus épais qu'un squelette et je n'avais plus l'énergie suffisante pour faire face à ce défilé d'atrocités. Je me contentais d'avancer, en espérant que je parviendrais à dénicher une demi-tranche de pain pour ma survie – et une douzaine d'œufs pour la fille du colonel.

— Il m'a dit que ton père était un poète célèbre, reprit Vika.

— Pas si célèbre que ça.

— C'est cela que tu veux être plus tard ? Un poète ?

— Non. Je n'ai aucun talent dans ce domaine.

— Quel est ton talent, dans ce cas ?

— Je ne sais pas. Tout le monde n'en a pas forcément.

— C'est vrai – malgré tout ce qu'on nous raconte.

Vu d'ici, Kolya donnait l'impression de tenir une véritable conférence aux soldats attroupés en demi-cercle autour de lui. Il faisait d'ailleurs de grands gestes pour ponctuer ses phrases et me désigna brusquement. Je sentis ma gorge se nouer tandis que les soldats allemands se retournaient et regardaient dans ma direction, l'air à la fois curieux et amusé.

— Que diable est-il en train de leur raconter ?

Vika haussa les épaules.

— Il va se faire descendre s'il n'y prend pas garde, dit-elle.

Les soldats paraissaient dubitatifs, mais Kolya n'en continuait pas moins de les baratiner. Finalement l'un d'eux hocha la tête, comme s'il n'arrivait pas à croire qu'il prenait au sérieux ce satané Russe, ajusta la courroie de son MP 40 et se dirigea vers l'extrémité du convoi. Kolya opina du menton à l'intention des hommes restés autour de lui, lança une dernière saillie qui les fit à nouveau éclater de rire et se décida enfin à revenir vers nous.

— Décidément, dit Vika, les nazis t'adorent. De quoi les abreuvais-tu ? De citations de *Mein Kampf* ?

— J'ai essayé de lire un jour ce satané bouquin et je peux t'assurer qu'il est d'un ennui mortel.

— Qu'est-ce que tu leur racontais ?

— Je leur ai dit que j'avais un pari à proposer à Herr Abendroth. Parce que mon ami ici présent, un gamin de quinze ans issu du quartier le moins fréquentable de Leningrad, était capable de jouer sans reine et de battre malgré tout le Sturmbannführer aux échecs.

— J'ai dix-sept ans, dis-je.

— Bah... Si tu as quinze ans, le camouflet est encore pire.

— J'espère que tu plaisantes ?

Vika le regardait, la tête penchée sur le côté, attendant qu'il sourie et lui dise qu'il n'aurait évidemment jamais fait une bêtise pareille.

— Pas le moins du monde, répondit Kolya.

— Tu ne crois pas qu'il va se demander comment il se fait que tu sois au courant de sa présence ici ? Que tu connaisses son rang ? Et que tu saches qu'il aime jouer aux échecs ?

— Je crois au contraire qu'il va se poser toutes ces questions. Et que tout cela va l'intriguer et le pousser à accepter notre proposition.

— Quel est l'enjeu ? demandai-je.

— S'il gagne, il pourra nous abattre sur-le-champ.

— Il peut nous abattre quand il en a envie, espèce d'abruti !

— C'est ce que les soldats m'ont dit. Et c'est évidemment la vérité. Mais je leur ai rétorqué que le Sturmbannführer était un homme d'honneur, qu'il avait des principes. Que j'avais confiance en sa parole et en son esprit de compétition. Les Allemands adorent toutes ces conneries liées à l'honneur et au sang.

— Et si je gagne, que se passera-t-il ?

— Pour commencer, il nous libérera tous les trois. (Kolya aperçut nos expressions incrédules et avant que nous ayons le temps d'ouvrir la bouche, il ajouta :) Oui, je sais, vous me prenez pour un idiot, mais c'est vous qui avez l'esprit lent. Impossible de disputer cette partie maintenant, alors que le convoi est en marche. Avec un peu de chance, l'affrontement aura lieu ce soir. À l'intérieur, loin de toute cette cohue.

Kolya désigna d'un geste les soldats allemands qui fumaient et discutaient par petits groupes, les camions-remorques chargés de provisions et les pièces d'artillerie lourde.

— Jamais il ne nous relâchera.

— Non, bien sûr. Mais du coup, nous aurons peut-être une meilleure opportunité de l'abattre. Et si les dieux sont avec nous, nous parviendrons peut-être à nous enfuir.

— Si les dieux sont avec nous..., dit Vika en se moquant de l'emphase de Kolya. Je ne sais pas si tu t'en es aperçu, mais nous sommes en guerre.

Les mécaniciens avaient réussi à remettre en état les chenilles de l'obusier. Le conducteur et son équipe disparurent dans les profondeurs du véhicule. Quelques instants plus tard, le moteur toussa à nouveau et l'animal à la longue tourelle se remit en marche en ahanant, faisant craquer la glace qui s'était formée autour de ses chenilles d'acier. Les fantassins ne semblaient pas particulièrement pressés de rejoindre leurs camions : tandis que les officiers lançaient des ordres et que le convoi s'ébranlait lentement, ils tirèrent une ultime bouffée de leurs cigarettes, les laissèrent tomber dans la neige et se hissèrent nonchalamment à l'arrière des véhicules bâchés.

Le soldat qui était allé porter le message à Abendroth revenait en courant pour rejoindre son unité. Lorsqu'il vit que nous le regardions, il opina du menton et esquissa même un sourire. Son visage était imberbe, sa peau toute rose et ses joues bien rondes : on l'imaginait aisément bébé en train de brailler, avec son crâne chauve et ses yeux plissés. Il lança en passant une brève interjection à notre intention, avant de rattraper son camion qui s'était déjà mis en route et de saisir la main que lui tendait l'un de ses compagnons, qui l'aida ensuite à se hisser à bord.

— Ce sera pour ce soir, dit Kolya.

Nos gardes aboyaient déjà dans notre direction, se fichant de savoir si nous les comprenions : leur message était suffisamment clair. Les prisonniers se remirent en file, Vika s'éloigna et nous attendîmes que le long convoi ait fini de passer. Lorsque le Kommandeurwagen fut à notre niveau, j'essayai d'apercevoir Abendroth à l'intérieur, mais les vitres du véhicule étaient couvertes de gel.

Un détail qui me tracassait me revint brusquement à l'esprit et je me tournai vers Kolya.

— Quelle est la deuxième chose que tu as demandée ?

— Mmm ?

— Tu disais tout à l'heure qu'en cas de victoire, il commencerait par nous libérer. C'est donc que tu as réclamé autre chose.

Kolya me regarda avec des yeux ronds, étonné que je n'aie pas deviné.

— Mais enfin... Une douzaine d'œufs, bien sûr.

23.

Ce soir-là, on nous parqua avec les autres prisonniers dans une bergerie, à la sortie de Krasnogvardeysk. Il régnait à l'intérieur une odeur de merde et de laine mouillée. Les Allemands nous avaient donné quelques maigres branchages pour faire du feu et la plupart des hommes s'étaient regroupés autour du foyer vacillant dressé au centre de la pièce. Ils étaient trop épuisés ce soir-là pour échafauder des plans d'évasion et se plaignaient à voix basse que les Allemands ne nous aient rien donné à manger depuis le biscuit du matin, tout en échangeant des prédictions concernant le temps du lendemain. Ils ne tardèrent pas à s'endormir, serrés les uns contre les autres sur le sol gelé pour mieux résister au froid. Nous nous étions assis contre la paroi en bois, Vika, Kolya et moi : parcourus de frissons, nous discutions pour savoir si cette partie d'échecs allait avoir lieu ou non.

— S'ils viennent nous chercher pour nous conduire jusqu'à lui, dit Vika, vous pouvez être sûrs qu'ils nous fouilleront d'abord, pour s'assurer que nous n'avons pas d'armes.

— Ils ont déjà fouillé les prisonniers, dit Kolya. Ils ne vont tout de même pas s'imaginer que nous avons déniché des pistolets dans cette bergerie ?

— Abendroth sait qu'on cherche à l'abattre. Il ne prendra aucun risque. Et ils trouveront nos armes.

Kolya lui répondit en lâchant un pet mélancolique, aussi grave et solennel que le son d'un cor de chasse. Vika ferma les yeux pendant quelques instants, en retenant son souffle. J'observais ses pâles cils roux à la lueur du foyer.

— N'empêche qu'ils trouveront nos armes, reprit-elle enfin.

— Que pouvons-nous faire, dans ce cas ? Étrangler ce type ?

Vika fouilla dans ses vêtements, extirpa le couteau finlandais du fourreau fixé à sa ceinture et se mit à creuser un trou dans le sol gelé. Lorsqu'il fut assez profond, elle y déposa son revolver et tendit la main afin que Kolya lui confie le sien.

— Je ne veux pas m'en séparer, dit-il.

Vika ne retira pas sa main et il finit par lui donner son arme. Une fois les deux revolvers enterrés, elle déboutonna sa veste de camouflage et défit sa ceinture. Kolya me donna un petit coup de coude. La tenue avait glissé sur les épaules de Vika : elle portait en dessous une épaisse chemise de bûcheron et deux couches de sous-vêtements, mais j'aperçus pendant un bref instant la ligne de ses clavicules qui saillaient sous sa peau maculée de crasse. Je ne m'étais jamais attardé jusqu'alors sur les clavicules de quiconque ; les siennes me firent penser aux ailes d'une mouette en train de planer. Après avoir libéré sa ceinture en coton, elle remonta sa chemise en laine et ses sous-vêtements au niveau de sa poitrine, coinça les vêtements sous son menton et fixa la ceinture en travers de son torse, à même la peau. Le fourreau se retrouvait ainsi plaqué contre son sternum. Une fois qu'elle eut rabattu ses vêtements et reboutonné sa chemise, la présence de l'arme était indétectable.

Elle prit ma main et la plaça sur sa poitrine.

— Tu sens quelque chose ? me demanda-t-elle.

Je hochai négativement la tête.

— Mauvaise réponse, dit Kolya en riant.

Vika me sourit. Ma main était toujours posée sur sa poitrine. Je n'osai ni l'enlever, ni la laisser là.

— Ne l'écoute pas, Lyova. Il est venu au monde par le cul de sa mère.

— Vous voulez un peu d'intimité, tous les deux ? dit Kolya. Je peux me consoler avec le vieil Edik, il m'a l'air bien seul dans son coin.

— Et mon couteau ? demandai-je.

— J'oubliais ton couteau, dit Vika.

— Passe-le-moi, dit Kolya. Je sais comment m'en servir.

— Non, dit Vika. C'est toi qu'ils vont fouiller de plus près. Tu es le seul à avoir l'allure d'un soldat.

Elle se pencha et je retirai ma main, convaincu que je venais de rater une occasion en or, même si je ne savais pas exactement laquelle, ni jusqu'où elle m'aurait entraîné. Vika détacha le fourreau fixé à mon mollet et l'examina un moment, étudiant sa taille et sa forme. Elle le plaça finalement à l'intérieur de ma botte, après l'avoir glissé sous ma chaussette : de l'extérieur, on ne distinguait rien. Elle tapota le cuir de la botte et parut satisfaite.

— Peux-tu marcher normalement ?

Je me levai et fis quelques pas. Je sentais l'extrémité du fourreau coincée contre mon pied mais il ne bougeait pas, maintenu par ma chaussette et ma botte.

— Regardez-moi ça, dit Kolya. Le tueur silencieux…

Je me rassis à côté de Vika. Elle posa un doigt derrière mon oreille, à l'endroit où la peau est particulièrement douce, et le fit glisser en travers de ma gorge, jusqu'à l'autre oreille.

— Tranche le cou de ton adversaire en suivant cette ligne, dit-elle, et nul ne pourra le sauver.

Les officiers supérieurs de l'Einsatzgruppe A avaient investi le quartier général du Parti, à Krasnogvardeysk, une enfilade de petits bureaux crasseux au linoléum déchiré situés au-dessus de la carcasse noircie du poste de police. Le bâtiment empestait les relents d'essence et de fumée, mais les Allemands avaient déjà rétabli l'électricité et fait repartir les chaudières. Il régnait une chaleur agréable au deuxième étage, même si des traces de sang séché éclaboussaient encore les murs. Quelques heures après que nous avions enterré les revolvers, deux soldats du bataillon des Gebirgsjäger étaient venus nous chercher et nous avaient escortés tous les trois jusqu'à la salle de conférence : avant la chute de la ville, c'était dans cette pièce que les membres du conseil municipal se réunissaient pour débattre des ordres qui tombaient d'en haut et qu'ils devaient transmettre à l'échelon inférieur. Plusieurs grandes fenêtres donnaient sur la rue principale de Krasnogvardeysk, plongée dans les ténèbres. Des portraits de Lénine et de Jdanov étaient encore accrochés aux murs : leur expression sévère et déterminée impressionnait visiblement peu les Allemands, qui ne s'étaient pas donné la peine de les décrocher.

Abendroth était assis à l'extrémité d'une longue table, buvant un alcool incolore dans un verre en cristal taillé. Il hocha la tête lorsque nous pénétrâmes dans la pièce, mais ne fit même pas mine de se lever. Sa casquette à visière, où figurait une tête de mort en argent en plus de l'aigle germanique, était posée près de lui sur la table. Un échiquier de voyage dont les pièces étaient déjà installées patientait entre la casquette et une bouteille d'alcool sans étiquette, pratiquement vide.

Je m'attendais à rencontrer un esthète à la silhouette élancée et à l'allure professorale, mais Abendroth était un individu massif, bâti comme un lanceur de marteau, au cou énorme et sillonné de veines. Le large verre sans pied paraissait aussi fragile entre ses doigts qu'une tasse échappée d'une dînette de poupée. Il ne devait pas avoir plus de trente ans mais ses cheveux coupés ras étaient déjà blancs sur ses tempes, tout comme la barbe de plusieurs jours qui hérissait son menton. Le sigle des SS brillait sur le revers droit de son col ; sur l'autre, quatre étoiles d'argent indiquaient son rang. Une croix noire et argentée était suspendue au milieu.

Il avait visiblement un peu bu, même si ses mouvements restaient parfaitement coordonnés. J'avais appris très tôt dans l'existence à repérer les alcooliques, y compris les buveurs aguerris qui tiennent très bien l'alcool. Mon père n'était pas lui-même un grand buveur, mais tous ses amis l'étaient, aussi bien les poètes que les dramaturges : aucun d'entre eux n'était jamais allé se coucher une seule fois sobre, de toute sa vie d'adulte. Certains se montraient affectueux à mon égard, m'embrassant sur les joues, m'ébouriffant les cheveux et me disant que j'avais bien de la chance d'avoir un père pareil. D'autres restaient de marbre, aussi distants que des satellites en orbite, attendant que j'aie regagné la chambre que je partageais avec ma sœur pour reprendre leur conversation au sujet du Politburo ou de la dernière provocation de Mandelstam. Il y en avait qui se mettaient à bafouiller dès leur premier verre de vodka et d'autres qui devaient en vider une bouteille pour que leurs propos commencent à devenir intelligibles.

Les yeux d'Abendroth étaient un peu trop brillants. Il souriait de temps à autre, sans raison apparente, amusé par une histoire qu'il se racontait à lui-même. Il nous regarda sans dire un mot jusqu'à ce qu'il ait fini son verre d'alcool. Il se frotta alors les mains et haussa les épaules.

— Schnaps à la prune, déclara-t-il. (Il s'exprimait en russe avec précision, même s'il ne cherchait pas davantage à dissimuler son accent que le précédent officier des Einsatz que nous avions rencontré dans l'ancienne école.) Un vieux paysan de ma connaissance le fabrique lui-même. Je n'ai jamais bu un meilleur alcool au monde et j'en emporte toujours une caisse avec moi, partout où je me déplace. L'un d'entre vous parle-t-il allemand ?

— Moi, dit Kolya.

— Où l'avez-vous appris ?

— Ma grand-mère était originaire de Vienne.

J'ignorais si cette affirmation correspondait ou non à la vérité, mais Kolya avait prononcé ces mots avec une telle conviction qu'Abendroth parut y ajouter foi.

— *Waren Sie schon eimal in Wien ?*

— *Nein.*

— Dommage, c'est une belle ville. Et elle n'a pas encore été bombardée, même si cela ne devrait plus tarder. Les Anglais y seront sans doute avant la fin de l'année. Qui vous a dit que je jouais aux échecs ?

— L'un de vos collègues, quand nous nous trouvions dans cette école. Un Obersturmführer, si je ne m'abuse ? Il parle russe presque aussi bien que vous.

— Kuefer ? Il a une petite moustache ?

— Exactement. Il s'est montré très… (Kolya hésita, comme s'il voulait éviter de dire quelque chose de blessant.) Disons, très amical.

Abendroth considéra Kolya pendant quelques instants, avant d'émettre un reniflement à mi-chemin entre l'amusement et le dégoût. Puis il porta sa main à sa bouche et rota, avant de se servir un nouveau verre de schnaps.

— Cela ne m'étonne pas, dit-il. Kuefer peut en effet se montrer extrêmement amical. Et comment en êtes-vous venus à parler de moi ?

— Je lui ai dit que mon ami ici présent était l'un des meilleurs joueurs d'échecs de Leningrad et…

— Vous parlez de votre ami juif ?

— Ah... Votre collègue a fait la même plaisanterie, mais Lev n'est pas juif. Il a hérité de ce fichu nez, mais pas du magot qui va avec.

— Je suis étonné que Kuefer n'ait pas examiné de plus près la bite de ce garçon, pour s'assurer de sa race.

Sans me quitter des yeux, Abendroth s'adressa en allemand aux soldats, qui me regardèrent d'un air intrigué.

— Avez-vous compris ce que je viens de dire ? demanda-t-il à Kolya.

— Oui.

— Traduisez-le pour votre petit camarade.

— « *Cela fait partie de mon métier de reconnaître un juif quand j'en vois un* ».

— Très bien. Et contrairement à notre ami Kuefer, je repère également les filles. Ôtez donc votre casquette, ma chère.

Pendant plusieurs longues secondes, Vika ne réagit pas. J'évitai de la regarder, mais je savais qu'elle était en train de se demander si elle allait ou non sortir son couteau – ce qui aurait été stupide : les soldats l'auraient abattue avant qu'elle ait pu faire un pas. Mais il ne nous reste parfois plus que des gestes stupides à accomplir. Je sentais la tension qui avait envahi Kolya. Si Vika sortait son arme, il allait se jeter sur le soldat le plus proche et tout se terminerait très vite.

Contre toute attente, l'imminence de la mort ne m'effrayait pas. Il y avait trop longtemps que j'avais peur ; et j'étais trop épuisé, trop affamé pour réagir à la situation de manière appropriée. Mais si ma peur s'était estompée, mon courage ne s'était pas accru pour autant. Mon corps était si faible que mes jambes tremblaient, à cause de l'effort que je devais faire pour me tenir debout. Et je n'arrivais pas à concentrer mon attention sur quoi que ce soit – fût-ce sur le destin de Lev Beniov.

Vika se résolut finalement à ôter sa casquette en peau de lapin, qu'elle garda serrée entre ses mains. Abendroth vida d'un trait la moitié de son verre de schnaps, s'essuya les lèvres et opina du menton.

— Vous serez plus jolie quand vos cheveux auront repoussé, dit-il. Eh bien, nous jouons à présent cartes sur table. Dites-moi une chose, poursuivit-il à l'intention de Kolya : vous parlez assez bien l'allemand, mais vous ne savez pas lire le russe ?

— Chaque fois que j'essaie de lire, cela me donne mal à la tête.

— Bien sûr. Et vous, dit-il en se tournant vers moi : vous êtes l'un des meilleurs joueurs d'échecs de Leningrad, mais vous êtes également analphabète ? C'est une étrange combinaison : la plupart des joueurs d'échecs que je connais sont des gens relativement instruits.

J'ouvris la bouche, en espérant que les mensonges me viendraient aussi naturellement qu'à Kolya, mais Abendroth leva la main et hocha la tête.

— Inutile, lança-t-il. Vous avez réussi à bluffer Kuefer et cela mérite le respect. Vous êtes des survivants. Mais ne me prenez tout de même pas pour un imbécile. Il y a parmi vous un juif qui se fait passer pour un gentil et une fille qui se fait passer pour un garçon ; et selon toute vraisemblance, vous êtes tous les trois des individus instruits qui se font passer pour des analphabètes. Malgré l'attention et la vigilance de nos chasseurs alpins, ainsi que de l'estimé Obersturmführer Kuefer, ces stratagèmes se sont avérés efficaces. Et pourtant, vous avez demandé à venir disputer une partie d'échecs avec moi. Vous avez délibérément cherché à attirer mon attention, ce qui est extrêmement étrange. Vous n'êtes pas des idiots, cela me paraît clair, sinon vous seriez déjà morts. Et vous ne vous attendez pas vraiment à ce que je vous libère si jamais vous gagnez cette partie d'échecs, n'est-ce pas ? Quant à cette douzaine d'œufs… c'est encore l'élément le plus surprenant de toute cette équation.

— Je comprends que vous n'ayez pas le pouvoir de nous libérer, dit Kolya, mais je me disais que si mon ami gagnait, vous pourriez peut-être intervenir auprès de vos supérieurs…

— J'ai bien évidemment le pouvoir de vous rendre votre liberté. La question n'est pas de… Ah, ah…

Abendroth pointa son index vers Kolya et acquiesça, en souriant presque.

— Bien joué… Vous êtes un petit malin. Vous jouez sur l'orgueil et la vanité germaniques. Pas étonnant que Kuefer se soit laissé embobiner. Mais expliquez-moi cette histoire d'œufs.

— Je n'en ai pas mangé depuis le mois d'août. Nous parlons sans cesse entre nous de la nourriture dont nous manquons et je n'arrive pas à me sortir de la tête cette idée d'œufs frits. À longueur de journée, en marchant dans la neige, je n'ai que cela à l'esprit.

Abendroth pianotait sur la table.

— Résumons la situation, dit-il. Vous êtes tous les trois de fieffés menteurs. Vous avez forgé une histoire plus ou moins bancale en vue d'obtenir une audience privée… (Il considéra les deux soldats et haussa les épaules.) Disons : semi-privée, avec un officier supérieur de l'Einsatzgruppe A, malgré l'aura de mépris qui l'entoure. De toute évidence, vous avez des informations à vendre.

Il y eut un moment de silence, puis Kolya répondit :

— Je ne comprends pas.

— Vous me comprenez fort bien, au contraire. Vous savez peut-être quels sont les bolcheviques, parmi les prisonniers, ou vous avez eu connaissance des plans de campagne de l'Armée rouge. Vous ne pouvez pas révéler ces informations devant les autres Russes et vous vous êtes débrouillés pour obtenir ce rendez-vous. Cela arrive souvent, vous savez. Vos compatriotes ne demandent visiblement pas mieux que de trahir le camarade Staline.

— Nous ne sommes pas des traîtres, dit Kolya. Ce garçon est réellement un excellent joueur d'échecs. J'ai entendu dire que vous aimiez jouer. J'ai saisi cette opportunité.

— C'était la réponse que j'attendais, dit Abendroth avec un sourire.

Il vida son reste de schnaps et se versa le fond de la bouteille, soulevant ensuite son verre pour contempler le liquide à la lueur de la lampe.

— Ça, c'est de l'alcool, bon sang... Neuf années dans une barrique en chêne...

Il but une nouvelle gorgée, cette fois-ci sans se presser, soucieux de faire durer ce dernier verre. Au bout de quelques instants, ayant savouré le schnaps, il lança en allemand un ordre bref. L'un des soldats pointa son MP 40 dans notre direction tandis que l'autre s'approchait de moi, afin de me fouiller méthodiquement.

J'avais eu l'impression que le couteau était bien caché quand nous nous trouvions dans la bergerie : mais ici, tandis que le soldat me palpait le corps, je n'arrivais pas à détacher mes pensées du fourreau en cuir dont la pointe butait contre mon pied. L'homme explora les poches du vieux manteau de mon père et vérifia que je ne dissimulais rien sous mes aisselles, derrière ma ceinture ou le long de mes cuisses. Il glissa ensuite ses doigts dans mes bottes : un brusque élan de panique m'envahit, mettant un terme à la léthargie que j'avais ressentie quelques minutes plus tôt. Je luttai de toutes mes forces afin de ne pas trahir les émotions qui m'agitaient, m'efforçant de respirer normalement et de conserver une expression impassible. Le soldat me palpa les mollets, ne découvrit rien et se releva pour aller fouiller Kolya.

Je me demande encore comment il s'était débrouillé pour ne pas découvrir la présence de ce couteau, alors qu'il avait dû passer juste à côté et l'effleurer du bout des doigts. C'était un tout jeune homme, il n'avait guère qu'un ou deux ans de plus que moi et son visage était constellé de grains de beauté. Ses camarades devaient le charrier à cause de ça dans son enfance et il était probablement resté des heures devant la glace, honteux et renfrogné, en se demandant s'il n'allait pas les taillader avec le rasoir de son père. Qui sait… S'il avait dormi un quart d'heure de plus la nuit précédente ou avalé une assiette de soupe supplémentaire, peut-être aurait-il eu l'énergie nécessaire pour achever correctement sa fouille et découvrir ce couteau. Mais ce ne fut pas le cas et cette inattention devait changer le cours de nos destinées respectives.

Lorsqu'il eut fini de fouiller Kolya, le soldat s'avança vers Vika. Son camarade lui lança une vanne et rigola dans son coin. Peut-être l'avait-il encouragé à donner une claque sur les fesses de Vika ou à lui pincer un nichon, mais elle le dévisageait sans ciller, de son regard froid, et le soldat paraissait intimidé : son examen s'avéra nettement moins poussé que celui qu'il nous avait fait subir, à Kolya et moi. Je compris brusquement que ce garçon devait être vierge : la proximité d'un corps féminin le plongeait dans la même nervosité que moi.

Après lui avoir timidement tapoté les jambes, il se redressa, hocha la tête à l'intention d'Abendroth et se recula. Le Sturmbannführer considéra le jeune homme pendant quelques instants, un léger sourire aux lèvres.

— Je crois que vous lui faites peur, dit-il à Vika. (Il attendit un moment, pour voir si elle allait lui répondre, mais comme ce n'était pas le cas il reporta son attention sur Kolya.) Vous êtes un soldat et je ne peux donc pas vous libérer : si vous rejoigniez l'Armée rouge et que vous abattiez ensuite un Allemand, sa famille pourrait à juste titre me le reprocher. (Il se tourna ensuite vers moi.) Quant à vous, vous êtes juif : vous libérer serait aller à l'encontre de ma conscience. Mais si vous remportez cette partie, j'autoriserai la fille à rentrer chez elle. C'est la meilleure offre que je puisse vous faire.

— J'ai votre parole que vous la laisserez partir ? lui demandai-je.

Abendroth caressa de la main la barbe de plusieurs jours qui lui couvrait le menton. L'alliance en or qu'il portait à l'annulaire reflétait la lumière de l'ampoule électrique qui pendait au-dessus de lui.

— La fille vous plaît… Intéressant… Et vous, petite rouquine, le juif vous attire-t-il ? Peu importe, du reste – et inutile de faire preuve de vulgarité. Ce qui est sûr, c'est que vous n'êtes pas vraiment en mesure d'imposer vos conditions. Néanmoins… oui, vous avez ma parole. Je cherche un adversaire digne de ce nom depuis que j'ai quitté Leipzig. Ce pays est censé produire les meilleurs joueurs d'échecs du monde, mais pour l'instant je n'en ai pas rencontré un seul.

— Peut-être les avez-vous abattus avant qu'ils aient pu faire preuve de leur talent, dit Kolya.

Je retins mon souffle, convaincu qu'il était allé trop loin cette fois-ci. Mais Abendroth acquiesça.

— C'est fort possible. Le travail passe avant la détente. Mais approchez, me dit-il, et asseyez-vous donc. Si vous êtes aussi doué que le prétend votre ami, je vous garderai peut-être auprès de moi pour disputer d'autres parties.

— Un instant, dit Kolya. S'il gagne, vous libérerez la fille et vous nous procurerez ces œufs.

La patience d'Abendroth commençait visiblement à s'émousser. Il se pencha en avant et ses narines se dilatèrent, même s'il répondit sans élever la voix.

— Ma proposition est plus que généreuse, dit-il. Vous voulez vraiment persister avec ces âneries ?

— Je fais confiance à mon ami, dit Kolya. S'il perd, vous nous abattrez. Mais s'il gagne, nous aimerions avoir des œufs frits au dîner.

Abendroth prononça quelques mots en allemand et le plus âgé des soldats s'avança, avant de poser le canon de sa mitraillette sur la nuque de Kolya.

— Vous aimez négocier ? lança Abendroth. Très bien, négocions. Vous semblez croire que vous avez l'avantage, mais vous vous trompez. Je n'ai qu'un mot à dire pour que vous soyez réduit à l'état de cadavre. Un simple mot, vous m'entendez ? Cela ne prendra pas plus d'un instant : vous serez mort, on traînera votre cadavre hors de la pièce et je disputerai cette partie d'échecs avec votre ami. Un peu plus tard, si le cœur m'en dit, j'emmènerai la petite rouquine dans ma chambre et je lui ferai prendre un bon bain, pour voir de quoi elle a l'air une fois débarrassée de toute cette crasse. À moins que je ne préfère la laisser dans l'état où elle est et la prendre comme un animal. Réfléchissez donc bien, mon garçon, avant d'ouvrir la bouche. Dans votre propre intérêt et dans celui de votre mère, si cette sorcière est toujours en vie.

N'importe qui se le serait tenu pour dit et aurait définitivement fermé son clapet. Mais Kolya n'eut pas un instant d'hésitation.

— Vous pouvez évidemment m'abattre à tout instant, dit-il. C'est un fait indéniable. Mais croyez-vous que mon meilleur ami aura le cœur à jouer après avoir vu ma cervelle se répandre en travers de cette table ? Qui voulez-vous affronter ? Le meilleur joueur de Leningrad ou un gamin terrifié qui vient de pisser dans son froc ? Je conçois que vous ne puissiez pas nous rendre notre liberté, étant donné que nous sommes en guerre. Mais donnez-lui au moins la possibilité de s'offrir le dîner dont nous rêvons depuis des semaines.

Abendroth dévisagea Kolya. On n'entendait pas un seul bruit dans la pièce, en dehors de ses doigts qui pianotaient lentement sur la table. Il se tourna finalement vers le soldat au visage couvert de grains de beauté et lui lança un ordre bref. Après le salut et le départ du jeune Allemand, le Sturmbannführer m'invita d'un geste à m'asseoir sur la chaise disposée à l'angle de la table, tout près de lui. Il se tourna ensuite vers Kolya et Vika et leur désigna de la tête les chaises qui étaient placées à l'autre extrémité.

— Asseyez-vous, leur ordonna-t-il. Vous avez marché toute la journée, n'est-ce pas ? Reposez-vous donc. (Puis, se tournant vers moi.) Nous tirons au sort ?

Sans attendre ma réponse, il sortit une pièce de sa poche et me montra d'abord l'aigle surmontant le svastika, puis la mention des 50 Reichpfennig qui figurait au revers. D'une pichenette, il lança la pièce en l'air, la rattrapa et la plaqua d'un geste rapide sur le dos de sa main. Puis il me regarda et demanda :

— Pile ou face ?

— Pile.

— Vous n'aimez pas notre mascotte ? s'enquit-il avec un léger sourire. (Il souleva la main et me montra l'aigle nazi.) Je jouerai avec les blancs, ajouta-t-il. Et ne vous inquiétez pas : vous pouvez conserver votre reine.

Il avança de deux cases le pion qui protégeait sa reine et opina en voyant que je faisais de même.

— J'opterai un jour pour une autre ouverture, dit-il en avançant le pion c de deux cases, me permettant ainsi de m'en emparer.

Le gambit de la reine... La moitié au moins des parties que j'avais jouées avaient débuté ainsi. La combinaison avait la faveur aussi bien des grands maîtres que des joueurs du dimanche. Il était encore trop tôt pour dire si l'Allemand savait ce qu'il faisait. Je refusai le gambit et avançai d'une seule case le pion placé devant mon roi.

J'avais disputé au fil des années des milliers de parties contre des centaines d'adversaires différents. J'avais joué sur les pelouses du jardin d'Été, assis sur une couverture, lors des tournois qui avaient lieu au palais des Pionniers, ainsi qu'avec mon père dans la cour du Kirov… À l'époque où je fréquentais le club du Spartak, je notais le déroulement de chacune de mes parties, mais j'avais jeté ces archives en arrêtant la compétition : je n'allais plus les étudier après avoir compris que j'étais un joueur médiocre. Et pourtant si tu me donnais une feuille et un stylo, je pourrais aujourd'hui encore reproduire avec précision, en notation algébrique, le déroulement de cette partie contre Abendroth.

Au sixième coup, je fis sortir ma reine de la ligne du fond, ce qui eut l'air de le surprendre. Il fronça les sourcils, caressant du bout de son pouce les poils qui hérissaient sa lèvre supérieure. J'avais choisi ce mouvement d'une part parce que je l'estimais pertinent, mais aussi parce qu'il pouvait passer pour une maladresse. Nous n'avions l'un et l'autre aucune idée de la force de notre adversaire : s'il me prenait pour un joueur maladroit, je pouvais l'amener à commettre une erreur fatale.

Il marmonna quelques mots en allemand et avança le cavalier qui défendait son roi. C'était une réaction raisonnable, mais ce n'était pas celle que j'avais redoutée. S'il avait pris mon pion, il aurait conservé l'initiative et m'aurait obligé à réagir à son agression. Il avait au contraire opté pour une stratégie défensive et j'en profitai pour avancer mon fou dans son territoire.

Abendroth se rejeta dans sa chaise et étudia l'échiquier. Après l'avoir contemplé pendant une bonne minute, il sourit et leva les yeux vers moi.

— Cela fait longtemps que je n'ai pas joué une partie digne de ce nom, dit-il.

Je ne répondis pas, étudiant moi aussi la position des pièces et visualisant les séquences de coups potentielles.

— Inutile de t'inquiéter, poursuivit-il. Que tu perdes ou que tu gagnes, tu auras la vie sauve. Une bonne partie d'échecs tous les soirs m'aidera à tenir le coup.

Il se pencha à nouveau et déplaça sa reine. Pendant que je délibérais, le jeune soldat revint, portant une cagette en bois garnie de paille. Abendroth lui posa une question et le soldat acquiesça en déposant la cagette sur la table.

— Vous m'avez mis en appétit, dit Abendroth à Kolya. Si je gagne, je serais bien capable d'engloutir une omelette de douze œufs.

Assis à l'autre bout de la table, Kolya esquissa un sourire en voyant arriver la cagette. Les deux soldats se tenaient à présent derrière Vika et lui, les mains crispées sur leurs mitraillettes. Kolya essayait de suivre la partie à distance, mais Vika gardait les yeux rivés sur la table. Comme à l'ordinaire, son visage ne trahissait guère ses émotions ; je devinai pourtant qu'elle était contrariée et je compris – avec retard – que nous venions de laisser passer notre chance. Lorsque le soldat était allé chercher ces œufs, nous nous étions trouvés pendant quelques instants en supériorité numérique par rapport aux Allemands. Certes, nous n'avions que des couteaux à opposer à leurs mitraillettes, mais nous venions peut-être de gâcher une excellente opportunité.

Au bout de huit coups, nous commençâmes d'échanger des pièces, le Sturmbannführer et moi. Je lui pris un pion, il me prit un cavalier. Je lui pris un fou, il me prit un pion. Au terme de cette échauffourée, nos forces restaient à peu près équilibrées, mais l'échiquier s'était dégagé et j'estimais avoir renforcé mes positions.

— Des violonistes et des joueurs d'échecs, lança Abendroth.

Je n'avais pas osé le dévisager jusqu'alors, mais je me risquai à lever les yeux vers lui, tandis qu'il étudiait nos positions respectives. Étant assis juste à côté de lui, je distinguais les cernes bruns et gonflés qui soulignaient ses yeux noisette. Sa puissante mâchoire dessinait de profil un L volontaire. Il s'aperçut que je l'observais et redressa son crâne massif, pour me fixer à mon tour. Je baissai aussitôt les yeux.

— Quoi qu'on en dise, reprit-il, votre race produit des joueurs d'échecs et des violonistes remarquables.

Je ramenai ma reine au bercail et pendant les douze coups suivants nous rassemblâmes nos forces, en évitant la confrontation directe. Nous roquâmes tous les deux pour protéger nos rois, tout en préparant la prochaine bataille et en regroupant nos forces vers le centre, à la recherche du terrain idéal. Au vingt et unième coup, je faillis tomber dans un piège qu'il m'avait habilement tendu. Je remis mon fou à sa place et déplaçai ma reine, afin de lui procurer un meilleur angle d'attaque.

— Dommage, commenta Abendroth. C'était pourtant une belle petite manœuvre.

Je relevai la tête et m'aperçus que Kolya et Vika avaient les yeux fixés sur moi. Le plan n'avait jamais été clairement formulé, mais il m'apparut brusquement dans toute son évidence. Je remuai mon pied dans ma botte et sentis le fourreau de l'arme que j'avais dérobée au défunt parachutiste s'enfoncer dans ma cheville. Combien de temps me faudrait-il pour extraire le couteau ? Il me paraissait impossible de le faire puis de trancher la gorge d'Abendroth avant que les soldats ne m'abattent. Même sans l'aide de ses hommes, Abendroth était beaucoup trop costaud pour que j'en vienne à bout. Quand j'étais petit, j'avais vu dans un cirque un colosse dont les mains ressemblaient à celles du Sturmbannführer : il avait plié une barre d'acier dont il avait ensuite fait un nœud et comme c'était mon anniversaire, il me l'avait donnée. J'avais conservé ce nœud d'acier pendant des années. Je le montrais à mes amis du Kirov en leur racontant comment le colosse m'avait caressé les cheveux, tout en faisant un clin d'œil à ma mère. L'objet disparut un beau jour et je ne devais jamais le retrouver. Sans avoir jamais pu le prouver, je soupçonnais Oleg Antokolski de me l'avoir volé.

L'idée de devoir planter son couteau dans le corps d'un homme aussi costaud avait quelque chose de paniquant. Je cessai donc d'y penser pendant quelques minutes et me concentrai à nouveau sur la partie. Quelques coups plus tard, j'entrevis la possibilité d'un échange de cavaliers. Ma position me paraissait un peu étriquée et je forçai la main à mon adversaire. Abendroth poussa un soupir en s'emparant de ma pièce.

— Jamais je n'aurais dû permettre un coup pareil, dit-il.

— Bien joué, lança Kolya à l'autre bout de la table.

Je me tournai de son côté et m'aperçus que Vika et lui m'observaient toujours. Je reportai aussitôt mon attention sur l'échiquier. Pourquoi me retrouvais-je dans une telle situation ? En vertu de quoi m'avait-on choisi pour être l'assassin ? Kolya ne me connaissait-il pas suffisamment, désormais ? Abendroth devait être éliminé, je le savais – et je souhaitais sa mort depuis que j'avais entendu l'histoire de Zoya. Sans l'ombre d'un doute, il avait massacré des milliers d'hommes, de femmes et d'enfants en suivant la Wehrmacht à travers l'Europe. Berlin le couvrait de médailles pour avoir exécuté une telle quantité de juifs, de communistes et de partisans dans les pays occupés. De toute évidence, cet homme était mon ennemi. Mais maintenant qu'il était face à moi, de l'autre côté de l'échiquier, et que je le voyais tripoter son alliance en réfléchissant à son prochain coup, je ne pensais pas être capable de lui trancher la gorge.

Le fourreau pesait toujours contre ma cheville. Le Sturmbannführer était assis devant moi et le col de sa veste faisait saillir une veine bleue sur son énorme cou. Assis à l'autre bout de la table, Kolya et Vika attendaient que je me décide à agir. En dépit de cette tension, je parvenais à jouer d'une manière satisfaisante. Même si l'issue de cette partie n'avait en soi aucune espèce d'importance, je la prenais au sérieux.

J'avais posé mon coude sur la table, la tête appuyée sur la paume de ma main, ce qui m'empêchait de voir Kolya et Vika. Au vingt-huitième coup, j'avançai mon pion *c* sur la cinquième rangée, ce qui était un geste agressif. Abendroth pouvait s'en emparer avec son pion *b* ou son pion *d*. Il existe une vieille règle aux échecs, selon laquelle les joueurs doivent toujours « prendre les pièces adverses en se dirigeant vers le centre ». Abendroth respecta cette stratégie et se servit de son pion *b*, ce qui lui permit d'occuper le centre de l'échiquier. Mais comme la remarque de Tarrasch (« Placez toujours la tour derrière le pion, sauf si la situation l'interdit »), la prise des pièces vers le centre est de règle, sauf lorsqu'elle constitue une erreur tactique. À la fin de la séquence, nous avions chacun sacrifié deux pions et nos forces restaient équilibrées. Mais tel un homme qui vient d'avaler du poison et continue de mâcher sa nourriture sans comprendre qu'il est d'ores et déjà condamné, Abendroth ne s'était pas rendu compte qu'il venait de commettre une erreur fatale.

Loin de coucher son roi, l'Allemand croyait au contraire avoir désormais l'avantage. La partie tirait à sa fin et son pion *a*, seul sur le bord de l'échiquier, se dirigeait vers la dernière rangée où il allait pouvoir se transformer en reine et battre ma défense en brèche. Abendroth était si décidé à obtenir cette deuxième reine qu'il accepta sans sourciller les divers échanges que je le contraignis à faire. Comment pouvait-il perdre dès lors qu'il allait avoir deux reines ? Obnubilé par son pion *a*, il découvrit quand il était déjà trop tard que j'avais moi aussi fait progresser un pion au milieu de l'échiquier. Au bout du compte, mon pion *d* atteignit son but et obtint sa promotion un coup avant le sien. Il est difficile de battre quelqu'un qui a deux reines – sauf si l'on obtient une deuxième reine avant lui...

Abendroth n'avait toujours pas compris que la partie était terminée, mais c'était pourtant bien le cas. Je regardai Vika, stupidement fier de ma victoire imminente, et vis qu'elle avait glissé la main dans les profondeurs de ses vêtements. Elle n'allait plus attendre que je me décide à agir et s'apprêtait à sortir son couteau. Quant à Kolya, il avait posé les mains sur le bord de la table, prêt à se redresser et à se lancer à l'attaque en même temps qu'elle. Mon regard croisa celui de Vika et je compris avec une soudaine évidence que si je ne réagissais pas, son corps déchiqueté par les rafales se viderait bientôt de tout son sang en travers du linoléum.

Tandis qu'Abendroth considérait l'échiquier, décontenancé par cette brusque prolifération de reines, je fis mine de me gratter la cheville et insinuai lentement les doigts à l'intérieur de ma botte. Il ne s'agissait nullement d'un sursaut de courage, bien au contraire : ma crainte de voir Vika mourir avait supplanté le reste de mes peurs. Abendroth regardait à présent son roi et je vis son expression changer, tandis qu'il entrevoyait peu à peu la dure réalité de sa situation. Je m'attendais à ce que cette défaite déclenche sa colère : au lieu de ça, un sourire éclaira son visage et pendant une fraction de seconde je découvris l'expression qu'il devait avoir quand il était enfant.

— Très joli coup, dit-il en levant les yeux vers moi. La prochaine fois, je ne boirai pas autant.

Il dut apercevoir une expression bizarre sur mon propre visage, se pencha par-dessus la table et aperçut ma main glissée à l'intérieur de ma botte. J'étais en train de batailler avec le manche du couteau et réussis enfin à l'extraire de son fourreau. Avant que j'aie pu retourner l'arme contre lui, Abendroth avait plongé en avant, me faisant basculer de ma chaise et me renversant sur le sol. Là, il bloqua ma main droite de sa main gauche, tout en saisissant le revolver qu'il portait à la hanche.

Si j'avais dégagé mon couteau plus rapidement et si j'avais eu la chance de lui trancher la jugulaire – en d'autres termes, si un tel miracle s'était produit – Vika, Kolya et moi n'aurions pas survécu. Les soldats auraient levé leurs MP 40 et nous auraient rayés d'une seule rafale du nombre des vivants. La vivacité d'Abendroth – ou ma propre lenteur, selon le point de vue adopté – nous sauva la vie. Tandis que les deux soldats se précipitaient pour venir en aide au Sturmbannführer, qui n'en avait nullement besoin, ils ne s'occupèrent plus des autres prisonniers. Ce relâchement de leur surveillance ne dura qu'une fraction de seconde, mais cela s'avéra suffisant.

Abendroth sortit son automatique. Percevant le remue-ménage qui avait lieu à l'autre bout de la pièce, il regarda dans cette direction. Ce qu'il aperçut l'inquiéta visiblement davantage que le petit juif émacié qui gigotait sous lui. Il pointa son arme et visa Vika ou Kolya, je ne sais pas, je ne pouvais pas le voir d'où j'étais. Je poussai un cri et empoignai de la main gauche le canon du revolver, le rabattant au moment où le coup partait. L'arme tressauta violemment et le bruit de l'explosion faillit faire éclater mes tympans. Abendroth jura et essaya de m'arracher le revolver des mains. Lutter contre lui était aussi vain que de chercher à terrasser un ours, mais je m'agrippai au canon de cette arme avec toute l'énergie qui me restait. Les secondes qui suivirent se déroulèrent dans un tumulte général : les interjections en allemand se mêlaient au crépitement des armes et au bruit des bottes qui martelaient le linoléum.

Irrité par mon obstination, Abendroth m'expédia sur la tempe un violent direct du gauche. Il m'était arrivé de participer à quelques bagarres, en grandissant au Kirov, mais il s'agissait de simples algarades sans gravité, comme cela arrive parfois entre amis ou entre membres de clubs d'échecs différents. Personne ne m'avait jamais envoyé un coup de poing en plein visage. Des étoiles envahirent brusquement mon champ de vision et la pièce devint floue, tandis qu'Abendroth m'arrachait enfin son automatique des mains et pointait son canon entre mes yeux.

Je me rassis et enfonçai d'un seul coup la pointe de mon couteau dans sa poitrine, traversant la poche extérieure de sa veste, juste en dessous de sa rangée de médailles : la lame pénétra dans son corps jusqu'à sa garde en argent.

Abendroth frissonna et cligna des yeux, avant de regarder le manche noir du poignard. Il aurait encore pu me tirer une balle dans la tête, mais il ne semblait pas vouloir venger son propre meurtre. Il paraissait déçu, ses lèvres esquissaient un sourire attristé ; puis son regard se troubla, ses yeux se figèrent et sa respiration s'enraya. Bien qu'il luttât pour rester debout, ses jambes le lâchèrent et il bascula sur le côté : ses doigts ballants relâchèrent son revolver tandis que ma propre main restait figée sur le manche du poignard. Il ouvrit grand les yeux, brusquement – comme un homme endormi cherchant à émerger du sommeil – posa ses paumes à plat sur le linoléum et essaya de ramper pour quitter ce décor sordide, indifférent à l'agitation qui régnait autour de lui. Mais il n'alla pas bien loin.

Je me retournai et aperçus Kolya qui luttait sur le sol avec l'un des soldats, chacun cherchant à s'emparer de la mitraillette de l'Allemand. J'avais fini par considérer

Kolya comme un champion en matière de lutte, mais personne n'avait dû transmettre la nouvelle au soldat, qui avait apparemment le dessus. Je ne me souviens pas m'être remis sur pied ni précipité pour venir en aide à Kolya ; néanmoins, avant que l'Allemand ait pu lever son MP 40 et vider son chargeur dans sa poitrine, je lui avais sauté dessus et planté mon couteau dans le dos en le frappant à coups répétés, incapable de m'arrêter.

Vika réussit enfin à m'écarter du cadavre de l'Allemand. Ses vêtements étaient couverts de sang et je pensai tout d'abord qu'on lui avait tiré dessus et qu'elle perdait ses tripes. Je ne crois pas avoir émis des propos très cohérents, mais elle hocha la tête, me secoua l'épaule et lança :

— Tout va bien, je ne suis pas blessée ! Maintenant, montre-moi ta main.

Je ne compris pas sa requête et tendis ma main droite, qui brandissait toujours le couteau ensanglanté. Mais elle la repoussa et saisit mon autre poignet, serrant ma main gauche entre ses paumes. Je me rendis alors compte que la moitié de mon index avait disparu. Vika s'agenouilla à côté du cadavre de l'un des soldats – celui qui avait des grains de beauté et qui fixait à présent le plafond d'un regard vide, la gorge tranchée – et déchira un morceau de son pantalon. Puis elle se retourna vers moi et se servit de cette bande de tissu comme pansement pour me bander l'index, afin d'enrayer l'hémorragie.

Kolya s'empara des MP 40. Il en donna un à Vika, gardant l'autre pour lui, et saisit la cagette d'œufs sur la table. Nous entendîmes des Allemands qui s'interpellaient quelque part dans le bâtiment, des officiers qui se demandaient si la fusillade qu'ils venaient d'entendre était réelle ou s'ils avaient simplement rêvé. Kolya ouvrit l'une des vastes fenêtres et prit pied sur le rebord extérieur.

— Vite ! lança-t-il en nous faisant signe de le suivre.

Il sauta dans le vide et je me précipitai derrière lui. Nous n'étions qu'au deuxième étage et le sol n'était pas trop loin. De surcroît, la couche de neige qui s'étendait sous la fenêtre avait bien un mètre d'épaisseur. Mon corps bascula avant d'atterrir et mon visage heurta la neige en premier. Kolya m'aida à me remettre sur pied et à ôter la neige qui m'aveuglait. Nous entendîmes soudain une rafale retentir dans la salle de conférence. Un instant plus tard, Vika atterrit à nos côtés : de la fumée s'échappait encore du canon de sa mitraillette.

Nous quittâmes en toute hâte le poste de police ravagé par les bombes. Des lampadaires éteints se dressaient dans la rue : leur ligne courbe leur donnait l'allure d'immenses points d'interrogation. Les cris en provenance de l'ancien quartier général du Parti s'intensifièrent et je m'attendais à voir siffler des balles autour de nous, mais il n'en fut rien. Les gardes postés à l'entrée avaient dû se précipiter à l'intérieur en entendant la fusillade. Le temps qu'ils aient compris leur erreur, nous avions déjà disparu dans les ténèbres.

Nous atteignîmes bientôt la lisière de la petite bourgade. Abandonnant la route, nous nous précipitâmes à travers l'étendue des champs gelés, dépassant les silhouettes massives des tracteurs abandonnés. Derrière nous, à Krasnogvareysk, nous entendions le vrombissement des moteurs et le crissement des chaînes enveloppant les pneus des véhicules partis à notre poursuite dans la neige. À portée désormais, nous distinguions dans la nuit la ligne noire de la vaste forêt prête à nous accueillir et à nous dérober aux yeux de nos poursuivants.

Je n'avais jamais été un grand patriote. Mon père n'encourageait guère ce genre de notion de son vivant, et sa mort n'avait fait qu'entériner sa volonté sur ce point. J'éprouvais un sentiment d'affection et de loyauté plus fort à l'égard de Piter qu'envers la nation en tant que telle. Mais cette nuit-là, traversant à la hâte les champs de blé abandonnés dans l'hiver, pris entre la meute des envahisseurs fascistes lancés à nos trousses et l'obscurité de la forêt russe qui se dressait devant nous, je ressentis un brusque et pur élan d'amour pour mon pays.

Nous courions pour rejoindre les bois, piétinant les épis de blé sous la lune qui s'était levée et les étoiles qui tournoyaient de plus en plus loin, seuls sous le ciel sans dieu.

24.

Une heure plus tard, nous regardions encore derrière nous et tendions l'oreille pour détecter le crissement des chenilles, au cas où des véhicules auraient été lancés à notre poursuite, mais plus nous nous enfoncions dans les bois et plus il devenait évident que notre évasion avait réussi. Nous arrachions les stalactites de glace qui pendaient aux branches des sapins afin de nous hydrater, mais la nuit était si froide que nous ne pouvions pas les garder bien longtemps dans la bouche. Le moignon de mon doigt coupé commençait à m'élancer et battait au même rythme que mon pouls.

Kolya avait déboutonné son manteau militaire et glissé la cagette sous son pull, afin que les œufs ne gèlent pas. Au cours des derniers kilomètres, il m'avait tapé sur l'épaule à plusieurs reprises en se fendant d'un large sourire, coiffé de la casquette dont il avait noué les lacets sous son menton.

— Tu nous as fait un sacré numéro, me dit-il trois ou quatre fois de suite.

J'avais tué deux hommes et le couteau allemand glissé dans ma botte était désormais une arme véritable et non plus un joujou d'enfant. Tu comprendras peut-être mieux mon état d'esprit si je t'avoue que j'éprouvais une certaine tristesse, ainsi qu'une forme de solidarité à l'égard des hommes que je venais de tuer, même si cette violence s'était avérée nécessaire. Le visage constellé de grains de beauté du plus jeune d'entre eux devait d'ailleurs me hanter longtemps, jusqu'à ce que ses traits finissent par s'estomper. Mais l'image du Sturmbann-führer rampant sur le sol en linoléum est toujours inscrite en moi. Je pourrais te débiter tout un tas de beaux discours pour te démontrer à quel point je suis un individu sensible – c'est du reste la vérité – mais ce soir-là, si tu veux tout savoir, je ressentais au fond de moi une intense jubilation. J'avais enfin *agi*, contre toute vraisemblance, et surmonté la lâcheté qui me caractérisait jusqu'alors. Au bout du compte, l'assassi-nat d'Abendroth n'avait rien à voir avec le fait de venger Zoya ou d'éliminer un officier des Einsatz. J'avais tout simplement sauvé la vie de Kolya et de Vika – ainsi que la mienne, par la même occasion. Nos souffles qui s'élevaient au-dessus de nos têtes dans la nuit glacée, les grognements que nous poussions, le bruit de nos bottes qui pataugeaient dans la neige, chacune des sensations que nous éprouvions au cours de cette longue marche – tout cela était à nouveau possible parce qu'en me retrouvant le dos au mur, j'avais finalement fait preuve d'un minimum de courage. Le plus grand moment de fierté de toute mon existence eut lieu un peu plus tard : nous avions fait halte pour reprendre notre souffle et Vika, après s'être assurée que mon doigt ne saignait plus, me chuchota à l'oreille un simple et émouvant « merci ».

À un moment donné, Kolya et elle débattirent au sujet de la direction qu'il convenait de prendre. Vika mit un terme à la discussion en secouant la tête avec impatience et en se remettant en marche, sans se soucier de savoir si nous la suivions. Depuis l'incident de Mga, je ne faisais plus vraiment confiance au sens de l'orien-tation de Kolya et je lui emboîtai le pas. Kolya resta planté sur place pendant une dizaine de secondes avant de se décider à nous suivre.

En cours de route, je m'arrangeai pour révéler à Vika la vérité concernant notre escapade à l'extérieur de Piter, lui exposant les raisons pour lesquelles nous avions franchi les lignes ennemies, Kolya et moi, avant d'échouer dans cette ferme au milieu des mélèzes. Je parlais à voix basse, afin que Kolya ne m'entende pas, même si je ne voyais pas très bien quel secret je trahissais au juste. Je lui racontai l'histoire de la fille du colonel, patinant sur la Neva ; celle des cannibales et des hideuses dépouilles qui pendaient à leurs chaînes ; puis celles de Vadim et de son coq Chéri, cloîtrés dans leur poulailler ; du chien qui saignait dans la neige après avoir tenu lieu de mine et du soldat dont le cadavre avait pris racine dans la glace. Lorsque j'eus achevé mon histoire, Vika hocha la tête mais s'abstint de tout commentaire et je me demandai soudain si je ne lui en avais pas trop dit.

En la regardant marcher dans les bois, silencieuse et obstinée, la mitraillette en bandoulière, je me souvins de ce que Kolya m'avait dit la veille. Si la guerre nous avait tous changés, il était quand même difficile de croire qu'elle se contentait d'étudier l'astronomie, sept mois plus tôt.

— Puis-je te poser une question ?

Vika continua de marcher, sans se donner la peine de me répondre. Son temps était trop précieux pour qu'elle s'attarde à des questions aussi stupides.

— Kolya prétend que tu fais partie du NKVD, repris-je.

— C'est une question que tu me poses ?

— Plus ou moins.

— À ton avis ?

— Je ne sais pas, dis-je. (Mais à l'instant où je prononçais ces mots, je me rendis compte qu'ils ne correspondaient pas à la vérité.) Je crois qu'il a raison, ajoutai-je.

Vika scrutait les ténèbres, à la recherche d'un repère lui permettant de préciser notre direction.

— Cela t'ennuie ? dit-elle.

— Oui.

— Pourquoi ?

— À cause de mon père. (Je songeai brusquement qu'elle ignorait ce qui lui était arrivé, aussi ajoutai-je d'une voix calme :) Ils l'ont emmené.

Pendant près d'une minute nous marchâmes en silence, escaladant une colline à pas lents. Je commençais à me sentir un peu pantelant et mes jambes étaient de plus en plus faibles à mesure que nous nous éloignions de Krasnogvardeysk et de mon moment de triomphe.

— Ton père était un écrivain, c'est bien ça ? Dans ce cas, il a probablement été dénoncé par certains de ses confrères. La police se contente de faire son travail.

— Bien sûr, dis-je. Tout comme les Einsatz. Mais en général, personne ne vous force à faire ce genre de travail.

— Si ça peut te consoler, ils ont également emmené mon père.

— Vraiment ? Il était écrivain ?

— Non, il faisait partie du NKVD.

Il nous fallut plus d'une heure pour franchir cette colline et je n'avais plus la moindre force dans les jambes au terme de l'ascension. Mais lorsque nous atteignîmes le sommet, qui était dénué d'arbres, je compris pourquoi Vika avait choisi d'emprunter ce chemin. La demi-lune brillait au-dessus des hectares de champs et de forêts qui s'étendaient à l'horizon, scintillants sous leur couverture de neige.

— Regardez, dit-elle en montrant le nord.

À l'extrémité de la vallée qui s'étendait à nos pieds, par-delà les collines dont les ténébreux contours découpaient l'horizon, une colonne de lumière s'élevait du sol, suffisamment intense pour éclairer un nuage qui se profilait dans les hauteurs du ciel. Le puissant rayon se mit à bouger, balayant la nuit tel un sabre de lumière, et je compris soudain qu'il s'agissait du faisceau d'un projecteur antiaérien.

— Piter est là-bas, dit Vika. Si jamais vous vous égarez, vous pourrez toujours suivre cette étoile polaire.

Je me tournai pour la regarder.

— Tu ne viens pas avec nous ?

— Il y a un groupe de partisans dans les parages de Tchoudovo. Je connais bien leur commandant. Je vais essayer de les rejoindre.

— Si tu nous accompagnes, je suis sûr que le colonel nous fournira une carte de rationnement supplémentaire. Je lui dirai que tu nous as aidés et...

Vika sourit et cracha par terre.

— Je n'ai pas besoin de carte de rationnement. Piter n'est pas ma ville. Le devoir m'appelle ailleurs.

— Tâche de ne pas te faire tuer, dit Kolya. Je crois que le gosse est amoureux de toi.

— Évitez d'emprunter les routes pour regagner la ville. Et faites très attention en arrivant. Il y a des mines partout.

Kolya lui tendit sa main gantée. Vika leva les yeux au ciel mais la saisit quand même.

— J'espère que nous nous reverrons... à Berlin, lui dit-il.

Elle sourit et se tourna vers moi. Je savais que je n'allais jamais la revoir. Lorsqu'elle découvrit l'expression de mon visage, un soupçon d'humanité apparut dans ses yeux de louve. Elle effleura ma joue de sa main gantée.

— Ne sois pas aussi triste... Tu m'as sauvé la vie ce soir.

Je haussai les épaules. J'avais peur si j'ouvrais la bouche de dire une ânerie – ou, pire encore, de me mettre à pleurer. Cela faisait cinq ans que cela ne m'était plus arrivé, mais jamais je n'avais vécu une nuit pareille et j'étais convaincu que cette tireuse d'élite originaire d'Arkhangelsk était la seule fille dont je serais jamais amoureux.

Sa main gantée était restée posée sur ma joue.

— Quel est ton nom de famille ? dit-elle.

— Beniov.

— Je te retrouverai, Lyova Beniov. Du moment que je connais ton nom...

Elle se pencha et m'embrassa sur les lèvres. Sa bouche était froide, ses lèvres rêches à cause du vent d'hiver. Je ne sais si les mystiques ont raison de prétendre que nous sommes condamnés à reproduire à l'infini nos misérables existences : du moins ai-je la certitude de pouvoir toujours revivre l'instant précis de ce baiser.

Elle nous quitta un instant plus tard, la tête baissée, sa casquette en peau de lapin enfoncée jusqu'aux yeux et le menton dissimulé sous son écharpe. Sa frêle silhouette enveloppée de vêtements trop grands pour elle paraissait minuscule au milieu des vénérables sapins qui se dressaient tout autour. Je savais qu'elle ne se retournerait pas mais je la suivis pourtant des yeux, jusqu'à ce qu'elle ait disparu.

— En route, dit Kolya en passant le bras autour de mes épaules. Un mariage nous attend.

25.

La neige avait fondu à la lumière du jour et regelé pendant la nuit, ce qui rendait notre progression particulièrement dangereuse : la croûte de glace craquait à chacun de nos pas. Mon doigt me faisait si mal qu'il m'était difficile de penser à autre chose. Nous continuions d'avancer parce qu'il le fallait, nous étions allés trop loin dans cette histoire pour nous arrêter maintenant, mais j'ignore d'où nous venait l'énergie que nous trouvions encore pour poser un pied devant l'autre. Il existe un état, par-delà la fatigue et la faim, dans lequel le temps semble s'être arrêté et où la douleur physique n'appartient plus en propre à celui qui l'éprouve.

Aucune de ces considérations ne s'appliquait à Kolya. Il n'avait pas mangé davantage que moi, même s'il avait un peu mieux dormi la veille dans le baraquement, au milieu des analphabètes – et aussi confortablement que s'il était allongé sur un duvet en plumes, dans une chambre de l'hôtel Europa. Tandis que je traînais la patte et courbais l'échine, en avançant laborieusement vers le nord, Kolya contemplait le paysage environnant à la lueur du clair de lune, comme un peintre étudiant son motif. On aurait dit que la Russie tout entière était à nous : pendant des heures, nous n'aperçûmes pas le moindre signe d'une présence humaine, à l'exception de quelques fermes abandonnées.

Toutes les cinq minutes, Kolya glissait la main à l'intérieur de son manteau pour s'assurer que la cagette était bien à l'abri sous son pull, retenue par la ceinture de son pantalon.

— Je t'ai raconté l'histoire du chien dans la cour ?

— Tu parles de ton roman ?

— Oui, mais est-ce que je t'ai dit d'où venait le titre ?

— Probablement.

— Non, je ne crois pas. Le héros, Radchenko, vit dans un vieil immeuble, sur l'île de Vasilevski. Il s'agit en fait d'un hôtel particulier, construit à l'origine pour l'un des généraux d'Alexandre, mais que se partagent désormais huit familles qui ne peuvent pas se voir en peinture. Une nuit, au milieu de l'hiver, un chien pénètre dans la cour, s'allonge au pied du perron et décide de s'installer là. C'est un vieux clébard, énorme et au museau tout gris, qui a perdu une oreille au cours d'un combat, dans sa lointaine jeunesse. Radchenko se lève tard, le lendemain matin, regarde par la fenêtre et aperçoit le chien couché devant la porte, la tête entre les pattes. Il a pitié du pauvre bougre : il règne un froid glacial à l'extérieur et il n'a rien à manger. Il va donc chercher un bout de saucisse sèche et ouvre sa fenêtre, à l'instant précis où les cloches de l'église se mettent à sonner les douze coups de midi.

— En quelle année se déroule l'histoire ?

— Hein ? Je ne sais pas. Disons, en 1883. Radchenko siffle et le chien lève la tête vers lui. Il lui lance le bout de saucisse, le chien l'engloutit, Radchenko sourit, referme sa fenêtre et retourne se coucher. Rappelle-toi que cela fait alors cinq ans qu'il n'a pas mis les pieds en dehors de son appartement. Le lendemain, Radchenko dort encore lorsque les cloches se mettent à sonner les douze coups de midi. Une fois qu'elles se sont tues, il entend aboyer à l'extérieur. L'aboiement se prolonge : il finit par s'extraire de son lit, ouvre la fenêtre, regarde dans la cour et voit le chien qui le guette, la langue pendante, attendant sa pitance.

Radchenko va chercher un morceau de nourriture quelconque et le lance au pauvre bougre. Et à compter de ce jour, chaque fois que les cloches de l'église sonnent les douze coups de midi, l'animal attend son déjeuner sous sa fenêtre.

— Comme le chien de Pavlov.

— Oui, dit Kolya avec une certaine réticence. Comme le chien de Pavlov, mais la poésie en plus... Deux années passent. Le chien désormais installé à demeure dans la cour ne tarde pas à connaître tous les habitants de l'immeuble et les laisse passer sans les inquiéter, mais dès qu'un étranger se présente à la porte il se transforme en un terrifiant molosse, montrant les crocs et grondant d'un air menaçant en direction de l'intrus. Les habitants l'adorent, il est devenu leur gardien, ils ne se donnent même plus la peine de fermer leurs portes à clef. Parfois, Radchenko passe une après-midi entière, assis sur une chaise devant sa fenêtre, à regarder le chien qui surveille les allées et venues des gens. Il n'oublie jamais l'heure de son déjeuner, à midi précis, et fait en sorte d'avoir toujours de bons morceaux à lui lancer. Un matin, Radchenko est dans son lit, en train de faire un rêve merveilleux à propos d'une femme qu'il admirait dans son enfance, une amie intime de sa mère. Les cloches de l'église se mettent à sonner. Radchenko se réveille en souriant, s'étire et se dirige vers la fenêtre. Il ouvre les battants et regarde en bas dans la cour. Le chien est étendu sur le flanc devant le perron, parfaitement immobile, et Radchenko comprend aussitôt qu'il est mort. Souviens-toi qu'il ne l'a jamais touché, qu'il ne lui a jamais gratté l'oreille ni tapoté le ventre. Malgré cela, il a fini par aimer ce vieux clébard et par le considérer comme un ami fidèle. Pendant plus d'une heure, il contemple le cadavre du chien et comprend brusquement que personne ne va songer à l'enterrer. Ce n'était qu'un animal errant, qui va s'en soucier ? Radchenko n'a pas quitté son appartement depuis sept ans et la simple idée de mettre le nez dehors lui donne des nausées, mais la pensée de laisser ce chien se décomposer au soleil est encore bien pire. Tu saisis le caractère dramatique de la situation ? Il sort donc de son appartement, descend l'escalier, émerge sur le seuil de l'immeuble et s'avance en pleine lumière – pour la première fois depuis sept ans – pour ramasser le cadavre de cette énorme bête et l'emporter hors de la cour.

— Où va-t-il l'enterrer ?

— Je ne sais pas. Peut-être dans l'un des jardins de l'université.

— Jamais on ne le laisserait faire une chose pareille.

— Je n'ai pas encore réfléchi à cette partie de l'histoire. Mais tu n'as pas saisi le point essentiel…

— Et il lui faudrait une pelle.

— En effet. Tu es à peu près aussi sentimental qu'une pute qui tapine aux abords de la gare centrale, est-ce que tu t'en rends compte ? Je n'écrirai peut-être même pas la scène de l'enterrement, en la laissant à l'imagination du lecteur.

— Ce ne serait sans doute pas une mauvaise idée. Sinon, cela risque d'être un peu mélodramatique.

— Mais ça te plaît ?

— Je crois que oui.

— Tu *crois* ? C'est une histoire splendide.

— Oui, c'est une bonne histoire. Elle me plaît.

— Tu comprends maintenant pourquoi *Le Chien dans la cour* est un si bon titre ? Toutes ces femmes qui viennent rendre visite à Radchenko veulent le convaincre de sortir en leur compagnie, mais il ne veut pas en entendre parler. C'est même devenu une sorte de compétition entre elles, au fil des années, chacune espère être celle qui réussira à le faire sortir de chez lui, mais aucune n'y parvient. Et c'est le chien, ce vieux clébard errant qui…

Kolya s'interrompit soudain, les yeux exorbités. Il me saisit le bras, m'obligeant à faire halte. Je crus tout d'abord qu'il avait entendu quelque chose, le moteur d'un Panzer ou des voix de soldats dans le lointain, mais le phénomène qui captait son attention était apparemment d'ordre plus intérieur. Il me serra très fort le bras et ses lèvres s'entrouvrirent, tandis qu'une expression d'intense concentration gagnait son visage, comme s'il avait cherché à se rappeler le prénom d'une fille dont il n'avait plus que les initiales.

— Que se passe-t-il ? demandai-je.

Kolya leva la main et j'attendis la suite. Le fait de m'être arrêté ne serait-ce qu'une dizaine de secondes me donnait brusquement envie de m'étendre dans la neige et de fermer les yeux, quelques minutes au moins, le temps de soulager mes pieds qui paraissaient de plomb et d'agiter mes orteils pour les ramener à la vie.

— Ça vient, dit-il. Je le sens.

— De quoi parles-tu ?

— De mes intestins ! Oh là là, ça y est ! Bon sang de bonsoir !

Il se précipita derrière un arbre et je l'attendis, secoué par les rafales de vent. Je me serais volontiers assis, mais une voix intérieure m'avertissait que ce serait dangereux : une fois à terre, je risquais de ne plus être en mesure de me relever.

Lorsque Kolya revint, je dormais littéralement debout et rêvais déjà à moitié : une succession d'images incohérentes défilaient dans mon esprit. Il me saisit par le bras, me réveillant en sursaut, et me contempla avec son sourire de Cosaque.

— Mon ami, me dit-il, je t'annonce que je viens d'abdiquer mon athéisme. Suis-moi, je veux te montrer quelque chose.

— Tu plaisantes ? Je n'ai aucune envie de voir ça.

— Il faut que tu le voies. J'ai dû battre tous les records.

Il me tirait par le bras pour m'obliger à le suivre, mais je plantai mes talons dans la neige et résistai de tout mon poids.

— Non, lui dis-je. Dépêchons-nous, nous n'avons pas un instant à perdre.

— Tu as peur de contempler cette merde monumentale ?

— Si nous n'avons pas rejoint le colonel à l'aube...

— Mais il s'agit d'un phénomène hors du commun ! Tu pourras le raconter plus tard à tes enfants !

Kolya tirait de toutes ses forces, bien supérieures aux miennes, et je sentais que je commençais à céder lorsque ses mains gantées glissèrent sur la manche de mon manteau : il tomba d'un seul coup à la renverse sur la neige glacée. Sa première réaction fut d'éclater de rire, mais il se souvint brusquement des œufs.

— Merde, lança-t-il en levant les yeux vers moi.

Pour la première fois depuis le début de notre équipée, je perçus dans son regard quelque chose qui ressemblait à de la peur.

— Ne me dis pas que tu les as cassés...

— Comment ça, que *je* les ai cassés ? Pourquoi m'accuses-tu ? Tout cela ne serait pas arrivé si tu étais venu regarder la merde que...

—Ne me parle plus de ces putains d'excréments ! hurlai-je sans me soucier de la présence d'éventuels ennemis dans les parages. Et dis-moi que ces œufs ne sont pas cassés !

Assis dans la neige, Kolya déboutonna son manteau, sortit la cagette et l'examina pour voir si les lattes n'avaient pas été brisées. Il prit ensuite une profonde inspiration, ôta son gant droit et explora prudemment, du bout des doigts, l'intérieur de l'emballage rembourré de paille.

— Alors ?

— Tout va bien. Ils n'ont pas souffert.

Une fois la cagette remise en place, bien au chaud sous son pull, nous reprîmes notre marche en direction du nord. Kolya ne fit plus la moindre allusion à la taille historique de ses excréments, mais je voyais bien qu'il était vexé que je n'aie pas voulu constater de mes propres yeux la réalité des faits. Lorsqu'il raconterait plus tard l'histoire à ses amis, il ne pourrait pas avoir recours à mon témoignage pour étayer ses propos.

Je cherchais périodiquement des yeux le puissant faisceau de lumière du projecteur qui balayait le ciel. Il disparaissait parfois pendant un kilomètre ou deux derrière une colline ou une rangée d'arbres, mais nous finissions toujours par le retrouver. À mesure que nous nous rapprochions de Piter, nous apercevions les lueurs d'autres projecteurs, mais le premier était de loin le plus puissant, au point qu'il donnait l'impression d'éclairer la surface de la lune, dont il caressait les lointains cratères de son immense rayon.

— Je parie que le colonel sera surpris de nous revoir, dit Kolya au bout d'un moment. Il doit nous croire morts, à l'heure actuelle. Il sera tellement content que nous lui ramenions ses œufs que je lui demanderai de nous inviter au mariage de sa fille. Pourquoi pas ? Sa femme va nous bénir. Et peut-être aurai-je l'occasion de danser avec l'heureuse élue, de lui apprendre quelques pas et de lui faire comprendre que je n'ai personnellement aucun préjugé à l'encontre des femmes mariées.

— Je ne sais même pas où je vais dormir ce soir.

— Nous irons chez Sonya. Ne t'inquiète donc pas. Je suis sûr que le colonel nous donnera de la nourriture pour nous récompenser de nos efforts : nous la partagerons avec elle et nous passerons la soirée au coin du feu. Et le lendemain, il faudra que je me remette en route pour rejoindre mon régiment. Ah, les copains vont être surpris de me revoir !

— Elle ne me connaît même pas, dis-je, je ne peux pas loger chez elle.

— Bien sûr que si. Nous sommes de vrais amis à présent, toi et moi, c'est entendu ? Sonya est mon amie, tu es mon ami... Et ne te fais aucun souci, elle ne manque pas de place. Même si ce sera sans doute un peu moins excitant de vivre à ses côtés, maintenant que tu as rencontré Vika...

— Vika me fait peur.

— Elle me fait un peu peur, à moi aussi. Mais reconnais que tu en pinces sérieusement pour elle.

Je souris, revoyant mentalement les yeux de Vika, la courbe de sa lèvre inférieure, la ligne élancée de ses clavicules...

— Elle doit me trouver trop jeune pour elle.

— Peut-être, dit Kolya. Mais tu lui as sauvé la vie, tout à l'heure. La balle lui était destinée et l'aurait frappée en pleine tête.

— Je t'ai sauvé la vie à toi aussi.

— Non, j'avais maîtrisé ce Fritz.

— Pas du tout, son revolver était...

— Le jour où l'un de ces satanés Bavarois aura le dessus sur moi n'est pas près d'arriver. Ils ont beau se dandiner comme des oies...

La discussion se poursuivit, passant des prétendues erreurs que j'avais commises au cours de cette partie d'échecs à l'identité des personnes qui risquaient d'être invitées au mariage de la fille du colonel ou au destin des quatre jeunes filles dont nous avions fait la connaissance à la ferme. Le fait de parler me maintenait éveillé et m'empêchait de penser à mes pieds endoloris ou à mes jambes qui étaient à présent aussi raides que du bois. Le ciel s'éclaircissait lentement et nous finîmes par déboucher sur une route : la couche de neige qui la recouvrait était régulièrement damée et cela facilitait la marche. Avant que le soleil ne se soit levé à l'est, nous aperçûmes les premières lignes défensives établies autour de Piter : les tranchées qui dessinaient de sombres entailles dans la neige, les barrières antichars en ciment, les monticules de rails rouillés entassés sur le sol gelé et les barbelés qui s'étendaient à l'infini, fixés de kilomètre en kilomètre à des poteaux en bois.

— Je vais te dire une chose, reprit Kolya. Je tiens à manger une tranche de ce satané gâteau de mariage. Après toutes les épreuves que nous avons traversées, ce ne serait que justice.

Quelques instants plus tard, il s'exclama :

— Mais qu'est-ce qu'ils fabriquent ?

J'entendis la fusillade un instant plus tard. Kolya empoigna mon manteau et m'obligea à me jeter au sol. Des balles sifflaient au-dessus de nos têtes.

— Ils nous tirent dessus ! s'exclama-t-il en répondant lui-même à sa question. Hé, là-bas ! Nous sommes russes ! Ne tirez pas !

D'autres balles passèrent en sifflant autour de nous.

— Nous sommes russes, putain de bon Dieu ! Écoutez-moi ! Vous m'entendez ? Nous avons des papiers ! Un ordre de mission du colonel Gretchko ! Vous m'entendez ? Du colonel Gretchko !

Les tirs cessèrent mais nous restâmes allongés à plat-ventre, les bras repliés sur nos têtes. Derrière la ligne de défense, nous entendîmes un officier donner des ordres à ses hommes. Kolya releva prudemment la tête et jeta un coup d'œil en direction des tranchées, quelques centaines de mètres plus au nord.

— Ils n'ont jamais entendu parler des coups de semonce ? grommela-t-il.

— Peut-être en était-ce.

— Non, ils visaient nos têtes. Ils ne savent pas tirer, voilà tout. Une bande d'abrutis – des ouvriers de la

Cité, je parie, à qui on a mis un fusil dans les mains il y a huit jours à peine... (Il mit ses mains en porte-voix et s'écria :) Hé, là-bas ! Vous ne préférez pas économiser vos balles pour les Fritz ?

— Levez les mains en l'air et marchez lentement vers nous ! lança une voix à tue-tête.

— Vous n'allez pas nous tirer dessus si nous nous levons ?

— Pas si vos têtes nous reviennent !

— Ma tête revenait très bien à ta mère, espèce d'enfoiré, marmonna Kolya entre ses dents. Tu es prêt, mon petit lion ?

Alors que nous nous levions, Kolya tituba brusquement en faisant une horrible grimace et se serait étalé de tout son long si je ne l'avais pas retenu par le bras. Fronçant les sourcils, il épousseta la neige qui constellait sa poitrine avant de jeter un coup d'œil sur l'arrière de son manteau. Nous aperçûmes en même temps le trou qu'avait fait la balle, traversant l'épais tissu à hauteur de sa hanche.

— Lâchez vos armes ! lança l'officier depuis la tranchée.

Kolya jeta son MP 40 sur le côté.

— Je suis blessé ! hurla-t-il en retour. (Il déboutonna son manteau et examina le trou qui déchirait le fond de son pantalon.) Je n'y crois pas ! s'exclama-t-il. Ces connards m'ont touché en plein dans les fesses !

— Marchez vers nous en levant les bras en l'air ! reprit l'officier.

— Vous m'avez troué la peau des fesses, espèces d'abrutis ! Je ne suis plus en état de marcher !

J'avais saisi Kolya par le bras et l'aidais à se tenir debout. Il ne pouvait plus s'appuyer sur sa jambe droite.

— Tu devrais t'asseoir, lui dis-je.

— Comment veux-tu que je m'assois, avec cette balle dans le cul ? Je n'arrive pas à y croire...

— Peux-tu te mettre à genoux ? Il vaudrait mieux éviter que tu restes debout.

— J'entends déjà les vannes qui vont fuser, de retour à la caserne... Se faire mettre une balle dans le cul par ces connards d'amateurs, alors que nous étions si près du but...

Je l'aidai à se baisser. Il grimaça quand son genou droit toucha le sol enneigé, le choc se répercutant dans sa cuisse. Dans la tranchée, les officiers venaient de tenir un conciliabule improvisé. Une voix plus âgée s'éleva, empreinte d'une plus grande autorité.

— Restez où vous êtes ! Nous allons venir vous rejoindre.

— « Restez où vous êtes », grommela Kolya. Comme si j'avais le choix, maintenant que vous m'avez expédié une de vos foutues balles dans les fesses...

— Peut-être a-t-elle seulement traversé la chair, dis-je. Ce serait un moindre mal.

— Tu veux vérifier la chose par toi-même ? me dit-il en grimaçant un sourire. Je n'ai qu'à baisser mon froc.

— Je peux faire quelque chose ?

— Il faut appuyer sur la plaie, d'après ce que j'ai entendu dire. Ne t'inquiète pas, je m'en charge.

Il dénoua les lacets qui retenaient son couvre-chef, l'ôta et le posa sur le trou qu'avait fait la balle, en appuyant très fort. Il resta ainsi un bon moment les yeux fermés, en inspirant profondément. Lorsqu'il les rouvrit, il eut l'air de se souvenir de quelque chose, passa sa main libre sous son pull et en retira la cagette d'œufs.

— Glisse-la sous ton manteau, me dit-il. Il ne faut pas qu'ils gèlent. Et ne les laisse pas tomber.

Quelques minutes plus tard, nous vîmes arriver un GAZ, un modèle blindé doté d'énormes pneus anti-neige et d'une grosse mitrailleuse installée à l'arrière. Le soldat qui était assis derrière braquait le canon sur nos têtes tandis que le véhicule, arrivé à notre hauteur, freinait.

Un sergent et un lieutenant sautèrent hors de l'engin et se dirigèrent vers nous. Leurs mains ne lâchaient pas la crosse du revolver qu'ils portaient à la ceinture. Le sergent s'arrêta devant le MP 40 qui gisait dans la neige et l'examina un moment avant de se tourner vers Kolya.

— Nos tireurs avaient repéré cette mitraillette allemande, dit-il. Ils ont réagi à bon escient.

— Vous osez les qualifier de tireurs ? Où leur a-t-on appris à trouer le cul des gens ?

— Où avez-vous récupéré cette mitraillette allemande ?

— Il saigne, intervins-je, et il a besoin d'aide. Vous ne pourriez pas attendre pour lui poser ces questions ?

Le lieutenant me considéra, le visage dénué de toute émotion, en dehors d'une hostilité évidente. Il avait le crâne rasé et ne portait pas de couvre-chef, comme s'il était insensible au vent glacial qui mugissait autour de nous.

— Vous êtes un civil et vous me donnez des ordres ? lança-t-il. Je pourrais vous exécuter sur-le-champ, pour avoir violé le couvre-feu et quitté les limites de la ville sans autorisation.

— S'il vous plaît, camarade officier, nous tardons beaucoup trop. Il va perdre tout son sang.

Kolya fouilla dans sa poche, sortit la lettre du colonel et la tendit aux officiers. Le lieutenant la lut, d'un air d'abord dédaigneux ; mais il se raidit en voyant la signature apposée au bas de la feuille.

— Vous auriez dû nous prévenir, murmura-t-il.

Il fit un signe à l'intention du chauffeur et du soldat posté derrière la mitrailleuse, afin qu'ils viennent nous aider.

— J'aurais dû... Mais j'ai hurlé le nom du colonel pendant que vous nous tiriez dessus !

— Mes hommes ont agi comme il le fallait. Vous approchiez en brandissant du matériel ennemi, nous n'étions pas informés de votre arrivée...

— Kolya, dis-je en posant la main sur son épaule.

Il tourna la tête vers moi, s'apprêtant à sortir une tirade bien sentie à l'intention du lieutenant : mais pour la première fois de sa vie, il comprit qu'il valait mieux la boucler. Il sourit, leva vaguement les yeux au ciel et aperçut soudain l'inquiétude qui avait gagné mon visage. Il suivit mon regard fixé sur la flaque de sang qui imbibait la neige et la jambe de son pantalon. La couleur ressemblait à celle de la glace aux cerises que mon père m'achetait jadis dans les fêtes foraines en été.

— Ne t'inquiète pas, dit Kolya en contemplant cette mare de sang, ce n'est pas aussi grave que ça en a l'air.

Le conducteur le saisit sous les aisselles et l'homme à la mitrailleuse sous les genoux ; à eux deux, ils le transportèrent sur la banquette arrière du GAZ, dont le moteur tournait toujours. Je m'accroupis dans l'espace aménagé entre le siège du conducteur et la banquette, tandis que Kolya s'allongeait à plat-ventre, enveloppé dans son grand manteau pour ne pas avoir froid. Le véhicule s'ébranla et prit la direction des tranchées. Kolya fermait les yeux chaque fois que le GAZ cahotait, heurtant un rocher ou un nid-de-poule. Je m'étais emparé de sa casquette et l'appuyait contre sa plaie, en essayant d'enrayer l'hémorragie sans que cela s'avère trop douloureux.

Kolya esquissa un sourire, les yeux fermés.

— Je préférerais que ce soit Vika qui pose la main sur mon cul...

— C'est très douloureux ?

— Tu as déjà reçu une balle dans les fesses ?

— Non.

— Eh bien la réponse est oui, c'est très douloureux. Et encore, je m'estime heureux de n'avoir été touché qu'à l'arrière-train. S'il vous plaît, lieutenant, ajouta-t-il en élevant la voix, vous remercierez vos hommes de ma part, pour avoir épargné mes couilles.

Assis à l'avant, sur le siège du passager, le lieutenant fixait la route devant lui et ne répondit pas. Son crâne rasé laissait apparaître une série d'infimes cicatrices.

— Et dites-leur que les femmes de Leningrad les remercient aussi…

— Nous vous conduisons à l'hôpital de la Cité ouvrière, dit le lieutenant. Ils ont les meilleurs chirurgiens.

— Parfait, je suis sûr que le NKVD vous décernera une médaille. Et lorsque vous m'aurez déposé là-bas, n'oubliez pas de conduire mon jeune ami jusqu'à l'île de Kammeny, il a un paquet important à remettre au colonel.

Le lieutenant ne desserra plus les dents, furieux de recevoir des ordres d'un simple soldat, sans vouloir prendre pour autant le risque de mécontenter un puissant gradé. Nous fîmes halte à un barrage protégé par des sacs de sable et perdîmes près de deux minutes, le temps que les soldats abaissent une plate-forme en bois en travers de la tranchée pour nous permettre de passer. Le chauffeur leur criait de se dépêcher, mais cela ne semblait guère les affecter : ils discutaient d'un air nonchalant pour savoir quelle était la meilleure manière d'installer ce pont de fortune. Nous atteignîmes enfin l'autre bord. Le chauffeur appuya sur l'accélérateur et nous dépassâmes à toute allure plusieurs nids de mitrailleuse entourés de sacs de sable.

— L'hôpital est encore loin ? demandai-je au chauffeur.

— Nous y serons d'ici une dizaine de minutes. Huit, si nous avons de la chance.

— Faites en sorte que ce soit le cas, dit Kolya.

Il gardait les yeux fermés à présent, le visage collé au siège ; ses cheveux blonds retombaient en travers de son front. Depuis quelques instants, il était devenu très pâle et n'arrêtait pas de trembler. Je posai ma main libre sur sa nuque : sa peau était glacée.

— Ne t'inquiète pas, me dit-il. J'ai vu des amis perdre beaucoup plus de sang que ça et ils étaient sur pied au bout de quelques jours, après avoir été recousus.

— Je ne m'inquiète pas.

— Le corps humain contient une telle quantité de sang... Combien, déjà ? Cinq, six litres ?

— Je ne sais pas.

— Je ne pense pas en avoir perdu plus d'un litre, malgré les apparences.

— Tu devrais peut-être éviter de parler.

— Et pourquoi donc ? Quel mal y a-t-il à parler ? Écoute-moi bien : tu vas assister à ce mariage. Tu danseras avec la fille du colonel et tu viendras me raconter tout ça à l'hôpital. Je veux des détails précis concernant sa robe de mariée, l'odeur de son parfum... Je me suis branlé en pensant à elle pendant cinq jours d'affilée, figure-toi. Et une fois aussi en pensant à Vika, ne m'en veux pas. Mais quelle idée aussi de se dépoiler au beau milieu de ce baraquement, pour fixer sa ceinture sous sa poitrine... Enfin, tu assistais toi-même à la scène, tu ne peux pas m'en vouloir.

— Où as-tu trouvé le temps de faire une chose pareille ?

— Au cours de cette marche interminable, avant d'arriver ici. On apprend à se branler en marchant, à l'armée. Il suffit de glisser la main dans sa poche, ça n'a rien de bien sorcier.

— Tu t'es branlé en pensant à Vika pendant que nous marchions la nuit dernière ?

— Je n'avais pas l'intention de te le dire. Tu dormais à moitié, la plupart du temps. Je m'ennuyais et il fallait bien que je fasse quelque chose. Mais à présent, te voilà fâché contre moi.

— Bien sûr que non. Pourquoi veux-tu que je sois fâché ?

Le chauffeur écrasa brutalement la pédale du frein et Kolya aurait roulé hors de la banquette si je ne l'avais pas retenu. Je me redressai et regardai à travers le pare-brise. Nous avions atteint les abords de la Cité ouvrière de Kirov, qui constituait une ville en soi et où des dizaines de milliers de travailleurs s'activaient jour et nuit. Des tirs d'artillerie lourde et les bombardements de la Luftwaffe avaient endommagé certains des bâtiments en brique. Des fenêtres dont les vitres avaient volé en éclats étaient protégées par des bâches en plastique et des cratères remplis d'eau gelée ponctuaient l'espace. Mais malgré les milliers d'ouvriers qui avaient été évacués – et tous ceux, plus nombreux encore, qui étaient morts ou s'apprêtaient à tomber au front – la fumée s'élevait aujourd'hui encore des cheminées, les allées grouillaient de femmes qui poussaient des charrettes remplies de charbon, l'air retentissait du sifflement des tours, du brouhaha des laminoirs et du fracas des presses hydrauliques qui martelaient l'acier.

Une file de tanks T 34 récemment achevés sortait d'un atelier d'assemblage aussi vaste qu'un hangar d'aviation. Huit de ces tanks, dont la carrosserie d'acier n'avait pas encore reçu sa couche de peinture, avançaient lentement sur la neige salie, bloquant le chemin.

— Pourquoi nous arrêtons-nous ? demanda Kolya.

Sa voix était nettement plus faible que tout à l'heure et je pris brusquement peur, à l'entendre parler ainsi.

— Il y a des tanks qui passent, lui dis-je.

— Des T 34 ?

— Oui.

— Ce sont de bons engins.

Les blindés finirent par passer et le GAZ bondit en avant. Le chauffeur gardait le pied collé au plancher, il tenait son volant d'une main ferme et connaissait très bien la Cité. Il prenait des raccourcis en empruntant des allées qui contournaient les turbines par l'arrière et dévalait à toute allure des chemins en terre battue qui permettaient d'accéder aux logements des ouvriers – de simples bicoques aux toits de tôle surmontés d'une petite cheminée trapue. Mais même avec un tel expert, il nous fallut du temps pour rejoindre l'autre extrémité de la Cité.

— Nous y voilà, dit enfin le lieutenant en désignant un entrepôt en brique qui avait été reconverti en hôpital.

Il se tourna vers nous et regarda Kolya. Comme il ne voyait pas son visage, il m'adressa un regard interrogateur. Je haussai les épaules, pour lui faire comprendre que j'étais incapable d'émettre le moindre pronostic.

— Merde ! s'exclama le chauffeur en frappant son volant et en écrasant une fois encore la pédale du frein.

Une petite locomotive avançait en ahanant sur les rails qui traversaient la Cité, traînant une série de wagonnets remplis de débris de métaux destinés à la fonderie.

— Lev ? murmura Kolya.

— Oui ?

— Allons-nous bientôt arriver ?

— Je crois que nous sommes tout près du but.

Ses lèvres étaient devenues bleues, sa respiration était brève et saccadée.

— Quelqu'un a-t-il de l'eau ? demanda-t-il.

— Vous avez de l'eau ?

Ma voix se brisa tandis que je transmettais sa question. On aurait dit celle d'un enfant apeuré.

L'homme chargé de la mitrailleuse me tendit une gourde. Je dévissai le bouchon, tournai de mon côté le visage de Kolya et essayai de lui verser un peu d'eau dans la bouche, mais le liquide se répandit sur la banquette. Il parvint à se redresser un peu et je réussis à lui en faire avaler une gorgée : il s'étouffa et la recracha aussitôt. Je voulus renouveler ma tentative – il refusa d'un vague hochement de tête et je rendis la gourde à son propriétaire.

Je me dis soudain que Kolya devait avoir froid à la tête. J'ôtai mon chapeau et le lui enfilai, honteux de ne pas y avoir songé plus tôt. Il tremblait de tous ses membres et pourtant son visage ruisselait de sueur ; et sur sa peau livide étaient apparues des plaques écarlates, de la taille d'une pièce de monnaie.

J'apercevais les portes de l'hôpital à moins d'une centaine de mètres, à travers la rangée de wagons qui défilaient. Notre chauffeur s'était courbé sur le volant qu'il serrait contre lui, hochant la tête d'un air excédé en attendant que la voie se libère. Le lieutenant se tourna à nouveau et regarda Kolya, visiblement inquiet.

— Lev ? chuchota Kolya. Le titre te plaît ?

— Quel titre ?

— *Le Chien dans la cour.*

— Oui, c'est un bon titre.

— Je pourrais simplement l'appeler *Radchenko.*

— Je préfère *Le Chien dans la cour.*

— Moi aussi, je crois.

Il ouvrit ses yeux bleu pâle de Cosaque et m'adressa un sourire. Nous savions tous les deux qu'il allait mourir. Il tremblait, étendu sur la banquette arrière, enveloppé de son grand manteau militaire, et ses dents paraissaient d'une blancheur éclatante entre ses lèvres bleues. J'ai toujours pensé depuis lors que ce sourire était l'ultime cadeau qu'il me faisait. Kolya ne croyait pas à la vie après la mort. Il ne pensait pas que les choses allaient se prolonger pour lui dans l'au-delà, ni qu'il était attendu quelque part. Aucun ange ne s'apprêtait à l'accueillir. Il avait souri parce qu'il savait à quel point la mort me terrifiait. Telle est ma conviction : il savait que j'étais terrifié et il cherchait à me rendre les choses plus faciles.

— Tu te rends compte ? Se faire tirer une balle dans les fesses par ses propres compatriotes…

Je voulus réagir, prononcer quelques mots, lancer une vanne stupide pour qu'il pense à autre chose. J'aurais dû dire quelque chose, je regrette de ne pas l'avoir fait, même si je ne vois toujours pas aujourd'hui quelles paroles auraient pu convenir. Si je lui avais dit que je l'aimais, il aurait été capable de me faire un clin d'œil et d'ajouter : « Pas étonnant dans ce cas que ta main soit posée sur mon cul. »

Kolya lui-même ne réussit pas à conserver ce sourire bien longtemps. Il referma les yeux. Lorsqu'il voulut reprendre la parole, sa bouche était si sèche que ses lèvres restèrent collées l'une à l'autre, tandis qu'il cherchait à former ses mots.

— Je n'avais pas imaginé que les choses se passeraient ainsi, dit-il.

26.

Des officiers en uniforme et des civils à la mine austère entraient et sortaient de la propriété, sur l'île de Kammeny, franchissant d'un pas vif le seuil protégé par les colonnes blanches du portique. Derrière la vieille demeure, la Neva étendait ses méandres gelés et saupoudrés d'une couche de neige, tel un grand serpent blanc sinuant à travers la ville dévastée.

Le lieutenant au crâne rasé m'escorta jusqu'à l'un des nids de mitrailleuse dressés devant la maison, où un groupe de soldats étaient assis derrière les sacs de sable empilés, buvant du thé dans des tasses en aluminium. Le sergent qui les commandait lut la lettre du colonel, me regarda et dit :

— Vous avez quelque chose pour lui ?

J'acquiesçai et il me fit signe de le suivre. Le lieutenant fit demi-tour et s'éloigna sans jeter un regard derrière lui, pressé de tirer un trait sur cette matinée particulièrement désastreuse.

Nous dénichâmes finalement Gretchko au sous-sol, dans la cave de la propriété. Les vénérables bouteilles de grands crus avaient été vidées depuis longtemps, mais les murs étaient toujours tapissés de leurs rangées de porte-bouteilles en terre cuite, semblables aux alvéoles d'une ruche. Le colonel était en compagnie de l'un de ses officiers subalternes, qui pointait avec lui le contenu d'une liste d'articles. De jeunes soldats ouvraient des caisses à l'aide de pied-de-biche. Puis ils plongeaient la main, écartaient les rembourrages de protection et extirpaient les pots, les boîtes de conserve et les sacs en toile de jute qui étaient à l'intérieur, en annonçant leur contenu.

— Deux kilos de jambon fumé.

— Cinq cents grammes de caviar noir.

— Un kilo de bœuf en gelée.

— De l'ail et des oignons... Le poids n'est pas indiqué.

— Un kilo de sucre blanc.

— Un kilo de harengs fumés.

— De la langue bouillie... Le poids n'est pas indiqué.

Pendant une bonne minute, je contemplai en silence la nourriture qui s'empilait et à laquelle ne cessaient de s'ajouter des ingrédients dignes d'un festin de légende. Il y avait là des carottes et des pommes de terre, des poulets déjà plumés et des bocaux de crème, de la farine de blé, du miel, de la confiture de fraise, des cruches de jus de cerise fermenté, des champignons en conserve, des mottes de beurre enveloppées dans du papier sulfurisé et même de grosses tablettes de chocolat suisse.

Le sergent qui m'escortait murmura quelques mots à l'officier qui se tenait aux côtés de Gretchko. Le colonel l'entendit et se tourna vers moi. Il fronça les sourcils, le front sillonné de rides, ne me reconnaissant pas sur l'instant. Puis son visage s'éclaira et il se fendit de son étrange et beau sourire.

— Notre petit détrousseur de cadavres ! s'exclama-t-il. Où est ton ami le déserteur ?

J'ignore quelle expression au juste se peignit sur mon visage, mais le colonel la déchiffra aussitôt.

— Dommage, dit-il. J'aimais bien ce garçon.

Il attendait que je fasse un geste et de longues secondes s'écoulèrent avant que je ne me rappelle les raisons de ma présence en ces lieux. Lorsque cela me revint, je déboutonnai mon manteau et sortis de sous mon pull-over la cagette rembourrée de paille, avant de la tendre au colonel.

— Une douzaine d'œufs, annonçai-je.

— Formidable.

Il donna la cagette à son subordonné sans même y jeter un coup d'œil et désigna d'un geste les provisions qui s'empilaient sur les dalles de la cave.

— Tout cela est arrivé par avion spécial hier soir, c'est-à-dire juste à temps. Sais-tu combien de faveurs j'ai dû accorder pour que ce mariage ait lieu ?

L'officier subalterne tendit la cagette d'œufs à l'une des jeunes recrues et nota dans son registre :

— Une douzaine d'œufs supplémentaire...

Je regardai le soldat qui s'éloignait avec la cagette.

— Vous avez déjà des œufs ? demandai-je.

L'officier subalterne referma son registre.

— Cela nous fait quatre douzaines à présent.

— Plus nous en aurons et mieux cela vaudra, dit le colonel. Nous allons pouvoir faire des tourtes au poisson. Donnez donc à ce garçon une carte de rationnement de niveau A. Attendez... Donnez-lui en même deux, il mérite d'avoir celle qui revenait à son ami.

Le subordonné haussa les sourcils, visiblement impressionné par une telle générosité. Il retira deux cartes de rationnement d'un portefeuille en cuir et les signa. Puis il sortit un tampon de sa poche et estampilla les cartes, avant de me les donner.

— Vous allez être un garçon courtisé, me dit-il.

Je regardai les cartes qu'il m'avait mises entre les mains. Chacune d'elles me permettait de bénéficier des rations réservées aux officiers. Je contemplai ensuite la cave qui s'étendait autour de moi. Kolya aurait su quelles cuvées avaient les faveurs des Dolgokourov, quels vins blancs ils choisissaient pour accompagner les esturgeons, quels rouges s'associaient le mieux avec le gibier. Et même s'il ne l'avait pas su, il aurait fait comme si tel avait été le cas. Je regardai les soldats qui remontaient l'escalier, chargés de sacs de riz et d'interminables chapelets de saucisses.

Je me tournai à nouveau vers le colonel et vis qu'il me regardait. Cette fois encore, il déchiffra parfaitement mon expression.

— Ces mots que tu as sur le bout des lèvres, me dit-il, ne les prononce pas. (Il sourit et me tapota la joue, d'un geste presque affectueux.) Là réside, mon garçon, le secret d'une longue vie.

27.

Le soir du 27 janvier 1944, trois cents canons propulsèrent dans le ciel, pendant plus d'une heure, des salves de fusées blanches, bleues et rouges, dont les illuminations éclairèrent la ville entière – les couleurs de la Russie se reflétant sur le dôme doré de Saint Isaac et sur les deux mille fenêtres du palais d'Hiver. Le siège de Leningrad était levé.

J'étais sur le toit de l'immeuble de Sonya et je buvais du mauvais vin d'Ukraine en sa compagnie et celle d'une dizaine d'autres amis : nous portions tous des toasts à Govorov et Meretskov, les deux généraux qui avaient réussi à battre en brèche les lignes ennemies. Cela faisait alors plus d'un an que j'avais intégré l'armée. Mes supérieurs, estimant que je n'avais pas la carrure d'un fantassin, m'avaient affecté au siège de *L'Étoile rouge*, le quotidien des armées. Mon travail au cours de cette première année consistait à seconder une équipe de journalistes expérimentés qui parcouraient le front, recueillant des anecdotes auprès des soldats dans les diverses unités que nous visitions. On m'avait attribué un fusil, mais je ne m'en étais pas servi une seule fois. Mon doigt amputé me gênait uniquement pour taper à la machine. Je finis par bénéficier d'une promotion et commençai à envoyer mes propres reportages au siège de *L'Étoile rouge*, où un éditeur dont je n'avais jamais vu le visage les récrivait, dans une prose aussi vigoureuse que patriotique. Mon père aurait détesté ça.

Le soir où le siège prit fin, sur le toit de l'immeuble de Sonya, après avoir bu trop de vin et hurlé à nous en faire péter les cordes vocales, nous nous embrassâmes sur la bouche. C'était un baiser un peu plus qu'amical, mais pas tout à fait érotique. Lorsque nous nous séparâmes, en souriant pour dissimuler notre embarras, je savais que nous pensions tous les deux à Kolya. J'imagine qu'il aurait été ravi de me voir embrasser une jolie fille, qu'il m'aurait donné quelques tuyaux et conseillé de pousser mon avantage – n'empêche : nous pensions à lui et ne nous embrassâmes plus jamais de la sorte par la suite.

Quelques jours après avoir regagné Piter avec les œufs du colonel, j'avais appris que le Kirov ne s'était effondré que plusieurs heures après avoir été touché par les bombardements. La plupart de ses occupants avaient pu être évacués à temps et avaient donc survécu, y compris Vera Osipovna et les jumeaux Antokolski. Je finis d'ailleurs par les croiser, les uns et les autres, mais l'hiver qui venait de s'écouler nous avait tous profondément changés et nous n'avions plus grand-chose à nous dire. J'avais espéré que Vera se sentirait au moins un peu coupable d'avoir pris la fuite sans se retourner, quand je l'avais sauvée en l'aidant à franchir la grille du Kirov, mais elle n'y fit pas la moindre allusion et je m'abstins d'évoquer la question. Elle venait d'être engagée dans l'orchestre de la ville – dont les rangs étaient évidemment décimés – et devait occuper ce poste au cours des trente années suivantes. Les jumeaux avaient combattu avec honneur dans les rangs du 8e régiment du général Chuikov et étaient allés jusqu'à Berlin. Il existe une célèbre photo où l'on voit l'un d'eux écrire son nom sur les murs du Reichtag, mais je serais bien incapable de te dire s'il s'agit d'Oleg ou de Grisha. De tous les gamins qui vivaient jadis au cinquième étage du Kirov, je crois bien que c'est moi qui ai eu la carrière la moins brillante.

Pendant l'été 1945, je partageais un grand appartement avec deux autres journalistes, près de la gare de Moscou. Les gens qui avaient évacué la ville avaient tous regagné Piter à cette époque, y compris ma mère et ma sœur, mais la ville restait largement moins peuplée qu'elle ne l'était avant la guerre. Les gens disaient que l'eau de la Neva était encore imprégnée du goût des cadavres qu'elle avait charriés. Les gamins revenaient à nouveau de l'école en balançant leurs cartables. Les restaurants et les magasins de la perspective Nevski avaient rouvert, même si personne ou presque n'avait le moindre argent à y dépenser. Les jours de congé, les gens arpentaient à nouveau l'artère, contemplant à travers les vitrines refaites les plateaux garnis de massepains et les étalages de montres ou de gants en cuir. Par habitude, ceux d'entre nous qui avaient connu le siège continuaient de marcher du côté sud de l'avenue, bien qu'aucune bombe ne soit plus tombée sur la ville depuis près de deux ans.

Par une soirée fraîche du mois d'août – le vent du nord soufflait depuis la Finlande, apportant avec lui l'odeur des aiguilles de sapin – j'étais assis seul à la table de la cuisine, dans mon appartement, et je lisais une nouvelle de Jack London. Mes colocataires étaient allés voir une nouvelle pièce au théâtre Pouchkine. J'y étais invité moi aussi, mais aucun dramaturge russe contemporain ne pouvait rivaliser à mes yeux avec Jack London. Lorsque j'eus terminé l'histoire, j'entrepris de la relire depuis le début, en essayant cette fois-ci de comprendre comment elle était écrite. *Buck ne lisait pas les journaux, sinon il aurait su que les ennuis se préparaient...*

Je ne relevai pas les yeux de mon livre lorsqu'on frappa à la porte. Le gamin qui habitait à côté s'amusait presque chaque soir à courir d'un bout à l'autre du couloir en cognant à toutes les portes. Tous les gens que je connaissais seraient entrés sans frapper, de toute façon : la serrure était cassée et j'avais rarement de la visite. Lorsqu'on frappa pour la troisième fois, le charme de la lecture était rompu. Légèrement contrarié, je posai le livre sur la table de la cuisine et m'apprêtai à enguirlander le gosse.

Une jeune femme se tenait dans le couloir, une valise posée à ses pieds. Elle tenait à la main une boîte oblongue en carton bouilli et portait une robe de coton jaune où étaient imprimées des fleurs blanches. La libellule en argent qui ornait son collier pendait entre ses clavicules et ses épais cheveux roux retombaient en cascade sur ses épaules bronzées. Elle te dira sans doute qu'elle n'avait pas prêté attention à la robe qu'elle mettait ce jour-là, pas plus qu'à son collier, qu'elle ne s'était ni lavé les cheveux ni particulièrement pomponnée – et qu'elle n'arborait même pas un soupçon de rouge à lèvres. N'en crois rien. Une femme n'est jamais aussi belle par hasard.

Elle me souriait, les lèvres légèrement retroussées – d'un air plus ironique qu'amical – et ses yeux bleus guettaient les miens pour voir si je la reconnaissais. Si j'avais été un peu plus habile à ce jeu, j'aurais feint le contraire et lui aurais demandé : « Bonjour, vous cherchez quelqu'un ? ».

— Tu n'es pas aussi squelettique qu'avant, me dit-elle. Mais tu es encore un peu trop maigre.

— Tes cheveux ont poussé, répondis-je.

J'aurais aussitôt voulu retirer ces paroles. Cela faisait trois ans et demi que je rêvais d'elle – littéralement : elle avait traversé dans sa tenue de camouflage la moitié de mes rêves, ceux du moins dont je me souvenais – et tout ce que je trouvais à lui dire quand elle se présentait enfin, c'était : « *Tes cheveux ont poussé* »…

— Je t'ai apporté un cadeau, dit-elle. Regarde ce qu'ils ont inventé, à présent...

Elle souleva le couvercle de la boîte en carton, qui contenait une douzaine d'œufs nichés avec soin dans leurs compartiments. Il y en avait des blancs, des bruns, et un tavelé comme la peau d'un vieillard. Elle ferma le couvercle et le rouvrit, enchantée par la simplicité fonctionnelle de cet emballage.

— C'est plus pratique que de les envelopper dans de la paille, dit-elle.

— Nous allons pouvoir faire une omelette, dis-je.

— Nous ?

Elle sourit, me tendit la boîte, saisit sa valise et attendit que j'ouvre grand la porte pour la laisser entrer.

— Il y a une chose que tu dois savoir à mon sujet, Lyova. Je ne fais pas la cuisine.

REMERCIEMENTS

Le chef-d'œuvre d'Harrison Salisbury : *Les Neuf cents jours*, reste le meilleur ouvrage de langue anglaise qui ait été consacré au siège de Leningrad. Il a toujours été à mes côtés pendant que j'écrivais *La Ville des voleurs* et j'en recommande la lecture à tous ceux qui souhaiteraient en savoir davantage sur Piter et ses habitants, durant la Grande Guerre patriotique. J'ai une dette de même nature envers l'œuvre étrange et géniale de Curzio Malaparte : *Kaputt*, qui offre une perspective totalement différente sur ce conflit. Parmi bien d'autres éléments, ses descriptions des tactiques employées par les Allemands dans leur lutte contre les partisans se sont avérées essentielles pour la composition du présent récit. J'aimerais remercier pour la qualité de leurs ouvrages ces deux auteurs aujourd'hui disparus : si je suis parvenu à capter la réalité de très nombreux détails, c'est en grande partie grâce à eux.

Mise en pages par Meta systems
Roubaix (59100)

CET OUVRAGE
A ÉTÉ ACHEVÉ D'IMPRIMER
SUR ROTO-PAGE
PAR L'IMPRIMERIE FLOCH
À MAYENNE EN NOVEMBRE 2009

N° d'édition : L.01ELHN000176.N001. N° d'impression : 75127
Dépôt légal : janvier 2010.
Imprimé en France